中国艺术研究院
基本科研业务费项目

中国艺术研究院学术文库
主 编 王文章 周庆富

红海求索集

孙
玉
明

著

北京时代华文书局

图书在版编目（CIP）数据

红海求索集 / 孙玉明著 . -- 北京 : 北京时代华文书局 , 2025.6
（中国艺术研究院学术文库 / 王文章，周庆富主编）
ISBN 978-7-5699-5200-1

Ⅰ . ①红… Ⅱ . ①孙… Ⅲ . ①《红楼梦》研究－文集 Ⅳ . ① I207.411-53

中国国家版本馆 CIP 数据核字 (2024) 第 063382 号

HONGHAI QIUSUOJI

出 版 人：陈　涛
责任编辑：周海燕
装帧设计：周伟伟
责任印制：刘　银　訾　敬

出版发行：北京时代华文书局 http://www.bjsdsj.com.cn
　　　　　北京市东城区安定门外大街 138 号皇城国际大厦 A 座 8 层
　　　　　邮编：100011　电话：010-64263661　64261528
印　　刷：三河市嘉科万达彩色印刷有限公司
开　　本：710 mm×1000 mm　1/16　　　　成品尺寸：170 mm×240 mm
印　　张：19.25　　　　　　　　　　　　字　　数：300 千字
版　　次：2025 年 6 月第 1 版　　　　　　印　　次：2025 年 6 月第 1 次印刷
定　　价：90.00 元

"中国艺术研究院学术文库"再版序

周庆富

由中国艺术研究院策划、北京时代华文书局出版的大型系列丛书"中国艺术研究院学术文库",历经十余载,陆续出版近150种,逾5000万字,自面世以来取得了很好的社会反响。这套丛书以全景集成之姿,系统呈现了中国艺术研究院新一代学者在文化强国征程中,承继前海学术传统,赓续前辈学术遗产的共同追求,也展现了学者们鲜明的研究个性和独特的学术风格,勾勒出我国当代文化艺术从理论研究到实践探索的发展脉络,对推进中国艺术学学科体系、学术体系、话语体系建设具有重要的史料价值和学术价值。

北京时代华文书局意将整套丛书再版,并对装帧、版式等进行重新设计,让这一系列规模庞大、内容广博的研究成果持续发挥它应有的作用,这无疑是一件好事!衷心祝愿"中国艺术研究院学术文库"再版成功!中国艺术研究院的学者们也将继续以饱满的学术热情,将个人专长与国家需要紧密结合,不断为新时代文化艺术繁荣发展,为文化强国建设贡献智慧和力量。

2024年12月20日

总 序

王文章

　　以宏阔的视野和多元的思考方式，通过学术探求，超越当代社会功利，承续传统人文精神，努力寻求新时代的文化价值和精神理想，是文化学者义不容辞的责任。多年以来，中国艺术研究院的学者们，正是以"推陈出新"学术使命的担当为己任，关注文化艺术发展实践，求真求实，尽可能地从揭示不同艺术门类的本体规律出发做深入的研究。正因此，中国艺术研究院学者们的学术成果，才具有了独特的价值。

　　中国艺术研究院在曲折的发展历程中，经历聚散沉浮，但秉持学术自省、求真求实和理论创新的纯粹学术精神，是其一以贯之的主体性追求。一代又一代的学者扎根中国艺术研究院这片学术沃土，以学术为立身之本，奉献出了《中国戏曲通史》《中国戏曲通论》《中国古代音乐史稿》《中国美术史》《中国舞蹈发展史》《中国话剧通史》《中国电影发展史》《中国建筑艺术史》《美学概论》等新中国奠基性的艺术史论著作。及至近年来的《中国民间美术全集》《中国当代电影发展史》《中国近代戏曲史》《中国少数民族戏曲剧种发展史》《中国音乐文物大系》《中华艺术通史》《中国先进文化论》《非物质文化遗产概论》《西部人文资源研究丛书》等一大批学术专著，都在学界产生了重要影响。近十多年来，中国艺术研究院的学者出版学术专著在千种以上，并发表了大量的学术论文。处于大变革时代的中国

1

艺术研究院的学者们以自己的创造智慧，在时代的发展中，为我国当代的文化建设和学术发展做出了当之无愧的贡献。

为检阅、展示中国艺术研究院学者们研究成果的概貌，我院特编选出版"中国艺术研究院学术文库"丛书。入选作者均为我院在职的副研究员、研究员。虽然他们只是我院包括离退休学者和青年学者在内众多的研究人员中的一部分，也只是每人一本专著或自选集入编，但从整体上看，丛书基本可以从学术精神上体现中国艺术研究院作为一个学术群体的自觉人文追求和学术探索的锐气，也体现了不同学者的独立研究个性和理论品格。他们的研究内容包括戏曲、音乐、美术、舞蹈、话剧、影视、摄影、建筑艺术、红学、艺术设计、非物质文化遗产和文学等，几乎涵盖了文化艺术的所有门类，学者们或以新的观念与方法，对各门类艺术史论做了新的揭示与概括，或着眼现实，从不同的角度表达了对当前文化艺术发展趋向的敏锐观察与深刻洞见。丛书通过对我院近年来学术成果的检阅性、集中性展示，可以强烈感受到我院新时期以来的学术创新和学术探索，并看到我国艺术学理论前沿的许多重要成果，同时也可以代表性地勾勒出新世纪以来我国文化艺术发展及其理论研究的时代轨迹。

中国艺术研究院作为我国唯一的一所集艺术研究、艺术创作、艺术教育为一体的国家级综合性艺术学术机构，始终以学术精进为己任，以推动我国文化艺术和学术繁荣为职责。进入新世纪以来，中国艺术研究院改变了单一的艺术研究体制，逐步形成了艺术研究、艺术创作、艺术教育三足鼎立的发展格局，全院同志共同努力，力求把中国艺术研究院办成国内一流、世界知名的艺术研究中心、艺术教育中心和国际艺术交流中心。在这样的发展格局中，我院的学术研究始终保持着生机勃勃的活力，基础性的艺术史论研究和对策性、实用性研究并行不悖。我们看到，在一大批个人的优秀研究成果不断涌现的同时，我院正陆续出版的"中国艺术学大系""中国艺术学博导文库·中国艺术研究院卷"，正在编撰中的"中华文化观念通诠""昆曲艺术大典""中国京剧大典"等一系列集体研究成果，不仅展现出我院作为国家级艺术研究机构的学术自觉，也充分体现出我院领军国内艺术学地位的应有学术贡献。这套"中国艺术研究院学术文库"和拟编选的本套文库离退休著名学者著述部分，正是我院多年艺术学科建设和学术积累的一个集中性展示。

多年来，中国艺术研究院的几代学者积淀起一种自身的学术传统，那就是勇于理论创新，秉持学术自省和理论联系实际的一以贯之的纯粹学术精神。对此，我们既可以从我院老一辈著名学者如张庚、王朝闻、郭汉城、杨荫浏、冯其庸等先生的学术生涯中深切感受，也可以从我院更多的中青年学者中看到这一点。令人十分欣喜的一个现象是我院的学者们从不故步自封，不断着眼于当代文化艺术发展的新问题，不断及时把握相关艺术领域发现的新史料、新文献，不断吸收借鉴学术演进的新观念、新方法，从而不断推出既带有学术群体共性，又体现学者在不同学术领域和不同研究方向上深度理论开掘的独特性。

在构建艺术研究、艺术创作和艺术教育三足鼎立的发展格局基础上，中国艺术研究院的艺术家们，在中国画、油画、书法、篆刻、雕塑、陶艺、版画及当代艺术的创作和文学创作各个方面，都以体现深厚传统和时代特征的创造性，在广阔的题材领域取得了丰硕的成果，这些成果在反映社会生活的深度和广度及艺术探索的独创性等方面，都站在时代前沿的位置而起到对当代文学艺术创作的引领作用。无疑，我院在文学艺术创作领域的活跃，以及近十多年来在非物质文化遗产保护实践方面的开创性，都为我院的学术研究提供了更鲜活的对象和更开阔的视域。而在我院的艺术教育方面，作为被国务院学位委员会批准的全国首家艺术学一级学科单位，十多年来艺术教育长足发展，各专业在校学生已达近千人。教学不仅注重传授知识，注重培养学生认识问题和解决问题的能力，同时更注重治学境界的养成及人文和思想道德的涵养。研究生院教学相长的良好气氛，也进一步促进了我院学术研究思想的活跃。艺术创作、艺术教育与学术研究并行，三者在交融中互为促进，不断向新的高度登攀。

在新的发展时期，中国艺术研究院将不断完善发展的思路和目标，继续培养和汇聚中国一流的学者、艺术家队伍，不断深化改革，实施无漏洞管理和效益管理，努力做到全面协调可持续发展，坚持以人为本，坚持知识创新、学术创新和理论创新，尊重学者、艺术家的学术创新、艺术创新精神，充分调动、发挥他们的聪明才智，在艺术研究领域拿出更多科学的、具有独创性的、充满鲜活生命力和深刻概括力的研究成果；在艺术创作领域推出更多具有思想震撼力和艺术感染力、具有时代标志性和代表性的精品力作；同时，培养更多德才兼备的优秀青年人才，真正把中国艺术研究院办成全国一流、世界知名的艺术研究中心、艺术教育中心和国际艺术交流中心，为中华民族伟大复兴的中国梦的实现和促进我国艺术与学术的发展做出新的贡献。

2014年8月26日

目　录

第三编 述评

自 序

自从1986年秋考入南开大学中文系攻读硕士研究生以来，便自以为是地开始撰写所谓的学术文章，1989年被分配到中国艺术研究院之后，文章才真正开始公开发表，其中当然也包括读研期间撰写的一些文章。那时的我，自信满满，踌躇满志，也算是一个无知而又无畏之人。每当投稿被退回，便理所当然地要抱怨自己之所以怀才不遇，就是因为那些编辑们有眼无珠。到了1996年，文章已陆续发表20余篇。有一次，正得意洋洋地阅读着某刊物上刊载的自己的文章——这是读研期间撰写后又重新修改且自鸣得意的一篇文章，突然间顿觉十分汗颜！直到此时，方才明白自己当年撰写的文章居然如此稚嫩！近年来，随着年龄的不断增大，随着人生阅历和阅读量的不断增加，胆子越来越小，也越来越感到自己的浅薄与无知，因而即使要写一篇短小的文章，也总是不敢轻易动笔。愚以为，就常理而言，这种感觉是有一定道理的。吾生也有涯而知也无涯！作为茫茫宇宙中小小星球上的一种生灵——人，在相对短暂的一生中，又能真正学到多少东西呢？！

时至今日，除几部所谓学术专著和许多杂七杂八的东西之外，我一共发表了60多篇学术论文。其中不仅涉及《聊斋志异》、《续金瓶梅》、《醒世姻缘传》等古典小说，而且还涉及武侠小说等。当然，数量最多的还是有关《红楼梦》的文章。这些不成熟的文章，直接反映了笔者在学术之路上的艰辛探求，虽为敝帚，亦足自珍。众所周知，红学既是学术的一个有机组成部分，也是中国学术界的一个典型，其内涵之广博，亦如学海之茫无际涯，欲求其真，其难可知。在此，且借用屈原的名言："路漫漫其修远兮，吾将上下而求索。"因将拙作名之曰《红海求索集》。

拙著分三编，共收录16篇有关《红楼梦》的文章。"第一编"收文6篇，《〈红楼梦〉研究批判运动发生的偶然与必然》一文，原连载于《新文学史料》2012年第4期和2013年第1期。该文对那场轰轰烈烈的大批判运动的成因做了概括、梳理和总结，也对拙著《红学：1954》做了补充和更正。其他5篇文章，则对王国维、蔡元培、鲁迅、胡适、俞平伯等6位较有代表性的红学人物做了论证和评价。这些文章，曾分别刊载于《传记文学》2008年第2期、2007年第9期、2008年第10期、2007年第7期及2007年第11期。因这6篇文章均偏重于红学史方面，因将本编谓之曰"史论"。"第二编"收录文章5篇，主要是考证辩驳性质，因名之曰"考辩"。此类文章，最能见出一个人的文史功底和思辨能力。只可惜笔者才疏学浅，仅属皮毛类文章而已。"第三编"收录4篇文章，均为综述或述评类文章，因名之曰"述评"。其中《新丰润说论争述评》一文，曾被时任《红楼梦学刊》主编的冯其庸先生及副主编杜景华先生修改多遍。虽言辞略嫌激烈，但为了保存一份历史的真实，此次亦未做大的改动，望读者见谅。此类文章，许多大学者或大师级人物不屑为之，但笔者却对之特别重视。它不仅需要高度的归纳、总结、概括能力，而且还需要有自己独到的见解。这类文章，实际上就是一部相关学术问题的小型学术史。

文集分为三编，无论从篇数还是字数来看，都是不对称的。但这样的分类，实在是由文章的内容所决定的，不因文害意，更不能削足适履，还请各位同道和读者见谅。

孙玉明

2013年8月12日

《红楼梦》研究批判运动发生的偶然与必然

对于饱受战乱之苦的中国人民来说，1954年，是自鸦片战争以来百余年间难得一遇的一个真正的和平年。大一统的政治局面，自然需要思想上的高度统一。因此，自建国前后开始，意识形态领域中的思想运动也随即连续不断地开展了起来。继1951年对电影《武训传》的批判运动之后，1954年秋天，毛泽东又在思想文化领域发动了一场更大规模的"《红楼梦》研究批判运动"。

这是在意识形态领域中进行的另一种形式的战争，虽然不见硝烟炮火，但它对人们心灵的冲击和震撼，却不亚于真枪实弹的战争。

这场政治运动，虽由一系列偶然性因素所触发，但实际上却存在着极大的必然性。下面，我们将根据现存的有关史料，简要缕述一下引发这场运动的偶然性因素和必然性因素。

一、引发运动的第一偶然性因素：《关于〈红楼梦简论〉及其他》

从某种意义上来说，不仅"《红楼梦》研究批判运动"的爆发存在着许多偶然性因素和必然性因素，即使是对俞平伯的批判，也是如此。对于在什么时间什么地点因何种原因而触动了李希凡和蓝翎要写文章与俞平伯商榷一事，两位当事人的回忆并不太一致。蓝翎在《龙卷风》[①] 中说："三月中旬的一个星期天，李希凡从家中先到我那里……在闲谈时，我说到了俞平伯先生那篇文章。他说，他也看过，不同意其中的论点。他说，合写一篇文章如何？我说，可以。他说，你有时间，先起草初稿；我学习紧张，等你写出来，我趁星期六和星期天的空闲修改补充。我说，好吧，明天我就把书刊全部借出来，开始动手。"对此，李希凡在《红楼梦艺术世界》[②] 中则予以反驳。而在此之前的《毛泽东与〈红楼梦〉》[③] 一文中，李希凡则回忆说："记得是1954年春假中的一天，我和蓝翎在中山公园的报栏里看到了《光明日报》上登的俞平伯先生的一篇文章，联想起前些时看到的俞先生在《新建设》1954年3月号上发表的文章《红楼梦简论》，我们就商量要对他的那些观点写一篇文章进行商榷和批驳。这样，我们就利用春假的时间写出了那篇《关于〈红楼梦简论〉及其他》，比较系统地提出了对俞先生《红楼梦》研究主要观点的不同意见，也比较扼要地阐述了我们对《红楼梦》思想艺术成就的评价。"

相比而言，李希凡的说法可能更接近事实，但也存在着一点小小的失误。笔者查阅1954年的《光明日报》，发现俞平伯这一年只在《光明日报》发表过一篇关于《红楼梦》的文章，题目是《曹雪芹的卒年》，发表日期是3月1日。而该年的《新建设》3月号，却出版于3月5日。因此，在3月1日这天，李希凡和蓝翎不可能看到这篇文章后，又"联想起前些时看到的俞先生在《新建设》1954年3月号上发表的文章《红楼梦简论》"。那么，李希凡与蓝翎萌生撰写商榷文章的日子又是哪一天呢？解释只有一个，那就是1954年3月15日。这一天，《光明日报》刊载了两篇有关《红楼梦》的文章：一是王佩璋撰写的《新版〈红楼梦〉

---

① 蓝翎：《龙卷风》，上海远东出版社1995年版。

② 李希凡：《红楼梦艺术世界·岂好辩哉？予不得已也——关于蓝翎〈四十年间半部书〉一文的辩证》，文化艺术出版社1997年版。

③ 李希凡：《毛泽东与〈红楼梦〉》，《红楼梦学刊》1992年第4辑。

校评》，主要针对作家出版社出版的新校本《红楼梦》提出批评意见；另一篇就是作家出版社为此而给《文学遗产》编辑部的公开信，题目是《作家出版社来信》。为了证实这一推断，1999年5月8日，笔者在作家活动中心采访李希凡，他也恍然回想起来，对笔者的考辨连称"是是是"。同年9月18日，笔者在人民文学出版社就此采访李希凡、蓝翎的同窗好友——山东大学教授袁世硕，他也不假思考地一口说出："李希凡和蓝翎是在《光明日报》上看到了王佩璋的文章，才决定写文章与俞平伯商榷的。大批判运动爆发后不久，李希凡曾给我写信，就是这样说的。"

实际上，在什么时间什么地点并不重要，重要的是他们看到了王佩璋的文章和作家出版社的"致歉信"后从而萌生了撰写商榷文章的想法。当时的《光明日报·文学遗产》专栏非常奇特：《光明日报》提供版面，而编辑发稿却由中国作家协会《文学遗产》编辑部负责。当时，王佩璋将稿子直接投寄给《文学遗产》编辑部，因此事牵涉到一家知名出版社的名誉问题，又不能确定王佩璋所言是否符合事实，所以《文学遗产》编辑部便采取了很谨慎也很负责的处理方式。他们给作家出版社写了一封信，并将王佩璋的文章一并寄去，让他们核实此事。

令人感佩的是，作家出版社很谦虚也很负责。从《作家出版社来信》中我们可以看到：他们在收到《文学遗产》编辑部转来的文章后，首先对这篇文章"加以仔细研究，并重新审查《红楼梦》新版本，证明王佩璋同志的批评是合于事实的"，因此，"他们除已经在编辑部内进行检讨外，并已着手去改正这些错误。""对于王佩璋同志"，出版社不仅表示"无限地感激"，而且已经和她"直接取得联系，已当面向她表示感谢，并请她协助"出版社的工作。

王佩璋是俞平伯的助手，于1953年秋毕业于北京大学中文系。但当时李希凡和蓝翎并不知道她的身份。如此一个名不见经传的"小人物"，居然敢于大胆地给一家著名的出版社提出批评意见，这种精神，自然会激发李希凡、蓝翎向名人挑战的激情。当然，《文学遗产》编辑部对于王佩璋的大力支持，尤其是作家出版社对待此事的态度和所采取的措施，则更会令李希凡、蓝翎感到鼓舞。

　　受到鼓舞的李希凡和蓝翎，由此想到了前不久在《新建设》1954年3月号上刊载的俞平伯的《红楼梦简论》，因二人都不同意俞平伯的看法，于是便产生了合写一篇文章与俞平伯进行商榷的想法。

　　王佩璋是一个"小人物"，可以撰文批评著名的作家出版社，并且得到了《光明日报》和《文学遗产》编辑部的支持，作家出版社也因此而对王佩璋表示"无限地感激"，且采取了一系列措施改正自己的错误。李希凡和蓝翎也是"小人物"，为什么就不能撰文批评俞平伯呢？对此我们不妨作这样的假设：倘若当时李希凡、蓝翎没有看到王佩璋的文章及作家出版社写给《文学遗产》编辑部的信，那场轰轰烈烈的政治风暴是否就可以避免呢？回答恐怕是否定的。即使李希凡、蓝翎不写批评俞平伯的文章，其他人也照样会写，因为不仅俞平伯有关《红楼梦》的许多观点已与那个时代格格不入，而且作为"胡适派"的重要一员，他早晚都会受到胡适的连累。早在1951年1月，俞平伯的《红楼梦研究》刚刚出版不到两个多月，白盾便撰写了《〈红楼梦〉是"怨而不怒"的吗？》一文，批评俞平伯的红学观点，只因此文遭到《文艺报》退稿，俞平伯才暂时躲过了一劫。当然，若无后来的其他种种原因，或许这场批判运动的规模就不会那么大。

　　实际上，不仅李希凡、蓝翎、白盾，乃至俞平伯的助手王佩璋等新一代年轻人不同意俞平伯的红学观点，即使像胡乔木等来自解放区的马克思主义理论家，也绝对不会同意他的观点。我们看一看俞平伯的《红楼梦简论》在撰写和发表的过程中所遇到的种种曲折，便可明白这一点。

　　1953年秋，《人民中国》杂志社向正在"走红"的俞平伯约稿，要他写一篇从总体上对外国人介绍《红楼梦》的文章。因为这是一家对外宣传的刊物，所以其所发文章并不要什么高深的研究论文，而是一篇入门或简介性的东西即可。俞平伯由于太忙也因为这类概论性的文章不太好写，过了好长时间方才写成了《红楼梦简论》。出于对外发表的考虑，为谨慎起见，俞平伯特意将这篇文章寄给了当时主管宣传工作的胡乔木，请他提提意见。胡乔木很认真也很负责，看后提了许多意见，并把文章退还给俞平伯要他重写。

　　然而，俞平伯不仅没有按照胡乔木的观点改写《红楼梦简论》，反而将一些建设性的意见对王佩璋讲了，让她代替自己给《人民中国》杂志社重写一篇。王佩璋接受这项任务后，便写成了《红楼梦的思想性与艺术性》一文，俞平伯稍作修改后又寄给了《人民中国》杂志社。结果《人民中国》杂志社又嫌文章太长，于是俞平伯便将《红楼梦简论》寄给他们。后来，《人民中国》杂志社经过修改增删，改名叫《红楼梦评介》，于1954年第10期上发表出来。而《红楼梦的思想性与艺术性》一文，则发表于《东北文学》1954年2月号上。正巧《新建设》杂志社向俞平伯约稿，于是俞平伯便把《人民中国》杂志社弃而未用的《红楼梦简论》寄给了他们，并于1953年3月号上全文发表了出来。①

俞平伯既然诚心诚意地向胡乔木征求意见，却为何又不按照胡乔木的意见修改《红楼梦简论》呢？笔者在拙著《红学：1954》②中曾说："胡乔木是从解放区来的马列主义理论家，在毛泽东身边工作甚久，熟知且自觉地运用马列主义理论来审视并研究古典文学，乃是必然之事。而在国统区生活了大半辈子的俞平伯，早已形成了自己特定的思维方式。即使经历了轰轰烈烈的知识分子思想改造运动，并在当时马列主义大普及的形势下自觉或不自觉地运用马列主义理论，他的观点也不会和胡乔木完全一样。用俞平伯自己的话来说，就是'凡好的文章，都有个性的流露，越是好的，所表现的个性越是活泼泼地'。《红楼梦简论》虽然不能说是一篇很好的文章，但俞平伯有俞平伯的'个性'，胡乔木也有胡乔木的'个性'，让他按照胡乔木的意见写文章，那是'万万不能融洽的'。因此，放弃对《红楼梦简论》的修改，而让王佩璋代替自己另写一篇，乃是当时俞平伯所能采取的最佳措施。"

我们不得不佩服胡乔木政治嗅觉的敏感和目光的敏锐，他看出有问题的文章，果然就出了问题。由此亦可反证，虽然俞平伯的《红楼梦》研究事业对于现实来说是无关痛痒的，但他的文章，却是明显与当时的政治氛围不和谐的。

---

① 参见王佩璋：《中国作家协会古典文学部召开的红楼梦研究座谈会记录》中的发言，《光明日报》1954年11月14日；王佩璋：《我代俞平伯先生写了哪几篇文章》，《人民日报》1954年11月3日。

② 孙玉明：《红学：1954》，北京图书馆出版社2003年版、人民文学出版社2011年版。

因此，从这个意义上来说，俞平伯遭受批判，也存在着一定的历史必然性。

实际上，岂止是当时的胡乔木、李希凡、蓝翎、白盾等人，即使我们今天重新阅读俞平伯的《红楼梦简论》和《红楼梦研究》等论著，也会对其中的许多观点提出许多不同意见。

自1954年3月中旬开始动手，至3月底，蓝翎将初稿交给李希凡，由他执笔写第二稿。大概到了4月中旬，李希凡将修改完成的第二稿交给蓝翎，再由蓝翎进行最后的修改润色，并誊录到正式的稿纸上。到4月底，蓝翎将誊清的稿子交给了李希凡。李希凡认真地看了一遍后，在义末写上"五四前夕于北京"的落款，便直接寄给了山东大学学报《文史哲》编辑部的编辑葛懋春。

葛懋春接到稿件后，很快便写了初审意见并交给了编委会。历史学家杨向奎当时是山东大学文学院的院长兼《文史哲》常务编委，审稿后又将它推荐给了山东大学校长兼《文史哲》杂志社的社长华岗，[①] 稿件最后由华岗拍板决定采用，并于1954年9月1日在《文史哲》上正式发表。

据蓝翎在《龙卷风》及李希凡在《红楼梦艺术世界》中回忆说，他们将《关于〈红楼梦简论〉及其他》一文寄出之后，觉得言犹未尽，便产生了再写一篇单独评论《红楼梦研究》的文章。7月初放暑假之后，蓝翎随着李希凡夫妇来到通县李希凡家中，再次开始了愉快的合作。大概在8月份，他们又将刚刚写完的《评〈红楼梦研究〉》一文，寄给了《光明日报·文学遗产》编辑部。

从现有史料来看，他们写不写《评〈红楼梦研究〉》这篇文章已不重要，因为《关于〈红楼梦简论〉及其他》一文的发表，便已引起某些"大人物"的重视，并将在一系列偶然性因素的触发下，引发那场轰轰烈烈的批判运动。《评〈红楼梦研究〉》一文，只是在运动中起到了添油加醋的作用而已。这也就是笔者只将《关于〈红楼梦简论〉及其他》作为这场运动的导火索的主要原因。

蓝翎在《龙卷风》中对邓拓召见他和李希凡的事曾有详细记载，在此我们

---

① 此据1999年6月16日对李希凡的采访。他说，此事是杨向奎亲口告诉他的。

不妨略加引述。"一九五四年九月中旬的一个星期六（据查为十八日）晚上"，蓝翎近十二点时回到学校，老校工给了他一个纸条，那是邓拓秘书王唯一留下的，说是邓拓看了他们的文章，很欣赏，想找他面谈。"回来后请打个电话"。蓝翎忐忑不安地按照纸条上的号码拨通了电话，王唯一便派轿车将他接到了人民日报社。与邓拓见面之后，"邓拓说：'你们的地址是从山东大学打听到的。李希凡在人民大学，怕不好找，所以先找你来。有件事想跟你们商量。你们在《文史哲》发表的文章很好，《人民日报》准备转载。你们同意不同意？'他谈得很轻松，没有说到毛泽东主席。但我意识到事情非同寻常，立即回答：'完全同意。但还得告诉李希凡，问问他的意见。'""要谈的主要问题已解决，往下越谈越轻松越自然。"在谈话过程中，邓拓又问蓝翎："你们都在北京，为什么写了文章拿到青岛发表？是不是遇到什么阻力？"又问起李希凡与蓝翎的个人情况，蓝翎"都按照忠诚老实的原则一一如实叙述。""邓拓在谈如何读书做学问的过程中，还不时提到山东大学我的老师们。""谈话进行了约两个小时，最后让我找到李希凡，下午一起来报社，再叙谈一次。"蓝翎回到学校宿舍，激动得一夜未眠。次日一大早，便给李希凡打电话，"简单地向他叙说了夜间同邓拓谈话的情况。他听了也感到事出意外，很兴奋。我让他尽快到我的住处来"。"李希凡赶到我处，两人痛饮香茶，喷云吐雾，相谈甚欢，飘飘欲飞。饭后，一同到《人民日报》找邓拓。"由于蓝翎"已见过了邓拓，这次谈话主要是邓拓和李希凡对谈，我在一边敬听。邓拓谈的内容比夜间谈的简略，基本一样。李希凡除同意转载文章外，更多的是谈他个人的情况。我和李希凡商量后提出，文章当时写得较匆促，因为两人都正上着课，如果要转载，最好能有一个星期的时间，再进行一次认真的修改。邓拓说，时间太长了，不必大改，星期四交稿吧。我们不便再说什么，表示按期完成任务"。

1954年10月16日，毛泽东在《关于红楼梦研究问题的信》中，对李希凡、蓝翎的个人情况及《关于〈红楼梦简论〉及其他》一文投寄《文艺报》"被置之不理"等了解得那么详细，可能就是邓拓将这次与李希凡、蓝翎的谈话向毛泽东做了如实汇报的结果。

据蓝翎在《龙卷风》中回忆说，为了按期完成文章的修改，他和李希凡从人民日报社回去以后，"星期一，李希凡向学校请准了假"，又"回家安排一下"，下午便赶到篮翎住处，二人"先研究了修改计划，随即着手修改，日夜兼程，轮流睡觉。""星期四上午修改稿完毕，李希凡回去，由我通知报社来取修改稿。星期五，报社即派人送来两份修改稿的小样，四开大纸，边上留出大片空白。我看后改了几处技术性的差错，退回一份，保留一份。任务完成了，顿感轻松，单等着报纸上见吧。"

然而，当时的李希凡和蓝翎并不知道，由于周扬的干预，他们的文章已经不能在《人民日报》转载，关于这一点，我们将在后文中详述，此不赘。

在焦急的等待和热切的期盼中，李希凡、蓝翎却等到了一个出乎意外的消息：邓拓通知他们，《关于〈红楼梦简论〉及其他》一文，将由《文艺报》转载，中国作家协会将直接和他们联系。不久，他们就收到了《文学遗产》主编陈翔鹤的来信，约他们到他那里去，然后一起去见《文艺报》主编冯雪峰。

9月下旬的一天晚上，李希凡与蓝翎吃过晚饭，便按照约定的时间一起来到了陈翔鹤的办公室。陈翔鹤向他们说明了约见的目的后，就带领李希凡、蓝翎步行着来到冯雪峰家。

李希凡、蓝翎与冯雪峰、陈翔鹤见面后不久，《关于〈红楼梦简论〉及其他》一文便在《文艺报》第18期转载了，在文章的前面，还加上了冯雪峰写的那个"编者按"。10月10日，《光明日报·文学遗产》专栏也发表了他们的《评〈红楼梦研究〉》。据李希凡在《红楼梦艺术世界》中回忆说，陈翔鹤带他们去见冯雪峰时就曾表态说，"《文艺报》是老大哥，等《文艺报》转载了你们的文章以后，我们就登你们的《评〈红楼梦研究〉》"。果然，这篇文章在《光明日报》发表时，陈翔鹤也学着"老大哥"《文艺报》的样子，在文章的前面加了一个"编者按"。冯雪峰与陈翔鹤的这一举措，将给他们招致猛烈的批判。

二、引发运动的第二偶然性因素：周扬的"多事之秋"

1954年的"《红楼梦》研究批判运动"，自然与文艺界领导人之一的周扬息息相关。他与江青之间的矛盾冲突，不仅直接导致了这场运动的爆发和升级，而且也使他自己度过了一个痛苦的"多事之秋"，甚至城门失火，殃及池鱼，《文艺报》及冯雪峰等人都受到了冲击。然而，随着批判运动的继续深入，他却又很快地变被动为主动，从一个受批判的角色一跃而成为这次运动的实际上的前线总指挥，并且巧妙地利用运动所带来的强大冲击波，借力打力，一举击败了多年来一直与自己作对的几个"对手"。

由于中国共产党一直强调文艺必须为无产阶级政治服务，所以新中国成立以后的中国文艺界，也就自然而然地成了政治的晴雨表，成了一个最敏感、最复杂、是非最多，且又最容易发生问题的领域。作为文化界领导人的周扬，处在这个敏感领域的领导岗位上，也自然有他的为难之处。自从1937年从上海投奔延安之后，靠着他自己的能力和努力，更靠着毛泽东对他的赏识，周扬逐渐树立了自己在文艺界的领导地位。然而，也许人们只看到了他在开会时端坐在主席台上的风光，看到了他在作报告时发号施令的威风，但却不了解他内心深处的辛酸与痛苦。他虽然对毛泽东十分崇拜，一直努力并且忠实地按照毛泽东的指示办事，但却经常因办事不力而受到毛泽东的严厉批评。周扬曾经将毛泽东历次对他的批评归纳成三条："1．对资产阶级斗争不坚决；2．同资产阶级有千丝万缕的联系；3．毕竟是大地主家庭出身。"[①] 批评虽然严厉，但总体上还是赏识他的，不然的话，毛泽东也不会将他安置在那样一个重要的工作岗位上。

周扬之所以经常受到毛泽东的严厉批评，主要还是因为他没有完全彻底地了解毛泽东。虽然他一直被人们视为毛泽东文艺思想的权威的诠释者，但身份、地位、个性乃至生活经历等方面的差异，自然会导致他们之间对同一问题产生不同的看法。任何一个人，都不可能百分之百地了解另外一个人，并且丝毫不差地完全按照这个人的意图办事。当然，周扬有时不能很好地贯彻毛泽东的指示，也与毛泽东自身的矛盾有关。1950年6月，毛泽东在中国共产党七届三中全会上作了《不要四面出击》的讲话，在对当时中国文化教育界的现状作了透彻而又精辟的分析后指出：企图用简单粗暴的方法进行文化教育改革的想

---

① 李辉：《往事苍老》，花城出版社1998年版。

法是不对的。观念形态的东西，不是用大炮打得进去的，要缓进，要用十年到十五年的时间来做这个工作；改造知识分子，不要过于性急，要有灵活性。这一段重要讲话，表明毛泽东对当时中国的文化教育界，确实具有非常符合客观实际的把握。然而就在此前的3月份，毛泽东却对电影《清宫秘史》提出了批评意见，并号召全国对它进行批判。明明知道意识形态领域里的事情不能用简单粗暴的方式来解决，却又急于求成一次又一次地发动各种各样的思想批判运动。这种自相矛盾的做法，既反映了毛泽东性格的多重性，也给周扬等文艺界领导人造成了工作上的实际困难。

建国后，周扬屡屡遭受毛泽东的批评，自然也与"第一夫人"江青有关。当时周扬任中宣部副部长，而江青就在中宣部任电影处处长。有这样一个"特殊身份"的"第一夫人"在手下工作，就会经常出现到底谁领导谁的问题，如此时日既久，彼此产生摩擦造成矛盾自然在所难免。更何况江青也不是一盏省油的灯，她不仅不会服从周扬的领导，而且还一直觊觎着文艺界领导人也就是周扬的那把交椅。而周扬本人又看不惯江青，往往坚持原则以抵制她的瞎指挥，如此一而再再而三地发生摩擦，江青当然会对周扬怀恨在心。据李辉在《往事苍老》中说，当年周扬曾经对周迈说过这样一番话："批斗我，也许江青起点坏作用……她在中宣部工作时，有时发表意见口气很大；有时我们搞不清是毛主席的意见还是她个人的意见。我们只能按组织原则办，不能听她的，可能得罪了她。"寥寥数语，概括地反映出周扬与江青共事的艰难以及他们之间产生矛盾冲突的主要原因。

矛盾着的双方总会彼此产生怨恨之情，这种情绪蓄积既久，一旦遇到合适的时机，就会喷涌而出造成剧烈的矛盾冲突。从现有史料来看，江青与周扬之间的第一次真正激烈的矛盾冲突，应该就是发生在1954年9月的那一次。而导致这次冲突的直接导火线，便是《关于〈红楼梦简论〉及其他》一文究竟应该在《人民日报》还是《文艺报》转载的问题。也正因为周扬在处理这一问题时惹怒了江青，所以才直接引发了那场轰轰烈烈的"《红楼梦》研究批判运动"。

笔者在拙著《红学：1954》中曾说："李希凡、蓝翎与俞平伯商榷的《关于〈红楼梦简论〉及其他》一文，本来只是一篇普普通通的商榷性文章，不料却被江青和日理万机的毛泽东看到并引起重视。江青为何赏识这篇文章，原因不得而知，也许她确实是由衷地喜欢这篇文章，也许她是为了投毛泽东之所好，也许另有其他目的，但毛泽东之所以看重这篇文章，却大致可以归纳为以下三点：首先，李希凡、蓝翎的文章中有些言辞比较尖锐，洋溢着一种战斗气息，这种'小人物'敢于向'大人物'挑战的精神，勾起了毛泽东年轻时的战斗豪情。回顾毛泽东的人生历程，他的一生，可以说是战斗的一生。他在各个方面，各个历史时期，似乎都充满了战斗的豪情；其次，这篇文章所涉及的内容，正好是毛泽东推崇备至且十分熟悉的《红楼梦》，而'两个小人物'的研究方法，又是尝试着运用马克思主义的理论观点研究复杂的文学现象。其中的许多观点，尤其是辩证唯物主义和历史唯物主义的观点，与毛泽东对《红楼梦》的看法不谋而合；第三也是最重要的一点，是这篇文章可以用来在思想文化领域引发一场大批判运动，以便实现他多年来以马列主义统一人们思想的宏伟构想。也正因为如此，所以当江青提议将李希凡、蓝翎的文章拿到《人民日报》转载时，毛泽东当即欣然同意。"

9月中旬的一天下午，江青带着李希凡、蓝翎的《关于〈红楼梦简论〉及其他》一文，来到人民日报社找到当时的总编辑邓拓，口头传达了毛泽东的指示，要求《人民日报》转载此文，以期引起争论，展开对资产阶级唯心论的批判。邓拓按照指示办事，在让李希凡、蓝翎对文章略作修改并排出小样后准备转载时，却遭到了负责文艺宣传工作的中宣部副部长周扬的反对。因为当时《人民日报》的文艺宣传工作由报社总编室和中宣部文艺处双重领导，并且以中宣部文艺处为主。文艺组每个季度的评论计划，都必须拿到中宣部文艺处讨论，最后再由分管文艺处的副部长周扬审定。因此，周扬得知此事后，便提出了反对意见，因而邓拓也不得不终止《关于〈红楼梦简论〉及其他》的转载。

关于江青到人民日报社安排转载《关于〈红楼梦简论〉及其他》一事，历史史料与一些重要当事人的回忆不太一致。"中国作家协会革命造反团"与"新北大公社文艺批判战斗团"于1967年出版的《文艺战线上两条路线斗争大事记》中记载说："9月，毛主席看到《关于〈红楼梦简论〉及其他》一文后，给以极大的重视和支持。九月中旬一天下午，江青同志亲自到《人民日报》编辑部，找来周扬、邓拓、林默涵、邵荃麟、冯雪峰、何其芳等人，说明毛主席很重视这篇文章。她提出《人民日报》应该转载，以期引起争论，展开对资产阶级唯心论的批判。周扬、邓拓一伙竟然以'小人物的文章'、'党报不是自由辩论的场所'种种理由，拒绝在《人民日报》转载，只允许在《文艺报》转载，竟敢公然抗拒毛主席指示，保护资产阶级'权威'。"从现存的各种史料来判断，江青曾为此事到人民日报社去过两次：第一次是在9月中旬，她直接找了邓拓，并未找周扬等人；第二次则是在9月底或10月初。当时，《人民日报》在将《关于〈红楼梦简论〉及其他》一文排出小样后，却又因为周扬的反对而中止转载，因此江青为此再到人民日报社，召集周扬等人开会交涉此事，结果再次遭到拒绝。此处所说"九月中旬"，时间上是对的，但却将江青两次到人民日报社的事情混为一谈了。据蓝翎在《龙卷风》中的回忆，他第一次被邓拓找去，是在"一九五四年九月中旬的一个星期六（据查为十八日）"，证明邓拓在找蓝翎之前江青已经到人民日报社找过邓拓。而邓拓在约见蓝翎之后，又让他第二天（星期天）找到李希凡，然后二人一起去了报社。星期一，他们两人便动手修改文章，星期四上午修改完毕并交给报社，星期五即校对了修改稿的小样，但《人民日报》却没有登载，后来才由《文艺报》转载此文，这便是周扬等人搞了折中方案的结果，也证明第一次周扬等人并不在场。而江青之所以再次到人民日报社去召集周扬等人开会，也是为周扬等人做出的决定（《关于〈红楼梦简论〉及其他》一文，不在《人民日报》转载，而由《文艺报》转载）来进行交涉。周扬等人所说"小人物的文章"、"党报不是自由辩论的场所"等话，便是在江青第二次到人民日报社时说的。

此外，关于江青第二次到人民日报社召集周扬等人开会的具体时间及与会人员，史料记载与一些重要当事人的回忆也不太一致。据李辉的《往事苍老》记载，他在采访袁鹰时，袁鹰曾说："我最早感到江青的影响，是在1954年批判《红楼梦研究》期间。开始隐隐约约听说有两篇文章引起注意，有问题要批判。10月中旬，听说江青来报社开过会，有周扬、邓拓、林默涵、林淡秋、袁水拍参加。江青带来毛主席意见，但还没有拿信来。周扬在会上认为不宜在《人民日报》发表，分量太重，报纸版面也不多，还是作为学术问题好，江青就把这样的意见带回去，那时方针已定，他的意图不仅不会采纳，反而引来严厉批评。"在此，袁鹰所说"10月中旬"云云，显然与史实不符。前引蓝翎等人的回忆即可说明问题。另外，《关于〈红楼梦简论〉及其他》一文，已于10月初在《文艺报》第18期转载，《评〈红楼梦研究〉》一文，也已于10月10日在《光明日报》发表，证明在此之前，江青早已与周扬等人交涉过此事。文章都已经在《文艺报》转载了，江青"10月中旬"再去《人民日报》交涉，就与历史史实不相符了。

那么，由于《关于〈红楼梦简论〉及其他》一文在《人民日报》转载的事情搁浅，江青不得不再次来到人民日报社进行交涉。也许是江青事先打电话询问过邓拓，得知了《人民日报》之所以胆敢不转载她推荐的文章，乃是因为周扬的反对，所以这次特意把周扬等人找来开会；或许是邓拓得知江青要来兴师问罪，害怕自己承受不了她的巨大压力，所以赶紧把周扬等人请到了人民日报社。不管是什么原因，反正这次来了不少人。据史料记载，除《人民日报》总编辑邓拓、副总编辑林淡秋之外，其他还有周扬、林默涵、邵荃麟、袁水拍、冯雪峰、何其芳等人。时间是在1954年的9月下旬。

据《文艺战线上两条路线斗争大事记》中的记载可知，在这次小型的谈判会上，面对气势汹汹前来兴师问罪的江青，周扬等人早已做好了充分的思想准备。他们坚持原则，统一行动，毫不妥协。这次他们反对《人民日报》转载《关于〈红楼梦简论〉及其他》一文的理由，除毛泽东在《关于〈红楼梦〉研究问题的信》中所说的"小人物的文章"、"党报不是自由辩论的场所"之外，还有另外一些。周扬认为，《关于〈红楼梦简论〉及其他》一文"很粗糙"，作者的态度也不好；林默涵、何其芳则说，这篇文章，"也没有什么了不起的地方"。

据一些与周扬熟悉的人回忆说，周扬历来对毛泽东都是非常尊重的，对他的指示也是一贯地绝对服从，但这次为什么却又胆敢抗拒呢？除了周扬确实是在坚持原则之外，还有一个更为重要的原因，那就是：江青两次到人民日报社去，都没有带上毛泽东写的信或者字条，只是口头传达指示，而周扬等人又"搞不清是毛主席的意见还是她个人的意见"，所以还是"只能按组织原则办"，如此一来，就不仅仅得罪了江青，而且也激怒了毛泽东。

那么，毛泽东既然有意要利用《关于〈红楼梦简论〉及其他》一文展开对资产阶级唯心论的批判，却为何又不写封信让江青带到人民日报社去呢？可能一来他觉得这只是一桩小事，由江青出马去打个招呼，在《人民日报》转载当不成问题；二来出于种种考虑，他还不想一开始就参与这场运动，待到文章转载以后，再根据具体情况加以引导；三是当时他确实太忙，因为就在这段日子里，亦即9月15日至9月28日，中华人民共和国第一届全国人民代表大会第一次会议正在北京召开。相比而言，这次大会才是他所要做的头等大事，其他事情，包括这样的"小事"，他当然也就顾不上了。

江青是以问罪之师的身份带着怒火到人民日报社去跟周扬等人交涉的，她在当时的特殊身份，决定了她在交涉时必然采取咄咄逼人的气势。然而，周扬等人的"不给面子"，出乎她的意料之外，也导致了她的愤怒的火焰达到了极限。最后，她只能强忍着难以遏制的满腔怒火离开人民日报社。因此，她在见到毛泽东之后，必然会添油加醋地将周扬等人的态度和话语复述一番，并将在自己胸中熊熊燃烧的怒火再引发到毛泽东身上，这自然引起了毛泽东的震怒。后来，《文艺报》又转载了《关于〈红楼梦简论〉及其他》一文，且冯雪峰还按照他自己的意愿在文章前面加了一个"编者按"；而李希凡、蓝翎的另一篇文章《评〈红楼梦研究〉》，也在10月10日的《光明日报》发表了出来，并且《光明日报》居然还跟着《文艺报》学，也在文章的前面加了一个"编者按"。周扬等人这种本来十分正常的举动，却在将他们带入一个非常难过的"多事之秋"的同时，也为引燃这场大批判运动的熊熊烈火增加了更多的火药。

在此我们不妨作这样的假设：倘若江青带着《关于〈红楼梦简论〉及其他》一文来到人民日报社找到邓拓之后，邓拓不征求周扬的意见而直接将这篇文章转载，这场运动会不会避免？回答恐怕仍然是否定的。因为江青看重《关于〈红楼梦简论〉及其他》一文并提出要在《人民日报》转载，并不仅仅是真正赏识这篇文章，她的主要目的，还是想利用这篇文章的转载，"以期引起争论，展开对资产阶级唯心论的批判"。说白了，也就是想借机引发一场批判运动。因此，自从江青产生这一想法并付诸行动时起，即使不发生周扬阻挠《关于〈红楼梦简论〉及其他》一文在《人民日报》转载的事情，这场运动的爆发也已不可避免。

也许有人会说，笔者在此是自相矛盾的：既然在江青与周扬为此事而发生直接冲突之前，这场运动的爆发便已不可避免，怎么又说这是他们之间的矛盾冲突直接导致的一种结果呢？要回答这一问题，我们还需回到周扬对周迈所说的那一番话上来。江青在中宣部"有时发表意见口气很大"，周扬等人又"搞不清是毛主席的意见还是她个人的意见"，所以他们"只能按组织原则办，不能听她的"。这种坚持原则的做法，自然会使江青对周扬怀恨在心，并在办理与周扬有关的事情时也尽可能地避开他，以免受到阻挠。当时《人民日报》的文艺组主要由中宣部文艺处领导，在中宣部工作的江青明明知道这一事实却不找分管文艺处的周扬转达毛泽东的指示，反而直接跑到人民日报社去找邓拓，正是她痛恨周扬并试图避开周扬以达到预期目的而采取的一种不正常的行动。而周扬得知此事后表示反对且最终达成妥协在《文艺报》转载，除了表面上是在坚持原则的理由之外，潜意识里是否还有一种对江青绕开自己"假传圣旨"的抵制和报复？也正是由于他们之间长期以来的彼此摩擦，最终演化为直接的面对面的矛盾冲突，才导致了这场运动的快速爆发并使之扩大了范围。如果江青的意图不被周扬等人阻挠，那么由此而引发的批判运动也许不会形成后来那样大的规模。最起码的一点，《文艺报》及冯雪峰等人是不会受到连累的。

实际上，在建国后发生的两次运动中，周扬和江青之间都发生了直接或间接的矛盾冲突。1951年对电影《武训传》的批判，是新中国成立以后在思想文化领域中开展的第一次较大规模的批判运动。在这场史无前例的文化思想运动中，江青出尽了风头也尝到了甜头：她率领由文化部和人民日报社组织的"武训历史调查团"，威风凛凛地开赴山东，在堂邑、临清、馆陶等地进行了二十多天的调查以后，《人民日报》便连续发表了该"调查团"撰写的《武训历史调查记》。岂料就在江青正要将这场运动继续深入持久地开展下去的时候，周扬却迫不及待地在《人民日报》发表了《反人民反历史的思想和反现实主义的艺术》一文，在为这场运动做出总结的同时也画上了一个句号。前线的大将正将战鼓擂得震天响，后方的元帅却敲起了收兵的铜锣，这自然让还没有出够风头的江青大感恼怒，也自然而然地导致了毛泽东对周扬乃至文化界的不满情绪。

还有一点需要说明，毛泽东之所以要发动这场运动，也是因为对文化界尤其是文化界领导人的不满所致。在他亲自撰写的《应当重视电影〈武训传〉的讨论》一文中，他说："电影《武训传》的出现，特别是对于武训和电影《武训传》的歌颂竟至如此之多，说明了我国文化界的思想混乱达到了何等的程度！""特别值得注意的，是一些号称学得了马克思主义的共产党员。他们学得了社会发展史——历史唯物论，但是一遇到具体的历史事件，具体的历史人物（如像武训），具体的反历史的思想（如像电影《武训传》及其他关于武训的著作）就丧失了批判的能力，有些人则竟至向这种反动思想投降，资产阶级的反动思想侵入了战斗的共产党，这难道不是事实吗？一些共产党员自称已经学得了马克思主义，究竟跑到什么地方去了？"一句句充满愤激之情的言辞，携带着势不可挡的巨大冲击力，击向令他感到强烈不满的文艺界及其领导人。

周扬应该明白这场运动的性质，也知道这场运动给自己带来的巨大压力。即使毛泽东没有点名批评周扬，但他对文化界的不满实际上主要也是对周扬的不满，因为他是文化界的主要领导。然而，即使在这种情况下，周扬还是匆忙地鸣金收兵结束了这场战斗。其中的原因，除了周扬不愿意用运动的形式来解决思想领域的问题之外，深层的因素恐怕还有一些。须知，在这场运动中，不仅他自己间接地受到了批评，他的一位好友——"四条汉子"之一的夏衍，也在上海受到了直接冲击。出于一种对自己甚至对夏衍的保护意识，周扬也自然要尽快地结束这场运动。

在对马列主义及毛泽东思想的阐释方面，也许江青比不上周扬，但在其他某些方面，江青却比周扬更了解毛泽东。她知道自电影《武训传》的批判运动匆匆结束以后，毛泽东一直要在思想文化界发动一场更大规模的批判运动，所以便不失时机地抓住一篇极普通的商榷文章采取了积极行动。然而，对江青和毛泽东来说，运动只是一种手段，却不是最终目的。毛泽东要发动批判运动的目的是用马克思列宁主义统一人们的思想，以改变文化界的混乱状态。而江青的目的却截然不同，她还是要通过运动显示自身的价值，以满足内心深处日益膨胀的权力欲，确立自己在文化界的领导地位。1951年对电影《武训传》的批判，使江青第一次尝到了运动的甜头也产生了对周扬的强烈不满，所以她经常在毛泽东面前搬弄是非，并一直在寻找发动批判运动的机会以便借此整倒令她反感的周扬及其他文化界领导人。据李辉在《往事苍老》中说，他与张光年谈到周扬时，张光年曾经说过这样一个生动的细节：

> 李：你有次说到毛泽东常批评周扬"政治上不开展"，主要是指什么？
>
> 张：我想是指他对意识形态上"阶级斗争动向"不敏感，感觉迟钝。你管的事，出了问题都要最高层替你发现、指出，指出了，还没能很快跟上，这还行吗？53年说他政治上不开展，也可能因为电影。当时江青是中宣部的电影处处长，经常拨弄是非。有一件事好像是在1953年，江青邀请我们在中南海看《荣誉属于谁》，说这个片子是有问题的。我们很认真地看，但很愕然。周扬问我："你看问题在哪里？"我摇摇头，他叹口气，说："有问题。"但也说不出。后来我们才知道，这个片子与高岗有关。当时高岗是东北王，知道他有作风问题，但政治上的问题我们并不清楚。江青说这片子是歌颂高岗的，不过后来批高岗的文件中也没有这个内容。说周政治上不开展，还指他同夏衍、田汉、阳翰笙这样一些老同志划不清界限。我猜想这样，没有问过他。

高岗、饶漱石的问题，纯粹属于政治斗争，但江青仍想通过电影开展批判运动。虽然这次没有成功，但她继续等待这样的机会也是很必然的。而当她好容易捕捉到一个机会的时候，却又遭到了周扬的阻挠，这不能不让她感到恼火。所以，在《关于〈红楼梦简论〉及其他》一文在《人民日报》转载一事因受到周扬的阻挠而搁浅以后，原来试图避开周扬的江青就不得不面对面地与周扬进行交涉了。然而，就在她于9月下旬再次来到人民日报社以后，却发现周扬早已做好了充分的准备。他不但理由非常充足，而且还组织了一支强大的同盟军。直到此时，他们仍然"搞不清是毛主席的意见还是她个人的意见"，所以他们当然"只能按组织原则办，不能听她的"。周扬态度的坚决，从另一个侧面显示了他对江青经常"拉大旗作虎皮"的反感，也透露了他对江青超越职权在文艺宣传部门指手画脚瞎指挥的抵制态度。由此亦可看出，周扬在平时处理自己与江青的工作关系时，并没有将她当作"第一夫人"特殊看待，更没有利用江青的这种特殊身份作为自己往上爬的阶梯。在周扬身上，还有中国传统文人良好品质的闪光的一面。

在这次特殊的交涉会上，周扬没必要说出自己之所以阻止江青的深层原因。因为仅堂堂正正的理由就已相当充分："小人物的文章"，"也没有什么了不起的地方"，"很粗糙，态度也不好"，等等，是针对《关于〈红楼梦简论〉及其他》一文的评价；"党报不是自由辩论的场所"，"分量太重，报纸版面也不多"，则是说的实际情况；"还是作为学术问题为好"，更证明周扬等人并没有意识到毛泽东、江青有借此开展一场批判运动的意图。

江青与周扬之间的矛盾冲突进一步升级，在冲突过程中周扬暂时占了上风，其结果是导致了江青对周扬的更大怨恨。据李辉的《往事苍老》，江青曾经在公开场合说出这样一句话来："我恨死周扬了！"可见她对周扬是何等的痛恨。

实际上，无论周扬对江青"假传圣旨"的做法如何反感如何抵制，他到底还是给了江青一点儿面子。《关于〈红楼梦简论〉及其他》一文最终由《文艺报》转载，便可证明此点。只不过江青却要按照自己的意愿行事，因而对周扬的折中方案不但不做出让步，反而从此愈发痛恨周扬。

在面对面的冲突中，暂时占了上风并不等于取得了最后的胜利，最终陷于被动局面的还是周扬。他与江青的较量，从一开始就注定逃脱不了失败的命运，因为江青身后还有一个更大的靠山。当他们之间的冲突转化为"竟敢公然抗拒毛主席的指示，保护资产阶级'权威'"的时候，冲突的性质便也发生了质的变化。

江青与周扬等人在人民日报社发生冲突后不久，江青便借助毛泽东的力量开始了对他们的猛烈反击。面对《文艺报》在转载《关于〈红楼梦简论〉及其他》一文时所加"编者按"，毛泽东写下了一行行燃烧着熊熊怒火的批语："不过是小人物"、"不过是不成熟的试作",字字句句,都是冲着周扬等人当日对江青所强调的那些理由。当时的周扬,与"小人物"李希凡、蓝翎相比自然是一个"大人物",但当他面对毛泽东的时候,他究竟是"小人物"还是"大人物"呢?

没有材料证明周扬当时是否看到了毛泽东的这些批语,但《关于〈红楼梦〉研究问题的信》,周扬却很快就看到了。在这封信中,毛泽东再次对准周扬所强调的"小人物的文章"这条理由开火,有意识地将"小人物"与"大人物"对立起来:"事情是两个'小人物'作起来的,而'大人物'往往不注意,并往往加以阻拦,他们同资产阶级作家在唯心论方面讲统一战线,甘心作资产阶级的俘虏。"如此严厉的断语出自第一领袖之口,其对周扬等当事人造成的压力何止千钧!

令周扬感到欣慰的一点是,在这封信中毛泽东实话实说:"有人要求将此文在《人民日报》转载,以期引起争论,展开批评。"这证明周扬的判断是正确的:要求将《关于〈红楼梦简论〉及其他》一文在《人民日报》转载,开始并非出自毛泽东的本意,而是江青提出来的。不过,江青到人民日报社之前,却是征得了毛泽东的同意,因此,从某种意义上来说,这也可以看作是毛泽东的指示。也正因为如此,所以毛泽东又不点名地批评了周扬等人:"又被某些人以种种理由(主要是'小人物的文章','党报不是自由辩论的场所')给以反对,不能实现;结果成立妥协,被允许在《文艺报》转载此文。"虽然没有点名,但却不点自明。身为主要当事人的周扬,在看到这一段燃烧着怒火的最高指示后,自然会陷入诚惶诚恐的境地。

周扬可能没有料到,在自己和江青之间的冲突中,毛泽东竟然旗帜鲜明地支持了江青。这位对毛泽东无限崇拜的文艺界领导人,对江青的指手画脚瞎指挥可以采取直接或委婉的方式加以抵制,但对毛泽东的指示,不管是理解的还是不理解的,甚至不管是对的还是错的,却从来都是绝对服从的。因此,看了毛泽东的信后,周扬可能心中仍然不向江青认输,但对毛泽东,他却积极地采取了"立功赎罪"的补救措施:他将以作家协会古典文学部的名义,召集在京的专家学者召开一次小型的"关于《红楼梦》研究问题座谈会"。

周扬的态度和积极行动，并没有得到江青与毛泽东的谅解。他们有意采取了避开周扬直接指挥人民日报社的行动，而江青则在这一行动中扮演了一个使者的角色。她不辞劳苦地往来于中南海和人民日报社之间，瞒着周扬，秘密地找到邓拓，转达了毛泽东的指示，要他在《人民日报》组织发表几篇支持李希凡、蓝翎的文章。周扬虽然知道此事，却不敢再来过问，证明在与江青的矛盾冲突中，周扬起码在表面上已经服输。

李希凡在《红楼梦艺术世界》中曾经说："这篇文章在当时引起了一些意见，听说周扬就曾打电话问邓拓：这是怎么回事？"此外，据李辉的《往事苍老》，夏衍也曾经说："1954年批判俞平伯的时候，《人民日报》发表批评《文艺报》的社论，这实际上是批评周扬领导的文学界。听说这个社论越过了周扬，由上面指示总编辑邓拓安排报社的人直接写的。起草人是袁水拍。社论发表出来后，周扬还不知道怎么回事。实际上是毛主席不满意周扬在批判胡适等资产阶级学术思想上的工作，这篇社论是对他的极为严厉的批评。"

邓拓奉命组织的第一篇文章于10月23日在《人民日报》公开发表，这便是那篇由钟洛起草并经林淡秋、袁水拍修改过的《应该重视对〈红楼梦〉研究中的错误观点的批判》一文。这篇凝聚了人民日报社及文艺组主要领导人的心血和智慧的文章，基本上是按照毛泽东《关于〈红楼梦〉研究问题的信》写成的，但对于文艺界的批评，却只在临近结束时轻描淡写地点了一笔："我们的文艺界，对胡适之派的'新红学家'们的资产阶级立场、观点、方法在全国解放后仍然在古典文学研究工作中占统治地位这一危险的事实，视若无睹。这两篇文章发表前后在文艺界似乎并没有引起应有的重视。"

10月23日，周扬筹备组织的"关于《红楼梦》研究问题座谈会"在中国作家协会会议室召开，参加会议的代表及报社的编辑记者共有69人。这次会议特意以中国作家协会古典文学部的名义召开并让郑振铎主持会议，证明周扬虽然陷入了惶恐的境地但却仍然没有意识到问题的严重性，而且也不想把事态扩大。由于周扬是以文艺界领导人的身份参加这次会议的，所以他在最后的总结发言中没有像何其芳那样做明显的自我批评，讲话的内容也基本上按照毛泽东《关于〈红楼梦〉研究问题的信》的指示精神，甚至连语气都极为相似。在讲话中不说"我"而说"我们",且时常以领导者的身份并使用号召性的言辞,可以看出他在公开场合的镇静自若。然而,在他冷静的外表下,是否在进行着激烈的思想斗争呢?以理度之,当是有可能的。

从李辉《往事苍老》中一些当事人的回忆可知,也许周扬在这次会议上的态度引起了毛泽东或者江青的不满,所以他们对周扬又采取了穷追猛打的战略战术。就在《人民日报》、《光明日报》对"关于《红楼梦》研究问题座谈会"作了报道的10月26日,江青又一次秘密地来到人民日报社,直接向袁水拍传达了毛泽东的指示,要求他写一篇对《文艺报》开火的文章。这一次,仍然有意识地避开了周扬。

10月28日,由袁水拍根据毛泽东的指示精神起草然后经毛泽东审阅并作了重要修改的《质问〈文艺报〉编者》一文在《人民日报》发表。毛泽东这一招非常厉害,他对准执行了周扬命令并在周扬直接领导下的《文艺报》开火,不仅可以对全国各地的报刊起到杀一儆百的震慑作用,同时也间接而且沉重地打击了周扬。所谓"敲山震虎"、"隔山打牛",可见毛泽东是何等的英明!

周扬果然又惊又怒,再也无法保持表面上的镇静自若。他怒气冲冲地打电话质问邓拓:"这是怎么回事?"以周扬的精明,不可能猜不透这一事件的内幕,但明明知道,却还要问个究竟,证明他已到了不知所措的地步。

然而,眼前的尴尬处境也只是暂时的,待周扬转变态度之后,毛泽东依然会重用他,并使他在运动中得到实际的好处。人类能否把握自己的命运,要视具体情况而定。当命运相对掌握在自己手中时,即使在相同的境遇中,不同的人也会有不同的命运,这主要取决于自己的主观努力:在困境中,听任命运的摆布而不作任何抗争的人,恰似戈壁滩上的流沙,只能任凭风暴带到地角天涯;遭遇厄运颓丧消沉甚至轻生的人,就像漂浮在水面上的一片树叶,随波逐流然后陷进淤泥化作泥土;在困境中采取措施积极抗争的人,则是大海上迷失方向的一叶扁舟。这一叶扁舟就是自己的命运,而自己的人生态度以及所采取的积极行动便是驾驶扁舟的人。面对着汹涌的狂涛巨浪,他只能努力拼搏随风转舵以便摆脱困境驶向彼岸。1954年秋,在"《红楼梦》研究批判运动"中一开始便陷入困境的周扬,便是这样一位见风使舵的明智之士。

对江青，当时的周扬在内心深处可能不会认输并且十分反感，但对毛泽东，他却是由衷崇拜甚至到了五体投地的程度。所以，当他看到《关于〈红楼梦〉研究问题的信》时，得知自己已然引起了毛泽东的强烈不满，他便马上采取了顺风转舵的行动，"《红楼梦》研究问题座谈会"的迅速召开以及周扬在这次会议上的总结性发言，便是明证。当然，此时的周扬，表面上的言行与内心的想法肯定不会一致，在积极响应号召的行动中和镇静自若的外表下，掩盖着一份极为复杂的心情：矛盾、痛苦、惶恐，甚至难以理解并且无法接受。

周扬虽是毛泽东思想的权威的阐释者，但他对毛泽东的理解却远不如毛泽东对他的把握更为深透、彻底。对于此时此刻周扬的心口不一甚至复杂的内心活动，毛泽东了解得一清二楚，他虽然喜欢并需要周扬，也知道周扬在努力地随风转舵，但却一定要像诸葛亮七擒孟获那样让他心服口服之后才给他这个机会，因此，毛泽东对周扬继续穷追猛打且采取了非常高明的战略战术：他秘密指挥着周扬手下的一支部队向另一支部队发动了猛攻，这实质上等于端掉了周扬的总指挥部。

《人民日报》发表袁水拍的《质问〈文艺报〉编者》一文后，周扬既惊且怒更多惶恐，直到此时，他才真正意识到了问题的严重性，也下定决心急速转舵，然而此时水急浪高风怒号，他仍然无法与命运抗争。

更令他感到痛苦的是，自己统领的一支部队被最高统帅秘密指挥着打败了自己的另一支部队，并直接威胁到自己的总指挥部，但自己却不敢恼、不敢怒，也不敢说，并且还要强作镇静被迫再去攻打已经失败了的这支部队。对于周扬来说，牺牲掉一个《文艺报》算不了什么，只要毛泽东同意，他立刻会在原来的地盘上重新建立一支队伍。问题的实质在于，毛泽东对周扬手下的这支部队发动进攻，目的不是要消灭这支部队，而是要间接地打击这支部队的总指挥部。批判《文艺报》，也就是在批判周扬，因为《文艺报》属于周扬直接领导，而且在江青与周扬之间的这次冲突中，他们还忠实地执行了周扬的命令。

据《文艺战线上两条路线斗争大事记》中的记载可知，在《质问〈文艺报〉编者》一文发表后，周扬曾经寻找到一个合适的时机，来到毛泽东面前作了深刻的自我批评。应该说，周扬此时的检讨起码在表面上还是非常虔诚的，但一些主要的原因他却不能说出，比如他对江青在文艺界的指手画脚十分反感，自己对她的"假传圣旨"也必须进行抵制等等，他只能用"没有警觉"等理由为自己辩解。

毛泽东当然明白周扬这次与江青发生冲突的真正原因，但出于种种考虑自然也不便点破。在听了周扬的检讨之后，毛泽东针对他的辩解，上纲上线并针锋相对地指出："不是没有警觉，而是很有警觉，倾向性很明显，保护资产阶级思想，爱好反马克思主义的东西，仇视马克思主义。"这样的话出自毛泽东之口，周扬自然诚惶诚恐无地自容。但毛泽东犹不放过，又严厉地批评周扬说："可恨的是共产党员不宣传马克思主义。共产党员不宣传马克思主义，何必做共产党员！"想起当日周扬强调的"小人物的文章"这条理由，毛泽东明确告诫说："一切新的东西都是'小人物'提出来的。青年志气大，有斗志，要为青年开辟道路，扶持'小人物'。"不仅如此，毛泽东还再次提出《清宫秘史》五年来一直没有受到批判："如果不批判，就是欠了这笔债。《清宫秘史》实际是拥护帝国主义的卖国主义影片。光绪皇帝不是可以乱拥护的。"

周扬作了深刻而又彻底的检讨之后，学习古代贤哲使用攻心战术的毛泽东并没有立即"亲解其缚"，而是继续冷落了周扬一段时间。直到11月下旬，毛泽东认为时机成熟后，才允许周扬掉转了他的命运之舟。

此时，大批判的熊熊烈火已然燃遍了神州大地，新闻媒体在行动上也取得了空前一致的大好局面。

然而，虽然此时毛泽东原谅并依然重用了周扬，但最可怕的却是江青对他的仇视态度仍然一如既往。她要彻底地整垮这位"文艺黑线的祖师爷"，以便使自己成为"文艺界的旗手"或登上"文艺女皇"的宝座。12年后，当周扬被批倒批臭且被关进秦城监狱之时，他与江青的这次冲突也自然而然地成了一大罪状。1974年10月16日，《人民日报》、《光明日报》、《解放军报》、《红旗》杂志、《北京日报》、《文汇报》等报刊纷纷发表文章，纪念《关于〈红楼梦〉研究问题的信》，仍然抓住周扬当年反对《关于〈红楼梦简论〉及其他》一文在《人民日报》转载一事大批特批，可见江青在与周扬的这次冲突中对他结下了多么大的仇怨！只不过在此时的批判文章中，却又在周扬的前面拉上了一个与此事毫无关系的更大的"大人物"——刘少奇。政治斗争的残酷性、随意性以及御用文人"欲加之罪，何患无辞"的做法，实在令人发指。

三、引发批判运动的第三偶然性因素："替罪羊"冯雪峰也是"罪有应得"

本来，如果《关于〈红楼梦简论〉及其他》一文能够顺利地在《人民日报》转载，这场批判运动也就不会与冯雪峰及《文艺报》发生任何关系。岂料周扬却要"多事"，阻止了江青的意图并大搞折中在《文艺报》转载，这便给冯雪峰及《文艺报》种下了一颗要结苦果的种子。从这个意义上来说，冯雪峰与《文艺报》都是地地道道的"替罪羊"，但由于冯雪峰本人在处理这一问题时，又在惹恼了江青的同时也激怒了毛泽东，所以，从这个角度来说，他也是"罪有应得"的。

毛泽东与冯雪峰，本来曾有过深厚的交情和彼此之间真诚的信任，是什么原因导致毛泽东后来对冯雪峰产生了反感呢？近年来，学术界许多人都在试图探讨其中的奥秘，但却都没有找到一个确切的答案。实际上，只要我们将他们之间的交往史略微缕述一下，就能从中找到一些蛛丝马迹。

据冯雪峰自己回忆说："还在国内大革命时期，在广州工作的毛泽东曾向一位在他身边工作的我的同乡（同学）打听我的下落，说他很喜欢《湖畔》诗，认为写得很好，要我去南方与他一起工作。以诗会友，可见他的诗人气质。"[①] 激赏白话文运动但却并不喜欢白话诗的毛泽东，居然破例地说自己"很喜欢《湖畔》诗"，可见相对于形式而言毛泽东更注重诗的内容和情感，更注重充溢于诗文中的人的个性和品质；由此亦可看出，冯雪峰的"湖畔诗"具有多么强的感染力。然而，此时的毛泽东与冯雪峰，也只是一种所谓"久仰大名，如雷贯耳"的神交，自然没有什么友谊可言。他们彼此谋面并结下深厚的友谊，当是

---

① 史索、万家骥：《在政治大批判旋涡中的冯雪峰》，转引自胡平、晓山编：《名人与冤案——中国文坛档案实录》，群众出版社1998年版。

在冯雪峰加入中国共产党的革命队伍以后，尤其是在瑞金担任中共中央党校教务主任和副校长期间，冯雪峰居然有了经常与毛泽东在一起秉烛夜谈的机会，二人甚至已经到了无话不谈的程度。① 后来，在同甘苦共患难的长征途中，冯雪峰与毛泽东及其他中共中央领导人的友谊也日渐加深。随着毛泽东在中共中央领导地位的确立，冯雪峰在对毛泽东产生了由衷敬仰之情的同时，毛泽东自然也加深了对冯雪峰的信任和倚重。正因为如此，所以在中央红军到达陕北后不久，以毛泽东为首的中共中央便很快对冯雪峰委以重任——让他以中央特派员的身份前往上海，与那里的党组织取得联系。当然，这项使命之所以落到冯雪峰头上，并不仅仅考虑到他们之间的私人关系，冯雪峰当年曾在上海工作过，熟悉上海的情况且与鲁迅关系密切，也是其中的主要原因之一。

冯雪峰离开陕北前往上海，本来是代表中共中央行使神圣的使命，然而后来的历史证明，这次南行，却对他晚年的悲剧人生留下了致命的隐患。

当然，倘若仅仅与周扬等人闹矛盾，也不至于对他的未来造成多大影响。最致命的是他在此期间，因与博古闹翻而赌气跑回家乡隐居。对冯雪峰的这一举动，毛泽东有何看法因缺乏史料不得而知，但当时担任中共上海办事处主任的潘汉年却对冯雪峰此举表示过强烈的不满："雪峰这样子不对，谈判还未成功，怎么就说是投降呢？这是中央的事情，他是共产党员，怎能自己说跑就跑掉？组织纪律呢？他说再也不干了，他不干什么了？不干共产党吗？"② 这虽然是潘汉年的个人意见，却很能代表中共高层领导包括毛泽东在内的一些人对冯雪峰此举的看法。如果从大局出发来说，无论上面的决定是对是错，冯雪峰都可以坚持自己的意见，但他撂挑子不干的行为却是万万要不得的。在这次事件中，他那典型的"浙东人的脾气"给他造成了不可弥补的损失。因此，从某种意义上来说，冯雪峰的人生悲剧，既有时代和社会的因素，也有他自己的性格

---

① 史索、万家骥：《在政治大批判旋涡中的冯雪峰》，转引自胡平、晓山编：《名人与冤案——中国文坛档案实录》，群众出版社1998年版。

② 同上。

的因素。从此以后，他再也没有受到毛泽东的重用。

中华人民共和国成立后，周恩来安排冯雪峰担任人民文学出版社社长兼总编辑。对文史情有独钟的毛泽东，在国家第一个大型文学出版社领导人的人事安排问题上，是否发表过自己的意见，不得而知。周恩来在做出这一决定之前，也许已经同毛泽东商量过了。即使排除这种可能，如果毛泽东此时反感冯雪峰，那么在周恩来做出这一安排之后，毛泽东也许会表示自己的看法。后来，冯雪峰又兼任了中国作家协会副主席及《文艺报》主编等职，毛泽东依然默认了这种安排。然而，就在"《红楼梦》研究批判运动"爆发前不久，周扬等文艺界领导人及《人民日报》曾以"李准事件"为由，对《文艺报》发动了一次围攻式的批评，致使《文艺报》不得不做公开的检讨。此事的背景究竟如何，因无确凿的史料，不敢妄加揣测，但对冯雪峰来说，这却是一个危险的信号。

平心而论，此时的毛泽东对冯雪峰冷漠也好不满也罢，却还说不上有什么反感，后来发展到必欲将之批倒批臭的程度，却与那位喜欢多管闲事的"第一夫人"江青息息相关。

江青第一次到人民日报社要求转载《关于〈红楼梦简论〉及其他》一文时，究竟对邓拓说了些什么冯雪峰可能不太清楚，但当她的意图遭到周扬抵制并再次来到人民日报社进行交涉时，冯雪峰就已经明白了江青要"开展《红楼梦》研究问题""这个讨论的实质"。"毛主席很重视这篇文章"，"《人民日报》应该转载，以期引起争论，展开对资产阶级唯心论的批判"，这是江青一再强调的主要理由。而此时的周扬，却已经拿定主意在《文艺报》转载这篇"并不成熟的文章"，所以他在请来林默涵、何其芳等盟友为自己助战的同时，还特意请来了冯雪峰。在这次特殊的谈判会上，当然还是由周扬来唱主角，邓拓、林默涵、何其芳等人则附和着周扬打帮腔，而冯雪峰却没有直接表态。然而，他说不说什么无关紧要，重要的是江青说了些什么、周扬说了些什么，冯雪峰又该按照谁的意见办！在江青与周扬之间这次面对面的冲突中，争强好胜的江青强忍怒气做了让步，结果最终同意由《文艺报》转载李希凡、蓝翎的文章。这一折中方案的达成，看似化解了双方的矛盾，实际上二人之间最主要的矛盾焦点尚未解决；周扬之所以坚持要在《文艺报》转载，是因为他觉得这一问题"还是作为学术问题好"；而江青则仍然希望通过这篇文章的转载引起争论，从而"展开对资产阶级唯心论的批判"。因为当时守着周扬等人，也许江青没有再对冯雪峰强调自己的意见，但事后她不可能不再来过问此事。而在交涉会上没有表态的冯雪峰究竟服从周扬的安排还是认同江青的意见，在直接关系到这个问题的"实质"的同时，也直接关系到了他自己的命运。截至目前，我们还没有发现江青找冯雪峰过问此事的直接证据，但从史索、万家骥的《在政治大批判旋涡中的冯雪峰》一文中，我们找到了这样一条史料：

> 由于他厌恶俗套，缺乏恂恂儒雅之风，在解放之后，也碰过不少有地位、有名望的人……对权势高贵如江青者，他也发过"浙东人的脾气"。1954年，江青去过问《文艺报》，对他指手划脚，要他这样，要他那样。他却毫不客气地说："你不懂的事，别多管！"

我们无法核实此事发生的具体时间，但以理度之，当是在"《红楼梦》研究批判运动"爆发之前。不然的话，已然陷入困境的冯雪峰，即使"浙东人的脾气"再大，也绝对不敢再这样跟江青说话。那么，此事是否发生在1954年9月下旬呢？愚以为这是极有可能的。江青之所以"过问《文艺报》"，应该还是为了那篇令她青眼有加的《关于〈红楼梦简论〉及其他》一文的转载问题。她对冯雪峰"指手划脚，要他这样，要他那样"，当然除了版面安排方面的"这样""那样"之外，更重要的还是"编者按"应该如何写的"这样""那样"的问题。而冯雪峰居然"那样""毫不客气地"对江青说出"你不懂的事，别多管""这样"的话来，又按照自己及周扬的意见写出"那样"一个"没有提到这个讨论的实质"的"编者按"来，他的这种做法，若不激怒江青，那才是天大的怪事！在周扬与江青的这次冲突中，冯雪峰显然倒向了周扬一边。当然，冯雪峰不是一个没有主见的人，他之所以倾向于周扬，乃是因为他也觉得这一问题"还是作为学术问题好"，他在"编者按"中只说"科学的观点""俞平伯先生在《红楼梦简论》一文中的论点"，而不说"马克思主义观点"或"俞平伯的资产阶级唯心论观点"，便再清楚不过地表明了他的态度。

这将给他带来巨大的灾难。尽管他赔了十二分的小心，既征求过李希凡、蓝翎的意见，又特意报请中宣部审批。但在批判运动爆发之后，他们这些人，却都无力使冯雪峰摆脱风暴的袭击。

退一步说，即使江青"过问《文艺报》"不是为了《关于〈红楼梦简论〉及其他》一文的转载问题，那么，在"《红楼梦》研究批判运动"爆发之前，冯雪峰对江青采取这样的态度，也必然会让江青窝火，待到他写的那个"编者按"公开发表之后，江青见他没有按照自己的意见"提到这个讨论的实质"，必然将埋在心头的积怨随同新仇一并发出，让冯雪峰饱尝"公然抗拒毛主席指示"实际是不听从她江青指示的苦头。因此，1954年10月下旬，"《红楼梦》研究批判运动"甫一爆发，冯雪峰便即受到了强烈的批判。表面看来他是在为周扬"替罪"，但在毛泽东和江青眼里，他却也是"罪有应得"的。

在此需要申明一点，毛泽东与江青对待这一问题的出发点是不太相同的。江青可能只是在野心难以实现的前提下，纯粹从私人间的恩怨着想假公济私以泄私愤；而毛泽东则更多的是从大局着眼。通过这次周扬、邓拓、冯雪峰等人的表现，他再一次清楚地认识到了文艺界的不听指挥及思想混乱，并由此勾起了他对文艺界尤其是文艺界领导人和知识分子们的不满情绪，因而他要借助这次运动的开展，用马列主义统一人们的思想。在运动展开之先，不集中力量批判胡适和俞平伯，却首先冲着《文艺报》大动干戈，便可证明毛泽东就是要借批判《文艺报》之举，对新闻媒体进行一番彻底的整顿，而其最终目的，当然还是要为这场思想批判运动的开展铺平道路。

弄清楚了以上事实，也就明白了"《红楼梦》事件"爆发的另一个真正原因，同时也找到了毛泽东为何会对冯雪峰产生反感的具体答案。

毛泽东何时下定决心整治周扬和冯雪峰，不得而知，但最起码，在他针对《文艺报》在转载《关于〈红楼梦简论〉及其他》一文所加编者按语痛下批注时，他们的命运便已注定。面对一则非常客观的"编者按"，毛泽东却有那么大的火气，实际上是言在此而意在彼。袁水拍在《质问〈文艺报〉编者》一文中所说"这一讨论的实质"，亦"即反对中国古典文学研究中的唯心论观点，反对文艺界对于这种唯心论观点的容忍和依从甚至赞扬歌颂"云云，只不过是冠冕堂皇的场面话，其真正的原因，应该来自江青所受的"窝囊气"。

10月16日，盛怒中的毛泽东奋笔写下了《关于〈红楼梦〉研究问题的信》，正式下达了开展批判运动的命令。在他指定可读此信的28个人中，周扬、邓拓、何其芳、冯雪峰四人均与此事息息相关。毛泽东这样做，究竟是对他们提出警告，还是要看他们的表现？以理度之，后者的可能性当更大一些。他要批判其中的某些人，更需要另一些人"改过自新""立功赎罪"，积极配合自己的行动。

在毛泽东授意下，邓拓首先行动了起来。他按照江青转达的毛泽东的"指示精神"，迅速地组织了两篇稿子，并于10月23、24日在《人民日报》相继发表，正式拉开了"《红楼梦》研究批判运动"的序幕；周扬稍微慢了一步，但也积极地行动了起来。10月24日，由他发起筹备的"《红楼梦》研究问题座谈会"在中国作家协会礼堂召开。在听取了与会代表们的发言以后，周扬一如既往地对毛泽东的意图作了权威性的阐释。他的镇静自若的态度和局外人一般的正常表现，可能更加引起了毛泽东的不满，因此，他在相对短暂的一个时期内，还将让周扬吃到更大的苦头；在这次会议上，何其芳也积极地作了检讨性的发言；唯有冯雪峰，却始终无动于衷。当然，他所主持的《文艺报》是半月刊，不可能像邓拓主编的《人民日报》那样方便快捷地将自己已然转向的态度表现出来。

10月26日，江青再次天使般地降临人民日报社，秘密地向邓拓、袁水拍等人传达了毛泽东的指示。10月28日，袁水拍奉命撰写经毛泽东审阅并作了重大修改的《质问〈文艺报〉编者》一文在《人民日报》公开发表。这种"出其不意，攻其不备"的突袭战术，恰如晴空中忽然炸响一声霹雳，因大大出乎意料，周扬蒙了，李希凡、蓝翎等人也都被震蒙了。而首当其冲的冯雪峰则顿时陷入了困惑、惊慌、恐惧的汪洋大海之中。

自《质问〈文艺报〉编者》一文发表后的第三天，亦即10月31日开始，中国文联主席团和中国作协主席团在青年宫连续召开扩大联席会议，对冯雪峰及《文艺报》的错误进行批判。迫于强大的政治压力，冯雪峰不得不违心地按照上面的指示进行检讨。会议期间，《文学遗产》主编陈翔鹤与另一个受到牵连的无辜者——《文艺报》副主编陈企霞，一同做了冯雪峰的陪绑。在愤怒的批判者面前，他们已被剥夺了申辩的权利，甚至连虔诚而又深刻的自我批评，也难以获得那些"掌握着真理"的人们的谅解。据李希凡回忆，在批判会期间，老实巴交的陈翔鹤依然重复着他当日带领李希凡、蓝翎到冯雪峰家去时曾经对他们说过的那句话："《文艺报》是老大哥，我们跟着老大哥走。"结果引得下面哄堂大笑。在此需要申明一点，这"哄堂大笑"并不是批判者们友好的善举，而是充溢着他们对被批判者的强烈不满。

会议期间，冯雪峰奉上级指示精神而写的《检讨我在〈文艺报〉所犯的错误》一文，相继在11月4日的《人民日报》和《文艺报》1954年第20期公开发表。这是他在困惑不解的处境中用痛苦和愤懑写出的一段血泪文字。在这份违心的《检讨书》中，他依然没有任何申辩的权利，无论《质问〈文艺报〉编者》一文如何强词夺理，冯雪峰都必须老老实实地承认它的正确性："在十月二十八日《人民日报》上袁水拍同志严厉地批评了《文艺报》在关于《红楼梦》研究问题讨论中所采取的错误态度。这个批评是完全正确的，是把《文艺报》的这个错误的实质和严重性完全揭露出来了。"

直到此时，他才注意到"这个错误的实质和严重性"。虽然他比任何人都清楚这个"实质"究竟"严重"到什么程度，但他却不能也不敢实话实说。用他自己的话来说，就是"有苦说不出，低头挨闷棍"。

在《质问〈文艺报〉编者》一文中，袁水拍虽然没有点名批评冯雪峰，但作为主编以及引发此事的当事人之一，冯雪峰无论理解不理解，都必须"勇敢地"承担起这个责任："这个错误完全由我负责，因为我是《文艺报》的主编，而且那个错误的编者按语是我写的。"受到批判以后，他终于被迫承认了自己的"错误"。当日江青要他"那样"，而他却毫不客气地说江青"不懂"，毫不通融地偏要"这样"，此时此刻，他会不会后悔自己应该"那样"而不应该"这样"呢？

接下来，冯雪峰就按照"上级指示"对自己的"错误"进行深刻的自我批评了："我犯了这个错误，不是偶然的。在古典文学研究领域内胡适派资产阶级唯心论长期地统治着的事实，我就一向不加以注意，因而我一直没有认识这个事实和它的严重性。直到今天，胡适派资产阶级唯心论的观点仍在古典文学研究领域内泛滥着、发展着，在阻碍着马克思列宁主义的观点和方法在古典文学研究上的发展和胜利，——这现象，我也完全不认识。"请注意，这一段检讨，冯雪峰虽然基本上是按照"上级的指示精神"而写出来的，但他一再强调"古典文学领域"，则将再次招致毛泽东的强烈反驳。

他虽然已被剥夺了申辩的权利，但在行文之时还是偶尔隐约地作了一些解释："对于俞平伯研究《红楼梦》的一些著作，我仅只简单地把它们看成是一些考据的东西，而完全不去注意其中所宣扬的资产阶级唯心论的观点。例如袁水拍同志已经指出，在去年第9期《文艺报》《新书刊》栏中，就曾经发表了向读者推荐俞平伯《红楼梦研究》的文字，在发稿时我也只是把这本书当作单纯考据的作品的。"这无疑是对袁水拍指责他"向资产阶级唯心论投降"的具体事例做出了答辩。"看成是一些考据的东西"，"当作单纯考据的作品"，虽然实话实说，但又有谁会听信他的辩解呢？

因迫于某种政治压力而说假话，自然是一种莫大的痛苦，更何况还是这种有损于自己的假话。然而，此时的冯雪峰却又不得不这样做："我对于资产阶级的错误思想失去了敏锐的感觉，把自己麻痹起来，事实上做了资产阶级的错误思想的俘虏。""问题的严重更是在于当李希凡、蓝翎两同志向古典文学研究领域唯心论开火的时候，我仍然没有认识到这开火的意义重大，因而贬低了李、蓝两同志的文章的重要性，同时也就贬低了他们文章中的生气勃勃的战斗性和尖锐性，贬低了马克思列宁主义的这种新生力量。这错误的最深刻的原因在哪里呢？检查起来，在我的作风和思想的根柢上确实是有与资产阶级思想的深刻联系的。我感染有资产阶级作家的某些庸俗作风，缺乏马克思列宁主义的战斗精神，平日安于无斗争状态，也就甘于在思想战线上与资产阶级唯心论'和平共处'。特别严重的是我长期地脱离群众，失去了对于新生事物的新鲜感觉，而对于文艺战线上的新生力量，确实是重视不够，并且有轻视的倾向的。"一番毫无根据的自我谴责，却完全化用了袁水拍的文章。这无异于袁水拍无理取闹边骂边冲着他大打耳光，而他自己还得说袁水拍骂得好打得好并不得不学着袁水拍的打骂方式自打自骂。

做过了违心的检讨之后，被扭曲了的心灵自然而然会出现反弹，因而即使在这样的处境中，冯雪峰仍然没有忘记实事求是地为自己鸣冤叫屈："我平日当然也做过一些帮助青年的工作，例如替他们看原稿，设法把他们的作品发表或出版。"当然，别人是要听他作检讨的，这样的话自然不能多说，略微点到之后，还必须接着作深刻的自我批评："但虽然如此，仍然可以不自觉地在心底里存在着轻视新生力量的意识。"

在《检讨书》中，冯雪峰说出了自己刚刚受到批判时的困惑："当我受到说我轻视新生力量的严厉批评时，我最初心里还迷惑，因为我做过一些帮助青年的工作。"话虽如此说，此时难道就理解了？以理度之，恐怕他将永远感到"迷惑"！

不管"迷惑"不"迷惑"，还必须按照"上面"的口径进行严厉的自我批评："我在处理李、蓝文章的问题上，第一个错误是我没有认识到这是马克思列宁主义反对资产阶级唯心论的严重的思想斗争，表现了我对于资产阶级唯心论的投降。第二个错误，更严重的，是我贬低了他们文章的战斗意义和影响，同时又贬低了马克思列宁主义的新生力量——也是文艺界的新生力量。"因此，"我感到责任的重大，感到深刻的犯罪感！""我深深地感到我有负于党和人民。这是立场上的错误，是反马克思列宁主义的错误，是不可容忍的。"最后这两句话，已将问题的"实质"上升到一个相当的高度。"反马克思列宁主义"，岂不成了"阶级敌人"了？

冯雪峰《检讨我在〈文艺报〉所犯的错误》一文在《人民日报》发表后不久，很快便被全国许多报刊转载，大有纸贵神州之势。平心而论，这份检讨虽然大都是不得不说的违心之言，但冯雪峰的态度却是十分虔诚的。然而，即使如此，它却仍然不能取得已然对他十分反感的毛泽东的谅解。从中央文献出版社出版的《建国以来毛泽东文稿》中我们可以看到，当毛泽东读到11月14日《南方日报》转载的这份检讨时，忍不住拿起笔来，再次愤怒地痛下批注。冯雪峰说自己对于"在古典文学领域内胡适派资产阶级长期统治着的事实""一向不加以注意"。毛泽东就反问道："限于古典文学吗？"并针对"不加以注意"

一语强调说："应说从来就很注意，很有认识，嗅觉很灵。"冯雪峰说自己"对于资产阶级的错误思想失去了敏锐的感觉"，毛泽东却毫不让步，反驳说："一点没有失去，敏感得很。"冯雪峰说自己"感染有资产阶级作家的某些庸俗作风"，毛泽东则强调指出："不是'某些'，而是浸入资产阶级泥潭里了。"冯雪峰说自己"缺乏马克思列宁主义的战斗精神"，毛泽东就义正词严地驳斥说："不是'缺乏'的问题，是反马克思主义的问题。"冯雪峰说自己"仍然可以不自觉地在心底里存在着轻视新生力量的意识"，毛泽东就在"可以不自觉地"几个字旁画了竖线，批注说："应是自觉的。"然后又在"在心底里存在着"一句旁画上竖线，反驳说："不是潜在的，而是用各种方法向马克思主义作坚决的斗争。"直到冯雪峰承认自己所犯的错误"是反马克思列宁主义的错误"时，毛泽东方才下了肯定的判语："应以此句为主题去批判冯雪峰。"

冯雪峰虽然做了检讨，但却没有得到毛泽东的宽恕。随着批判运动的深入发展，将在明里批判冯雪峰的同时，暗中也间接地打击着周扬。再过一段时间，毛泽东又将利用一直在努力争取转向的周扬，将冯雪峰与胡风这两个鲁迅晚年最器重的"学生"一同打倒。只不过冯雪峰与胡风的不同之处是：冯雪峰没有一下子彻底倒下，而是一次又一次地在各种各样的运动中饱受凌辱。他的遭遇，恰似行驶在大海上的一叶扁舟，总是接连不断地经受着惊涛骇浪的无情冲击；胡风则如海边行走的游人突遇海啸，一下子就陷入了灭顶之灾的汪洋大海。

四、引发批判运动的第一必然性因素："胡适思想"批判

"《红楼梦》研究批判运动"的爆发，除以上所述三大偶然性因素外，还有两大必然性因素，而这两大必然性因素，又与开国领袖毛泽东息息相关。笔者在拙著《红学：1954》中曾说："1954年的《红楼梦》研究批判运动，表面看来虽然是由俞平伯的《红楼梦简论》所引发，但实际上毛泽东的矛头指向却是冲着胡适来的。如果说俞平伯的遭受批判存在着极大的偶然性因素，那么胡适的被批判却是历史发展的一种必然。这不仅仅是因为他树大招风，'胡适思想'

已成为马克思主义在中国得以普及的最大障碍，最直接也是最重要的一个原因，应是胡适的立场、观点及其后期的具体表现，已然引起了毛泽东对他的极大反感。1945年以后，胡适居然旗帜鲜明地倒向了蒋介石，并在北平被围时心甘情愿地被国民党的专机'抢运'到南京，且最终漂洋过海去了美国。胡适在关键时刻的这一抉择，以及他在逃离北平后的种种反共言行，注定了他在大陆遭受政治清算的命运。"

实际上，对于胡适，毛泽东也有一个由崇拜到反感乃至必欲对其思想进行彻底批判的渐变过程。在"五四"运动前后，对于胡适，毛泽东是由衷崇拜的。1936年，毛泽东在陕北保安的窑洞里，曾经对美国记者斯诺说过这样一段话："《新青年》是有名的新文化运动的杂志，由陈独秀主编，我在师范学习的时候，就开始读这个杂志了。我非常钦佩胡适和陈独秀的文章。他们代替了已经被我抛弃的梁启超和康有为，一时成了我的楷模。"①

毛泽东在此所说的"一时"，就是"五四"运动前后的那一段历史时期。而他们之间真正出现芥蒂，应该始于1945年，其主要责任也在胡适一边。

1945年4月25日，联合国制宪会议在美国旧金山召开。"会议期间，受毛泽东的委托，董必武代表共产党一方，争取胡适在战后民主建国过程中对共产党的合理合法存在的支持。"从感情上倾向于蒋介石的胡适，却"向董必武提出他的'无为'的政治主张，他要求共产党解散军队、放下武器，按美国的模式搞和平议会道路，从事单纯的参政党活动"。

1945年7月1日，国民党政府委派傅斯年、黄炎培、章伯钧等五人访问延安，商谈国、共两党合作事宜。当傅斯年与毛泽东谈及当年北大旧事时，毛泽东再次通过傅斯年向远在美国的胡适转达"学生对老师的问候"，争取胡适在道义和精神上对中国共产党的支持。后来，毛泽东对胡适的问候在报纸上发表了出来。

1945年8月24日，尚在美国的胡适，却"忽起一念"，异想天开地"拟发一

---

① 朱庄：《毛泽东与胡适》，《人物》1999年第11期。

电劝告毛泽东君"。8月28日，王世杰在毛泽东等人飞抵重庆谈判时，将胡适托他代发的这封电报面呈毛泽东，并将副本刊载于9月2日的重庆《大公报》上。

在这封著名的电报中，胡适首先对毛泽东通过傅斯年对自己的问候表示感谢。略作客套之后，便谈及在旧金山与董必武的谈话内容。这实际上也是胡适在电报中要对毛泽东所说的话："前夜与董必武兄深谈，弟恳切陈述鄙见，以为中共领袖诸公今日宜审察世界形势，爱惜中国前途，努力忘却过去，瞻望未来，痛下决心，放弃武力，准备为中国建立一个不靠武装的第二大政党。公等若能有此决心，则国内十八年纠纷一朝解决，而公等廿余年之努力皆可不致因内战而完全消灭。"遣词用句虽颇费斟酌，但倾向于国民党之意却仍十分明显。

1954年，胡适在为司徒雷登的《旅华五十年记》一书所作的序言中不无遗憾地说："那时候重庆的朋友打电报告诉我，说我的电报已交给毛先生本人。当然我一直到今天还没有得到回音。"

实际上，毛泽东已经给胡适回了信。他在《关于重庆谈判》一文中所说的"人民的武装，一支枪，一粒子弹，都要保存，不能交出去"这一番话，就是对那些妄图让共产党"放弃武力"之人包括胡适在内的最好的回答。

但即使如此，毛泽东却也一直没有放弃对胡适的争取。尽管后来胡适反苏反共的倾向越来越鲜明，"从道义上支持蒋总统"的立场也愈来愈坚定。

1948年11月29日，平津战役打响，并很快对北平形成合围之势。同年12月中旬，国民党的"抢救学人计划"也拉开了序幕。围城的共产党军队得知胡适将要逃离北平的消息后，西山一带的共产党广播便明确宣布："只要胡适不离开北平，不跟蒋介石走，中共保证北平解放后仍让胡适担任北京大学校长和北京图书馆馆长。北大同仁与属下也有劝胡适留下的，但胡适只是笑着摇了摇头，还是决定走。劝得急时，他留下三句话：'在苏俄，有面包，没有自由；在美国，又有面包，又有自由；他们来了，没有面包，也没有自由。'"①

1948年12月14日，胡适乘坐国民党派来的专机，仓皇离开了北平。

---

① 胡明：《胡适传论》，人民文学出版社1996年版。

毛泽东对胡适是十分崇拜的，虽然胡适后来的作为令他反感，但在他的心灵深处，却牢牢地系结着一个永远难以解脱的"胡适情结"，岂止是"一时""成了楷模"。也正因为如此，所以胡适逃离北平，就不能不使毛泽东感到愤愤不平。

后来，胡适远赴重洋去了美国。这期间，他愈发坚定不移地走着自己的反苏反共路线。在半个月的太平洋旅途中，胡适写下了两篇文章：《自由中国的宗旨》和《〈陈独秀的最后见解〉序言》。前者在7个月后公开发表于《自由中国》创刊号上。这是胡适的第一篇公开发表的反共宣言。其中有云："我们在今天，眼看见共产党的武力踏到的地方，立刻就罩上了一层十分严密的铁幕。在那铁幕底下，报纸完全没有新闻，言论完全失去自由，其他的人民基本自由更无法存在。这是古代专制帝王不敢行的最彻底的愚民政治，这正是国际共产主义有计划的铁幕恐怖。我们实在不能坐视这种可怕的铁幕普遍到全中国。因此，我们发起这个结合，作为自由中国运动的一个起点。"

毛泽东对胡适的一再争取，换来的却是他的顽固不化的反共态度。因此，在中国共产党锁定胜利的大局后，在政治上将胡适定为战犯的同时，在思想上也展开了对胡适的批判。而胡适的言行，正是导致他在大陆受到批判的直接原因。

此外，招致胡适遭受批判的另一个重要原因，便是统治中国思想界、文化界长达30余年的"胡适思想"。

中华人民共和国的成立，并不仅仅是一般意义上的改朝换代。对于灾难深重的中国人民来说，更为难得的是百余年间首次出现的大一统局面。政治上的大一统，也必然相应地要求出现思想上的大一统。而认定"领导我们事业的核心力量是中国共产党，指导我们思想的理论基础是马克思列宁主义"的开国领袖毛泽东，在立国之初便迅速地在全国范围内开展马克思列宁主义的普及运动，也是历史发展的一种必然。

然而，统治中国思想界长达30余年的胡适思想，却成了普及马列主义的最大障碍。因此，清除人们头脑中根深蒂固的胡适思想，便成了思想文化领域亟待解决的首要问题。

关于这一点，许多针对胡适的批判文章已然说得非常清楚。1954年12月8日，郭沫若在向"胡适思想"进攻的誓师大会上，就曾经明确地做过表述："中国近三十年来，资产阶级唯心论的代表人物就是胡适，这是一般所公认的。胡适在解放前曾被人称为'圣人'，称为'当今孔子'。他受着美帝国主义的扶植，成为了买办资产阶级第一号的代言人。他由学术界、教育界而政界，他和蒋介石两人一文一武，难兄难弟，倒真有点像'两峰对峙，双水分流'。胡适这个头等战犯的政治生命是死亡了，但他的思想在学术界和教育界"，"依然有不容忽视的潜在势力"。"解放以来，我们虽然进行了马克思列宁主义的学习，进行了思想改造的自我教育，但是我们大部分的人，包含我自己在内，并没有上升到能够正确地运用马克思列宁主义的思想水平。""对于资产阶级唯心论的批判是刻不容缓的严重的思想斗争。买办资产阶级的存在、帝国主义的控制，虽然跟着旧中国的死亡而消灭了，但资产阶级唯心论的思想，无论在文艺界或学术界，乃至在我们自己的脑子里，都还根深蒂固地保持着它的潜在势力。我们不仅没有和根推翻它，甚至还时时回护着它。因此在我们从事文艺实践的时候，这种错误思想，就每每在不知不觉之间冒出头来。"

郭沫若的这一段话，无疑道出了毛泽东的心声。另外一个"毛泽东思想的权威阐释者"周扬，在1954年12月8日的动员大会上，也曾对"胡适思想"批判运动的必要性，做过这样的阐释："文艺上的思想倾向的斗争总是反映阶级斗争的过程的。从一九四九年中国人民民主革命胜利后，我们国家就进入了社会主义改造、即社会主义革命的新的历史阶段。对资产阶级唯心论及其在文艺上的反现实主义倾向的斗争就成为思想战线上一个比以前更加迫切的严重的任务。"

在这里，"资产阶级唯心论"便是"胡适思想"的代名词。而对它的斗争和批判，则已成了"比以前更加迫切的严重的任务"。

对于胡适及"胡适思想"，周扬做了这样的定评：胡适在政治上是反动的，他的学术思想也是反动的。他"是中国资产阶级思想的最主要的、集中的代表者"，"他从美国资产阶级贩来的唯心论实用主义哲学则是他的思想的根本"，而"实用主义（或实验主义）"却"是帝国主义资产阶级哲学家为了反对现代唯物论，挽救垂死的资产阶级而制造出来的一种反动哲学"。

然而，就是这样一种"反动哲学"，却"在古典文学研究的领域内竟长期地占有了统治的地位"。"因此，彻底地揭露和批判胡适派资产阶级的唯心论，就是当前马克思主义十分重要的战斗任务。只有经过这种批判工作，才能使马克思列宁主义在中国学术界树立真正领导的地位。'不破不立，不塞不流，不止不行。'这个批判运动，同时也就是一个马克思主义思想建设的运动。"

这一段号召性的言辞，简明扼要地表达了毛泽东要发动这场运动的真正意图。"只有经过这种批判工作，才能使马克思列宁主义在中国学术界树立真正领导的地位"，"这个批判运动，同时也就是一个马克思主义思想建设的运动"。三言两语，准确地道出了这场运动的实质。欲立必须先破，立是目的，破是手段。通过对胡适派资产阶级唯心论的批判，最终在中国普及马克思列宁主义，才是这场运动的真正目的。

对于胡适尤其是"胡适思想"的批判，已成箭在弦上之势。

1949年5月11日，著名历史学家陈垣在《人民日报》发表了致胡适的公开信。此可视为毛泽东对胡适的拒绝"争取"公开做出的第一次反应，亦可看作中国共产党对胡适进行政治总清算的先声。

在这封公开信中，陈垣明确指责胡适："在三十年前，你是青年的'导师'，你在这是非分明、胜败昭然的时候，竟脱离了青年而加入反人民的集团，你为什么不再回到新青年的行列中来呢？我以为你不应当再坚持以前的错误成见，应当有敢于否定过去观点错误的勇气。你应该转向人民。""我现在很诚恳地告诉你，你应该正视现实，你应该转向人民，翻然悔悟"，并"希望我们将来能在一条路上相见"。

这一段话，应该也是当时毛泽东心声的一种流露。只可惜我们无法考证，陈垣写这封信时到底有何"历史背景"。在这里，意思表达得非常清楚：虽然胡适已经去了美国，但共产党仍然没有放弃对他的"争取"。只要胡适"翻然悔悟""转向人民"，他仍然是一个"犯过错误"的"同志"。

然而，胡适再次拒绝了毛泽东对他的争取。1950年1月9日，胡适写了《共产党统治下决没有自由——跋所谓〈陈垣给胡适的一封公开信〉》，发表在《自由中国》第2卷第3期上。胡适这种顽固不化的态度，也自然而然地招致了中国大陆对他的批判。

1950年秋，真正的"胡适批判运动"正式拉开了序幕。而拉开这场批判运动序幕的，却是胡适的小儿子胡思杜的一篇文章——《对我父亲——胡适的批判》。①

在这篇文章中，胡思杜在历数其父胡适在旧中国所犯下的一系列"罪行"后，又给予胡适这样一个评价："从阶级分析上，我明确了他是反动阶级的忠臣、人民的敌人。在政治上他是没有什么进步性"的。他"出卖人民利益，助肥四大家族"，"和帝国主义文化侵略利益密切的结合"，"甘心为美国服务"。对于这样的一个父亲，胡思杜明确表示了自己的态度："在他没有回到人民的怀抱来以前，他总是人民的敌人，也是我自己的敌人。在决心背叛自己阶级的今日，我感受了在父亲问题上有划分敌我的必要。"

在文章的最后，胡思杜说："对于一切违反人民利益的人，只要他们承认自己的错误，向人民低头，回到人民怀抱里来，人民是会原谅他的错误，并给以自新之路的。"虽然"劝归"之意仍很明显，但胡适却已经成了"人民的敌人"。

"胡适读到思杜的文章没有表态，只是将这份《大公报》的剪报粘贴在自己的日记里。"但在立场上却丝毫没有动摇，他显然不愿意走共产党给他指点的"自新之路"。10月，胡适的反苏反共文章《斯大林雄图下的中国》公开发表。大陆对胡适的努力争取彻底破灭，大规模的批判运动也就不可避免了。②

1950年秋至1954年秋，"胡适思想批判"便在小范围内小规模地陆陆续续开展了起来。诸如"京津高等学校教师学习改造运动"、"胡适思想批判座谈会"等等。

1954年秋，时机终于到来。蓄积长达32个月的地下熔岩，终于找到了

---

① 香港《大公报》1950年9月22日。

② 胡明：《胡适传论》，人民文学出版社1996年版。

"《红楼梦》研究批判"这个突破口,遂以不可阻挡之势喷发了出来。

李希凡、蓝翎合写的文章,虽然重点评判的矛头是对着俞平伯的,但由于前几年对胡适的批判已然不自觉地影响了他们,给他们造成了特定的思维定式,因此他们在这篇文章的结尾,便不经意地提到了胡适。目光敏锐的毛泽东,立刻捕捉到了这一个亮点,当即因势利导,联系着要发动对胡适的批判:"看样子,这个反对在古典文学领域毒害青年三十余年的胡适派资产阶级唯心论的斗争,也许可以开展起来了。"这是《关于〈红楼梦〉研究问题的信》的点睛之笔,也是毛泽东发动这场运动的最终目的之一。此处话虽说得很委婉,但言外之意却是不容置疑的。所以邓拓在按照毛泽东的指示布置李希凡、蓝翎合写《走什么样的路》一文时,便特意叮嘱他们说:"你们的《评〈红楼梦研究〉》不是讲到了胡适的观点吗?这篇文章可以从批判胡适的角度写。"

一语道破了"天机"。对于毛泽东来说,批判俞平伯,也只是对一个普通知识分子的思想改造,也只能作为一个小小的突破口。其最终目的,当然还是要彻底地批判胡适,从而清除胡适思想对中国知识分子的巨大影响,更为广泛地普及马克思列宁主义。

孙望在《从胡适说到俞平伯的〈红楼梦〉研究》一文中,倒是点透了毛泽东的心思:"关于《红楼梦》研究的问题,虽然是从俞平伯先生的著作上触发起来的,但是,这决不等于说只是俞平伯个人的问题。正如许多同志所指出的,这是我们整个文化学术界必须注意的问题。从'五四'运动以后,三十多年来,特别是我们学术界,严重地受着以胡适为代表的资产阶级思想和他那种主观唯心论的研究方法的侵蚀,以致使我们在学术上蒙受了损害,以三十年研究结晶自视的俞平伯的《红楼梦研究》,便是一个典型的例子。正因为如此,所以我们批判俞平伯的学术思想,就必然要联系到批判胡适,就必然要联系到批判胡适的思想方法。"

早在1954年11月8日《光明日报》刊载的记者对郭沫若的采访中,郭沫若就已明确表达了毛泽东的这一意图:"这不仅仅是对于俞平伯本人、或者对于有关《红楼梦》研究进行讨论和批判的问题,而是应该看作是马克思列宁主义思想与资产阶级唯心论思想的斗争;这是一场严重的思想斗争。"那么,中国"资产阶级唯心论思想"的重要代表人物既是胡适,这场斗争自然也就是对准"胡适思想"了。所以,郭沫若特意"分析了胡适的反动哲学遗毒对中国文化学术界的影响":"胡适的资产阶级唯心论学术观点在中国学术界是根深蒂固的,在不少的一部分高等知识分子当中还有着很大的潜势力。我们在政治上已经宣布胡适为战犯,但在某些人的心目中胡适还是学术界的'孔子'。这个'孔子'我们还没有把他打倒,甚至可以说我们还很少去碰过他。"

说"这个'孔子'我们还没有把他打倒",倒是事实;但说"还很少去碰过他",却就不符合实际情况了。

正因为毛泽东的进攻意向旨在胡适,所以"《红楼梦》研究批判运动"甫一开始,毛泽东便对知识分子们指明了这次战役的主要进攻对象就是"胡适思想"。只可惜许多文人却不明白这个道理,在批判胡适的同时,依然不遗余力地批判着俞平伯,甚至将考证派红学的几员主将也捎带着打了一顿杀威棒。

实际上,对于俞平伯《红楼梦》研究的批判,只能算是批判胡适对知识分子所造成的"恶劣影响";批判《文艺报》,除了人事纠纷的因素外,目的也是为了扫除前进道路上的障碍,以便批判大军能够顺利地开到批判胡适的主战场上。

在"《红楼梦》研究批判"、《文艺报》批判进行了一个多月后,知识分子们的思想觉悟提高了,报纸杂志的思想统一了,批判"胡适思想"已然水到渠成。于是,1954年12月8日,以郭沫若、茅盾、周扬组成的"前敌总指挥部",严格按照最高统帅毛泽东的指示,向由全国知识分子组成的"批判大军",下达了向"胡适思想"进军的命令。

就在这次动员大会上,确定了"胡适思想"批判的具体规划:(1)胡适的哲学思想批判(主要批判他的实用主义);(2)胡适的政治思想批判;(3)胡适的历史观点批判(4)胡适的《中国哲学史》批判;(5)胡适的文学思想批判;(6)胡适的《中国文学史》批判;(7)考据在历史学和古典文学研究工作中的地位和作用;(8)《红楼梦》的人民性和艺术成就及其产生的社会背景;(9)关于《红楼梦》研究著作的批判(即对所谓新旧"红学"的评价)。

从这个计划中可以看出,毛泽东号召批判胡适,实际上主要就是批判他的思想。惜乎大多数知识分子并不理解毛泽东的这一用意，批判中不遗余力地对胡适进行了人身攻击。

五、引发批判运动的第二必然性因素：必须开展思想政治运动并清理整顿文艺界

众所周知，自1949年10月1日中华人民共和国成立至1976年9月9日毛泽东逝世为止的近30年间，中国历史上所爆发的那一次又一次的政治运动，几乎都与开国领袖毛泽东息息相关。爆发于1954年的《红楼梦》研究大批判运动，自然也是毛泽东"亲自发动和领导的"。除了要对胡适及"胡适思想"进行批判之外，一直非常重视思想政治工作的毛泽东，必欲在思想文化领域开展思想政治运动，并借机清理整顿文艺界，这便是引发这场批判运动的另外一个必然性因素。

1951年年中，毛泽东便借文化教育界对电影《武训传》进行自由评论之机，亲笔写下了《应当重视电影〈武训传〉的讨论》一文，并于同年5月20日以《人民日报》社论的形式发表。在这篇社论中，毛泽东列举了在各种报纸杂志上发表的赞扬电影《武训传》及历史人物武训的一系列文章，并毫不客气地点了这些文章作者的名字。毛泽东严厉地指出，如此之多的歌颂，可见我国文化界的思想混乱已达到何种程度！并严正指出：这是"资产阶级的反动思想侵入了战斗的共产党"。最后发出号召："应当展开关于电影《武训传》及其他有关武训的著作和论文的讨论，求得彻底澄清这个问题上的混乱思想。"

1952年开始的知识分子思想改造运动，可说是毛泽东在知识分子身上发现问题并试图解决问题的又一次具体实践。然而，这种缺乏具体内容的空洞的思想改造运动，依然收效甚微。由此，毛泽东清楚地认识到，必须首先消除知识分子头脑中那根深蒂固的传统思想，才能让他们彻底地接受马列主义。如不破旧，就难立新。

对文化界的不满情绪和意图发动一场思想政治运动的想法，在毛泽东的心目中积蓄已久。时间越长，爆发力便越大。这便恰如地下涌动的岩浆，一旦寻

找到突破口，便会喷涌而出，势不可挡。

1954年，毛泽东一直耐心等待的时机终于到来。在上述几个偶然性和必然性因素促使下，毛泽东便抓住这个机会，在全国范围内掀起了一场真正堪称"轰轰烈烈"的政治思想运动。

9月28日，第一届全国人民代表大会第一次会议闭幕，毛泽东也相对有了处理其他事情的时间。他在听了江青有关这一事件的汇报后，利用料理军国大事的闲暇，又耐心地将《文艺报》转载《关于〈红楼梦简论〉及其他》一文所加"编者按"和《光明日报》新发表的《评〈红楼梦研究〉》及"编者按"仔细地阅读一遍，并在上面加了不少批注。因为《关于〈红楼梦简论〉及其他》一文毛泽东早就读过，所以这次他除了在文章作者署名"李希凡、蓝翎"旁边加了一条"青年团员，一个二十三岁，一个廿六岁"的批注外，其他几条批语，则都是针对《文艺报》所加"编者按"的。

《文艺报》"编者按"说："它的作者是两个在开始研究中国古典文学的青年。"这本来是符合事实的：李希凡、蓝翎确确实实是两个青年，毛泽东也知道这一事实，"青年团员，一个二十三岁，一个廿六岁"。并且他们也确确实实是刚刚开始研究中国古典文学的。然而，对这句平淡且符合事实的话，毛泽东却十分恼怒地加批道："不过是小人物。"联系江青第二次到人民日报社时的遭遇以及冯雪峰对待江青的态度，我们便可明白，毛泽东的这则批语，显然是针对周扬及冯雪峰等人的，而与《文艺报》的"编者按"却对不上号。对"编者按"中所说"他们试着从科学的观点对俞平伯先生在《红楼梦简论》一文中的论点提出了批评"一句话，毛泽东特意在"试着"二字旁画了两道竖线，然后批注说："不过是不成熟的试作。"仍然可看出明显有"项庄舞剑，意在沛公"的意思；在"作者的意见显然还有不够周密和不够全面的地方"句下批注："对两青年的缺点则决不饶过。很成熟的文章，妄加批驳。"这一番话，表面上看是针对《文艺报》所加"编者按"的，但如果我们联系周扬、冯雪峰等人所说的话，仍可看出毛泽东的实际指向。在"希望引起大家讨论，使我们对《红楼梦》这部伟大杰作有更深刻和更正确的了解"句旁加批道："不应当承认俞平伯的观点是正确的"；在"更深刻和更正确的了解"和"了解更深刻和周密"旁边，画了两道竖线，打了一个问号，然后批道："不是更深刻周密的问题，而是批判错误思想的问题。"①

《评〈红楼梦研究〉》一文，因为是初次发表，所以毛泽东所下批注，除三条是针对《光明日报》所加"编者按"外，其他四条都是对着这篇文章的。针对这则"编者按"所下的三条批语，都使用了反问的口气，可见他的怒气越来越大。对"编者按"中的"试图"所加批语是："不过是试作？"对"提出一些问题和意见"一语，又反问道："不过是一些问题和意见？"对"可供我们参考"一语，又反问道："不过可供参考而已？"

本来满腔怒火的毛泽东，读到《评〈红楼梦研究〉》时却又平和了许多，针对其中所说"贾氏的衰败不是一个家庭的问题，也不仅仅是贾氏家族兴衰的命运，而是整个封建官僚地主阶级，在逐渐形成的新的历史条件下必然走向崩溃的征兆"一段话，毛泽东加批道："这个问题值得研究。"不知是认同，还是不同意李希凡、蓝翎的说法。从毛泽东对《红楼梦》的一些评价来判断，这句话当是赞许的。

然而，对李希凡、蓝翎的文章，毛泽东不仅仅赞许，有不同的意见，他也会提出来的。如对文章中所说："这样的豪华享受，单依靠向农民索取地租还不能维持，唯一的出路只有大量的借高利贷，因而它的经济基础必然要走向崩溃。"毛泽东便在这段话旁划了竖线，并打了一个问号，然后加批说："这一点讲得有缺点。"当他看到李希凡、蓝翎引用俞平伯《红楼梦研究》中的"甲是乙非了无标准"和"麻油拌韭菜，各人心里爱"两句话时，毛泽东又在旁边分别画了竖线，并以不容置疑的口气加批说："这就是胡适哲学的相对主义即实用主义。"当李、蓝文章的最后一段将俞平伯与胡适联系起来批评，并说出"俞平伯先生这样评价《红楼梦》也许和胡适的目的不同，但其效果却是一致的"一番话时，毛泽东批注说："这里写得有缺点，不应该替俞平伯开脱。"②

---

① 《建国以来毛泽东文稿》，中央文献出版社1990年版。
② 同上。

10月16日，毛泽东奋笔写下了《关于〈红楼梦〉研究问题的信》，并将《关于〈红楼梦简论〉及其他》和《评〈红楼梦研究〉》两篇文章一并附上，给中央政治局的主要领导以及文艺界的有关负责人传阅，正式发出了他要在文化领域发动一场思想政治运动的先声。

在这封著名的信中，毛泽东开篇即对李希凡、蓝翎的文章作了很高的评价，并将自己的目的表露无遗：

> 各同志：
>
> 驳俞平伯的两篇文章付上，请一阅。这是三十多年以来向所谓《红楼梦》研究权威作家的错误观点的第一次认真的开火。

此处所谓的"三十多年以来"，显然是从1921年胡适开创"新红学"算起的。由此可见，在发动这场运动之先，毛泽东的矛头指向已很明显：他所要着重批判的，还是"胡适思想"。而"所谓《红楼梦》研究权威作家"，看似指的俞平伯，实际上还是在说胡适。对他们的"错误观点的第一次认真的开火"，则将问题上升到了一个政治的高度。

接下来，毛泽东便将作者的情况以及《关于〈红楼梦简论〉及其他》一文发表时遇到的小小的曲折作了说明：

> 作者是两个青年团员。他们起初写信给《文艺报》，询问可不可以批评俞平伯，被置之不理。他们不得已写信给他们的母校——山东大学的老师，获得了支持，并在该校刊物《文史哲》上登出了他们的文章驳《红楼梦简论》。

毛泽东对这些情况如此了解，显然是前不久邓拓约见李希凡、蓝翎后，将他们的情况向毛泽东做了如实的汇报。由此可见，毛泽东在处理实际问题之前，都会对有关情况进行了解。知彼知己，不打无把握之仗，是他历来坚持的一贯原则，也是他克敌制胜的重要法宝之一。在这里，他点出《文艺报》对李希凡、蓝翎写信"询问可不可以批评俞平伯"时"被置之不理"一事，话虽说得很平淡，也是一个明显的借口，但《文艺报》在运动中遭受冲击的命运已成定局。工作繁忙的报刊编辑部因种种原因不给读者或作者写回信，按原则来说是工作失误，但这种失误却是屡见不鲜的一桩小事。毛泽东为这种小事而"小题大做"，实际上是要以冯雪峰及《文艺报》为典型进行整顿，在借机对周扬、冯雪峰进行报复的同时，也彻底改变文艺界领导人及舆论机构不听指挥的混乱状态。

短短的几句话，简明扼要地将事情作了大致交代后，毛泽东终于转入了正题，他十分愤怒地说：

> 问题又回到北京，有人要求将此文在《人民日报》上转载，以期引起争论，展开批评。又被某些人以种种理由（主要是"小人物的文章"，"党报不是自由辩论的场所"）给以反对，不能实现；结果成立妥协，被允许在《文艺报》转载此文。嗣后，《光明日报》的《文学遗产》栏又发表了这两个青年的驳俞平伯《〈红楼梦〉研究》一书的文章。

此处所谓的"有人要求将此文在《人民日报》转载"，便是指的江青；而所谓"给以反对"的"某些人"，则明显是指周扬、林默涵、冯雪峰、何其芳等人。虽然并未点名，但理由已特意写在括号内，当事人周扬等人看到这封信时自然心里清楚。可见直到此时，毛泽东的怒气仍是冲着周扬、冯雪峰等人来的。实际上，对于毛泽东来说，谁的文章在什么地方受到冷遇并不重要，重要的是宣传部门的不听指挥，以及他们让江青受了窝囊气，才使他感到震惊和恼火。因此，他不得不借此机会好好地对文化界整顿一番了。于是，他提出了自己的构想：

> 看样子，这个反对在古典文学领域毒害青年三十余年的胡适派资产阶级唯心论的斗争，也许可以开展起来了。

话虽说得委婉，但口气却是不容置疑的。此处不点俞平伯而特意以"胡适派"三字概括之，目标已十分明确，他就是要以"两个小人物"批评俞平伯的文章为由，就此开展一场文化思想运动，以便清除"三十多年以来"胡适思想在中国的巨大影响。因此，在毛泽东心目中，批判不批判俞平伯，并不重要，但大批特批胡适，却是十分必要的。只不过运动开展起来以后，知识分子们并不明白毛泽东的真正意图，所以在批判胡适的同时，还在不遗余力地大批俞平伯。知识分子与政治领袖之间，任何时候都存在着极大的差异！

表明自己的主要目的后，毛泽东又将话锋一转，把几年来一直蓄积在他心中的对文艺界的不满和目前的恼怒一并发泄了出来：

> 事情是两个"小人物"做起来的，而"大人物"往往不注意，并往往加以阻拦，他们同资产阶级作家在唯心论方面讲统一战线，甘心作资产阶级的俘虏，这同影片《清宫秘史》和《武训传》放映时的情形几乎是相同的。被人称为爱国主义实际是卖国主义影片的《清宫秘史》，在全国放映之后，至今没有受到批判。《武训传》虽然批判了，却至今没有引出教训，又出现了容忍俞平伯唯心论和阻拦"小人物"的很有生气的批判文章的奇怪事情，这是值得我们注意的。

老账新账一起算！1950年3月，毛泽东认为电影《清宫秘史》是一部卖国主义的影片，应该进行批判。然而，文化界却没人响应。"文化大革命"爆发以后，一些人将这场运动没有开展起来的原因归咎于刘少奇的阻挠，不知是否属实。而在1951年5月爆发的对电影《武训传》的批判，虽然在全国范围内开展起来了，但不到3个月的时间就草草收兵，这也令毛泽东产生了强烈的不满情绪。如今，又发生了看似"容忍俞平伯唯心论和阻拦'小人物'的很有生气的批判文章"实际上却是拒不执行毛泽东指示的"奇怪事情"，他当然就不能再"容忍"了。所以，对于以周扬为首的文艺界的负责人们，他的评价也是很严厉的："同资产阶级作家在唯心论方面讲统一战线，甘心作资产阶级的俘虏。"这罪名可真够严重的！可以想见，当周扬、冯雪峰、何其芳、邓拓等与此事息息相关的"大人物"们看到毛泽东这封信时，会是怎样的诚惶诚恐。

毛泽东的这封信，当时只是在小范围内传阅的。他在这封信的信封上写着："刘少奇、周恩来、陈云、朱德、邓小平、胡绳、董老、林老、彭德怀、陆定一、胡乔木、陈伯达、郭沫若、沈雁冰、邓拓、袁水拍、林淡秋、周扬、林枫、凯丰、田家英、林默涵、张际春、丁玲、冯雪峰、习仲勋、何其芳诸同志阅。退毛泽东。"指定了可以阅读这封信的人，也再清楚不过地表露了他的意图。在他指定的这些人中，有7个人与此事直接有关：周扬、林默涵、何其芳、邓拓、林淡秋、袁水拍、冯雪峰。而周扬和冯雪峰负有主要责任。毛泽东让他们看到这封信，也为他们提供了一个"立功赎罪"的机会。

对毛泽东的信首先快速做出反应的，是与此事息息相关且已陷入惶恐状态的周扬和邓拓。周扬领导下的中国作家协会立即做出决定，以古典文学部的名义筹备召开了一次"《红楼梦》研究问题座谈会"；邓拓则奉命为《人民日报》火速组织了两篇文章：《应该重视对〈红楼梦〉研究中的错误观点的批判》和《走什么样的路？——再评俞平伯先生关于〈红楼梦〉研究的错误观点》。

《应该重视对〈红楼梦〉研究中的错误观点的批判》一文，是由当时担任《人民日报》文艺组副组长的田钟洛起草的。田钟洛，即著名作家袁鹰。据他后来回忆说，"毛主席的明确指示下来"，邓拓"就马上组织稿件参加批判，写文章"，并"亲自指派"袁鹰"赶紧重读《红楼梦》和有关评论，赶紧写支持李希凡、蓝翎的文章"。而且，袁鹰写这篇文章是"秘密"进行的，包括后来袁水拍撰写《质问〈文艺报〉编者》一文，也是"在秘密状态下写的"。[①] 马上就要公开发表的文章，为什么还要秘密进行呢？主要原因恐怕还是要瞒着周扬，这也表明了毛泽东对周扬的强烈不满。

袁鹰写完草稿后，《人民日报》分管文艺组工作的副总编辑林淡秋与文艺组组长袁水拍又作了修改。[②] 他们都有幸看到了《关于〈红楼梦〉研究问题的

---

① 李辉：《往事苍老》，花城出版社1998年版。
② 同上。

信》，修改时也有了一个可靠的依据。正因为如此，所以这篇文章基本上是按照毛泽东的指示精神以及李希凡、蓝翎的两篇文章写成的。

1954年10月23日，文章在《人民日报》公开发表时，虽然署名"钟洛"，但实际上却有林淡秋和袁水拍的心血化在其中，并且邓拓也不可能不参与意见。因此，这篇文章，可以看作是人民日报社的主要领导及文艺组负责人的集体智慧的结晶。而这种智慧，又来自毛泽东的指示精神，来自李希凡、蓝翎的两篇文章。

按照毛泽东的指示精神，文章首先把俞平伯和胡适联系了起来，一并打入"资产阶级的'新红学家'"之列："'五四'以前的红学家们就很不少，'五四'以后又出现了一些自命为'新红学家'的，其中以胡适之为代表的一派资产阶级的'新红学家'占据了支配地位，达三十余年。直到今天，我们仍然可以从俞平伯先生关于红楼梦的论著中看到胡适之派的资产阶级反动的实验主义对待古典文学作品的观点和方法的继续。"接下来，又依据李希凡、蓝翎两篇文章的基本观点，列出四条，对俞平伯《红楼梦》研究的主要观点和方法进行了"联系胡适"的批判。

在对胡适、俞平伯进行一番批驳后，又转入了对李希凡、蓝翎两篇文章的肯定和赞扬，认为这是"进步的青年人再不能容忍资产阶级的立场、观点、方法任意损害和歪曲我们伟大民族的优秀文学遗产"的表现，"是三十多年来向古典文学研究工作中胡适之派的资产阶级立场、观点、方法进行反击的第一枪，可贵的第一枪！"后面的这一句话，正是毛泽东所说"这是三十多年以来向所谓《红楼梦》研究权威作家的错误观点的第一次认真的开火"一语的翻版。

依据毛泽东的指示精神，文章对文艺界也提出了批评："这一枪之所以可贵，就是因为我们的文艺界，对胡适之派的'新红学家'们的资产阶级立场、观点、方法在全国解放后仍然在古典文学研究中占统治地位这一危险的事实，视若无睹。这两篇文章发表前后在文艺界似乎并没有引起应有的重视。"所以，"我们对于优秀的文学遗产"的研究，"迄今为止，仍未脱离资产阶级的唯心主义、主观主义、反现实主义的影响"。

文章最后号召："现在，问题已经提到人们的面前了，对这个问题应该展开讨论。这个问题，按其思想实质来说，是工人阶级对资产阶级在思想战线上的又一次严重的斗争。这个斗争的目的，应该是辨清是非黑白，在古典文学研究工作的领域里清除资产阶级的唯心主义的、主观主义的立场、观点和方法；正确地学习运用马克思主义的唯物主义的、科学的立场、观点和方法。每个文艺工作者，不管他是不是专门从事古典文学研究工作的，都必须重视这个思想斗争。"

　　就在钟洛文章发表后的第二天，亦即10月24日，《人民日报》又发表了李希凡、蓝翎合写的《走什么样的路？——再评俞平伯先生关于〈红楼梦〉研究的错误观点》一文。这篇文章，也是邓拓安排他们写的。在布置这项任务时，邓拓虽然没有透露毛泽东《关于〈红楼梦〉研究问题的信》，但却依据自己对毛泽东指示精神的理解，对李希凡、蓝翎提出了指导性的建议："你们的《评〈红楼梦研究〉》不是讲到了胡适的观点吗？这篇文章可从批判胡适的角度写。"并且，在发稿之前，邓拓又对文章作了重要修改，将对俞平伯《红楼梦》研究观点的批判，与"过渡时期的总路线"联系了起来。①

　　邓拓除了提出具体建议并对文章作了修改之外，还特别要求文章必须是"战斗性"的。所以，这篇文章不仅联系胡适的实用主义和资产阶级唯心论着重批判了俞平伯的《红楼梦辨》，而且措辞也比以前的两篇文章更为激烈。他们说："代表买办资产阶级的知识分子胡适之，为了抵抗马克思主义的宣传，在政治上提出了'多研究些问题，少谈些主义'的口号，在学术上提出了反动的实验主义的'考据学'……胡适之所提倡的学术路线，其反动的目的就是阻挠马克思主义在青年中的传播，把他们蒙着眼睛牵着鼻子走向'国故'堆里去，脱离现实，避开当时尖锐的阶级斗争。""在学术研究上，俞平伯先生的《红楼梦辨》就正是这条路线的忠实的追随者"，他"把《红楼梦》看成是曹雪芹'自传'的目的"，就是"企图贬低《红楼梦》"，并且，他"对祖国优秀的文化遗产持虚无主义的否定态度，这正是'五四'以后洋场绅士的本色。从这种反动的

---

① 李希凡：《红楼梦艺术世界》，文化艺术出版社1997年版。

虚无主义论出发，必然引导到丧失民族自信心"。"在解放以后，在新的历史条件下，俞平伯先生非但没有对过去的研究工作和他的影响作深刻的检讨，相反地却把旧作改头换面的重新发表出来"，"以隐蔽的方式，向学术界和广大的青年读者公开贩卖胡适之的实验主义，使它在中国学术界中间借尸还魂"。

周扬虽然反应很快，但还是比邓拓慢了一步。就在《走什么样的路》一文发表的同一天，"《红楼梦》研究问题座谈会"方才在中国作家协会会议室召开。参加这次会议的绝大多数人，还不知道毛泽东已经写了《关于〈红楼梦〉研究问题的信》，上午也不可能看到李希凡、蓝翎合写的这篇文章，其中包括主持会议的郑振铎。但即使如此，一些有特殊"政治嗅觉"的人，也已经从头一天《人民日报》发表的钟洛的文章中觉察到了一些东西，因此，大会的发言也很不一致。有纯粹谈学术的；有为学术研究尤其是考据表示担忧的；对于俞平伯，有批评的，也有说好话的；对于李希凡、蓝翎的两篇文章，也是赞扬中掺杂着批评，并没有形成一边倒的批判势头。

这次会议只开了一天，由于时间短，在会上发言的只有19个人。其中有资格看到《关于〈红楼梦〉研究问题的信》的，只有与此事息息相关的何其芳和周扬。

这次会议结束后不久，10月26日的《人民日报》、《光明日报》以及10月28日的《文汇报》，都分别报道了这次会议的情况。

在毛泽东直接授意下，《人民日报》于23日、24日发表的两篇文章和中国作家协会古典文学部召开的这次会议，以及京、沪三大报纸对这次会议的报道，正式拉开了公开批判俞平伯及胡适派资产阶级唯心论的序幕。

1954年10月27日，中共中央宣传部副部长陆定一给毛泽东送来了《关于展开〈红楼梦〉研究问题的批判》的报告。报告不仅汇报了24日召开的"《红楼梦》研究问题座谈会"的情况，而且还提出了这次开展讨论的目的，就是要在关于《红楼梦》和古典文学研究方面与资产阶级唯心论划清界限，并进而运用马克思主义的观点和方法对《红楼梦》的思想性和艺术性作出较全面的分析和评价，以引导青年正确地认识《红楼梦》。报告还特意提出，在讨论和批评中必须防止简单化的粗暴作风，允许发表不同意见，只有经过充分的争论，正确的意见才能真正为多数人所接受。对那些缺乏正确观点的古典文学研究者，仍应采取团结教育的态度，使他们在这次讨论中得到益处，以改进他们的研究方法。这次讨论，不应该仅限于古典文学研究的范围内，而应该发展到其他部门去，从哲学、历史学、教育学、语言学等方面，彻底地批判胡适资产阶级唯心论的影响。

毛泽东看完报告后，提笔在报告上批了这样一行字："刘、周、陈、朱、邓阅，退陆定一照办。"[①]

同一天，袁水拍按照毛泽东指示撰写的《质问〈文艺报〉编者》一文，也送到了毛泽东案头。

毛泽东认真地阅读并作了修改。袁水拍的文章措辞本来已经相当尖锐，但毛泽东似乎还觉着分量不够。在袁水拍的文章中，有这样一段话：

> 这种老爷态度在《文艺报》编辑部并不是第一次表现。在不久以前，全国广大读者群众热烈欢迎一个新作者李准写的一篇小说《不能走那一条路》，及其改编而成的戏剧，对各地展开的国家总路线的宣传起了积极作用，可是《文艺报》却对这个作品立即加以基本上否定的批评，并反对推荐这篇小说的报刊对这个新作家的支持，引起文艺界和群众的不满。《文艺报》虽则后来登出了纠正自己错误的文章，并承认应该"对于正在陆续出现的新作者，尤其是比较长期地在群众的实际生活中、相当熟悉群众生活并能提出生活中的新问题的新作者，……给以应有的热烈的欢迎和支持"，而且把这件事当作"一个很好的教训"；可是说这些话以后没有多久，《文艺报》对于"能提出新问题"的"新作者"李希凡、蓝翎，又一次地表示了决不是"热烈的欢迎和支持"的态度。

措辞本已相当尖锐，但毛泽东却仍在后面加上了这样一段话：

---

① 《建国以来毛泽东文稿》，中央文献出版社1990年版。

《文艺报》在这里跟资产阶级唯心论和资产阶级名人有密切联系，跟马克思主义和宣传马克思主义的新生力量却疏远得很，这难道不是显然的吗？

在对袁水拍的文章作了重大修改后，毛泽东先在文章的标题下面署上袁水拍的名字，然后又在旁边写了这样一句话：

即送人民日报邓拓同志照此发表。

他要直接送给邓拓"照此发表"，而不再经过任何人的手，包括周扬等文艺界领导甚至作者袁水拍本人，以防他的指示精神再走了样。本来，这篇文章，就是他派江青直接找到袁水拍传达了他的指示，让袁水拍在秘密状态下写成的。

文章送到邓拓手中，袁水拍依然不同意用个人名义发表，然而毛泽东已经亲笔署上了他的名字，不仅他自己无可奈何，邓拓当然也只能"照此发表"。[①]

既然运动已经开展起来，为什么毛泽东又要派江青去找袁水拍按照自己的意见写这篇文章呢？是他对《人民日报》23日、24日发表的两篇文章不满意？还是从24日的"《红楼梦》研究问题座谈会"上的发言中看出了问题？这两种可能也许都有，但更重要的原因，恐怕还是对周扬、冯雪峰等人及新闻媒介的强烈不满。

10月28日，《质问〈文艺报〉编者》一文在《人民日报》公开发表后，批判的矛头急剧转向，运动的性质也发生了变化。这使许多人感到震惊：冯雪峰陷入了惶恐之中；周扬惶恐中还夹杂着几分恼怒，打电话问邓拓：这是怎么回事？事已至此，邓拓也只好如实回答。

毛泽东所见果然英明。就在《质问〈文艺报〉编者》一文发表后不久，全

---

① 李辉：《往事苍老》，花城出版社1998年版。

国各地的社科类报刊都不约而同地行动起来。他们纷纷发表文章，在批判《文艺报》的同时，也对自己编辑部内存在的"资产阶级贵族老爷式态度"，进行了毫不留情的自我批评。

至此，大批判运动的熊熊烈火，已在神州大地形成燎原之势。

1955年1月20日，当运动达到高潮之时，中共中央宣传部向中央提出了《关于开展批判胡风思想的报告》，要求在批判俞平伯和胡适的同时，对胡风的文艺思想进行公开的批判。中央批准了这个报告，并要求各级党委重视这一思想斗争，把它作为工人阶级与资产阶级之间的一个重要斗争来看待。此后不久，文艺界围绕胡风文艺思想的讨论很快就变成了对胡风的政治讨伐。

与此同时，随着批判运动的不断扩大和深入，大批判运动也确确实实在各个领域各条战线轰轰烈烈地开展了起来：在文化界，对俞平伯、胡适的资产阶级唯心论思想及研究方法的批判仍在继续深入；在教育界，则开始了对杜威、胡适的实用主义教育思想的批判；在医药卫生界，批判贺诚"排斥中医"的资产阶级思想；在建筑界，批判梁思成的"复古主义"、"形式主义"的设计思想……

1955年3月1日，中共中央发出《关于宣传唯物主义思想批判资产阶级唯心主义思想的指示》，对将批判运动扩展到各个领域中去的做法作了充分的肯定，认为在各个学术和文化领域中对资产阶级唯心主义思想的代表人物进行批判，是在学术界及党内外知识分子中宣传唯物主义、推动科学文化进步的有效方法。为了响应这一号召，许多有关部门开始争先恐后地搜寻自己领域中的"资产阶级唯心主义思想的代表人物"，使本来就已扩大化了的批判运动更加扩大；与此同时，报纸杂志也纷纷发表文章推波助澜，诚如《中国共产党历史大事记》中所说："许多文章简单粗暴，说理不足，以势压人，把思想方法、研究方法和具体学术问题上的唯心主义观点乃至某些需要进一步研究讨论才能分清是非的问题，同资产阶级政治立场、政治态度混为一谈，这就伤害了一些愿意从事有益于人民的工作的知识分子，给科学文化的发展带来了消极的影响。"

同年5月13日、24日、6月16日，"《人民日报》分三批刊登了'关于胡风反革命集团的材料'，随后，又将这些材料汇编成册。毛泽东写了序言和二十多条按语，并在按语中断言胡风等人是'一个暗藏在革命阵营的反革命派别，一个地下的独立王国。这个反革命派别和地下王国，是以推翻中华人民共和国和恢复帝国主义的统治为任务的'。对胡风的思想批判演变成从政治上、组织上'肃清反革命集团'的运动"①。至此，由"《红楼梦》研究批判运动"引发出来的这场性质完全不同的运动，暂时在中国的政治生活中占了主要地位，而轰轰烈烈的"《红楼梦》研究批判运动"则基本进入了尾声。

（原载《新文学史料》2012年第4期和2013年第1期）

---

① 李辉：《文坛悲歌》，花城出版社1998年版。

文学评论派的开山祖师

—— 王国维

1904年，王国维《红楼梦评论》一文的公开发表，标志着红学研究进入了一个新的阶段。然而，这篇具有深远意义和学术价值的文章问世之后，当时却如空谷足音，没有引起人们的重视与反响，本该早已确立的红学评论派，自然也出现了后继无人的现象。时至今日，虽然研究这篇文章的论著已然很多，但我们重新阅读这篇经典之作，仍能受到很多启发。

一、"国家不幸诗家幸"

中国历史上的1898年，又是一个多灾多难的多事之秋。一方面，世界列强加快了进一步分割中国的步伐。另一方面，国内的有识之士也发出了救亡图存的呼声，并开始了具体的行动。1898年2月，英国迫使腐败无能的清政府发表声明，长江沿岸诸省，不割让给其他国家。富庶的长江流域，全部沦为英国的势力范围。

同年3月，德国又迫使清政府订立所谓的《胶澳租界条约》，强租胶州湾，并在山东享有筑路、开矿特权，山东也沦为德国的势力范围。

早在1897年12月，沙俄的舰队便强行侵入旅顺，占据旅顺口、大连湾。1998年3月，又迫使清政府订立了所谓的《旅顺大连湾租地条约》，霸占了旅顺和大连，同时取得了中东路南满支线修筑权，东北又成了沙皇俄国的势力范围。

同年4月，法国又宣布强租广州湾，取得滇越铁路修筑权，后又迫使清政府宣布两广、云南不割让给他国。云南、广东、广西又成了法国的势力范围。

与此同时，日本也迫使清政府宣布福建不割让给其他国家。福建又成了日本的势力范围。

同年6月，英国在强租九龙半岛、深圳湾、大鹏湾之后，又于7月强租了山东的威海卫。

就在列强纷纷宰割困处沙滩的东方巨龙时，中国历史的天空中，也暂时出现了一线希望之光。这便是著名的戊戌变法。

然而，以慈禧太后为首的顽固派却以武力发动政变，大肆关押、流放甚至杀戮维新派人士。给国人带来一线希望的变法维新运动，仅仅维持了103天，便在腥风血雨中不幸夭折。偌大的中国，重新陷入了无尽的黑暗之中。等待它的，将是更大的历史灾难。

1899年至1900年，戊戌政变的血腥气息尚未散尽，山东、河南、北京、天津乃至整个华北和东北地区，又爆发了轰轰烈烈的义和团运动。但以慈禧太后为首的清朝统治集团，却仍然不吸取历史的经验教训。他们犹如一只善变的怪兽，时而利用义和团抗击洋人，时而又与洋人勾结镇压义和团，最终于1900年与八国联军内外勾结，残酷地镇压了这场轰轰烈烈的群众运动。1901年，战败的清政府被迫与德、美、英、法、俄、日、意、奥、西、比、荷等11国签订了所谓的《辛丑条约》，使灾难深重的中国在完全沦入半殖民地半封建境地的同时，也敲响了满清政权即将灭亡的丧钟。

《辛丑条约》的订立，使中国民族矛盾日益加深。在这个民族危亡的新形势下，帝国主义列强和腐朽无能的清王朝，自然就成了广大人民愤恨的焦点。许多爱国青年纷纷东渡日本，寻求救国真理，一时形成了出国留学的热潮。与此同时，中国的资本主义迅速发展，清政府迫于危亡形势也不得不接受资产阶级的某些要求，如实行"新政"，废八股，停科举，开办新式学堂，等等。这样，在日本的留学生界和国内新式学堂，就成为资产阶级、小资产阶级知识分子集中的地方，也是革命派宣传革命、准备起义的重要据点。随着革命运动的兴起和发展，国内外先后产生了许多革命小团体。此时的中国，犹如一个堆满了炸药的弹药库，星星之火，即可引发剧烈的爆炸。

与此同时，世界列强在对中国进行武力征服的同时，也更加注意从政治上、经济上、思想上、文化上加深对中国的影响，各种各样的新思潮从四面八方纷纷涌来，为中国的思想文化界注入了新的活力。而面临灭顶之灾的清政府，自然也难以在思想文化方面实行大一统的垄断和控制。此时，中国各地的新式学堂如雨后春笋般地冒了出来。1898年7月，在百日维新的清风吹拂下，清政府创办了京师大学堂，亦即后来的北京大学。同年12月，京师大学堂又附设师范馆，亦即后来的北京师范大学。就在这一年的年底，美国已经在中国建立了1100多所教会学校。

正是在这国无宁日的动荡时代，在中西文化交汇碰撞的特定历史时期，王国维携带着浓厚的传统文化功底，来到上海，在接触外来文化之后，在忧患意识的支配下，凭着他的聪明才智，融会贯通地将中西文化结合起来，从而造就了一代文化巨人。诚所谓"国家不幸诗家幸"也。

实际上，王国维出生之时，满清王朝便早已处于风雨飘摇之中，而他从海宁跨入上海这个新世界的1898年，清政府则更是陷入了不堪自拔的泥沼。下面，我们不妨依据现有史料，看一看王国维自1898年离开家乡至1904年发表《红楼梦评论》的这短短几年间，他所经历的人生轨迹。

1898年年初，年仅22岁的王国维迈出了人生旅程的重要一步——他在同乡友人的引荐下，离开相对宁静的小城海宁，来到了喧嚣热闹的大上海，担当《时务报》书记之职。虽然这份职务收入微薄而杂务繁多，而他所看到的所谓理想世界也并不理想，但当时的《时务报》是宣传资产阶级改良主义思想、宣传资本主义新文化的大本营，因而时有"家家言时务，人人谈西学"之说。这份工作，对王国维能够很快地走上学术道路，还是起了很大的作用。

同年2月，王国维征得《时务报》社同意，开始在罗振玉创办的东文学社学习英语，而他与罗振玉的相识，对其人生道路来说，也是至关重要的。他们相识之后，罗振玉不仅从多方面提携帮助王国维，而且他在各个方面对王国维所产生的影响，也是无人能够与之相比的。虽然罗振玉对他的影响既有积极的一面，也有消极的一面。但罗振玉影响了王国维的大半生，却是不容否认的事实。

1898年9月，王国维被罗振玉任命为东文学社学监，在此期间，王国维不仅学习了英语、日语，而且还结识了日本籍教师藤田丰八和田冈佐代治。王国维之所以对康德和叔本华哲学感兴趣，很大程度上是受了这两位"日本文学士"的影响。

1900年12月，王国维在罗振玉的资助下，到日本东京留学，白天学英语，晚上学数学。虽然因为身体原因并为"几何学所苦"，仅在东京留学四五个月便提前回国，但这短暂的一段经历，对王国维也产生了不小的影响。回国后，王国维便协助罗振玉编《教育世界》杂志。这是罗振玉于1904年4月倡办的。这份杂志，对于王国维的学术道路，也起到了至关重要的作用。诚如刘烜在《王国维评传》中所说："《教育世界》杂志是王国维工作的地方，是他发表一系列文章和译文的地方，王国维就是从这里崭露头角的。"并终于在1904年6至8月，发表了他的具有深远意义的《红楼梦评论》。

二、《红楼梦评论》的主旨及其价值

《红楼梦评论》于1904年6月至8月在《教育世界》杂志上连载，后收入王国维自编的《静安文集》。周一平、沈茶英在《中西文化交汇与王国维学术成就》一书中认为，"《红楼梦评论》先立文论标准，再论《红楼梦》主题，续论《红楼梦》的美学、伦理学价值，终论文艺作品性质及研究方法，这是一篇有严谨理论体系的论著。这种有系统的研究，在红学研究中还是第一次"。它"开了建构理论体系研究《红楼梦》的风气，使后来红学研究跃上一个新台阶，向深度、广度发展"。"这是王国维第一篇文学批评的论著，也是中国近代别开生面研究《红楼梦》的第一篇文字。"刘烜在《王国维评传》中则认为，"这是王国维第一篇有系统的长篇论文，在《人间词话》发表前，这是一篇最有社会影响的文章，以对文学的美学性质的新的深刻理解而著称于世"。"王国维以'美术之眼'评论《红楼梦》，在中国现代历史上，第一个从美学的角度去评论文学作品。他有哲学的眼光。他能站在美学学科发展的前列，选取他认为最先进的学说，加以运用。他的艺术眼光是现代的。所以，他在《红楼梦》中发现了美。""这篇评论，有严整的理论框架，全文纲举目张，有严正的逻辑结构。他注重从哲学、美学、伦理学等不同角度去评论《红楼梦》。在审视作品的时候，既注意到将它与中国历史上的叙事作品加以对比，以阐明它在历史上发展中的地位，又能注意到将将它与世界上的同类作品加以比较，以确定它的世界地位。而作者将自己最终的视角，落到对中国固有的'乐天—麻木'式的国民性批判，显示出具有思想家、哲学家的锋芒。这篇文章为中国文学批评提供了许多新的东西。"而刘梦溪在《红楼梦与百年中国》一文中则认为，"王国维的《红楼梦评论》的最大贡献在美学方面。他是第一个运用西方哲学和美学观念，从文学批评的角度来衡定《红楼梦》艺术价值的人。这不仅在红学史上，在整个学术史发展上都有重要意义"。

应该承认，这几位学人对于王国维《红楼梦评论》的评价，都是恰如其分的。

《红楼梦评论》共分五章：第一章，人生及美术之概观；第二章，《红楼梦》之精神；第三章，《红楼梦》之美学上之价值；第四章，《红楼梦》之伦理学上之价值；第五章，余论。

在第一章中，王国维即根据自己对叔本华哲学理论的理解，阐释了所谓人的"生活之本质"问题。他认为："生活之本质何？欲而已矣。"将生活的本质单纯地定性为一个"欲"字之后，他又进一步论证说，然而，"欲之为性无厌，而其原生于不足。不足之状态，苦痛是也"。也就是说，人为了满足自己的欲望，就必须要不断地追求，而在追求欲望的满足过程中，就必然会产生痛苦。更何况人的欲望是无止境的，"既偿一欲，则此欲以终。然欲之被偿者一，而不偿者什佰。一欲既终，他欲随之，故究竟之慰藉终不可得也"。退一步来说，"即使吾人之欲悉偿，而更无所欲之对象，厌倦之情即起而乘之，于是吾人自己之生活，若负之而不胜其重"。所以，"人生者，如钟表之摆，实往复于苦痛与厌倦之间者也，夫厌倦固可视为苦痛之一种"。再退一步来说，即使"有能去此二者，吾人谓之曰快乐。然当其求快乐也，吾人于固有之苦痛外，又不得不加以努力，而努力亦苦痛之一也。且快乐之后，其感苦痛也弥深。故苦痛而无回复之快乐者有之矣，未有快乐而不先之或继之以苦痛者也。又此苦痛与世界之文化俱增，而不由之而减。何则？文化愈进，其知识弥广，其所欲弥多，又其感苦痛亦弥甚故也。然则人生之所欲既无以逾于生活，而生活之性质又不外乎苦痛，故欲与生活与苦痛，三者一而已矣"。

在叔本华、王国维等人看来，人生的本质就是欲望，而欲望在绝大多数情况下都很难得到满足，即使所有的欲望都暂时得到了满足，却又会随之而产生厌倦之情，所以，人的欲望与生活和苦痛，是密不可分的。

那么，如何才能解脱苦痛呢？王国维依然采用叔本华的观点，认为有一种方法便是美术。此处王国维所说的"美术"，应该就是我们今天对文学艺术的统称。而"美术之为物，欲者不观，观者不欲"。"艺术之美所以优于自然之美者，全存于使人易忘物我之关系也。"这就提出了评价文艺作品的标准，亦即衡量艺术之美就是要看它是否"使人易忘物我之关系"，说得更直白一些，也就是是否能够使人解脱苦痛。然而，美又有不同的种类和功用，那么何者为上呢？王国维认为此便是优美和壮美。这是因为，优美和壮美都能"使吾人离生活之欲"，但"眩惑"之美却是与优美、壮美相对立的，它不但不能使人脱离生活之欲，反而使人"归于生活之欲"。因此，王国维认为，"吾人且持此标准以观我国之美术，而美术中以诗歌、戏曲、小说为其顶点，以其目的在描写人生，故吾人得一绝大著作曰《红楼梦》"。将诗歌、戏曲、小说列为艺术的最顶点，而《红楼梦》又是中国艺术中的最伟大的作品。这当然是很有见地的。周一平、沈茶英在《中西文化交汇与王国维学术成就》一书中指出："提出文论的美学标准，是王国维借用西方资产阶级文论理论运用于中国文论的首创。他的人生欲望、痛苦说是叔本华的哲学说，他的美术解脱说，优美、壮美说，也是叔本华、康德的美学说。尽管这些理论有阶级的、思想的局限性，有消极的一面，但他的理论开了中国近代文论的风气，使中国的文论开始越出中国封建文化的范围，这是积极的，有贡献、有影响的。"

那么，《红楼梦》这部"绝大著作"的精神究竟是什么呢？王国维认为："《红楼梦》一书，实示此生活此苦痛之由于自造，又示其解脱之道，不可不由自己求之者也。而解脱之道存于出世，而不存于自杀。出世者，拒绝一切生活之欲也。"他利用通行的《红楼梦》程甲本系统的本子，将贾宝玉的前身视为青埂峰下的那块顽石，然后论证说，这块顽石以一念之差，来到人世，经历

19年之后方才幡然醒悟，认识到"不幸之生活由自己之所欲，而其拒绝之也，亦不得由自己"。此便是他所认为的《红楼梦》的主题。因此，王国维强调说，"美术之务，在描写人生之苦痛与其解脱之道。而使吾侪冯生之徒于此桎梏之世界中，离此生活之欲之争而得其暂时之平和，此一切美术之目的也"。正因为《红楼梦》达到了这个目的，所以它才成为一部伟大的美术作品，可以和歌德的《浮士德》相媲美。他认为，"欧洲近世之文学中所以推格代之《法斯德》为第一者，以其描写博士法斯德之苦痛及其解脱之途径最为精切故也。若《红楼梦》之写宝玉，又岂有以异于彼乎？"将《红楼梦》置于世界文学之林中，认为它可以和《浮士德》相媲美，这比后来胡适、俞平伯等人对《红楼梦》的低评价，应该更为符合实际。不仅如此，王国维还进一步认为，《红楼梦》所揭示的人生痛苦及解脱方法比《浮士德》更具普遍性，"且法斯德之苦痛，天才之苦痛；宝玉之苦痛，人人所有之苦痛也。其存于人之根柢者为独深，而其希救济也为尤切。"所以，《红楼梦》"以生活为炉，苦痛为炭，而铸其解脱之鼎"，实乃"宇宙之大著述"。

然而，对于这样一部伟大著作，国人却难以理解并且接受其观点，究其原因，乃是因为"吾国人之精神，世间的也，乐天的也，故代表其精神之戏曲小说，无往而不著此乐天之色彩：始于悲者终于欢，始于离者终于合，始于困者终于亨。"所以，"非是而欲餍阅者之心，难矣！"

王国维在将《红楼梦》与《牡丹亭》、《长生殿》、《红楼复梦》、《儿女英雄传》等作品进行比较后，又进一步指出："故吾国之文学中，其具厌世解脱之精神者，仅有《桃花扇》与《红楼梦》耳。"然而，这仅存的两部"具厌世解脱之精神"的悲剧作品，《红楼梦》又比《桃花扇》高明许多，这是因为，"《桃花扇》之解脱，非真解脱也。沧桑之变，目击之而身历之，不能自悟，而悟于张道士之一言；且以历数千里，冒不测之险，投缧绁之中，所索之女子，才得一面，而以道士一言，一朝而舍之，自非三尺童子，其谁信之哉？故《桃花扇》之解脱，他律的也"。这就是说，《桃花扇》虽然在结尾处也突破了传统的大团圆的俗套，但剧中男女主人公侯方域和李香君在南明小朝廷灭亡之后，历经重重险阻再度相逢，正当二人互诉衷肠之时，听到了张道士的一声断喝，便立刻如梦初醒，毅然遁入空门。王国维认为，这样的情节是不合情理的，"自非三尺童子，其谁信之哉?"且《桃花扇》的所谓"解脱"，是"他律的"，也就是被动的，而不是自觉的，这种人物性格发展的逻辑，是不能令人信服的。"而《红楼梦》之解脱，自律的也。且《桃花扇》之作者，但借侯、李之事，以写故国之戚，而非以描写人生为事。故《桃花扇》，政治的也，国民的也，历史的也；《红楼梦》，哲学的也，宇宙的也，文学的也。此《红楼梦》之所以大背于吾国人之精神，而其价值即存乎此；彼《南桃花扇》、《红楼复梦》等，正代表吾国人乐天之精神者也。"

叔本华在分析悲剧发生的原因时谈到了三种类型：一是由极恶毒之人造成的，如莎士比亚戏剧《奥赛罗》中的雅葛、《威尼斯商人》中的夏洛克；二是由于盲目的命运亦即偶然的错误所导致，如《罗密欧与朱丽叶》等；三是"可怕的错误或闻所未闻的意外事故，也不用恶毒已到可能的极限人物，而只需要在道德上平平常常的人们"，把他们安排在经常发生的情况下，使他们处于相互对立的地位，他们为这种地位所迫，明明知道，明明看到却互为对方制造灾祸，同时还不能说单是哪一方面不对"。而人世间最常见的，便是这第三种悲剧。王国维认为，"若《红楼梦》，则正第三种之悲剧也"。这样的悲剧，随时都有可能降临，每个人都有可能遇到，所以更具普遍意义。

王国维明确提出《红楼梦》是"彻头彻尾之悲剧"，是"悲剧中之悲剧"，最具厌世解脱之精神。他不仅将《红楼梦》与《浮士德》等外国文学作品进行比较，而且还将《牡丹亭》、《桃花扇》等中国文学作品与之比较，开了比较文学的先河，这在中国学术史上，也具有相当的意义和价值。

在《红楼梦评论》中，王国维明确指出，用考据学的方法考证《红楼梦》的作者，考证它的成书年代是完全可以的，"若夫作者之姓名与作书之年月，其为读此书者所当知，似更比主人公之姓名为尤要。顾无一人为之考证者，此则大不可解者也"。"《红楼梦》为我国美术上惟一大著述，则其作者之姓名与其著书之年月，固当为惟一考证之题目。"然而，"自我朝考证之说盛行，而读小说者，亦以考证之眼读之；于是评《红楼》者，纷纷索此书之主人公为谁"，这就太不应该了。这是因为，"美术之所写者，非个人之性质，而人类全体之性质也。惟美术之特质贵具体而不贵抽象，于是举全人类全体之性质置诸个人名字之下，比诸副墨之子，洛诵之孙，亦随吾人之所好，名之而已。善于观物者，能就个人之事实，而发现人类全体之性质。今对人类之全体，而必规规焉求个人以实之，人之知力相越，岂不远哉！故《红楼梦》之主人公，谓之贾宝玉可，谓之'子虚乌有'先生可"。依据艺术创作典型论的观点，对索解书中主人公的做法提出了批评。这一番见解，也是相当精到的，击中了索隐派的要害。

王国维指出，"综观评此书者之说，约有二种：一谓述他人之事，一谓作者自写其生平也。第一说中，大抵以贾宝玉为即纳兰性德，其说要非无所本。案性德《饮水诗集·别意》六首之三曰：'独拥余香冷不胜，残更数尽思腾腾。今宵便有随风梦，知在红楼第几层？'又《饮水词》中《于中好》一阕云：'别绪如丝睡不成，那堪孤枕梦边城？因听紫塞三更雨，却忆红楼半夜灯。'又《减字木兰花》一阕咏新月云：'莫教星替，守取团圆终必遂。此夜红楼，天上人间一样愁。'红楼之字凡三见，而云梦红楼者一。又其亡妇忌日作《金缕曲》一阕，其首三句云：'此恨何时已，滴空阶寒更雨歇，葬花天气。'葬花二字，始出于此。然则《饮水集》与《红楼》之间，稍有文字之关系。使人以宝玉为即纳兰侍卫者，殆由于此"。认为纳兰性德的《饮水集》与《红楼梦》之间，"稍有文字之关系"。如果认为《红楼梦》的作者曾经阅读过纳兰性德的《饮水集》并且受到了某些影响，这种可能性还是会有的。但如果非将书中的贾宝玉视为纳兰性德，则未免有胶柱鼓瑟之嫌。这是因为，"诗人与小说家之用语，其偶合者固不少；苟执此例以求《红楼梦》之主人公，吾恐其可以傅合者，断不止容若一人而已"。

对于"自传说"，王国维也提出了批评："至谓《红楼梦》一书，为作者自道其生平者，其说本于此书第一回'竟不如我亲见亲闻的几个女子'一语。信如此说，则唐旦之天国喜剧，可谓无独有偶者矣。然所谓亲见亲闻者，亦可自旁观者之口言之，未必躬为剧中之人物。如谓书中种种境界、种种人物，非剧中人不能道，则是《水浒传》之作者必为大盗，《三国演义》之作者必为兵家，此又大不然之说也。"

三、《红楼梦评论》的偏颇之处

王国维受叔本华哲学思想的影响，夸大"欲"在人生中的作用，这与弗洛伊德夸大"力比多"的作用是一样的。王国维认为，"人生者，如钟表之摆，实往复于苦痛与厌倦之间者也，夫厌倦固可视为苦痛之一种"。然而，我们只要仔细阅读《红楼梦》就会发现，王国维并没有从《红楼梦》的实际情况出发来阐释这部伟大著作，而只是将它作为支撑材料，生搬硬套地去附会叔本华的哲学理论。在《红楼梦》中，作者虽然曾经通过一僧一道之口说："那红尘中有却有些乐事，但不能永远依恃；况又有'美中不足，好事多魔'八个字紧相连属，瞬息间则又乐极悲生，人非物换，究竟是到头一梦，万境归空，倒不如不去的好。"虽然人生如梦的悲观情绪甚浓，但毕竟承认人生是"美中不足"，"红尘中有却有些乐事"的。而在小说的许多具体情节中我们也可以看到，作者在绝大多数情况下，对人生还是抱着乐观态度的，人生的许多方面也确实是非常美好的。诸如携刘姥姥畅游大观园时的欢声笑语，宝玉与众姐妹结社赋诗时的任情尽兴，尤其是寿怡红群芳开夜宴时的美满幸福。这些故事情节，与叔本华、王国维所谓人生就是痛苦的观点，是很不合拍的。

王国维认为："《红楼梦》一书，实示此生活此苦痛之由于自造，又示其解脱之道，不可不由自己求之者也。"按照他所理解的叔本华学说，将《红楼梦》中所描写的饮食男女、读书做官等等都视为人的欲望，并认为有欲就必有生活之苦痛。这种看法，也是不切实际的。恰如刘烜在《王国维评传》中所指出的那样，王国维"为了将活生生的小说装进既定的理论框架中去，常出现牵强附会之处。比如《红楼梦》第一回叙此书主人公贾宝玉之来历，称女娲氏炼石补天之时，炼成好多石头，有一块剩下未用，逐渐通灵。这本来是文学上的起兴之笔，在结构上，可以说是《石头记》名字之由来。王国维却据此发挥说：'此可知生活之欲之先人生而存在，而人生不过此欲之发现也。此可知吾人之堕落，由吾人之所欲，而意志自由之罪恶也。'……小说主人公贾宝玉有一块'通灵宝玉'。'玉'和'欲'在汉语中是同音，于是王国维就直接据此引申道：'所谓玉者，不过生活之欲之代表而已矣。'这样的论断，似在演绎叔本华哲学。从表面文字看，牵强附会处，颇为明显"。

在此我们必须指出，在甲戌本等《红楼梦》手抄本中，女娲炼石补天弃而未用的那块青埂峰顽石，后来幻化成了贾宝玉口中衔下来的那块"通灵宝玉"，而小说主人公贾宝玉的前身，则是赤瑕宫神瑛侍者。这在小说中写得非常清楚：神瑛侍者因为"凡心偶炽"，"意欲下凡造历幻缘"，而曾受神瑛侍者灌溉之恩的绛珠仙草，亦即林黛玉的前身，因欲报答神瑛侍者的灌溉之恩，便也随神瑛侍者降生到人世间，将自己"一生所有的眼泪还他"，"因此一事，就勾出多少风流冤家来，陪他们去了结此案"。然而，程伟元、高鹗在整理出版《红楼梦》时，却又让青埂峰下的这块顽石变成了神瑛侍者，如此一来，青埂峰顽石、神瑛侍者、贾宝玉便三者合而为一了。如此，也就出现了贾宝玉自己口衔自己降生的怪事！我们从王国维对这段故事情节的阐释来判断，他所使用的《红楼梦》版本，自然就是程甲本系统的某个本子。程伟元、高鹗已经错误地修改了这一段文字，王国维再在这错误的基础上加以阐释，自然得不出一个正确的答案。

更令人不解的是，王国维认为"玉"与"欲"同音，所以"玉"就代表欲望的意思。实际上，这正是他所批评的红学索隐派惯用的所谓"谐音"手法。正如刘烜在《王国维评传》中所批评的那样："'生活之欲'的欲，本来是叔本华用德语写作的，当然不可能与'欲'同音。王国维将叔本华的德语译成中文成了'欲'，于是才有'欲'与'玉'正好一个音，就说'玉者，欲也'，这就很牵强。况且宝玉有'玉'字，黛玉也有'玉'，怎么不说就是'生活之欲'呢？显然，在作品中，因为林黛玉没有出家，不好用来证明叔本华的学说，而且，《红楼梦》中还有一位妙玉，是出了家的人；这'玉'难道也是'生活之欲'吗？按照王国维的说法，出了家就等于没有'生活之欲'了。如果我们熟悉《红楼梦》的话，完全可以从艺术形象的实际情况加以判断，妙玉虽然出了家，'生活之欲'还是十分强烈的。况且《红楼梦》中的人名，有'玉'的不少，黛玉、妙玉、红玉、玉钏等，为什么她们又不代表生活之欲呢？这个'玉'字是中国古代女孩子的很普通的名字。比如说'颜如玉'、'如花似玉'，指漂亮、纯洁，显然不是指'生活之欲'。而且，这种对'玉'字的用法，远在叔本华之前就存在了。"

此外，王国维在批评《红楼梦》"自传说"时，将《红楼梦》与《水浒传》、《三国演义》等小说相提并论，认为"《水浒传》之作者必为大盗，《三国演义》之作者必为兵家，此又大不然之说也"，虽然不无道理，但却没有认清这几部作品的不同之处。这是因为，《水浒传》乃是英雄传奇小说，《三国演义》则是历史演义小说，而《红楼梦》却是世情小说。《红楼梦》在细节描写方面的真实细腻与生动传神，若非有过类似的生活体验，仅凭所见所闻，恐怕很难写到这种程度。当然，在此我们只是说《红楼梦》的作者经历过类似的生活体验，但却绝对不能将其作者与书中的主人公贾宝玉混为一谈。

（原载《传记文学》2008年第2期）

红学索隐派的代表人物

—— 蔡元培

　　如果没有史料的佐证，谁曾想到，一位大清王朝的翰林院编修，居然会从旧的营垒中毅然走出，并毫不留情地杀向旧营垒，最终成为一名激进的民主革命斗士。又有谁会相信，一位文质彬彬的大教育家，居然在革命运动中积极倡导暴动与暗杀。没有他，中国的教育事业也许还要滞后数十年；没有他，也许很难铸就北京大学的辉煌历史。蔡元培，这位中国知识界的卓越先驱，因诸多因素的驱动，居然对《红楼梦》倾注了极大的热情，在从事革命事业和教育事业之余，历经近20年的思考和钻研，最终撰写了《石头记索隐》一书，不仅引发了新、旧红学的大论战，而且也使他获得了"红学索隐派代表人物"的桂冠。

一、风云多变的历史时代

　　蔡元培的《石头记索隐》，公开发表于1916年，结集出版于1917年，但其基本观点的确立，却始于1894年秋。

　　这一时段，是中国政治形势风云突变的一个特殊的历史时期。而蔡元培涉足"红学"的1894年，则是令中国人永远难以忘却的一个耻辱的年份。

　　如果说，1840年的鸦片战争，让英国人的洋枪洋炮无情地敲开了中国紧紧关闭数千年的国门，那么，1894年的中日甲午战争，则彻底敲醒了清王朝泱泱大国的"夜郎梦"。

　　众所周知，日本对中华大帝国的崇拜由来已久，但自1840年的鸦片战争始，日本在将这一事件引以为鉴的同时，也对清政权产生了鄙视情绪。明治维新运动之后，尤其是全盘西化的风潮掀起之后，这种鄙视情绪也愈发浓烈。福泽谕吉的"脱压论"及其对中国的疯狂敌视，便是这一时代风潮的产物。此后，随着这种情绪的蔓延，日本在与中国表面交好的同时，暗中却在磨刀霍霍，积极地准备着对中国的侵略。进攻台湾，强占琉球，签订《天津会议专条》，都是日本政府对清王朝的一种觊觎和试探。至1894年的中日甲午战争，以清王朝的彻底失败而告终，日本对中国的鄙视情绪，也达到了前所未有的顶点。

世界列强的侵略，固然是加速清王朝走向灭亡的重要原因之一，但执政者的腐败无能，却是招灾惹祸的主要根源。俗谚所谓"墙倒众人推"，所谓"苍蝇不钻无缝的鸡蛋"等等，在强权世界中，确为万古不易的至理名言。

当日本加紧备战决意与中国一决雌雄之时，清朝的执政者们又在忙些什么？我们不妨依据徐彻的《光绪帝本传》，[①] 看一看令人扼腕的几幕历史丑剧：

中日甲午战争爆发那年，适逢慈禧太后的六十大寿。早在头一年，朝廷上下便开始了庆典的筹备。

1893年1月19日，光绪皇帝就发布上谕，申明"甲午年，欣逢花甲昌期，筹宇宏开，朕当率天下臣民，胪欢祝嘏"，并委派礼亲王、庆亲王及其他朝廷重臣，"总办万寿庆典"，特意成立了庆典处。为一个老独裁者的生日，皇帝居然要和全国人民"普天同庆"，并特意为此成立领导机构，且委派朝廷重臣专门料理。这样的政权，即使没有外地入侵，也会从内部彻底腐朽。

同年2月7日，慈禧太后发布懿旨，一面对光绪皇帝要率天下臣民为她祝寿加以首肯，一面又假惺惺地强调"毋得稍滋糜费"；此后，在慈禧太后授意下，查照乾隆年间办理庆典的筹备情况，定在颐和园受贺。并且决定，庆典期间，慈禧太后自颐和园进宫所经过的道路两旁要修葺一新，并分段搭建龙棚、龙楼、经棚、戏台、牌楼、亭座，"以昭敬慎，而壮观瞻"。这一举动，全是建立在挥霍多少民脂民膏的基础之上！

---

① 徐彻：《光绪帝本传》，辽宁古籍出版社1996年版。

同年7月14日，礼亲王奏请，在京王公大臣及外省文武官员为共襄慈禧太后六旬万寿应报效银两，并拟出清单，在京各官应报效263,900两，外省各官应报效943,000两，中外各官共报效1,206,900两。这些报效银两统交户部，然后由庆典处"随时支取备用"。这惊人的数字，委实令人发指。

"转过年去，一到光绪二十年，刚进正月，光绪帝便连发御旨，筹备庆典。计算一下，从一月初三日（2月8日）到一月二十七日（3月4日）光绪帝共发布上谕30条，而其中专为庆典的即达13条，占三分之一强。一月初三、初四、初五这三天就连发8道御旨，都为庆典事。而其中初三这一天就连发5道御旨。这5道御旨都是光绪帝转发的慈禧太后的懿旨。"悠悠万事，唯此唯大！"一个国家把最高领导者的寿诞庆典作为最重要的事来抓，就足以说明这个国家上层的腐败已达到了无可救药的程度了。"而日本情报部门对中国的情况分析是："知今年慈圣庆典，华必忍让。"深知此时发动侵华战争是难得的大好时机。

甲午战争爆发以后，随着清军的节节败退，光绪帝意欲降低庆典的规模，便利用臣工采取条陈的方法劝谏慈禧太后。岂料这位祸国殃民的老寿星却咬牙切齿地对大臣们说："今日令吾不快者，吾亦将令彼终身不欢。"其态度之恶劣，实在令人发指。

同年9月16日，日本军队占领平壤。两天之后，中国北洋水师在黄海大战中又败给了日本海军。直到此时，慈禧太后才感到事态的严重性，但却仍然坚持在宫中举办庆典。此时，日本军队正在紧锣密鼓地筹划着强渡鸭绿江，进一步侵略中国本土。

同年10月22日，光绪帝发下御旨，公布了大寿庆典的日程表，令各衙门认真准备。具有讽刺意味的是，就在第二天，日本军队便强行渡过了鸭绿江，将战火引到了中国本土。而就在这一天，光绪帝却仍令庆亲王、礼亲王及众军机大臣忙着收受寿礼，"照料贡物"。而内阁、六部及将军、督抚们也都纷纷前来进贡。多么鲜活的一幕人间丑剧！

10月24日，光绪帝再发上谕，"加恩赏收"众大臣的贡物。次日，日本第一军侵占九连城，第二军在花园口登陆。而光绪帝在召见礼亲王时，礼亲王"则犹商量庆典"，置国家命运于不顾。

10月30日，祝寿活动拉开帷幕，声势浩大。

11月6日，日本军队攻占金州，但清统治者却安排众大臣在宁寿宫听戏三日。

11月7日，是慈禧太后六十大寿的正日，日军在这一天又不费一枪一弹便占领了大连湾。次日，旅顺告警，但庆典活动却仍在按部就班地有序进行着。

11月12日，光绪帝在文华殿会见各国使臣，接受他们呈递国书，恭祝慈禧太后六旬大寿。

11月13日，庆典活动达到高潮后，总算画上了一个句号。

"据户部奏称，这次六旬庆典，各衙门承办工程差务等项共需银5,416,179两。而在整个甲午战争中，户部给前线的两次筹款却只有2,500,000两，还不到庆典支出的一半！"

然而，在庆典活动结束后，执政者本该赶紧筹划抵抗事宜，但帝党与后党却又开始了和、战之争。惯于玩弄权术的慈禧太后，在不遗余力地打击政敌的同时，又欲通过其他国家从中斡旋，企图与日本讲和。岂料日本却不买她的账，继续对中国军队发动了猛烈的进攻。1895年1月，日本军队包围山东威海卫，炮轰刘公岛；同年2月，威海卫失守，北洋水师部分将领在外国顾问的操纵下，逼死提督丁汝昌后，率舰队向日军投降。在北洋水师全军覆没的同时，也宣告了清政府的彻底失败。同年4月，李鸿章代表清政府，在日本的马关签订了令中国人永远引以为耻的《中日马关条约》，大大加深了中国半殖民地化的程度。

据蔡元培的《杂记》手稿及高平叔编著的《蔡元培年谱》记载，就在这耻辱的1894年9月，刚刚被授职为翰林院编修不久的蔡元培，"阅《郎潜纪闻》十四卷、《燕下乡脞录》十六卷竟"，并受该书中有关记载的影响，确立了他对《红楼梦》的基本看法。

1898年，又是一个令中国人永远扼腕痛恨的年份。

由于在甲午战争中惨遭失败，中国出现了空前严重的民族危机。以康有为、梁启超为代表的一批有识之士忍无可忍，发出了救国图存要求变法的强烈呼声。他们发动到北京应试的1300多名举人，上书光绪皇帝，反对签订《马关条约》，以变法图强为号召，组织强学会，掀起了轰轰烈烈的维新变法运动。然而，以慈禧太后为首的清朝统治集团，却仍然不吸取历史的教训，于1898年秋发动戊戌政变，囚禁光绪皇帝，屠杀维新人士，给中国人带来一线希望的变法维新运动，只惨淡经营了100天，便在血雨腥风中惨遭失败。

由于《燕下乡脞录》等书的影响，就在1898年的春夏之间，蔡元培开始了对《红楼梦》的考证与诠释，"前曾刺康熙朝轶事，疏证《石头记》十得四、五，杂志左方，用资印证"，并确信林黛玉即朱彝尊，薛宝钗即高士奇，贾宝玉即纳兰性德。

通过在北京数年的观察与体验，蔡元培深感政治改革"无可希望"，遂在戊戌变法失败后，断然离开北京，南下从事教育事业。

继戊戌政变之后，以慈禧太后为首的清朝守旧派统治集团，又于1900年与八国联军内外勾结，残酷地镇压了义和团运动。1901年，清政府与德、美、英、法、俄、日、意、奥、西、比、荷等11国签订的《辛丑条约》，在使中国完全沦入半殖民地半封建境地的同时，也敲响了清朝政权即将灭亡的丧钟。

蔡元培献身教育事业后，又义无反顾地投身到民族民主革命的事业之中。他"公言革命无所忌"，将教育与革命合二为一。也就是说，无论是从事教育还是革命事业，其最终目的都是为了救国。因此，他明确表示："革命只有两途：一是暴动，一是暗杀。在爱国学社中竭力助成军事训练，算是下暴动的种子。又以暗杀于女子更为相宜，于爱国女学，预备下暗杀的种子。"他不仅提倡暴力，鼓励采取暗杀行动，积极培养暴动型和暗杀型人才，而且还与美人计相结合，培养女性杀手。为了革命，为了救国，可以说蔡元培已经激进到不择手段的地步了。

1911年，辛亥革命爆发，彻底推翻了清朝政府的封建统治，但由于资产阶级的软弱性、妥协性及革命的不彻底性，中国却又陷入了军阀割据的混乱局面。在隆隆的枪炮声中，大好河山几将化为焦土，数以万计的生灵也惨遭荼炭。对于灾难深重的中国人民来说，这确实是一段令人不堪回首的历史！

在这天崩地解的特定历史时期，曾经为辛亥革命的胜利做出过巨大贡献的蔡元培，却又看到了一幕幕历史闹剧，也经历了许多挫折。

　　1916年，正在欧洲游学的蔡元培应《小说月报》之约，整理了10余年来阐释《红楼梦》的有关篇章，总名为《石头记索隐》，并于同年的《小说月报》一至六期上连载发表。

　　1917年，是中国历史上最值得怀念的年份之一。在这令人怀恋的一年中，有许许多多值得纪念的特殊日子：

　　这一年的1月4日，蔡元培就任北大校长。"兼蓄并包"的办学方针既定，北大的振兴，中国文化的复兴，已然提上了议事日程。

　　这一年的1月15日，陈独秀被聘为北大文科学长，《新青年》编辑部也由上海迁到了北京。中国的历史，即将掀开新的篇章。

　　这一年的9月10日，留美归来的胡适，被聘为北大的文科教授，轰轰烈烈的新文化运动，已有了一员冲锋陷阵的大将。

　　三位思想文化巨人，在这令人难忘的1917年，先后来到北京，相聚于北大，其意义之深远，岂止为历史平添了一段佳话！

　　1917年，还有更值得历史怀念的日子：

　　这一年的1月1日，胡适的《文学改良刍议》在《新青年》第2卷第5期上发表，吹响了中国新文化运动的第一声号角。

　　这一年的2月1日，《新青年》第2卷第6期上，刊载了陈独秀的《文学革命论》，新文化运动的熊熊烈焰烧得更旺。

　　历史将永远记住这些值得纪念的日子。正因为有了这些值得怀念的日子，所以这一年也就特别值得怀念。但在这历史最为留恋的一年中，还有一段时光，似乎也值得红学研究者们特别注意：

　　这一年的9月底，俞平伯与顾颉刚相识并成为朋友。"新红学"的三大创始人在1917年的秋天相识并结交，也应该在红学史上注上重重的一笔。几年后，他们也将吹响"红学革命"的号角。

　　也就是在这一年的9月，蔡元培的《石头记索隐》由商务印书馆结集出版。

　　然而，无论是蔡元培，还是胡适、俞平伯、顾颉刚，他们谁也不会料到，就在他们相聚北京大学的第五个年头，居然会由于对《红楼梦》的阐释与考证，从而引发一场令神州学界瞩目并对后世产生深远影响的学术论战。

二、《石头记索隐》的基本观点

在索隐派红学著作中，蔡元培的《石头记索隐》最具代表性。在该书开篇伊始，蔡元培便明确提出："《石头记》者，清康熙朝政治小说也。"作为一个致力于民族民主革命事业的政治家，把《红楼梦》看作一部政治小说并不令人感到意外。只不过政治的需求不同，对小说政治内容的解释也不相同罢了。同为革命家、政治家，同样认为《红楼梦》是政治小说。但从事旧民主主义革命的蔡元培认为《红楼梦》是清康熙朝的政治小说，而从事新民主主义革命的毛泽东却从小说中看出了反帝反封建，当然还看出了其中的几十条人命。

蔡元培认为，《红楼梦》的"作者持民族主义甚挚"，也就是说，是一个与他一样的坚定的民族主义斗士。而作者的创作动机与目的，当然也与他的民族观念息息相关："书中本事在吊明之亡，揭清之失，而尤于汉族名士仕清者寓痛惜之意。"可是，大多数人在阅读《红楼梦》时，为什么看不出这深层的内涵呢？这是因为，作者在"当时既虑触文网，又欲别开生面"，所以"特于本事以上加以数层障幕，使读者有'横看成岭侧成峰'之状况"。

由于《红楼梦》内容的博大精深，更由于其艺术表现手法的多样性，不同的读者，自然会对这部小说得出不同的看法。这与鲁迅所谓"经学家看见《易》，道学家看见淫，才子看见缠绵，革命家看见排满"这段名言是一个意思。

那么，《红楼梦》中究竟有哪几层障幕？历来读者又各自看到了哪一层呢？蔡元培总结说："最表面一层，谈家政而斥风怀，尊妇德而薄文艺。其写宝钗也几为完人，而写黛玉、妙玉则乖痴不近人情，是学究所喜也，故有王雪香评本。"王雪香即王希廉，他所评点的《新评绣像红楼梦全传》，自道光十二年问世以来，一直畅销不衰，影响巨大。而在蔡元培看来，这种只注重"家政"、"妇德"的本子，却只看到了《红楼梦》最表层的一个方面。

进一层，"则纯乎言情之作，为文士所喜，故普通评本多着眼于此点"。也就是说，看到《红楼梦》为言情小说的，也不过才进入了《红楼梦》的第二个层面。

"再进一层，则言情之中善用曲笔。如宝玉中觉在秦氏房中，布种种疑阵；宝钗金锁为笼络宝玉之作用，而终未道破，又于书中主要人物设种种影子以畅写之。如晴雯、小红等均为黛玉影子，袭人为宝钗影子是也。此等曲笔，唯太平闲人评本尽能揭之。"太平闲人即张新之，是从《红楼梦》中看见《易》的最有代表性的"道学家"。蔡元培认为他能"尽揭"《红楼梦》中的所谓"曲笔"，其立意倾向已十分明显。

当然，在蔡元培看来，张新之对《红楼梦》的阐释，也并非尽善尽美。其"缺点，在误以前人读《西游记》之眼光读此书。乃以《大学》《中庸》'明明德'等为作者本意所在，遂有种种可笑之傅会，如以吃饭为诚意之类，而于阐证本事一方面不免未达一间矣"。蔡元培毕竟是学识渊博的大学问家，他虽然赞赏张新之的评点能够看出《红楼梦》中的"曲笔"，但也看到了张氏的牵强附会之处。

蔡元培认为，"阐证本事，以《郎潜纪闻》所述徐柳泉之说为最合，所谓'宝钗影高澹人，妙玉影姜西溟'是也"，明确表示了自己对《红楼梦》的基本看法。

陈康祺在《郎潜纪闻》和《燕下乡脞录》中有这样一则记载："嗣闻先师徐柳泉先生云：'小说红楼梦一书，即记故相明珠家事。金钗十二，皆纳兰侍御所奉为座上客者也。宝钗影高澹人，妙玉即影西溟先生。妙为少女，姜亦妇人之美称，如玉如英，义可通假。妙玉以看经入园，犹先生之借观藏书，就馆相府。以妙玉之孤洁而横罹盗窟，并被以丧身失节之名，以先生之贞廉而瘐死圜扉，并加以嗜利受赇之谤，作者盖深痛之也。'"

在这里，徐柳泉、陈康祺等人，又将索隐的方法向前推进了一大步：他们在将《红楼梦》中的人物形象与历史人物一一对号时，竟然突破了性别界限而"化雌为雄"，金钗十二，在小说中本是美丽的少女少妇，但被徐柳泉、陈康祺等人一一坐实之后，却尽皆变成了大老爷儿们。小说中"水做的骨肉"，原来却是历史上"泥做的骨肉"的化身。倘若曹雪芹地下有知，对此不知该发何等感慨。倘若被"纳兰侍御所奉为座上客者"地下有灵，当也不会同意徐柳泉、陈康祺等人随意地给他们做这种"变性手术"。

至于蔡元培所谓《红楼梦》乃"清康熙朝政治小说"观点，则明显来自无名氏《乘光舍笔记》的影响。他说："近人《乘光舍笔记》谓'书中女人皆指汉人，男人皆指满人，以宝玉曾云：男人是土做的，女人是水做的也'。尤与鄙见相合。"

在《乘光舍笔记》中，有这样一段话："《红楼梦》为政治小说，全书所记皆康、雍间满汉之接构，此意近人多能明。按之本书，宝玉所云：'男人是土做的，女人是水做的'，便可见也。盖'汉'字之偏旁为水，故知书中之女人皆指汉人，而明季及国初人多称满人为'达达'，'达'之起笔为'土'，故知书中男人皆指满人。由此分析，全书皆迎刃而解，如土委地矣。"

需要指出的是，此处所谓"达"字，乃是繁体字的"達"，故谓其起笔为"土"。然而，我们不禁要问："汉"、"满"二字的偏旁都是"三点水"，为何只有"汉"字可取"水"字，而"满"字却要拐弯抹角地转到"达达"，然后再取出起笔的"土"字来呢？更何况小说中的宝玉并没说"男人是土做的"，而是说"男人是泥做的骨肉"。那么，我们也可以说，泥、水混合方为泥。如此，对"泥做的骨肉"这句话又该怎样解释呢？难道我们也可以用《乘光舍笔记》中的这种解释方法，说男人是满、汉结合的产物吗？由此可见，这种随意性极强的文字游戏，确实是毫无科学性可言的。

在提出自己的基本观点后，蔡元培接着论证说："书中'红'字多影'朱'字，朱者，明也，汉也。宝玉有爱红之癖，言以满人而爱汉族文化也；好吃人口上胭脂，言拾汉人唾余也。"

"红"字与"朱"字是一个意思，都是指红颜色，所谓书中的"红"字就是"朱"字，而明王朝的皇帝又姓朱，所以"朱"自然也就是"明"。又因明朝是汉人建立的政权，所以"明"当然也就是"汉"。既然"书中女人皆指汉人，男人皆指满人"，那么身为男人的贾宝玉当然就是影射满人。这样的思维方式我们能够理解。然而，宝玉爱红，为何只能解释成"满人而爱汉族文化"呢？既然"红"字影"朱"、影"明"、影"汉"，是否可以解释成满人爱朱、爱明、爱汉呢？"文化"二字又从何而来？至于宝玉"好吃人口上胭脂"便是影射满人"拾汉人唾余"之说，则更是令人莫名其妙。因为胭脂也是红色的，也可以解释为"影红"、"影朱"、"影汉",如此说来,不更可以说是满人吃掉了朱、明、汉,亦即清朝政权推翻明政权吗?怎么会是"汉人唾余"呢?

蔡元培自称,他在《石头记索隐》中为自己规定了"轶事有征"、"品性相类"、"姓名相关"三条原则。例如,他认为小说中的探春是影射徐乾学,乃是因为乾卦作"三",所以探春便称"三姑娘";徐乾学曾经以第三名及第,称探花,和探春的名字也有"关合"。这便是所谓的"姓名相关者"。又如说黛玉影射朱彝尊,乃是因为朱彝尊走到哪里都带着《十三经》和二十一史,而黛玉的潇湘馆又像"哥儿的书房"。这便是所谓的"品性相类者"。说湘云是陈维崧,乃是因为黛玉和湘云曾经在凹晶馆联句,而朱彝尊和陈维崧又曾经合刊过《朱陈村词》,所以黛玉便是朱彝尊,湘云便是陈维崧。此便是所谓的"轶事有征者"。其他诸如说"李"、"礼"同音,所以李纨便是影射礼部;贾琏称"二爷",而户部在六部中居第二位,因而贾琏就是影射户部等说法,读来无不令人解颐。

实际上,蔡元培乃是在受到《乘光舍笔记》启发后,才提出"《红楼梦》为政治小说"的观点。而他在继承并发挥了清人陈康祺、徐柳泉等人的"宝钗影高澹人、妙玉影姜西溟"等说法的同时,又舍弃了他们的"明珠家事说",并将《红楼梦》的寓意扩大为康熙朝的政治小说。

然而,衡量一部著作,问题并不仅仅看它提出一种什么样的观点,更重要的是要看其中有无确凿可靠的证据支撑其观点,以及能否利用史料对自己的观点进行科学的论证,亦即胡适所谓的"有证据的探讨"。综观蔡元培的《石头记索隐》,其中的证据难免有牵强附会之嫌。但是,蔡元培毕竟是一位学识渊博的大教育家,不仅其观点和方法带有系统性,而且在其论证的过程中,也总给人一种浓浓的学术味道。

三、与胡适等人的红学论战

就在蔡元培的《石头记索隐》公开发表后的第六个年头,亦即1921年3月,胡适撰写了《红楼梦考证初稿》,同年11月,又正式发表了该文的改定稿,在确立《红楼梦》为曹雪芹"自叙传"的同时，也对以蔡元培为代表的红学索隐派提出强烈批评。在该文中，胡适开门见山地指出，"向来研究"《红楼梦》的人"都走错了道路"，批评"他们不去搜求那些可以考定《红楼梦》的著者、时代、版本等等的材料，却去收罗许多不相干的零碎史事来附会《红楼梦》里的情节。他们并不曾做《红楼梦》的考证，其实只做了许多《红楼梦》的附会"。在对旧红学索隐派一一提出反驳之后，胡适又将批判的矛头直接对准了自己的顶头上司蔡元培。他认为，蔡元培的《石头记索隐》，在"引书之多和用心之勤方面"令人佩服，但"蔡先生这么多的心力都是白白浪费了"，《石头记索隐》"到底还只是一种很牵强的附会"。"假使做《红楼梦》的人当日真个用王熙凤来影余国柱，真个想着'王即柱字偏旁之省，國字俗写作国，故熙凤之夫曰琏，言二王字相连也'——假使他真如此想，他岂真不成了一个大笨伯了吗？他费了那么大气力，到底只做了'国'字和'柱'字的一小部分；还有这两个字的其余部分和那最重要的'余'字，都不曾做到'谜面'里去！这样做的谜，可不是笨谜吗？用麒麟来影'其年'的'其'，'迦陵'的'陵'；用三姑娘来影'乾学'的'乾'，假使真有这种影射法，都是同样的笨谜！假使一部《红楼梦》真是一连串这么样的笨谜，那就真不值得猜了！"

身为晚辈和下属，胡适使用"笨伯"、"笨谜"等词语，言辞可谓相当尖锐。

胡适的《红楼梦考证》初稿于1921年3月27日写成，同年5月附载于上海亚东图书馆初排本《红楼梦》公开出版。此后不久，胡适将这次出版的《红楼梦》赠送给蔡元培一部。蔡元培回信说："《考证》已读过。所考曹雪芹家世及高兰墅轶事等，甚佩。然于索隐一派，概以'附会'二字抹煞之，弟尚未能赞同。弟以为此派之谨严者，必与先生所用之考证法并行不悖。稍缓当详写奉告。"在对《红楼梦考证》中的某些方面表示佩服的同时，蔡元培也不赞同胡适"概以'附会'二字"抹煞索隐派，并认为索隐派中的谨严者，还可与胡适"所用考证法并行不悖"。蔡元培最后明确表示，自己要将所有的意见，"详写奉告"。

1921年9月25日，胡适在日记中收录了蔡元培的这封书信，并加以评论说：

"此老也不能忘情于此，可见人各有所蔽，对蔡先生也不能免。"对于蔡元培的固执己见，胡适表示出一丝不满之情。

1922年1月4日，蔡元培收到胡适赠送的《胡适文存》后，回信说："承赐大著《胡适文存》四册，拜领，谢谢！虽未遑即全读，亟检《〈红楼梦〉考证》读之，材料更增，排比亦更顺矣。弟对于'附会'之辨，须俟出院后始能为之。"再次表明了自己的观点。

1922年1月，蔡元培为《石头记索隐》第六版作序。该序的副标题是：《对于胡适之先生〈红楼梦考证〉之商榷》。两位文化巨人因《红楼梦》而公开交锋，自然引起神州学界的关注。在该文中，蔡元培强调说，《红楼梦》中"所寄托之人物，可用三法推求：一、品性相类者；二、轶事有征者；三、姓名相关者"。而自己"每举一人，率兼用三法或两法，有可推证，始质言之"。"自以为审慎之至，与随意附会者不同。"然而，"近读胡适之先生《红楼梦考证》，列拙著于'附会的红学'之中。谓之'走错了道路'，谓之'大笨伯'、'笨谜'；谓之'很牵强的附会'。我实不敢承认"。在这里，蔡元培没有恶语相向，只是淡淡的一句"我实不敢承认"，便表明了自己的态度，其宽容大度确实令人感佩。

接下来，蔡元培又具体列举四条，不仅对自己的观点再作必要的补充和辩解，而且也对胡适的"自叙传说"提出了批评。他说：对于文学作品，作者家世与生平的考证固然必要，但对"著作之内容，即胡先生所谓'情节'者"，亦"决非无考证之价值"。针对胡适将自己对人名的阐证称为"笨谜"的说法，蔡元培反驳说："胡先生所谥为'笨谜'者，正是中国文人习惯。"如"《品花宝鉴》以侯石公影袁子才，侯与袁为猴与猿之转借，公与子同为代名词，石与才则自'天下才有一石，子建独占八斗'之语来。《儿女英雄传》自言十三妹为'玉'字之分析，非经说破，已不易猜。又以纪献唐为年羹尧，'纪'与'年'、'唐'与'尧'虽尚简单，而'献'与'羹'则自'犬曰羹献'之文来。自胡先生视之，皆非'笨谜'乎？即如《儒林外史》之庄绍光即程绵庄，马纯上即冯粹中，牛布衣即朱草衣，均为胡先生所承认（见胡先生所著《吴敬梓传》及附录）。然则金和跋中之所指目皆可信。其中如因范蠡曾号陶朱公而以范当陶，因'萬'字俗写作'万'而以'万'代'方'，亦非'笨谜'乎？然而安徽第一大文豪且用之，安见汉军第一大文豪必不出此乎？"

由于胡适批评蔡元培在《石头记索隐》中许多地方对史料"完全任意的去取，实在没有道理"，蔡元培反驳说："《石头记》凡百二十回，而余之索隐尚不过数十则，有下落者记之，未有者姑阙之，此正余之审慎也。若必欲事事证明而后可，则《石头记》自言著作者有石头、空空道人、孔梅溪、曹雪芹等，而胡先生所考证者惟有曹雪芹。《石头记》中有许多大事，而胡先生所考证者惟南巡一事。将亦有'任意去取、没有道理'之诮欤？"

针对胡适的"自叙传说"，蔡元培反驳说："书中既云真事隐去，并非仅隐去真姓名，则不得以书中所叙之事为真。又使宝玉为作者自身影子，则何必有甄、贾两个宝玉？""若因赵嬷嬷有甄家接驾四次之说，而曹寅亦接驾四次，为甄家即曹家之确证，则赵嬷嬷又说贾府只预备接驾一次，明在甄家四次以外，安得谓贾府亦即曹家乎？胡先生因贾政为员外郎，适与员外郎曹頫相应，遂谓贾政即影曹頫。然《石头记》第十七回有贾政任学差之说"，但"曹頫固未闻曾放学差也。且使贾府果为曹家影子，而此书又为雪芹自写其家庭之状况，则措词当有分寸。今观第七回焦大之谩骂，第六十六回柳湘莲道：'你们东府里除了两个石头狮子干净罢了'，似太不留余地"。反驳得相当有力，也击中了胡适"自叙传说"的要害。

1922年1月，蔡元培发表了《〈石头记索隐〉第六版自序——对于胡适之先生〈红楼梦考证〉之商榷》一文，与胡适论辩。俞平伯阅读蔡文后，深有感触，于是兴致勃勃地写了《对于〈石头记索隐〉第六版自序的批评》一文，于同年3月7日在《时事新报》上发表，主动地加入了战团。

对于俞平伯反驳蔡元培的这篇文章，胡适并不十分赞同。他在1922年3月13日的日记中写道："平伯的驳论不很好，中有缺点，如云'宝玉逢魔乃后四十回内的事。'（实乃二十五回中事）内中只有一段可取。"

既对俞平伯的文章感到不满，便不得不自己撰写文章。1922年5月，胡适撰写了《跋〈红楼梦考证〉》一文，其中的第二部分，副标题即为《答蔡子民先生的商榷》。胡适指出："蔡元培的方法是不适用于《红楼梦》的。有几种小说是可以采用蔡先生的方法的。最明显的是《孽海花》。"其他"如《儒林外史》，也可以用蔡先生的方法推求的"。但"大多数的小说是决不可适用这个方法的。历史的小说如《三国志》，传奇的小说如《水浒传》，游戏的小说如《西游记》，都是不能用蔡先生的方法来推求书中人物的"。

为了说明《红楼梦》也"不能适用蔡先生的方法"，胡适引用了顾颉刚的两条意见予以论证："一、别种小说的影射人物，只是换了他姓名，男还是男，女还是女，所做的职业还是本人的职业。何以一到《红楼梦》家会男变为女，官僚和文人都会变成宅眷？二、别种小说的影射事情，总是保存他们原来的关系。何以一到《红楼梦》，无关系的就会发生关系了？例如蔡先生考定宝玉为允礽，黛玉为朱竹垞，薛宝钗为高士奇，试问允礽和朱竹垞有何恋爱关系？朱竹垞与高士奇有何吃醋关系？"至此，北京大学的一位教授和两名毕业生，亦即新红学派的三大创始人，都向自己尊敬的老校长发动了进攻。

胡适还说，"正因为《红楼梦》与《儒林外史》不是同一类的书"，所以"用'品性、轶事、姓名'三项来推求《红楼梦》里的人物，就像用这个方法来推求《金瓶梅》里西门庆的一妻五妾影射何人：结果必是一种很牵强的附会"。

在该文中，胡适还特别批评了蔡元培轻视考证"作者生平"的观点，认为作者的生平与时代是考证"著作之内容"的第一步下手工夫。因此，胡适再次强调："要推倒'附会的红学'，我们必须搜求那些可以考定《红楼梦》的著者、时代、版本等等的材料。向来《红楼梦》一书所以容易被人穿凿附会，正因为向来的人都忽略了'作者之生平'一个大问题。"

也许是受了蔡元培的影响，胡适在这篇文章中的遣词用句相比而言要平和许多。在文章的结尾，胡适还引用了亚里士多德在《尼可马铿伦理学》中的一段话："讨论这个学说（指柏拉图的'名象论'）使我们感觉一种不愉快，因为主张这个学说的人是我们的朋友。但我们既是爱智慧的人，为维持真理起见，就是不得已把我们自己的主张推翻了，也是应该的。朋友和真理既然都是我们心爱的东西，我们就不得不爱真理过于爱朋友了。"最后，胡适语重心长地说："我把这个态度期望于一切人，尤其期望我所最敬爱的蔡先生。"

1927年，商务印书馆出版了寿鹏飞的《红楼梦本事辨证》一书。蔡元培在为该书所作《序》中说：寿鹏飞以《红楼梦》"为专演清世宗与诸兄弟争立之事"，虽与自己的见解不尽相同，"然言之成理，持之有故。此类考据，本不易即有定论，各尊所闻，以待读者之继续研求，方以多歧为贵，不取苟同也"。并且，蔡元培对于寿鹏飞"不赞成胡适之君以此书为曹雪芹自述生平之说"，甚为赞同，仍然坚持自己的观点。

1961年2月18日，当胡颂平谈及寿鹏飞的《红楼梦本事辨证》一书时，胡适说："当年蔡先生的《红楼梦索隐》，我曾说了许多批评的话。那时蔡先生当校长，我当教授，但他并不生气，他有这种雅量。他对《红楼梦》的成见很深，像寿鹏飞的《红楼梦本事辨证》，说是影射清世宗与诸兄弟争立的故事，我早已答复他提出的问题。到了十五年，蔡先生还怂恿他出这本书，还给他作序。可见一个人的成见之不易打破。"胡适不仅赞佩蔡元培的雅量，也对他的抱有成见感到遗憾。

在蔡元培与胡适进行论战的过程中，发生过一桩令人感佩的轶事：1921年年底，胡适在赠送蔡元培《胡适文存》时，信中托他帮助借阅《四松堂集》和《懋斋诗钞》。蔡元培在1922年1月4日的复信中回答说："公所觅而未得之《四松堂集》与《懋斋诗钞》，似可托人向晚晴簃诗社一询。弟如有便，亦当询之。"

蔡元培果然言而有信。胡适在1922年4月21日的日记中写道："今天蔡先生送来他从晚晴簃（徐世昌的诗社）借来的《四松堂集》五册，系刻本分五卷。"在该日记中，附有蔡元培书信。其中有云："适之先生：近日向晚晴簃借得《四松堂集》一部，凡五册（问《懋斋诗钞》则无之）；其中关涉曹雪芹者……仅有两条……先生如一读此集，或更有所发见，特奉上。但请早阅毕，早赐还耳。"蔡元培不仅给自己的论敌提供资料，而且还条分缕析，加以探讨。这种涵天容地的博大胸怀，确实非常人所能做到。

四、红学索隐派产生的几大因素

索隐派红学之所以能够产生并大行其道，原因很多，但就其重要者而言，则主要不外乎以下几个方面：

首先，这与中国小说的性质有关。众所周知，中国的史书浩如烟海，而史传则正是小说的重要源头之一，所以在一个相当长的历史时期内，人们往往文、史不分。这也就是小说为什么又被称作"野史"、"稗史"的主要原因。所谓"野史"，自然是对官方所修"正史"而言，也就是说，正史没有记载或不敢记载的东西，民间私下撰写的"野史"却暗中记载了下来。而所谓"稗史"，其意义当然也是以补正史之不足。所以，中国人在阅读文学作品时，也往往是历史意识浓重而文学眼光淡漠，阅读文学作品时，也总是要追根问底，孜孜以求地索解书中所写的究竟是哪些真人真事。

其次，与以上问题相联系，中国的文人在进行文学作品创作时，也确实有这种借文学以隐历史或现实的传统。比如《补江总白猿传》借猿猴之子影射书法家欧阳询，有人认为元稹在《会真记》中借张生以自况等。其他诸如蔡元培在《石头记索隐》中已经指出的，如《品花宝鉴》以侯石公来影射袁子才，《儒林外史》以马纯上影射冯粹中等。不仅小说，即诗词曲赋等文学样式也莫不如此。比如《楚辞》，其作者为屈原、宋玉、景差等。而对其寓意的研究，则历来信奉王逸所说的这一段话："善鸟香草以配忠贞，恶禽臭物以比谗佞；灵修美人以媲于君，宓妃佚女以譬贤臣；虬龙鸾凤以托君子，飘风云霓以为小人。"因此，既然中国的文学有这种传统，而已然形成这种思维定式的人们从文学中去搜寻所谓"隐去"的历史，也就不是什么奇怪的事情了。

第三，索隐派的产生，也与中国的传统治学方法有关。从学术史来看，这种传统，应该源于汉人解经，亦即"今文学派"出于学术为政治服务的目的而对《诗经》所作的过度阐释。众所周知，《诗经》中的许多诗歌，本来都是歌咏男女爱情的情歌，但汉代的"今文学派"为了把它抬高到"经典"的地位，便强作解人妄加阐释，在彻底扭曲作品本意的同时，也达到了学术为政治服务的目的。林冠夫在《索隐派红学》一文中曾经总结说："汉人解《诗》，这种不顾作品本来面貌，而硬把它拉到政治事件上去的作法，也不是向壁凭空构想出来的。起码它是在以下的文化背景下形成的。这就是：其一，除了《诗》本身也确实有不少是属于政治诗。同样有很大影响的《楚辞》，以香草美人寄托政治内容，这是公认的事实。于是，人们自然对一些爱情诗也想到是有什么寄托含意。其二，是春秋战国以来外交场合'赋诗言志'的习惯。在那个群雄争霸的时代，各诸侯国之间频繁的外交活动，政治家们都往往通过'赋诗'来表达自己的意见。在这种情况下，即景即事，有那么一些字句与事件相关即可，至于原意如何，也就管不着了。孔老夫子对他儿子孔鲤就有'不学诗无以言'的庭训，这似乎也是指将来当外交官或其他官场活动中通过赋诗来发言。就在这样的情况下，《诗》的内容被解释得走了样。但是，它一旦成了儒家的经典，被尊为《诗经》后，这种走了样的解释也随之而显得最神圣不过了。于是，还从中引申出所谓'寄托'的理论。其实，这也可以是作品的艺术形象与作家的创作命意之间脱节的理论。后来，也就逐渐形成了诗人的创作原则。本来这是一种牵强附会的解释，由此却成了诗歌史上的传统。"比如白居易、李商隐的诗歌等等。其实，这种传统也为后来的政治家们所继承并加以发展，形成了中国学术史上的一大奇特现象。尤其是在社会急剧变革或亟须变革的时候，这种传统往往能够大行其道。比如王安石、康有为等人对经典的阐释，都是如此。

第四，文学是语言的艺术，书面语言则又必须借助文字方能表达。而中国语言文字又极为发达。尤其是汉字的特点为形音义的结合，变化多端，所以文字游戏也极有意趣，诸如谐音、寓意、拆字、转借等手法，简便易行，这又为创作者和阐释者提供了极大的便利。在中国文化史上，这种现象比比皆是，以上所举数例不过九牛一毛而已。即使明清时代的传教士们，也有许多人利用汉字的这种特殊性来阐释《圣经》，以便证明他们中、西文化同源的理论。

第五，红学索隐派的产生，也与《红楼梦》本身有关。尤其是小说开卷第一回的那一段"作者自云"，说什么"因曾经历过一番梦幻之后，故将真事隐去，而借通灵之说，撰此《石头记》一书"云云，更容易将研究者引入探幽索隐的迷途。诚如刘梦溪在《红楼梦与百年中国》一书中所说："既然作者自己说，他写这部书的时候已经'将真事隐去'，书中的两个人物甄士隐和贾雨村具有象征意义，那么，'隐去'的'真事'究竟是什么？由不得动人寻根问底之想。而'已往所赖天恩祖德，锦衣纨绔之时，饫甘餍肥之日，背父兄教育之德，负师友规训之德'这些带有忏悔意味的话，似乎是在回忆一个人家族中的往事，所以便有人猜测：《红楼梦》可能写的是清初某一个家庭。一般的家庭不会与'天恩'有什么关系，更谈不上'仰赖天恩'，能够和朝廷发生关系的只有那些达官显贵。于是又进一步猜想，可能是康熙末年'一勋贵家事'。这样看来，索隐派的产生倒也顺理成章。作者自己一定要那样说——隐去了'真事'，还能怪读者沿着作者所说的方向——隐去的'真事'到底是什么，去七想八想吗？"更何况曹雪芹在小说创作中也继承了中国文人的这种传统，充分利用了汉字的特殊性，比如"拆字法"、"谐音法"等等。比如其中的一些人名，如贾化谐音假话、英莲谐音应怜、娇杏谐音侥幸、单聘仁谐音善骗人、卜固修谐音不顾羞、詹光谐音沾光等等。再如王熙凤判词中"凡鸟偏从末世来"以及"一从二令三人木"，香菱判词中的"自从两地生孤木"等，不一而足。因此，人们按照作者提供的这种思路去加以求解，应该也是合情合理的。只不过任何事情都有一个度，假若以偏概全，将索隐的范围无限扩大，反而会求深反惑，最终陷入牵强附会的泥沼。

（原载《传记文学》2007年第9期）

鲁迅的红学成果

在中国，若用妇孺皆知这句成语来形容鲁迅的知名度，应该一点儿也不过分。这位中国现代伟大的文学家、思想家和革命家，左翼文化运动的旗手，他头上的桂冠实在太多太多，而且每一顶桂冠都闪耀着夺目的光环，以至于淡化了他在其他领域的成就。好在由于出发点不同，一些工具书或教科书都在肯定他的主要成就时，也有所偏重地提及他在其他方面所做出的巨大贡献：翻译界往往提及他对外国进步文艺作品的译介；报刊界则推崇他对《莽原》、《奔流》、《萌芽》、《译文》等期刊所做出的贡献；文学史研究界则力推《中国小说史略》、《汉文学史纲要》等，而红学界则认为"他虽然没有红学专著"，但"对红学也作出了巨大的贡献，在红学史上具有深远的影响"。下面，我们将根据现有史料，对鲁迅的红学成果，略加评述。

一、对《红楼梦》的真知灼见

据现有资料可知，鲁迅的红学事业，应该始于1923年。这一年，对于鲁迅的个人生活来说，应该是一个不幸的多事之秋。该年7月，鲁迅与爱弟周作人关系破裂，同年8月2日，鲁迅满怀悲愤地从八道湾11号迁居到砖塔胡同61号。而他从事《红楼梦》的研究，却不是由于胡适等人的感召，而是因为工作所需。也就在他的心情陷入低谷的1923年7月，鲁迅被聘为北京女子高等师范学校讲师，9月便开始在北京世界语专门学校讲授中国小说史；10月中旬，又在北京女子高等师范学校开始讲授中国小说史及文艺理论，直至1925年3月方才结束。正因授课的需要，所以鲁迅正式开始了对中国古代小说的研究，当然其中也包括对《红楼梦》的研究。

1923年12月11日，鲁迅为授课所编讲义《中国小说史略》上册，由北京新潮社出版。1924年6月20日，新潮社又出版了该书的下册。1925年9月，北京北新书局又将新潮社出版的《中国小说史略》上、下册合为一册再版。

1924年7月7日至8月4日，鲁迅应西北大学及陕西省教育厅邀请，前往西安讲学，在西北大学讲授《中国小说的历史的变迁》，共11次。至此，鲁迅的红学事业，已然奠定了一个坚实的基础。此后，在其他单篇文章中，当涉及《红楼梦》的时候，鲁迅也都有很多的真知灼见。

对于《红楼梦》的悲剧性以及其中主人公贾宝玉的悲剧意识，鲁迅论证得相当精到，历来受到研究者的青睐。在《中国小说史略》中，鲁迅说，宝玉"于外昵秦钟蒋玉函，归则周旋于姊妹中表以及侍儿如袭人晴雯平儿紫鹃辈之间，昵而敬之，恐拂其意，爱博而心劳，而忧患亦日甚矣"。当我们阅读《红楼梦》的时候，看到贾宝玉经常出于爱心而周旋于林黛玉、薛宝钗、史湘云等女孩子中间却得不到理解的时候，确实会有这样的感觉。因此，说贾宝玉"爱博而心劳"，虽言简而意赅，确为这一人物形象的恰切评语。

那么，为何独有贾宝玉才有这样的忧患意识呢？鲁迅又进一步论证说："荣公府虽煊赫，而'生齿日繁，事务日盛，主仆上下，安富尊荣者尽多，运筹谋画者无一，其日用排场，又不能将就省俭'，故'外面的架子虽未甚倒，内囊却也尽上来了。'(第二回) 颓运方至，变故渐多；宝玉在繁华丰厚中，且亦屡与'五常'觌面，先有可卿自经；秦钟夭逝；自又中父妾厌胜之术，几死；继以金钏投井；尤二姐吞金；而所爱之侍儿晴雯又被遣，随殁。悲凉之雾，遍被华林，然呼吸而领会之者，独宝玉而已。"

对于这一观点，鲁迅在《集外集拾遗·〈绛洞花主〉小引》中又引申说："在我眼下的宝玉，却看见他看见许多死亡；证成多所爱者，当大苦恼，因为世上，不幸人多。惟憎人者，幸灾乐祸，于一生中，得小欢喜，少有罣碍。然而憎人却不过是爱人者败亡的逃路，与宝玉之终于出家，同一小器。但在作《红楼梦》时的思想，大约止能如此。"

从以上引文可以看出，鲁迅所说贾宝玉的忧患意识，主要源自他的爱人之心以及所爱之人的死亡和不幸。然而，在《红楼梦》中，贾宝玉的博爱范围似乎不仅仅限于所爱之人，而且对于世间所有美好事物的被毁灭，他都会产生浓重的悲剧意识。这方面最典型的事例，莫过于第二十八回开篇时的一段描写。当贾宝玉在山坡上听到林黛玉的《葬花吟》后，"先不过点头感叹；次后听到'侬今葬花人笑痴，他年葬侬知是谁'，'一朝春尽红颜老，花落人亡两不知'等句，不觉恸倒山坡之上，怀里兜的落花撒了一地。试想林黛玉的花颜月貌，将来亦到无可寻觅之时，宁不心碎肠断！既黛玉终归无可寻觅之时，推之于他人，如宝钗、香菱、袭人等，亦可到无可寻觅之时矣。宝钗等终归无可寻觅之时，则自己又安在哉？且自身尚不知何在何往，则斯处、斯园、斯花、斯柳，又不知当属谁姓矣！——因此一而二，二而三，反复推求了去，真不知此时此际欲为何等蠢物，杳无所知，逃大造，出尘网，使可解释这段悲伤"。

关于《红楼梦》的文学价值，胡适、俞平伯等新红学考证派的代表人物都对之评价不高。胡适在《答苏雪林书》中说："我向来感觉，《红楼梦》比不上《儒林外史》；在文学技术上，《红楼梦》比不上《海上花列传》，也比不上《老残游记》。"而俞平伯在《红楼梦辨》中也说："平心而论，《红楼梦》在世界文学中底位置是不很高的。这一类小说，和一切中国底文学——诗、词、曲，在一个平面上。这类文学底特色，至多不过是个人身世性格底反映。《红楼梦》底态度虽有上说的三层，但总不过是身世之感，牢愁之语。即后来底忏悔了悟，以我从楔子里推想，亦并不能脱去东方思想底窠臼；不过因为旧欢难拾，身世飘零，悔恨无从，付诸一哭，于是发而为文章，以自怨自解。其用亦不过破闷醒目，避世消愁而已。故《红楼梦》性质亦与中国式的闲书相似，不得入于近代文学之林。"

相比而言，鲁迅对《红楼梦》的评价，却比胡适、俞平伯等人要高得多。他在《中国小说史略》中说："全书所写，虽不外悲喜之情，聚散之迹，而人物事故，则摆脱旧套，与在先之人情小说甚不同。""盖叙述皆存本真，闻见悉所亲历，正因写实，转成新鲜。"在《中国小说的历史的变迁》中又说："至于说到《红楼梦》的价值，可是在中国底小说中实在是不可多得的。其要点在敢于如实描写，并无讳饰，和从前的小说叙好人完全是好，坏人完全是坏的，大不相同，所以其中所叙的人物，都是真的人物。总之自有《红楼梦》出来以后，传统的思想和写法都打破了。——它那文章的旖旎和缠绵，倒是还在其次的事。"

综观中国小说的历史，我们就会看到，鲁迅的这一论断，是非常精到而恰切的。在《红楼梦》以前的小说，尤其是"千部一腔，千人一面"的才子佳人小说，其夸张虚构之过分，不仅失去了生活的真实，而且也失去了艺术的真实。唯有《红楼梦》中的人物，"都是真的人物"。当然，此处鲁迅所说的"真"，并非完全是现实生活中的人物的实录，而是经过作者加工改造了的文学人物。这个"真"字，既包含着生活的真实，也包含着艺术的真实。并且，鲁迅对《红楼梦》的高度评价，是一以贯之的。他在《且介亭杂文·〈草鞋脚〉小引》中曾经指出："在中国，小说是向来不算文学的。在轻视的眼光下，自从十八世纪末的《红楼梦》以后，实在也没有产生什么较伟大的作品。"鲁迅作为一个伟大的文学家，从自己的创作体验出发，能够设身处地地为作者着想，而不是像有些毫无文学创作经验的人那样，毫无顾忌地信口开河。

对于《红楼梦》后四十回，鲁迅也作出了恰如其分的评价。他在《中国小说史略》中说："后四十回虽数量止初本之半，而大故迭起，破败死亡相继，与所谓'食尽鸟飞独存白地'者颇相附，惟结末又稍振。"高鹗"补《红楼梦》当在乾隆辛亥时，未成进士，'闲且惫矣'，故于雪芹萧条之感，偶或相通。然心志未灰，则与所谓'暮年之人，贫病交攻，渐渐的露出那下世光景来'（戚本第一回）者又绝异。是以续书虽亦悲凉，而贾氏终于'兰桂齐芳'，家业复起，殊不类茫茫白地，真成干净者矣。"而在《集外集拾遗·〈绛洞花主〉小引》中又说，后四十回"即使出于续作，想来未必与作者本意大相悬殊。惟披了大红猩猩毡斗篷来拜他的父亲，却令人觉得诧异"。这番评价，应该说还是相当公允的。这与胡适、俞平伯等人的观点，颇有相似之处。而决非像某些学者所说的那样，要把后四十回扔进废纸篓里。甚至还异想天开地认为，后四十回的创作是一个阴谋，是高鹗和程伟元受了乾隆皇帝与和珅的指使，故意续写后四十回并与前八十回一起刊行出版，以消除《红楼梦》前八十回在社会上的影响。这样的思维方式，真令人哭笑不得。试想《红楼梦》前八十回本来仅以手抄本的形式在一小部分人的手中流传，乾隆皇帝若想消除其在社会上的影响，派人将为数不多的数部手抄本收集起来付之一炬不就完了？哪里用得着费这番工夫？让人续写后四十回并与前八十回一起刊印，这岂不是加大了它的影响？乾隆皇帝如果真这样做，若非脑子进水便是严重缺碘，正常人是不会这么蠢的。并且，这样的想象，大概是把当时的乾隆皇帝、和珅等人与纳粹德国的希特勒、戈培尔等人等同视之了。

《红楼梦》问世之后，社会上很快便出现了众多的续貂之作。对于这些在思想、艺术方面都极为低劣的作品，鲁迅则提出了中肯的批评。他在《坟·论睁了眼看》一文中说："《红楼梦》中的小悲剧，是社会上常有的事，作者又是比较敢于实写的，而那结果也并不坏。无论贾氏家业再振，兰桂齐芳，即宝玉自己，也成了个披大红猩猩斗篷的和尚。和尚多矣，但披这样斗篷的能有几个，已经是'入圣超凡'无疑了。至于别的人们，则早在册子里一一注定，末路不过是一个归结：是问题的结束，不是问题的开头。读者即小有不安，也终于奈何不得。然而后来或续或改，非借尸还魂，即冥中另配，必令'生旦当场团圆'，才肯放手者，乃是自欺欺人的瘾太大，所以看了小小骗局，还不甘心，定须闭眼胡说一通而后快。赫克尔说过：人和人之差，有时比类人猿和原人之差还远。我们将《红楼梦》的续作者和原作者一比较，就会承认这话大概是确实的。"虽然言辞有些尖刻，但却点到了问题的实质。

对于模仿《红楼梦》笔意而创作的所谓"狭邪小说"，鲁迅则更是毫不留情地加以批评。他在《中国小说的历史的变迁》中说："《红楼梦》而后，续作极多……大概是补其缺陷，结以团圆。直到道光年中，《红楼梦》才谈厌了。但要叙常人之家，则佳人又少，事故不多，于是便用了《红楼梦》的笔调，去写优伶和妓女之事情，场面又为之一变。"而"作者对于妓家的写法凡三变，先是溢美，中是近真，临末又溢恶，并且故意夸张，谩骂起来；有几种还是诬蔑、讹诈的器具。人情小说底末流至于如此，实在是很可以诧异的"。这对"狭邪小说"的渊源和流变，作了很好的概括。在《二心集·上海文艺之一瞥》一文中，鲁迅又对这一类小说乃至才子佳人小说进一步讽刺说："才子原是多愁多病，要闻鸡生气，见月伤心的。一到上海，又遇见了婊子，去嫖的时候，可以叫十个二十个的年青姑娘聚集在一处，样子很有些像《红楼梦》，于是他就觉得自己好像贾宝玉；自己是才子，那么婊子当然是佳人，于是才子佳人的书就产生了。内容多半是，惟才子能怜这些风尘沦落的佳人，惟佳人能识坎坷不遇的才子，受尽千辛万苦之后，终于成了佳偶，或者都成了神仙。"真可谓嬉笑怒骂，皆成文章。

　　中国是一个文史不分的国家。许多人看文艺作品，往往艺术眼光淡而历史意识浓。是以在欣赏文艺作品时，往往要从中寻求隐去的历史。索隐派红学家如此，一些普通的阅读者也是如此。对于某些人在研究和阅读中存在的这些错误倾向，鲁迅也在其论著中进行了尖锐的批评。在《集外集拾遗·〈绛洞花主〉小引》中，鲁迅说出了这样一段妙语："《红楼梦》是中国许多人所知道，至少，是知道这名目的书。谁是作者和续者姑且勿论，单是命意，就因读者的眼光而有种种：经学家看见《易》，道学家看见淫，才子看见缠绵，革命家看见排满，流言家看见宫闱秘事。"这段话精妙绝伦，历来为研究者所乐于引用。此处鲁迅所说的"经学家"，应以张新之为突出代表。他在《妙复轩评石头记》中即认为："《石头记》乃演性理之书，祖大学而宗《中庸》。"《红楼梦》一书"大意阐发《学》、《庸》，以《周易》演消长，以《国风》正贞淫，以《春秋》示予夺，《礼经》、《乐记》融会其中"。鲁迅所谓的"道学家"，则应以阚铎为代表。他在所著《红楼梦抉微》一书中即认为，"《红楼》全从《金瓶》化出"，而且是一部比《金瓶梅》更为淫秽的"淫书"。而从《红楼梦》中看见缠绵的"才子"，则应以前举"狭邪小说"及"才子佳人小说"的作者为主。至于"看见排满"的"革命家"，则当指蔡元培等人。蔡元培在其所著《石头记索隐》中即认为，"《石头记》者，清康熙朝政治小说也。作者持民族主义甚挚，而尤于汉族名士仕清者寓痛惜之意"。"看见宫闱秘事"的"流言家"，则应以王梦阮、沈瓶庵为代表。他们在所著《红楼梦索隐》一书中说，《红楼梦》一书，"全为清世祖与董鄂妃而作，兼及当时诸名王奇女也"。鲁迅以简练的言辞，精到地概括了历史上有关《红楼梦》"命意"的种种说法，可见其高度的概括能力和语言才能。

　　对于普通读者在阅读文学作品时的自我代入意识，鲁迅在《中国小说的历史的变迁》中也提出了批评。他说，"至于说到《红楼梦》底价值"，"在中国底小说中实在是不可多得的"，"但是反对者却很多，以为将给青年以不好的影响。这就因为中国人看小说，不能用鉴赏的态度去欣赏它，却自己钻入书中，硬去充一个其中的角色。所以青年看《红楼梦》，便以宝玉、黛玉自居；而年老人看去，又多占据了贾政管束宝玉的身分，满心是利害的打算，别的什么也看不见了"。

二、对胡适红学观点的接受与扬弃

在鲁迅有关《红楼梦》的文章中，很多地方都采纳了胡适的考证成果。这在《中国小说史略》和《中国小说的历史的变迁》中表现得尤为明显。作为治小说史者，引用并采纳其他学者的研究成果当然是应该的也是极为正常的。反之，若对别人的成果视而不见或者拒不采纳，则不具备一个治史者所应有的治学态度。综观鲁迅所有有关《红楼梦》的文章，其对胡适考证成果的接受主要有以下几个方面：(1) 有关曹雪芹家世生平的考证；(2) 有关《红楼梦》后四十回续书及高鹗生平的考证；(3) 对索隐派有关《红楼梦》种种"命意"的批评和反驳；(4)《红楼梦》乃是曹雪芹的自叙传；等等。

关于前三个方面，胡适的观点到今天看来大致还是有说服力的。但他所提出的"自叙传说"，却历来受到学者的诟病。无可否认，在胡适作《红楼梦考证》的那个时代，"自叙传说"的提出，无疑具有一定的进步意义。最起码，它比其他索隐派的种种猜测要合理得多。然而，这一观点的提出，却又犯了一个常识性错误，亦即混淆了文学和历史的界线。而当时的鲁迅，却也对胡适的说法深信不疑。他在《中国小说史略》中就十分肯定地说："然谓《红楼梦》乃作者自叙，与本书开篇契合者，其说之出实最先，而确定反最后。嘉庆初，袁枚（《随园诗话》二）已云，'康熙中，曹练亭为江宁织造，……其子雪芹撰《红楼梦》一书，备记风月繁华之盛。中有所谓大观园者，即余之随园也。'末二语盖夸，余亦有小误（如以栋为练，以孙为子），但已明言雪芹之书，所记者其闻见矣。而世间信者特少，王国维（《静庵文集》）且诘难此类，以为'所谓'亲见亲闻'者，亦可自旁观者之口言之，未必躬为剧中之人物'也，迨胡适作考证，乃较然彰明，知雪芹实生于荣华，终于苓落，半生经历，绝似'石头'，著书西郊，未就而没；晚出全书，乃高鹗续成之者矣。"鲁迅不仅认为袁枚的说法是"其闻见"，而且还认同胡适的观点，确认曹雪芹"半生经历，绝似'石头'"，居然将小说人物与《红楼梦》的作者画上了等号。甚至为此还对王国维的说法提出了批评。当然，王国维对《红楼梦》"自叙传说"的批评是正确的，但他在批评时将《红楼梦》与《水浒传》、《三国演义》等小说相提并论，认为"《水浒传》之作者必为大盗，《三国演义》之作者必为兵家，此又大不然之说也"，虽然不无道理，但却没有分清这几部作品的不同之处。这是因为，《水浒传》乃是英雄传奇小说，《三国演义》则是历史演义小说，而《红楼梦》却是世情小说。《红楼梦》在细节描写方面的真实细腻与生动传神，若非有过类似的生活体验，仅凭所见所闻或凭空想象，恐怕很难达到这样的高度。

在《中国小说的历史的变迁》中，鲁迅还说："自叙说""出来最早，而信者最少，现在可是多起来了。因为我们已经知道雪芹自己的境遇，很和书中所叙相合。雪芹的祖父、父亲，都做过江宁织造，其家庭之豪华，实和贾府略同；雪芹幼时又是一个佳公子，有似于宝玉；而其后突然穷困，假定是被抄家或近于这一类事故所致，情理也可通——由此可知《红楼梦》一书，说是大部分为作者自叙，实是最为可信的一说。"不仅说得相当肯定，而且还将曹雪芹与贾宝玉、曹家与贾府等同起来。这也正是新红学考证派的共同特点。由此亦可看出，鲁迅受胡适红学观点的影响是何等的深刻。

然而，鲁迅毕竟是一位具有丰富创作经验的文学家，他很快就看出了"自叙传说"的不合理性。他在《且介亭杂文末编·"出关"的"关"》一文中，一针见血地指出："纵使谁整个的进了小说，如果作者手腕高妙，作品久传的话，读者所见的就只是书中人，和这曾经实有的人倒不相干了。例如《红楼梦》里贾宝玉的模特儿是作者自己曹霑，《儒林外史》里马二先生的模特儿是冯执中，现在我们所觉得的却只是贾宝玉和马二先生，只有特种学者如胡适之先生之流，这才把曹霑和冯执中念念不忘的记在心儿里：这就是所谓人生有限，而艺术却较为永久的话罢。"不仅击中了"自叙传说"的要害，而且道出了文学艺术与现实生活的根本差异。另外，此处鲁迅所说的"冯执中"，应为"冯粹中"之误。

受到胡适"自叙传说"影响的许多人，诸如顾颉刚、俞平伯、鲁迅等等，都一个接着一个地醒悟了。唯有胡适，却终生都在这个大迷魂阵中四处碰壁。而他的这一说法，也一代接一代地培养着忠实的接班人。他们永远都在生活与艺术、曹家与贾府、曹雪芹与贾宝玉之间，不辞劳苦地画着等号。

三、对《红楼梦》的借题发挥及其他

鲁迅不仅在正式的文章中对《红楼梦》发表了许多真知灼见，即在一些杂文中，也时常谈到《红楼梦》。只不过这些说法大都是借题发挥，算不上真正的学术文章。他在《坟·论照相之类》一文中说："我在先只读过《红楼梦》，没有看见'黛玉葬花'的照片的时候，是万料不到黛玉的眼睛如此之凸，嘴唇如此之厚的。我以为她该是一副瘦削的痨病脸，现在才知道她有些福相，也像一个麻姑。然而只要一看那些继起的模仿者们的拟天女照相，都像小孩子穿了新衣服，拘束得怪可怜的苦相，也就会立刻悟出梅兰芳君之所以永久之故了，其眼睛和嘴唇，盖出于不得已，即此也就足以证明中国人实有审美的眼睛。"这一段话，当是在评说梅兰芳主演的京剧《黛玉葬花》。但其中所说"黛玉的眼睛如此之凸，嘴唇如此之厚"，"其眼睛和嘴唇，盖出于不得已"云云，则明显是在讽刺林黛玉的扮演者梅兰芳的形象，带有某种人身攻击的性质。

也不知梅兰芳是如何得罪了鲁迅，对于他所扮演的林黛玉形象，鲁迅一直念念不忘，经常在一些文章中以犀利的言辞讽刺挖苦。在《花边文学·看书琐记》一文中，鲁迅又说："文学虽然有普遍性，但因读者的不同而有变化，读者倘没有类似的体验，它也就失去了效力。譬如我们看《红楼梦》，从文字上推见了林黛玉这一个人，但须排除了梅博士的'黛玉葬花'照相的先入之见，另外想一个，那么，恐怕会想到剪头发，穿印度绸衫，清瘦，寂寞的摩登女郎；或者别的什么模样，我不能断定。但试去和三四十年前出版的《红楼梦图咏》之类里面的画像比一比罢，一定是截然两样的，那上面所画的，是那时的读者心目中的林黛玉。"在《集外集·文艺与政治的歧途》中鲁迅还说："书上的人大概比实物好一点，《红楼梦》里面的人物，像贾宝玉林黛玉这些人物，都使我有异样的同情；后来，考究一些当时的事实，到北京后，看看梅兰芳姜妙香扮的贾宝玉林黛玉，觉得并不怎样高明。"这些文章，虽然讲出了一个道理，亦即随着时代的变化，再因读者的生活阅历、知识结构等方面存在着差异，人们对同一个文学人物，也会产生不同的理解。这与他所说的"一千个读者，就有一千个哈姆雷特"的说法，似有共通之处。

在《二心集·"硬译"与"文学的阶级性"》一文中，鲁迅还借焦大醉骂的情节发了一通感慨："看《红楼梦》，觉得贾府上是言论颇不自由的地方。焦大以奴才的身分，仗着酒醉，从主子骂起，直到别的一切奴才，说只有两个石狮子干净。结果怎样呢？结果是主子深恶，奴才痛嫉，给他塞了一嘴马粪。其实是，焦大的骂，并非要打倒贾府，倒是要贾府好，不过说主奴如此，贾府就要弄不下去罢了。然而得到的报酬是马粪。所以这焦大，实在是贾府的屈原，假使他能做文章，我想，恐怕也会有一篇《离骚》之类。"这是另外一种形式的借题发挥。在中国，由于几千年专制制度的延续，要获得言论自由又谈何容易。起码从秦始皇"焚书坑儒"时起，中国人就已失去了言论自由。更何况焦大并不是平心静气地给主子提意见或建议，而是醉酒之后借酒发疯，而且破口大骂主子及其他奴才。而贾府顾念他当年的功劳，只给他塞了一嘴马粪，并没有砍他的脑袋，也算是够宽容的了。即使在当今时代，在民主自由高度发达的国度里，骂人也是不允许的。在此我们还必须指出，鲁迅说焦大骂贾府"只有两个石狮子干净"，可能是记忆错误。在《红楼梦》中，说这句话的是柳湘莲，而非焦大。

说到这里，文章本来该结束了。但由于近年来有人经常提及当年鲁迅与陈源的一桩公案，且动辄认为是自己的重大发现，因而在此不得不引用《温故》之五所载汪修荣的《顾颉刚与鲁迅的恩恩怨怨》一文中的几段话，以正视听。汪修荣说："1924年底，北京女师大发生学生运动，校长杨荫榆开除三名学生引发一场风潮。1925年5月27日，鲁迅与沈尹默、钱玄同、沈兼士、周作人、马裕藻、李泰芬等七名教员在《京报》发表《对于北京女子师范大学风潮宣言》，声援学生。陈源在《现代评论》上以'闲话'名义，发表《粉刷茅厕》等文章，为校长杨荫榆开脱，指责鲁迅暗中挑动风潮，由此引发一场激烈论战。随着论战深入，论战变成了人身攻击。1926年1月30日，陈源在《晨报副刊》上，发表《闲话的闲话之闲话引出来的几封信》，公开指责鲁迅：'他常常挖苦别人家抄袭……可是他自己的《中国小说史略》却就是根据日本人盐谷温的《支那文学概论讲话》里面的《小说》一部分，其实拿人家的著述做你自己的蓝本，本可以原谅，只要你书中有那样的声明，可是鲁迅先生就没有那样的声明……'又在《剽窃与抄袭》中，指责'思想界的权威'鲁迅'整大本的剽窃'。这种人身攻击自然引起鲁迅激烈反击。1926年2月8日，鲁迅在《语丝》周刊第六十五期上发表《不是信》，针锋相对地反驳说：'盐谷氏的书，确是我的参考书之一，我的《小说史略》二十八篇的第二篇，是根据它的，还有论《红楼梦》的几点和一张《贾氏系图》，也是根据它的，但不过是大意，次序和意见就很不同。其他二十六篇，我都有我独立的准备，证据是和他的所说还时常相反。'"

"事实上陈源的攻击完全是误听人言的无中生有，用胡适的话来说，陈源'误信一个小人张凤举之言，说鲁迅之小说史是抄袭盐谷温的，就使鲁迅终身不忘此仇恨'！[①]"

"1936年12月14日，胡适在致苏雪林信中谈及此事时，比较公允地说：'凡论一人，总须持平。……鲁迅自有他的长处。如他早年的文学作品，如他的小说史研究，皆是上等工作。……说鲁迅抄盐谷温，真是万分的冤枉。盐谷一案，我们应该为鲁迅洗刷明白。'胡适这封信算是为这起公案做了一个定论。"

笔者在本文第二段就已经说过，作为治小说史者，引用并采纳其他学者的研究成果是应该的也是极为正常的，其中只要注明出处就可以了。说鲁迅抄袭盐谷温一事，早在当年就已经澄清。事到如今，我们当然不能再炒这碗冷饭。

（原载《传记文学》2008年第10期）

[①] 《胡适致苏雪林（稿）》。

新红学考证派的奠基人
—— 胡适

中国历史上的1921年，将永远是一个令人无法忘怀的年份。而对于胡适本人而言，则是他在人生道路和事业道路上的再度辉煌。这一年，《红楼梦考证》初稿和修订稿的相继问世，不仅确立了胡适在中国红学史上的地位，而且也将《红楼梦》的研究，纳入了一个相对科学的轨道。时至今日，虽然他的许多观点都受到了人们的质疑，但其新红学考证派创始人的地位，却是永远难以动摇的。

一．新红学考证派产生的主客观原因

从现存有关史料来看，年轻时的胡适，并不认为《红楼梦》的作者就是曹雪芹，而他在解读《红楼梦》的过程中，也存在着一定程度的索隐倾向。在宋广波的《胡适红学研究资料全编》中，收录了胡适的一则札记。开篇伊始，胡适便即开门见山地说："《石头记》著者不知何人，然决非曹雪芹也。"口气相当决断。其主要理由是，"第六十九回评有云'作者无名氏，但云胡老明公而已'。今遍阅今本，乃不见此四字，可见曹雪芹之前，必另有原本作者自署'胡老明公'，后为雪芹删去。此其证一。即此书开端第一回亦云：'空空道人改名情僧，改《石头记》为《情僧录》，东鲁孔梅溪题曰《风月宝鉴》，后因曹雪芹于悼红轩中披阅十载，增删五次。'此其证二。然雪芹之言曰：'满纸荒唐言，一把辛酸泪。都云作者痴，谁解其中味？'其言如此，又能费如许工夫，用如许力气，为《石头记》添毫生色，雪芹实为作者一大知音，然则虽谓此书为雪芹作也可"。在这里，胡适不仅认为《石头记》有一个所谓的"原本"，其作者应是"胡老明公"，而曹雪芹只不过是一个"披阅增删者"而已。

那么，这位《石头记》的所谓原作者"胡老明公"又是什么人呢？胡适在该札记的第三条中做了回答："《石头记》作者虽不知何人，然似系满洲人所作，何则？作者既为宝玉，而书中之宝玉实为满人，此阅者所共认者也。且六十九回评云，作者自署'胡老明公'，'胡老明公'云者，犹言'胡儿中之明眼人也'，则自承其为胡人矣。"不仅将作者与书中人物贾宝玉混为一谈，而且还将"胡老明公"解作"胡儿中之明眼人"，真正将"自叙传说"的观点与索隐派的方法有机地结合了起来。

这种索隐的倾向，在该札记的第四、第五条中表现得尤为突出。他认为："《石头记》一书，为满洲人而作也。""书中写一焦大，大快人意。焦大者，骄大也。此必开国大功臣，如吴三桂洪承畴之伦。""第七十四回探春之言曰：'可知这样大族人家，若从外家杀进来，一时是杀不死的，这可是古人说的，百足之虫死而不僵，必须从家里自杀自灭起来，才能一败涂地呢！'此一节，可作一篇明史论读。作者深慨明室之亡，故作此极伤心之语，盖亦针对满清而发也。""全书以仁清巷起，以仁清巷收，亦可见其为满清作也。""《石头记》家庭小说也，社会小说也，而实则一部大政治小说也，故曰政，曰王，曰赦，曰礼。为政而权操于内，故其妇曰王，其侄亦曰王。外赦而内刑，言不相孚也。史之为言已成陈迹也，李之为言礼也、理也。刑足以破家，即足以亡国，作者之意深矣。非礼与理，其孰能善其终哉！"这样的论证方法，与传统的索隐派实在没有多大的差别。

胡适认为《红楼梦》乃是作者"自叙"的观点，不仅由来已久，而且也是一以贯之的。该札记中的第二条即认为，"《石头记》之作者即贾宝玉，贾宝玉即作者之托名也。《石头记》开卷第一回便说：'作者自云曾经历过一番梦幻之后，故将真事隐去，而借通灵说此《石头记》一书也。'夫曰假宝玉，则石而已。石头所自记，故曰《石头记》；石头所自记，即假宝玉所自记也"。此处又将作者与书中人物贾宝玉视为一人。自此以后，胡适一直坚持这样的观点，只不过后来肯定了《红楼梦》的作者是曹雪芹，而非什么"胡老明公"。但对《红楼梦》乃是作者"自叙传"的说法，他却越来越坚信不疑。

　　不过，1921年，当胡适在搜集爬梳大量有关史料的基础上，在思维方式得到彻底改变的前提下，他虽然更加坚定了《红楼梦》乃曹雪芹自叙的看法，但却终于彻底抛弃了索隐派的猜谜方法，从而为新红学的诞生，打下了坚实的基础。而奠基之作《红楼梦考证》的问世，也是由一系列主客观条件所促成的。

　　1917年9月，自美国归来的"文学革命先锋"胡适，在陈独秀的极力推荐下，被蔡元培聘到了北京大学。但当他与陈独秀、钱玄同等人共同点燃的"文学革命"的烈火正在熊熊燃烧之时，胡适却一头钻进了故纸堆中，开始了"整理国故"的系统工程。对此，当时就有许多人表示困惑，而在后来一次又一次的"批胡"运动中，许多人也往往以此作为批判胡适的借口。殊不知，胡适的"整理国故"，正是他所倡导的"中国文艺复兴运动"的继续和发展。他的"文学革命"理论，本来就植根于中国传统文化的沃土中；他的"文学革命"的原动力，就来源于宋元明清以来的白话文学；他的"整理国故"，主要便是整理中国的白话文学，当然主要是戏曲和小说。他要利用这个取之不尽用之不竭的"大蓄水池"，为"文艺复兴运动"这条"奔流不息的大河"，提供永不枯竭的水源。因此，从这个意义上来说，胡适的"整理国故"，不是目的而只是一种手段，其唯一的也是最终的目的，便是要推动自己所倡导的"文艺复兴运动"继续深入并向前发展。①

　　基于这样一种目的，自1920年开始，胡适与颇有远见的亚东图书馆老板汪原放合作，开始了中国古典白话小说的"系统整理"工作。为了更好地完成这一"系统工程"，他们立下了三条在中国出版史上具有划时代意义的整理原则："一、本文中一定要用标点符号；二、正文一定要分节分段；三、正文之前一定要有一篇对该书历史的导言。"前两项工作由亚东图书馆来做，后一项任务则由胡适具体负责。正因这一明智而又非同寻常的举动，才为《红楼梦考证》一文的问世，创造了必然的客观条件。毫无疑问，若非亚东图书馆要系统地整理出版中国古代白话小说，若无胡适和汪原放等人的密切合作，胡适对于一系列

---

　　① 唐德刚译注：《胡适口述自传》，华文出版社1992年版。

白话小说的考证，将缺乏最起码的原动力。

其次，此时索隐派红学的甚嚣尘上，尤其是北京大学校长蔡元培撰写的《石头记索隐》一书的出版，客观上也为胡适下决心撰写《红楼梦考证》一文，起了一定的推动作用。众所周知，自《红楼梦》问世以来，一些总把小说当历史看待的索隐者们，便利用谐音、拆字等猜谜方法，去索解小说背后所"隐去"的"真事"。结果乱纷纷你猜我索，竟形成了一个声势浩大的红学"索隐派"。什么"张侯家事说"、"和珅家事说"、"傅恒家事说"、"明珠家事说"等等，不一而足。有清以来直至乾隆年间曾经较有影响的贵族之家，几乎都被好事者们从《红楼梦》的"背后""索解"了出来。

1911年的辛亥革命，彻底摧垮了清王朝的封建统治。传播清宫的野史轶闻，成为20世纪初期的时代风尚。在这风云变幻的特殊时代，王梦阮、沈瓶庵的《红楼梦索隐》、蔡元培的《石头记索隐》以及邓狂言的《红楼梦释真》等三部自成体系的索隐派红学专著相继问世，将索隐派红学推向了高潮。

如果说，上举三部有影响的红学索隐派著作的相继问世，在客观上对于《红楼梦》的普及曾经起过一定作用的话，那么，它们的另一功绩，便是直接引发了胡适研究《红楼梦》的极大兴趣。可以毫不夸张地说，若非索隐派在社会上造成的巨大影响，胡适也许不会对《红楼梦》的研究倾注那么多的精力。

有了上述几大客观条件，胡适便利用北京国立学校"索薪罢课"的充裕时间，撰写了"新红学派"的奠基之作——《红楼梦考证》初稿，对盛极一时的索隐派红学著作，予以迎头痛击。

二、对索隐派红学的迎头痛击

王梦阮、沈瓶庵的《红楼梦索隐》，是中国红学史上第一部自成体系的索隐派红学专著。1914年，该书卷前的《〈红楼梦〉索隐提要》，曾在《中华小说界》第1年的6、7两期连载。1916年9月，又由上海中华书局正式出版。因索隐文字与《红楼梦》小说原文一同出版，因而全书共分20卷，分订10册。书前另有彩色《清世祖五台山入定真相》一幅，以及署名"悟真道人"所作

《序》、《例言》、《〈红楼梦〉索隐》等。其分回分段之索隐，则采取了传统的评点形式，夹写在一百二十回有关段落的正文之下。该书所赖以立论的全部基础，是清末民初流行于民间的两大传说：一是所谓清初四大疑案之一的"顺治出家"的传说；二是秦淮名妓董小宛入宫为妃并改姓董鄂氏的传说。该书认为：《红楼梦》一书乃"全为清世祖与董鄂妃而作，兼及当时诸名王奇女子也。相传世祖临宇十八年，实未崩殂，因所眷恋董鄂妃卒，悼伤过甚，遁迹五台不返。当时讳言其事，故为发丧"。至于董鄂妃，则实是"以汉人冒满姓"，"因汉人无入选之例，故伪称内大臣鄂硕女，姓董鄂氏。若妃之为满人也者，实则人皆知为秦淮名妓董小宛也。小宛侍如皋辟疆冒公子襄九年，雅相爱重。适大兵南下，辟疆举室避兵于浙之盐官。小宛艳名凤炽，为豫王所闻，意在必得，辟疆几濒于危。小宛知不免，乃以计全辟疆使归，身随王北行。后经世祖纳之宫中，宠之专房，废后立后时，意在本妃，皇太后以妃出身贱，持不可，诸王亦尼之，遂不得为后。封贵妃，颁恩赦，旷典也。妃不得志，乃怏怏死。世祖痛妃切，至落发为僧，去之五台不返。诚千古未有之奇事。史不敢书，此《红楼梦》一书所由作也"。

王、沈所说的这个动人的爱情故事，又随附着动人的爱情小说《红楼梦》，其大行于天下，自是必然之事。只可惜这个子虚乌有的"爱情故事"，根本就经不住历史史料的检验。在《红楼梦考证》一文中，胡适首先利用著名史学家孟森的《董小宛考》一文，彻底推垮了王梦阮、沈瓶庵《红楼梦索隐》的立论基础："孟先生在这篇《董小宛考》里证明董小宛生于明天启四年甲子，故清世祖生时，小宛已十五岁了；顺治元年，世祖方七岁，小宛已二十一岁了；顺治八年正月二日，小宛死，年二十八岁，而清世祖那时还是一个十四岁的小孩子。小宛比清世祖年长一倍，断无入宫邀宠之理。"

既然历史上并无董小宛与顺治皇帝的爱情故事，那么王梦阮、沈瓶庵赖以立论的基础也就彻底崩塌了。至于清世祖是否出家去了五台山，因无现成的史料，胡适也没有时间和精力去查阅这些史料，因而他也就弃而不顾了。不过，纯粹引用别人的文章，似乎还缺乏应有的分量。于是胡适便又在引用《董小宛考》一文的基础上，选择了"孟先生都不及指摘出来"的《红楼梦索隐》中的一些"绝无道理的附会"，与史料相印证，进行了必要辩驳："（一）第十六回明说二三十年前'太祖皇帝'南巡时的几次接驾，赵嬷嬷年长，故'亲眼看见'。我们如何能指定前者为康熙时的南巡而后者为乾隆时的南巡呢？（二）康熙帝二次南巡在二十八年（西历一六八九），到四十二年曹寅才做两淮巡盐御史。《索隐》说康熙帝二次南巡驻跸曹寅盐院署，是错的。（三）《索隐》说康熙帝二次南巡时，'曹雪芹以童年召对'；又说雪芹成书在嘉庆时。嘉庆元年（西历一七九六），上距康熙二十八年，已隔百零七年了。曹雪芹成书时，他可不是一百二三十岁了吗？（四）《索隐》说《红楼梦》成书在乾嘉时代，又说是在嘉庆时所作：这一说最谬。《红楼梦》在乾隆时已风行，有当时版本可证。（详考见后文）况且袁枚在《随园诗话》里曾提起曹雪芹的《红楼梦》；袁枚死于嘉庆二年，诗话之作更早的多，如何能提到嘉庆时所作的《红楼梦》呢？"

在利用孟森和自己的研究成果有力驳斥了《红楼梦索隐》的谬说之后，胡适又将批判的矛头对准了自己的上司——时任北大校长的蔡元培。

蔡元培的《石头记索隐》，初版于1917年。在这部最有代表性的索隐派红学专著中，蔡元培明确提出《红楼梦》是一部政治小说的观点："《石头记》者，清康熙朝政治小说也。作者持民族主义甚挚。书中本事在吊明之亡，揭清之失，而尤于汉族名士仕清者寓痛惜之意。"实际上，在我们上引胡适的那则札记中，他也认为《红楼梦》"实则一部大政治小说也"。而早在无名氏的《乘光舍笔记》中，就已提出"《红楼梦》为政治小说"的观点。蔡元培由此受到启发，在继承并发挥了清人陈康祺、徐柳泉等人的"宝钗影高澹人、妙玉影姜西溟"等说法的同时，又舍弃了他们的"明珠家事说"，并将《红楼梦》的寓意扩大为康熙朝的政治小说。

然而，衡量一部著作，问题并不仅仅看它提出一种什么样的观点，更重要的是要看是否有无确凿可靠的证据支撑其观点，以及能否利用史料对自己的观点进行科学的论证，亦即胡适所谓的"有证据的探讨"。平心而论，蔡元培的《石头记索隐》，在"引书之多和用心之勤方面"，在红学史上堪称前无古人。其最大的弊病，便是在具体的论证时仍然不可避免地陷入了牵强附会的泥沼。也正因为如此，所以胡适在对《石头记索隐》进行批驳时，并没有像反驳《红楼梦索隐》那样从立论基础上予以推破，而是更加注重从论证方法上入手。他一针见血地指出，"蔡先生这么多的心力都是白白的浪费了"，"他这部书到底还只是一种很牵强的附会"。"假使做《红楼梦》的人当日真个用王熙凤来影余国柱，真个想着'王即柱字偏旁之省，國字俗写作国，故熙凤之夫曰琏，言二王字相连也'，——假使他真如此想，他岂不成了一个大笨伯了吗？""假使《红楼梦》真是一串这样的笨谜，那就真不值得猜了！"

在早期红学索隐派诸说中，"明珠家事说"不仅出现最早影响最大，而且持续的时间也是最长的。至清末民初索隐派红学达到极盛时期，此说仍有很大的影响力。因此，在《红楼梦考证》中，胡适对刚刚出版的《红楼梦释真》未予理睬，却将"明珠家事说"列为索隐诸说中的第三派而予以痛击："（一）纳兰成德生于顺治十一年（西历一六五四），死于康熙二十四年（一六八五），年三十一岁。他死时，他的父亲明珠正在极盛的时代（大学士加太子太傅，不久又晋太子太师），我们如何可说那眼见贾府兴亡的宝玉是指他呢？（二）俞樾引乾隆五十一年上谕说成德中举人时止十五岁，其实连那上谕都是错的。成德生于顺治十一年；康熙壬子，他中举人时，年十八；明年癸丑，他中进士，年十九。徐谦学做的《墓志铭》与韩菼做的《神道碑》，都如此说。""无论如何，我们不可用宝玉中举的年岁来附会成德。若宝玉中举的年岁可以附会成德，我们也可以用成德中进士和殿试的年岁来证明宝玉不是成德了！""（三）至于钱先生说的纳兰成德的夫人即是黛玉，似乎更不能成立。成德原配卢氏，为两广总督兴祖之女，续配官氏，生二子一女。卢氏早死，故《饮水词》中有几首悼亡的词。钱先生引他的悼亡词来附会黛玉，其实这种悼亡的诗词，在中国旧文学里，何止几千首？况且大都是千篇一律的东西。若几首悼亡词可以附会林黛玉，林黛玉真要成'人尽可夫'了！（四）至于徐柳泉说的大观园里十二金钗都是纳兰成德所奉为上客的一班名士，这种附会法与《石头记索隐》的方法有同样的危险。即如徐柳泉说妙玉影姜宸英，那么，黛玉何以不可附会姜宸英？晴雯何以不可附会姜宸英？又如他说宝钗影高士奇，那么，袭人也可以影高士奇了，凤姐更可以影高士奇了。"

最后，胡适语重心长地指出："我举这些例的用意是要说明这种附会完全是主观的，任意的，最靠不住的，最无益的。"并引用钱静方的话说："要之，《红楼》一书，空中楼阁。作者第由其兴会所至，随手拈来，初无成意。即或有心影射，亦不过若即若离，轻描淡写，如画师所绘之百像图，类似者固多，苟细按之，终觉貌是而神非也。"

三、对《红楼梦》作者的考证

胡适撰写《红楼梦考证》的主要目的不仅在于推破索隐派红学的种种谬说，更重要的是要用科学的态度、科学的精神和科学的方法，将《红楼梦》的研究引到正确的轨道上来，因此，只"破"不立，自然达不到预期的目的。孟森的《董小宛考》以及他在后来撰写的《世祖出家事考实》两文，都曾以详实可靠的史料，严谨而又科学的论证方式，彻底推垮了《红楼梦索隐》赖以立论的基础，然而，在中国红学史上，孟森却没有创立一个新的红学流派。虽然这两篇文章都是针对《红楼梦索隐》一书，而胡适的《红楼梦考证》也只是在孟森攻破王、沈的"清世祖与董鄂妃故事说"的基础上，又轻描淡写地驳斥了两说而已。因此，要彻底推垮牵强附会的红学索隐派，就必须在"破旧"的前提下，再创立一种令人信服的"新"学说，才能使非科学的索隐派红学著作销声匿迹。《红楼梦考证》一文问世后，虽然仍有几部索隐派红学著作相继问世，但其一蹶不振的局面，便可充分证明这一点。

然而，在史料极度匮乏的情况下，欲立一种新说，又是何等的困难！完成于1921年3月27日的《红楼梦考证》初稿，可以说是只"破"未"立"，即"立"亦基石不牢。因此，自1921年4月初开始，胡适便在顾颉刚的无私帮助下，开始了艰苦地查找资料的工作，并最终利用所找到的史料，于1921年11月12日，写成了《红楼梦考证》的改定稿，从而为"新红学派"的诞生，打下了坚实的基础。

《红楼梦》的"著者"究竟是谁？胡适经过认真思考，推翻了自己曾经将曹雪芹当成"披阅增删"者的看法，然后从小说开卷第一回中"后因曹雪芹于悼红轩中，披阅十载，增删五次，纂成目录，分出章回，又题曰《金陵十二钗》"一段话，推定曹雪芹就是《红楼梦》的作者，然后又从袁枚的《随园诗话》卷二中，找到了一条有关曹雪芹的史料，再通过对这条"最早"的"关于《红楼梦》的材料"的分析，便得出了如下三条结论：

（一）我们因此知道乾隆时的文人承认《红楼梦》是曹雪芹做的。

（二）此条说曹雪芹是曹楝亭的儿子。（又《随园诗话》卷十六也说"雪芹者，曹练亭织造之嗣君也"。）

（三）此条说大观园即是后来的随园。

袁枚说曹雪芹是曹寅的儿子，"只跟着证据走"的胡适在《红楼梦考证》初稿中本来也相信了这话。但当他从杨钟羲的《雪桥诗话续集》中查到"雪芹为楝亭通政孙"这条重要的资料后，便在《红楼梦考证》修订稿中推翻了原来的看法，并重新得出了另外三条结论：

（一）曹雪芹名霑；

（二）曹雪芹不是曹寅的儿子，而是他的孙子；

（三）清宗室敦诚的诗文集内必有关于曹雪芹的材料。

胡适下此断语，看似贸然，实际上对此问题他与顾颉刚是经过了一番讨论的。在1921年5月20日的日记中，他就曾经举出一条理由："上回我已觉得曹雪芹的世次发生了问题（日记页二二以下），故说曹寅五十四岁时尚无儿子。我因此断定雪芹生于康熙五十年（一七一一）以后，但我那时说'假定袁枚说雪芹是曹寅的儿子的话是不错的'。现在我这点怀疑果然证实了！"

顾颉刚收到胡适的信和日记后，在26日的回信中首先就这个问题提出了自己的疑虑："接二十日来信，读到《雪桥诗话》一则，快极，但'楝亭通政孙'一语是杨钟羲的记载；不知他是否根据于《四松堂集》？还是就他的记忆而言？这是一件主要问题，如杨君尚在，顶好去问他一问……"

在5月30日的信中，胡适又开门见山地谈了这个问题："《雪桥诗话》'通政孙'一句的来源，我七月间到上海时，当亲自设法一问。杨君似有《四松堂集》及《懋斋诗钞》。"

后来，胡适又在《红楼梦考证》(改定稿)中强调说："我今年夏间到上海，写信去问杨钟羲先生，他回信说，曾有《四松堂集》，但辛亥乱后遗失了。"对于杨钟羲在辛亥乱后遗失了《四松堂集》之说，胡适深表怀疑。他在1922年4月19日的日记中，对此还耿耿于怀："杨钟羲说他辛亥乱后失了此书刻本，似系托词。"不过，当时他虽然没有见到《四松堂集》，但却核实了杨钟羲"雪芹为楝亭通政孙"一语源本《四松堂集》的推断。因此，他在《红楼梦考证》(改定稿)中便毅然决然地推翻了袁枚的说法，并一再强调说："杨先生编有《八旗文经》六十卷，又著有《雪桥诗话》三编，是一个最熟悉八旗文献掌故的人。""杨先生既然根据《四松堂集》说曹雪芹是曹寅之孙，这话自然万无可疑。因为敦诚兄弟都是雪芹的好朋友，他们的证见自然是可信的。"

顾颉刚早在1921年6月30日的回信中，就指出了袁枚《随园诗话》的三大谬误："《随园诗话》里，说雪芹是曹寅之子，是一误。说雪芹'距今已百余岁矣'，是二误。《随园记》说随氏为康熙时织造，是三误。"第一"误"等于没说，第二、第三两条却抓住了袁枚的要害。这两条证据充分地证明，袁枚不但不认识曹雪芹、曹寅，甚至连他们的底细都不清楚！

在《随园诗话》中，还有这样一段记载：

> 其子雪芹撰《红楼梦》一书，备记风月繁华之盛，中有所谓大观园者，即余之随园也。明我斋读而羡之。当时红楼中有某校书尤艳，我斋题云：
> 病容憔悴胜桃花，午汗潮回热转加；犹恐意中人看出，强言今日较差些。
> 威仪棣棣若山河，应把风流夺绮罗，不似小家拘束态，笑时偏少默时多。

袁枚所谓"明我斋"者，即清都统傅清之子明义，姓富察氏，号我斋，著有《绿烟琐窗集》，其中有《题〈红楼梦〉》诗二十首，主要吟咏《红楼梦》的具体情节和人物，乃目前所知最早的咏红诗。但凡读过《红楼梦》的人便不难看出，"病容憔悴"一诗，乃是吟咏林黛玉；"威仪棣棣"一诗存有争议，有人认为是吟咏王熙凤，更多的人则认为是吟咏薛宝钗，笔者同意后者。今查明义《绿烟琐窗集》，此二诗正是二十首咏红诗中的第十四、十五两首，不过与袁枚在《随园诗话》中所引在文字上略有出入而已。岂料袁枚却信口开河，妄言"红楼中某校书尤艳"，将小说人物林黛玉、薛宝钗当成了青楼中的妓女！这不仅表明袁枚根本就没有读过《红楼梦》，而且也证明《随园诗话》中的这条材料存在着极大的不可信性。

令人遗憾的是，当时胡适与顾颉刚等人虽然没有发现明义的《绿烟琐窗集》，但只要与《红楼梦》中的情节或人物略加对比，袁枚《随园诗话》的这一谬误便不难发现。岂料他们却对此熟视无睹！

不过，这只是考证过程中的一个小小的疏漏。通过他们对曹雪芹究竟是曹寅之子还是曹寅之孙的论辩取舍，我们还是不得不佩服他们的治学态度和敏锐眼光。相比而言，袁枚虽与曹雪芹是同时代人，但他既不熟悉曹家又没读过《红楼梦》，其《随园诗话》中则更是谬误多多。而杨钟羲虽是民国年间人，但他既"是一个最熟悉八旗文献掌故的人"，其资料又直接来自曹雪芹好友敦诚的诗集，究竟哪个更为可靠？答案当然是否定前者而肯定后者！在《红楼梦考证》（改定稿）的撰写过程中，对于其他问题的考证，诸如家世、版本、续书等方面，胡适与顾颉刚也莫不如此。

在《红楼梦考证》（改定稿）的第二部分，胡适就开门见山地指出：

> 我现在要忠告诸位爱读《红楼梦》的人："我们若想真正了解《红楼梦》，必须先打破种种牵强附会的《红楼梦》谜学！"

> 其实做《红楼梦》的考证，尽可以不用那种附会的法子。我们只须根据可靠的版本与可靠的材料，考定这书的著者究竟是谁，著者的事迹家世，著者的时代，这书曾有何种不同的本子，这些本子的来历如何。这些问题乃是《红楼梦》考证的正当范围。

这一番话，既是《红楼梦考证》一文立论的基础，也是"新红学派"的纲领性宣言，更为该派中的一些主要干将划定了一个终身为之奋斗的"正当范围"。

胡适的《红楼梦考证》，也正是紧紧围绕"著者"与"本子"这两个问题而展开的。

由于曹寅与曹雪芹的特殊关系，又由于曹寅是曹家历史上最为"显赫"的一个人，资料较多，所以胡适在查考了《昭代名人尺牍》、《扬州画舫录》、《丙辰札记》、《陈鹏年传》、《江南通志》等有关史料后，首先得出了有关曹寅的四点结论："（一）曹寅是八旗的世家，几代都在江南做官。他的父亲曹玺做了二十一年的江宁织造；曹寅自己做了四年的苏州织造，做了二十一年的江宁织造，同时又兼做了四次的两淮巡盐御史。他死后，他的儿子曹颙接着做了三年的江宁织造，他的儿子曹𫖯接下去做了十三年的江宁织造。他家祖孙三代四人总共做了五十八年的江宁织造。这个织造真成了他家的'世职'了。（二）当康熙帝南巡时，他家曾办过四次以上的接驾的差。（三）曹寅会写字，会做诗，有诗词集行世……他家中藏书极多，精本有三千二百八十七种之多，可见他的家庭富有文学美术的环境。（四）他生于顺治十五年，死于康熙五十一年（一六五八——一七一二）。"

相对于曹寅而言，有关曹雪芹的材料更为匮乏。但胡适却又以《雪桥诗话》为线索，从《熙朝雅颂集》中找到了敦氏兄弟有关曹雪芹的四首诗，然后结合其家世及《红楼梦》本文，初步得出了《红楼梦》作者曹雪芹的六条结论：

（一）《红楼梦》的著者是曹雪芹。

（二）曹雪芹是汉军正白旗人，曹寅的孙子，曹𫖯的儿子，生于极富贵之家，身经极繁华绮丽的生活，又带有文学与美术的遗传与环境。他会作诗，也能画，与一班八旗名士往来。但他的生活非常贫苦，他因为不得志，故流为一种纵酒放浪的生活。

（三）曹寅死于康熙五十一年。曹雪芹大概即生于此时，或稍后。

（四）曹家极盛时，曾办过四次以上的接驾的阔差；但后来家渐衰败，大概因亏空得罪被抄没。

（五）《红楼梦》一书是曹雪芹破产倾家之后，在贫困之中做的。做书的年代大概当乾隆初年到乾隆三十年左右，书未完而曹雪芹死了。

（六）《红楼梦》是一部隐去真事的自叙：里面的甄、贾两宝玉，即是曹雪芹自己的化身；甄贾两府即是当日曹家的影子。（故贾府在"长安"都中，而甄府始终在江南。）

"红学"发展到今天，景况已与胡适等人草创时期大不相同。以上六条，基本上都曾遭到异议。尤其是第六条，可说是胡适《红楼梦考证》一文的核心和灵魂，因而受到的非议也最多。但平心而论，胡适在当年史料极度匮乏的情况下所做出的许多结论，到如今不仅没有被彻底推翻，反而还是诸多争论中最有说服力的一种见解。

四、对《红楼梦》续作者的考证

在《红楼梦考证》一文中，胡适在对《红楼梦》的"本子"进行研究的基础上，又提出了"高鹗续书说"。他断定，"《红楼梦》最初只有八十回，直至乾隆五十六年以后始有百二十回的《红楼梦》"，而其中的"后四十回是高鹗补的"。胡适之所以下此断语，是因为他有如下几条证据：

第一，张问陶的诗及注，此为最明白的证据。

第二，俞樾举的"乡会试增五言八韵诗始乾隆朝，而书中叙科场事已有诗"一项。这一项不十分可靠，因为乡会试用律诗，起于乾隆二十二年，也许那时《红楼梦》前八十回还没有做成呢。

第三，程序说先得二十余卷，后又在鼓担上得十余卷。此话便是作伪的铁证，因为世间没有这样奇巧的事！

第四，高鹗自己的序，说的很含糊，字里行间都使人生疑。大概他不愿意完全埋没他补作的苦心，故引言第六条说："是书开卷略志数语，非云弁首，实因残缺有年，一旦颠末毕具，大快人心，欣然题名，聊以记成书之幸。"因为高鹗不讳言他补作的事，故张船山赠诗时直说他补作后四十回的事。

第一、第二两条证据，来自俞樾的《小浮梅闲话》。其中有云，"《船山诗草》有《赠高兰墅鹗同年》一首云：'艳情人自说红楼。'注云：'《红楼梦》八十回以后，俱兰墅所补。'然则此书非出一手。按乡会试增五言八韵诗，始乾隆朝。而书中叙科场事已有诗，则其为高君所补，可证矣"。对于第二条，胡适也认为"不十分可靠"，但第一条证据，却可以说是"铁证"。因为张问陶是高鹗的"同年"，他们于乾隆五十三年戊申一同参加了顺天乡试。其诗集《船山诗草》卷十六"辛癸集"有《赠高兰墅同年》一诗。诗云："无花无酒对深秋，洒扫云房且唱酬。侠气君能空紫塞，艳情人自说红楼。逶迟把臂如今雨，得失关心此旧游。弹指十三年已去，朱衣帘外亦回头。"并在题下加注云："传奇《红楼梦》八十回以后，俱兰墅所补。"当然，后来不断有人对胡适的这一证据提出异议，主要就是对张问陶所说"补"字的理解有异。胡适认为是"续补"，而否定"高鹗续书说者"却理解为程伟元在《序》中所说的"截长补短"。无论对"补"字如何理解，时至今日，胡适的说法，仍然较有说服力。至于胡适所提出的第三、第四两条证据，则是出于对高鹗、程伟元《序》的理解。在此胡适认为程序说"先得二十余卷，后又在鼓担上得十余卷"之言，"便是作伪的铁证"，似乎有点儿武断。

为了加强文章的说服力，胡适又从《红楼梦》中寻找出如下内证：

但这些证据固然重要，总不如内容的研究更可以证明后四十回与前八十回决不是一个人作的。我的朋友俞平伯曾举出三个理由来证明后四十回的回目也是高鹗补作的。他的三个理由是：（一）和第一回自叙的话都不合，（二）史湘云的丢开，（三）不合作文时的程序。这三层之中，第三层姑且不论。第一层是很明显的：《红楼梦》的开端明说"一技无成，半生潦倒"；明说"蓬牖茅椽，绳床瓦灶"；岂有到了末尾说宝玉出家成仙之理？

第二层也很可注意。第三十一回的回目"因麒麟伏白首双星"确是可怪！依次此句看来，史湘云后来似乎应该与宝玉做夫妇，不应该此话全无照应。以此看来，我们可以推想后四十回不是曹雪芹作的了。

其实何止史湘云一个人？即如小红，曹雪芹在前八十回里极力描写这个攀高好胜的丫头；好容易他得着了凤姐的赏识，把他提拔上去了；但这样一个重要人才，岂可没有下场？况且小红同贾芸的感情，前面即经曹雪芹那样郑重描写，岂有完全没有结果之理？又如香菱的结果也决不是曹雪芹的本意。第五回的"十二钗副册"上写香菱的结局……明说香菱死于夏金桂之手，故第八十回说香菱"血分中有病，加以气怨伤肝，内外挫折不堪，竟酿成干血之症，日渐羸瘦，饮食懒进，请医服药无效"。可见八十回的作者明明的要香菱被金桂磨折死。后四十回里却是金桂死了，香菱扶正：这岂是作者的本意吗？此外，又如第五回"十二钗"册上说凤姐的结局道："一从二令三人木，哭向金陵事更哀。"……后四十回里写凤姐的下场竟完全与这"二令三人木"无关……此外，又如写和尚送玉一段，文字的笨拙，令人读了作呕。又如写贾宝玉忽然肯做八股文，忽然肯去考举人，也没有道理。高鹗补《红楼梦》时，正当他中举人之后，还没有中进士。如果他补《红楼梦》在乾隆六十年之后，贾宝玉大概非中进士不可了！

总之，胡适《红楼梦考证》一文的成就和深远意义是多方面的，它对于《红楼梦》的作者家世生平及版本和续书研究，基本上为新红学考证派划定了一个大致的研究范畴。

五、对《红楼梦》版本的研究

在《红楼梦考证》一文中，胡适在考定《红楼梦》的作者并对其家世生平作了大致勾勒后，又接着对《红楼梦》的"本子"作了考证。当时，胡适所能见到的《红楼梦》的"本子"，只有三个系统，即程甲本、程乙本和戚序本。通过对这三种版本的"仔细审察"，胡适认为，"乙本远胜于甲本"，但"程甲本"

却是"外间各种《红楼梦》的底本"。至于有正书局出版的"戚本","封面上题着'国初钞本《红楼梦》',又在首页题着'原本《红楼梦》'。那'国初钞本'四个字自然是大错的。那'原本'两字也欠妥当。这本已有总评,有夹评,有韵文的评赞,又往往'题'诗,有时又将评语钞入正文（如第二回）,可见已是很晚的钞本,决不是'原本'了。但自程氏两种百二十回本出版以后,八十回本已不多见。戚本大概是乾隆时无数辗转钞本之中幸而保存的一种,可以用来参校程本,故自有他的价值"。在此,胡适对于程甲、程乙两种"本子"的判断,基本符合实际情况,但说戚序本是"是很晚的钞本",却是大错特错的。

实际上,在《红楼梦考证》一文中,胡适虽然声称对三种版本进行了"仔细审查",但他对于三种《红楼梦》版本的考察不仅非常简略,而且还对戚序本做出了错误的判断。时至今日,我们通过阅读胡适的有关文章和日记、通信等材料,就可以确切地知道,对于《红楼梦》早期抄本的认识,他也经历了一个由信到疑的过程。1927年5月,"甲戌本"的收藏者胡星垣主动寄函胡适,声称自己"有旧藏原抄《脂砚斋批红楼》",如果胡适愿意,"当将原书送阅"。但胡适却依然顽固地认为,"'重评'的《石头记》大概是没有价值的",所以就没有回信。直到胡星垣将甲戌本送到了胡适和徐志摩等人合开的新月书店,胡适看了一遍后,才"深信此本是海内最古的《石头记》抄本",并"出了重价把此书买了"。得到甲戌本以后,胡适一方面开始了对这个早期抄本的研究,另一方面又给钱玄同等友人写信,告知"近日收到一部甲戌抄本脂砚斋重评《石头记》"的消息,明确承认了《红楼梦》早期抄本的存在。1927年11月14日,胡适撰写了《重印乾隆壬子本〈红楼梦〉序》。在该文中,胡适再次明确表示,"《红楼梦》最初只有抄本,没有刻本"。1928年2月12日至16日,胡适在对甲戌本进行细致研究的基础上,写成了《考证〈红楼梦〉的新材料》一文,首次对甲戌本做了介绍和考证。该文共分七部分,依次为:(1)《残本〈脂砚斋重评石头记〉》,主要介绍该手抄本的面貌,并对书后的五条跋文做了考证;(2)《脂砚斋与曹雪芹》,以评语为据,重点分析了脂砚斋与曹雪芹的关系,认为脂砚斋是曹雪芹的嫡堂兄弟或从堂兄弟,并认为甲戌本中有关曹雪芹家世生平方面的一些评语,是《红楼梦》为曹雪芹自叙传说的绝好证据;(3)《秦可卿之死》,

利用甲戌本中的一些评语，进一步论证俞平伯关于"秦可卿之死"一文的正确性，认为"平伯的结论都被我的脂本证明了"；(4)《〈红楼梦〉的"范例"》，简要介绍了甲戌本中所独有的"凡例"，并明确指出，曹雪芹在《红楼梦》中"写的是北京，而他心里要写的是金陵：金陵是事实所在，而北京只是文学的背景"；(5)《脂本与戚本》，利用甲戌本校对戚序本后，断定"脂本与戚本的前二十八回同出于一个有评的原本，但脂本为直接抄本，而戚本是间接传抄本"。

(6)《脂本的文字胜于各本》，从甲戌本中择选几条例句，与戚序本、程甲本、程乙本的文字作了对比后认为，甲戌本的文字远胜于各本，它不仅"是《红楼梦》的最古本"，而且还"是一部最近于原稿的本子"；(7)《从脂本里推论曹雪芹未完之书》，通过甲戌本中一些批语所透露出来的信息，推断《红楼梦》后半部分的内容。这为后来《红楼梦》的探佚研究开了先河。

此后，胡适在日记和通信中还时常谈及甲戌本及《红楼梦》的其他版本。1961年5月18日，胡适又撰写了《跋乾隆甲戌〈脂砚斋重评石头记〉影印本》一文。该文共分三部分，依次为：(1)《甲戌本在〈红楼梦〉版本史上的地位》；(2)《试论曹雪芹在乾隆甲戌年写定的稿子止有这十六回》；(3)《介绍原收藏人刘铨福，附记墨笔批书人孙桐生》。在这篇长文中，胡适不仅再次重申甲戌本是"海内最古的《石头记》抄本"这一观点，而且还对自己当年在《红楼梦考证》中所下的错误结论作了修正，认为自己在《红楼梦考证》一文中说了"很冒失的话"，当时居然"没有想到《红楼梦》的早期本子都是有总评，有夹评，又有眉评的"。而"戚本更古于高本，那是无可疑的"。依据可靠的史料，对自己的观点及时进行修正，正是胡适所倡导的"科学态度"。

对于《红楼梦》另一手抄本"庚辰本"研究，也是首先从胡适开始的。1933年1月22日，胡适撰写了《跋乾隆庚辰本〈脂砚斋重评石头记〉钞本》一文，不仅简要介绍并考证了这个手抄本，而且还提出了脂砚斋就是曹雪芹的观点。他说："现在我看了此本，我相信脂砚斋即是那位爱吃胭脂的宝玉，即是曹雪芹自己。"不仅在曹雪芹和贾宝玉之间画了等号，而且还将脂砚斋与曹雪芹视为同一个人。

总之，自1921年发表《红楼梦考证》一文以来，胡适就对当时他能够见到的各种《红楼梦》的本子，作了或详或简的研究、考证。这在中国红学史上，也具有一定的开拓意义。虽然在今日看来，他的许多观点未必正确，但其开创之功，却是不可埋没的。

六、实事求是的治学方法

胡适对《红楼梦》作者家世生平的研究、续书研究、版本研究以及脂评研究等等，奠定了他在新红学史上的地位。然而，真正使他成为学界领袖人物的更重要的原因，却是因为他在研究中国古代白话文学的过程中，使用了相对科学的治学方法。实际上，胡适与红学索隐派之间矛盾冲突的焦点，既不在观点也不在文学观念上，而是在论证问题的方法上，亦即"科学的考证"还是"牵强的附会"的问题。

平心而论，无论以胡适为首的新红学派还是以蔡元培为代表的红学索隐派，实际上都在努力搜寻《红楼梦》背后所"隐去"的"真事"。只不过红学索隐派提出了"明珠家事说"、"张勇家事说"、"和珅家事说"等等，而胡适却提出并力证了"曹雪芹家事说"罢了。因此，从这个意义上来说，胡适等人实际上也在"索隐"——亦即搜寻《红楼梦》背后所"隐去"的"真事"。

历来评价红学索隐派和新红学派的一些人，几乎都在不遗余力地批评他们混淆了生活原型与文学形象之间的区别。实际上，这又是一个未曾分辨的误区。如果说索隐派所谓的"影射"、"本事"，胡适所谓的"影子"、"化身"等等，还没有将两者区别对待的话，那么，"宝玉非人，寓言玉玺耳"的说法又当如何解释？难道这也是混淆了生活原型与人物形象之间的区别？不过，在此我们需要分清一点，无论红学索隐派还是新红学派，在具体的行文过程中，也确实存在着某种程度的混乱。导致这种现象的出现，原因很多，非三言两语能说清楚。那么，既然红学索隐派与新红学派的矛盾焦点是在方法的应用方面，我们不妨先重点谈一谈这个问题。

胡适在《口述自传》中承认："我在《红楼梦》考证文章的结论上说，我的工作就是用现代的历史考证法，来处理这一部伟大小说。我同时也指出这个

'考证法'并非舶来品。它原是传统学者们所习用的,这便叫做'考证学的方法'。"然而,他在1930年12月27日所写《介绍我自己的思想》一文中却说:"《红楼梦考证》诸篇只是考证方法的一个实例……这不过是赫胥黎、杜威的思想方法的实际应用。"1949年以后,大陆文艺界对胡适的批判,也大都着眼于这一点。实际上,这又是一个未曾辨明的误区。从本质上来说,胡适的治学方法,更多地来自中国传统的"朴学"。至于杜威等人对他的影响,也只是皮毛的东西而已。我们应该承认,胡适的治学方法,确确实实是"中西结合"的典范。但这种"结合",却仍然是"中"为主、"西"为辅的。说得直白一点儿,也就是华人打上了领带穿上了西服革履,打扮虽然"洋"了,但本质上却仍然是一个"华人"。只不过胡适"结合"得恰到好处而已。

当年胡适为何故意标榜自己的治学方法姓"杜"而不姓"朴"?可能是为了抬高自己的身价,更为了投年轻人之所好,以便更好地将中国的"文艺复兴运动"引向深入。须知在20世纪初期,中国人崇洋媚外的心理绝不亚于今日。一些欧美的著名文人,诸如罗素、杜威等人,在中国知识界一些年轻人心目中,几被视为神明。尤其是杜威,在中国当时的学术界影响更大。而作为杜威学生的胡适,以此为荣并借重其身价来宣传自己的治学方法,也是情理中事。更何况他的治学方法也多多少少沾了点儿"洋气"。

唐德刚在《胡适口述自传》中就曾一针见血地指出,胡适"所说的'治学方法',事实上是我国最传统的训诂学、校勘学和考据学的老方法。简言之便是版本真伪的比较,文法的分析,再加上他独具只眼的'历史的处理'"。说白了,也就是来自中国传统的讲求"实事求是"的"朴学"。

"朴学"虽然大行于清代,而其历史渊源,却可以追溯到汉儒的古文学派及宋明理学。虽然三者之间有着很大的差别,但其承继关系却是十分明显的。虽然胡适并不承认自己是"古文家",但其治学方法,却无疑是继承了"古文家"尤其是"朴学家"的优良传统。

胡适一再强调"方法",是一个不折不扣的方法论者。他在中国文化史上的一大贡献,便是将我国传统的治经学、史学的实事求是的"科学的"治学方法,首次应用到小说领域尤其是《红楼梦》的研究中来,从而把小说研究升格为一项正当的"学术主题",并将之纳入了"科学研究"的正确轨道,大大拓展了学术研究的领域。《红楼梦考证》一文的巨大贡献和深远意义,正在于此。

七、"自叙传说"的功过得失

《红楼梦考证》一文的问世,不仅彻底摧垮了旧红学索隐派关于《红楼梦》"本事"的种种谬说,也为新红学的诞生,打下了坚实的基础。然而,作为该文核心观念的"自叙传说",历来却遭到了人们的种种非难和批判,甚至连"新红学派"的另外两大创始人——顾颉刚与俞平伯,在早期也屡屡为此感到困惑。之所以出现这种现象,首先与《红楼梦》开卷第一回的那段"作者自云"有关。虽然从行文还是语气上来看,这一段话都不是小说体语言,而应该属于"评语"范围。然而,既然作品开篇便郑重声明"因曾经历过一番梦幻之后,故将真事隐去",再"用假语村言,敷演出一段故事"来,而书中的甄士隐与贾雨村、甄府与贾府,又确实具有"真"与"假"的象征意义。尤其是"今风尘碌碌,一事无成……万不可因我之不肖,自护己短,一并使其泯灭也"这一段带有忏悔意味的话语,更像是作者在虔诚地回忆自己的往事,因此,循着"作者自云"所提供的这条"线索",利用汉人解经的附会方式,来索解《红楼梦》一书所"隐去"的"真事"究竟是什么,自然是很有趣味的一件事情。也正因为当时的人们对《红楼梦》的本事抱有更大的兴趣,所以胡适在作《红楼梦考证》时,也必须在这方面下功夫,因而他特别重视这段"作者自云",也就是顺理成章的了。因为,他只有找出《红楼梦》一书所"隐去"的"真事",才能彻底摧垮索隐派关于《红楼梦》"本事"的种种谬说,这应该是"自叙传说"产生的一个很重要的原因。因此,从当时的具体情况来看,"自叙传说"也具有一定的进步意义。

不过,胡适的"自叙传说",是建立在考证曹雪芹家世生平的基础上,而索隐派则是建立在对作品和历史史料的牵强附会上,二者的根本对立,是研究方法的对立。其实,无论索隐派还是以胡适为代表的"新红学派",都没有混淆生活原型与文学形象之间的区别。

在《红楼梦考证》一文中，胡适在考证了"曹雪芹的个人和他的家世的材料"后说："我们看了这些材料，大概可以明白《红楼梦》这部书是曹雪芹的自叙传了。"为了证明自己的说法，他提出了以下五条理由：

第一，他在将《红楼梦》开卷第一回的那段"作者自云"略作节引后，便明确地提出："这话说的何等明白！《红楼梦》明明是一部'将真事隐去'的自叙的书。若作者是曹雪芹，那么，曹雪芹即是《红楼梦》开端时那个深自忏悔的'我'！即是书里的甄、贾两个宝玉的底本！懂得这个道理，便知书中的贾府与甄府都只是曹雪芹家的影子。"

第二，胡适引用《红楼梦》第一回中"石头"所说"我想历来野史的朝代"及"更可厌者"两段话后，又说："他这样明白清楚的说'这书是我自己的事体情理'，'是我这半世亲见亲闻的'；而我们偏要硬派这书是说顺治帝的，是说纳兰成德的！这岂不是作茧自缚吗？"

"第三，《红楼梦》第十六回有谈论南巡接驾的一大段"话，于是，胡适在引用《红楼梦》中王熙凤与赵嬷嬷的这一段对话后，又说："此处说的甄家与贾家都是曹家。曹家几代在江南做官，故《红楼梦》里的贾家虽在'长安'，而甄家始终在江南。……康熙帝南巡六次，曹寅当了四次接驾的差，皇帝就住在他的衙门里。《红楼梦》差不多全不提起历史上的事实，但此处却郑重的说起太祖皇帝仿舜巡的故事，大概是因为曹家四次接驾乃是很不常见的盛事，故曹雪芹不知不觉的——或是有意的——把他家这桩最阔的大典说了出来。……一家接驾四五次，不是人人可以随便有的机会。……只有曹寅做了二十年的江宁织造，恰巧当了四次接驾的差。这不是很可靠的证据吗？"

"第四，《红楼梦》第二回叙荣国府的世次如下"，在引用"自荣国公死后……"这一段文字后，胡适又"用曹家的世系"做了比较，然后说："《红楼梦》里的贾政，也是次子，也是先不袭爵，也是员外郎。这三层都与曹頫相合。故我们可以认贾政即是曹頫；因此，贾宝玉即是曹雪芹，即是曹頫之子，这一层更容易明白了。"

"第五，最重要的证据自然还是曹雪芹自己的历史和他家的历史。《红楼梦》虽没有做完"，"但我们看了前八十回，也就可以断定：（一）贾家必致衰败。（二）宝玉必致沦落。《红楼梦》开端便说，'风尘碌碌，一事无成'；又说，'一技无成，半生潦倒'；又说，'当此蓬牖茅椽，绳床瓦灶'。这是明说此书的著者——即是书中的主人翁——当著书时，已在那穷愁不幸的境地"，而通过"敦诚兄弟送曹雪芹的诗"，可以断定"雪芹一生的历史如下：（一）他是做过繁华旧梦的人。（二）他有美术和文学的天才，能做诗，能绘画。（三）他晚年的境况非常贫穷潦倒"。接着，胡适便反问道："这不是贾宝玉的历史吗？"

在概括总结了曹雪芹的生平家世后，胡适断然地说："因为《红楼梦》是曹雪芹'将真事隐去'的自叙，故他不怕琐碎，再三再四的描写他家由富贵变成贫穷的情形。我们看曹寅一生的历史，决不像一个贪官污吏；他家所以后来衰败，他的儿子所以亏空破产，大概都是由于他一家都爱挥霍，爱摆阔架子；讲究吃喝，讲究场面；收藏精本的书，刻行精本的书，交结文人名士，交结贵族大官，招待皇帝，至于四次五次；他们又不会理财，又不肯节省；讲究挥霍惯了，收缩不回来：以至于亏空，以至于破产抄家。《红楼梦》只是老老实实的描写这一个'坐吃山空''树倒猢狲散'的自然趋势。因为如此，所以《红楼梦》是一部自然主义的杰作。"

胡适提出的第一条证据，仍然基于对"作者自云"的深信不疑。其中他所谓的"底本"、"影子"云云，应该就是我们所谓的"生活原型"。但他用两个"即是"，将曹雪芹与"《红楼梦》开端时那个深自忏悔的'我'"，以及"书里的甄、贾两个宝玉的底本"画上等号时，就显得有点儿过于武断了。须知，作者在创作小说的过程中，确有将整个故事透过贾宝玉的经历、感受来表现创作的意图，但与此同时，也必然在塑造这个人物形象时，运用了自己的许多生活体验，其中有直接的，也有间接的，但作者却并非是完全照着自己来塑造贾宝玉的。宝玉的经历、性情、思想、为人处世等等，有许多根本就不属于作者。他只是曹雪芹在提炼生活素材后创造出来的一个全新的艺术形象。若想从历史上或现实生活中为贾宝玉寻找一个人物原型，恐怕谁也对不上号，或者说有许多人都能对上号，只不过前者是绝对的、全面的，而后者则是相对的只就一个或几个方面而言罢了。深知曹雪芹家世生平和创作过程的脂砚斋就曾经说："按此书中写一宝玉，其宝玉之为人，是我辈于书中见而知有此人，……"（十九回脂评）"钗玉名虽两个，人却一身，此幻笔也……"（四十二回）至于胡适所谓"书中的贾府与甄府都只是曹雪芹家的影子"之说，道理也是相同的。《红楼梦》中虽然有许多东西取材于曹家，但却不能说都是曹家的事，那个时代的许多贵族家庭，也都是曹雪芹的取材对象。书中的贾府与甄府，是那个时代的贵族之家的一个概括性的缩影。

在第二条证据中，胡适特别强调作者"自己的事体情理""半世亲见亲闻的"等等，前者应该就是我们所谓的生活的真实与艺术的真实问题，其中有一个对生活素材的提炼加工过程，并非照相式的照实直录。而所谓"亲见亲闻"，也仍然只是强调自己的生活经验，其中也包括直接的和间接的两个方面。"所见"可能是直接的，但"所闻"却是间接的。

胡适的第三条证据，是从《红楼梦》第十六回中找出了王熙凤与赵嬷嬷谈论南巡接驾的一大段对话，认为"这是很可靠的证据"。然而，这条"很可靠的证据"，只能证明《红楼梦》的作者是曹雪芹，却不能证明曹雪芹就是贾宝玉，更不能证明甄、贾两府都是曹家。因为《红楼梦》虽然是在作者亲见亲闻、亲身经历的生活素材基础上创作的，但它绝不是自传体小说，也不是小说化了的曹家的兴衰史，虽然小说中毫无疑问地融入了大量作者自身经历和自己家庭荣枯变化的种种可供其创作构思的素材。但作者从别处搜罗并加以提炼的素材来源和范围并不只限于曹氏一家，其取材来源要广泛得多，其目光和思想，更是着眼于整个现实社会和人生。《红楼梦》是现实生活基础上最大胆、最巧妙、最富有创造性和想象力的艺术虚构。所以它反映的现实，其涵盖面和社会意义是极其深广的。

胡适本来对《红楼梦》看得很清楚："《红楼梦》差不多全不提起历史上的事实"，但却又要拿"历史上的事实"与小说生硬比附，其结果自然是"求深反惑"。虽然小说中有曹家的事，但这并不等于《红楼梦》就是写了曹家的历史。沙子里有金子，但不能说所有的沙子都是金子。

胡适的第四条证据，应该说是最为荒谬的，历来受到的攻击也最多。他将《红楼梦》第二回所叙荣国府的世次与"曹家的世系"进行比较后，认为"《红楼梦》里的贾政，也是次子，也是先不袭爵，也是员外郎。这三层都与曹頫相合。故我们可以认贾政即是曹頫；因此，贾宝玉即是曹雪芹，即是曹頫之子"。将历史人物与小说人物作了机械性的类比，确确实实是"混淆了艺术形象与生活原型的关系"。蔡元培在《〈石头记索隐〉第六版自序》中就曾经反驳说，"胡先生以贾政为员外郎，适与员外郎曹頫相应，谓贾政即影曹頫。然《石头记》第三十七回，有贾政任学差之说，第七十一回有'贾政回京复命，因是学差，故不敢先到家中'云云，曹頫固未闻曾放学差也。且使贾府果为曹家影子，而此书又为雪芹自写其家庭之状况，则措词当有分寸。今观第七回焦大之谩骂，第六十六回柳湘莲道：'你们东府里，除了那两个石头狮子干净罢了。'似太不留余地"。反驳得相当有理有力，击中了"自叙传说"的要害。

胡适提出的第五条证据，所谓"贾家必致衰败"，"宝玉必致沦落"，乃是根据《红楼梦》前八十回的伏笔推断出来的，有一定的道理。但他通过有关曹雪芹的零星史料在对曹雪芹的生平作了大致勾勒后，接着便反问道："这不是贾宝玉的历史吗？"再次犯了将历史人物与艺术形象混为一谈的错误。

在《谈〈红楼梦〉作者的背景》一文中，胡适还说："《红楼梦》写的是很富贵、很繁华的一个家庭。很多人都不相信《红楼梦》写的是真的事情，经过我的一点考据，我证明贾宝玉恐怕就是作者自己，带一点自传性质的一个小说，恐怕他写的那个家庭，就是所谓贾家，家庭就是曹雪芹的家，所以我们作了一点研究，才晓得我这话大概不是完全错的。……曹雪芹所写的极富贵、极繁华的这个贾家，宁国府、荣国府在极盛的时代的富贵繁华并不完全是假的。曹家的家庭实在是经过富贵繁华的家庭。懂得这一层，才晓得他里面所写的人物……懂得曹家这个背景，就可以晓得这部小说是个写实的小说，他写的人物，他写王凤姐，这个王凤姐一定是真的，他要是没有这样的观察，王凤姐是个了不得的一个女人，他一定写不出来王凤姐。比如他写薛宝钗，写林黛玉，他写的秦可卿，一定是他的的确确是认识的。所以懂得这一点，才晓得他这部小说，是一个'自传'，至少带着自传性质的一个小说。"

无论如何，胡适都不肯放弃自己的"自叙传说"。他明明知道"《红楼梦》差不多全不提起历史上的事实"，却一次又一次地将小说人物与曹家进行对比比附，结果到头来只能是作茧自缚。

更有甚者，他在《跋〈红楼梦考证〉》一文中，居然说出这样的话来："曹雪芹死后，还有一个'飘零'的'新妇'。这是薛宝钗呢，还是史湘云呢？那就不容易猜想了。"如此的表述，受到人们的攻击和非难，也就不足为奇了。别说迄今为止对曹家的史料尤其是曹雪芹的史料所知甚少，就算有足够的史料，如果有人非要拿《红楼梦》中的人物与曹家人对号，那也是出力不讨好的事。艺术创作有许多是虚构的成分，而已"将真事隐去"的《红楼梦》，当然也不是曹家的信史，更不是曹雪芹的"行状"或传记，这是一般人都能明白的道理，可胡适却偏偏在那里犯糊涂。

实际上，胡适本来是很明白的。当俞平伯和顾颉刚在他影响之下为《红楼梦》的地点问题展开热烈讨论时，胡适在《考证〈红楼梦〉的新材料》一文中，却又很理智地为俞平伯、顾颉刚的拘泥过甚指点迷津，"平伯与颉刚对于这个地点问题曾有很长的讨论。他们的结论是'说了半天还和没有说一样，我们究竟不知道《红楼梦》是在南或是在北'。我的答案是：雪芹写的是北京，而他心里要写的是金陵：金陵是事实所在，而北京只是文学的背景。至于大观园的问题，我现在认为不成问题，贾妃本无其人，省亲也无其事，大观园也不过是雪芹的'秦淮残梦'的一境而已。"

看他说得多么清楚！可为何自己又经常在"自叙传"说的"迷魂阵"中犯迷糊呢？

胡适的缠夹不清，曾经害苦了他的两个信奉者——顾颉刚与俞平伯。一开始，他们都是非常服膺并信奉"自传说"的。在他们眼里，一直画着这样一个等式：《红楼梦》是作者曹雪芹的自传，书中的贾宝玉就是曹雪芹，曹家就是书中的贾府。

在肯定"雪芹即宝玉"的大前提下，胡适、顾颉刚、俞平伯三人，也将关注的目光处处都投射在搜寻"实事"上，忘记了小说的虚构成分，结果在一些问题上拘泥过甚，不仅使自己陷入了困境，也为索隐派的反击造成了口实。

尤其是俞平伯和顾颉刚对"大观园"在南在北的讨论，更显示了他们拘泥过甚的这种弊端。顾颉刚在给俞平伯的书信中困惑地说："若说大观园在北方罢，何以有'竹'？若说大观园在南京罢，何以有'炕'？"真正陷入泥沼而不能自拔了。

然而，经过一段时间的困惑，慢慢觉醒的时候还是有的。后来，俞平伯解脱了，顾颉刚则远离"红学"专搞历史，实际上也是另一种形式的解脱。而作为"新红学"开山祖师的胡适，终其一生都忙忙碌碌地只顾开山立派，自也无暇再来顾及这类小问题。然而，随着"红学队伍"的不断壮大，随着红学爱好者的不断增多，胡适提出并曾经一再论证过的"自叙传说"，却越来越显示出它那巨大的影响力。而这种影响造成的直接后果，就是"糊涂阵"中的痴迷者越来越多。笔者在《红学：1954》一书中，曾经将这支庞大的"自叙传说大军"，粗略地划分为以下三类：

第一类，誓死捍卫"自叙传说"的忠诚战士。他们的具体表现，就是继续坚定不移地沿着胡适开辟的"自叙传说"的道路奋勇前进，既不回头，也不旁顾。握在手中的笔，铺在桌上的纸，唯一的作用就是在曹家和贾府之间画等号，而且还大画特画，画个不亦乐乎。心有思，口有讲，"江南曹家即贾府"；写专著，作论文，"宝玉就是曹雪芹"！

第二类，打着"胡旗"反"胡旗"。他们最突出的表现，便是否定曹雪芹的《红楼梦》著作权。这一举动，表面看来是反胡适的，其实恰恰成了胡适的"俘虏"。正因为他们也是首先信奉了"自传说"，然后便拿着考证派爬梳整理出来的点滴曹家史料，与《红楼梦》中的人物对号入座。岂料对来对去，却是越对越困惑，困惑之余，又开始反思。结果想来思去，终于发现了"新大陆"：他们依据一些并不确定的推测——主要是曹雪芹的生年，再从"自叙传说"的基点上出发，认为曹家被抄家时，曹雪芹年龄尚幼，根本赶不上曹家的繁华时代。于是，他们便赶紧抛开曹雪芹这个"没福气的穷小子"，从他的长辈中寻找起那个"曾经历过一番繁华旧梦"的作者来。如此一来，什么"舅舅"、"叔叔"找出来一大帮，结果依然帮不了他们的忙。

实际上，第一类也曾经发现并深入考虑过这个问题，只因他们是"自叙传说"的"忠诚战士"，所以在发现胡适的这个大"漏洞"后，便赶紧"造出"曹家曾经再度繁华的说法来加以弥补，以便让曹雪芹过上几天像贾宝玉那样的好日子，免得他写不出《红楼梦》来。仔细琢磨，这种说法也不能说是"造"出来的，《红楼梦》中不就有"家道复初"、"兰桂齐芳"的说法吗？再说，曹雪芹辛辛苦苦写了一部《红楼梦》，多年来养活了那么多"红学家"，总不能不让他过几天好日子吧？

第三类，以考证之名，行索隐之实。这一类的立足点也是"自叙传说"。他们也是首先相信了《红楼梦》是曹雪芹的自传这一说法，然后试图在曹家与贾府之间画等号。但严格的考证方法没掌握，纯粹利用考证手法也难以达到目的，所以灵机一动，便毫不费力地从索隐派"老前辈"那里借来了"很容易解决问题的各种武器"——诸如"影射"、"拆字"、"谐音"、"寓意"等等，练上几招，感觉甚好，等不得枪法纯熟，便即迫不及待地挥戈上阵，披上考证派的铠甲，拿着索隐派的兵器，不顾一切地杀将出来。

以上三类，表现形式虽然不同，实质上却都是"自叙传说"这个大本营里的"兵"。随着《红楼梦》的继续普及，这支部队也将越来越壮大，以后还会派生出哪几类来，难以预料。但有一点却可以肯定：这些人，不管造成的客观效果如何，主观上却都是热爱曹雪芹、酷爱《红楼梦》的。若没有他们，"红学"也许不会这么热、这么"红"。

《红楼梦》中有许多难解之"谜"，《红楼梦》是否是曹雪芹的自传当然更是个值得"猜"的"大谜"。既然《红楼梦》"说不完"，其中的"谜"当然也就"猜"不完。若问"自叙传"说的"迷魂阵"何时才能关闭，那就要等到《红楼梦》被"说完"的那一天。

（原载《传记文学》2007年第7期）

误入"红尘"的俞平伯

俞平伯之与《红楼梦》，若用"成亦萧何，败亦萧何"这句话来形容，倒也颇为恰当。这位多才多艺的文学家，本应在文学创作领域大显身手。由于偶然的机缘，在胡适、顾颉刚等人的感召下，走上了一条对其个体生命来说是荆棘丛生的道路。

一、人生路上的错误抉择

1949年5月，满目疮痍的中国爆发了一场声势浩大的学生运动。然而，这场轰轰烈烈的运动刚刚过去半年多，神州大地便很快恢复了昔日的沉寂。好像什么事情也没有发生过，所有的一切，似乎都随着时光的流逝而消失殆尽。

喧嚣热闹的大上海，即可作为当时中国的一个缩影。这座永远保持着自己独特风貌的大都市，似乎任何外力都不能对它产生丝毫作用。凛冽的寒风，连天的战火，抹不去上海滩的繁华景象。十里长街，仍旧灯红酒绿；黄浦江上，依然舟来船往。

1919年年底，年仅21岁的俞平伯赴英留学前在上海候船，仅待了短短的一个礼拜，看到上海的现状，联想到社会各界的冷漠，便产生了一种深深的悲哀："从'五四'以来，新运动渐渐盛了；各地方响应我们的同志渐渐多了；好像新中国的建设总就是十年八年的事。但我在北京的时候，同朋友们谈话，讲到这事，总不抱乐观，总有怀疑，觉得无论做什么事，都要有相当的代价。几个月的奋斗实在算不得一回重大牺牲。真正新运动的成功，又非有巨大牺牲不可……自我南行之后，和南方社会相接触。从上海一般人做观察点，更觉障碍多希望少。前途的战争是绝大的，不可免的。我们不抱有始终一致奋斗不辍的大决心，决不会有真正的成功。前途既然这样淡黯，战场上的兵卒既不多又不尽可靠，理想的她何时实现！"[①]

一番痛彻肺腑之言，既对理想的社会寄予殷切的期待，又对麻木不仁的国民感到绝望。在"举世皆醉"的环境中，"独醒"者无疑是最痛苦的。

麻木不仁的中国人，可悲可叹又可悯！"五四"运动所殷切呼唤的"德先生"与"赛先生"，在中国这片古老的土地上，实在缺乏适合它们生长的土壤！"科学"与"民主"，将在一个相当长的历史时期内，与灾难深重的中国无缘。

一切都过去了！一切都化作了梦幻泡影！熊熊烈火熄灭后，死灰安能复燃？滚滚江河东流去，水流岂可回归？

然而，烈火燃烧时曾经产生过热量；江河奔流时曾经发出过咆哮。任何事情，都不可能永远发挥着作用。衡量一件事情的真正意义和价值，还应该看它在历史上曾经产生过什么作用！

花无百日红，但花朵的凋谢却孕育了新的生命。

俞平伯毕竟还很年轻，虽然忧国忧民之心可嘉，但他也只能看到一些表面现象。

当时的中国，看似一潭激不起半点涟漪的死水，但水底下却是浪潮翻滚，暗流涌动。各种各样的新思潮从四面八方纷纷涌来，为这潭死水注入了活力。当然，水流交汇，自然也是泥沙俱下，其中到底孰清孰浊，却不似泾渭那么分明。

与此同时，觉醒了的年轻一代，也成了不甘困处死水中的蛟龙。他们迎着滚滚而至的江水，逆流而上，纷纷奔向江流的源头。神州大地上，掀起了前所未有的留学热潮。

刚刚经过"五四"运动洗礼的俞平伯，也自然而然地被卷入了这个浪潮中。这次与他结伴同行的，便是北京大学赫赫有名的学生领袖、俞平伯的同窗好友傅斯年。

---

① 俞平伯：《一星期在上海的感想》，《俞平伯全集》，花山文艺出版社1997年版。

1919年夏天，他们刚从北京大学毕业。临毕业前的一个多月，便爆发了如火如荼的"五四"新文化运动。傅斯年是这场运动的主要领导者之一，俞平伯则是积极参与者。这对即将走向社会的大学生来说，无疑是难得一遇的一次极好的锻炼机会。而"民主"与"科学"的召唤，则更加坚定了他们到发达国家去深造的决心。

1920年1月4日上午9时，伴随着汽笛的长鸣声，一艘巨型客轮沿黄浦江缓缓向前驶去。乘坐这艘大船的旅客中，连俞平伯和傅斯年在内，一共只有八个中国人。[①] 虽然同坐一艘船，但他们与其他乘客的心情却截然不同。一方是即将回归故里的兴奋与喜悦，另一方却是远离祖国的酸楚和惆怅。当然，对于出国留学的俞平伯和傅斯年来说，自也充满了对前途的憧憬和希望。

船行后，这八个中国人尽皆站立在甲板上，默默地眺望着渐渐远去的十里洋场。对于他们来说，执手相送，挥泪告别，已经永远成为过去。就在昨天晚上，因大客轮吃水深，他们便被一批批地用小火轮运送到了大船上。如今，送行的人们早已归去，他们也在客轮上度过了第一个难熬的夜晚。因而，到了真该挥手道别的时候，他们却失去了道别的对象。

上午11时，客轮开出吴淞口，下午入海。"海水由绿而蓝，翻跃作银波，下泛湖色，甚丽。"美丽的景色，暂时冲淡了游子们即将远离故土的忧伤之情。

客轮一直南行，气候也日渐和暖。冬日的严寒，已被远远地抛在了脑后。然而，海天茫茫，光明的前程又在哪里？

大海虽然美丽，但长达月余的远程旅行，却难免让人产生与沙漠一样的单调感觉。海天一色，茫无际涯，寂寞、无聊之感也会随之而来。当此时，若想消除这种难忍的情绪，最好的办法便是读书或聊天。也正因为聊，也正因为读，所以在这次远行途中，俞平伯与《红楼梦》之间，方才大大地拉近了一段距离。

船舱里，随着马达的轰鸣，俞平伯独卧床上阅读《红楼梦》；甲板上，迎着

---

① 孙玉蓉：《俞平伯年谱》，天津人民出版社2001年版。

凛冽的寒风，俞平伯与傅斯年面对面地畅谈《红楼梦》。汹涌而至的海潮，依稀变成了大荒山；飘浮空中的云团，仿佛化作了太虚境。傅斯年侃侃而谈，时有真知灼见，不知不觉中，将俞平伯带入了令人神往的大观园。

俞平伯深深地受到了感染，最终抛弃了他以前对《红楼梦》的偏见。在这次远行途中与傅斯年的数次长谈，既对俞平伯产生了很大的影响，也使他对此终生难忘。就在自英国归来后，俞平伯痴迷地投入到对《红楼梦》的研究中时，他还在《红楼梦辨·引论》中，十分动情地提到了傅斯年对他的影响和感染：

> 我从前不但没有研究《红楼梦》底兴趣，十二三岁时候，第一次当他闲书读，且并不觉得十分好。那时我心目中的好书，是《西游》、《三国》、《荡寇志》之类，《红楼梦》算不得什么的。我还记得，那时有人告诉我姐姐说："《红楼梦》是不可不读的！"这种"像煞有介事"的空气，使我不禁失笑，觉得说话的人，他为什么这样傻？

> 直到后来，我在北京，毕业于北大，方才有些微的赏鉴力。1920年，偕孟真在欧行船上，方始剧谈《红楼梦》，熟读《红楼梦》。这书竟做了我们俩海天中的伴侣。孟真每以文学的眼光来批评他，时有妙论。我遂能深一层了解这书底意义、价值。但虽然如此，却还没有系统的研究底兴味。

十二三岁的少年，喜读传奇色彩甚浓的小说，乃是情理中事。但早年并不喜欢《红楼梦》的俞平伯，在与傅斯年交谈之后，"方始熟读《红楼梦》"，且后来他对《红楼梦》的研究，虽然也用的是考证学的方法，但他却往往都从文本出发，"用文学的眼光来批评"《红楼梦》，则明显是受了傅斯年的影响。

当然，若将俞平伯走上《红楼梦》研究之路的原因完全归之于他人的影响，则未免与实际情况不符。就在这次旅欧过程中，当俞平伯做出归国的决定后，傅斯年曾经几度苦苦劝说挽留，甚至为此追赶到法国的马赛，但俞平伯还是没有留下。由此亦可说明，一个人若是受到另一个人的影响，首先必须自己具备一种禀赋。用我们常用的一句话来说，就是内因与外因的辩证关系问题。

在一定的温度下，鸡蛋能够孵出小鸡，而石头则什么东西也孵不出来。

俞平伯，名铭衡，字平伯。1900年1月8日出生于苏州的一个书香门第。其父俞陛云，字阶青，号乐静居士。清光绪二十四年戊戌科成贡士，殿试以一甲第三名赐进士及第，是一个能诗善赋的学者型诗人。母亲许之仙，乃清王朝苏州知府许祐身之女，亦精通诗文。其曾祖父俞樾，字荫甫，号曲园，则更是清代赫赫有名的朴学大师。俞樾于清道光三十年成进士，授翰林院编修，不久又简放河南学政。罢官后迁居苏州，奋力治学。清同治四年，江苏巡抚李鸿章推举他为苏州紫阳书院教席，不久，又被浙江巡抚马新贻聘为杭州诂经精舍山长，且担任此职长达31年之久。俞樾一生著述甚丰，其代表作有《群经平议》、《诸子平议》等。俞平伯在北大读书的时候，著名学者周作人、胡适、钱玄同、黄侃等人都对他青眼有加，这不仅仅是因为俞平伯的聪明好学，更重要的还是看重了他的出身门第。当然，他们的这种看重，并非是世俗的人情冷暖，而是文人对文化的一种由衷的崇敬。俞平伯生长在这样一个家庭环境下，自幼便受到了良好的教育。因此，在其人生旅途中，一旦受到外界因素的影响，他也就自然而然地走上了教书治学的道路。

2月21日，客轮抵达英国利物浦港。这是俞平伯有生以来历时最长、行程最远的一次海外远行。而对去留问题的抉择，则又影响了他的人生道路。

22日8时45分，俞平伯、傅斯年又由利物浦乘车，下午2时半到达伦敦。此后，见到了陈源等老熟人，也结识了一批新朋友。异国他乡，有同胞相伴，本该消除游子的思乡之情。然而，伦敦的愁云惨雾，却令俞平伯产生了一种莫可名状的惆怅。

1919年10月，俞平伯在为前往美国留学的同窗好友杨振声送行时，曾经声情并茂地写下了《送金甫到纽约》①一诗。在诗中，他羡慕杨振声走上了光明的"途程"，慨叹自己"还蜷伏在灰色的城圈里，尝那黄沙风底泥土滋味，睁眼看白铁黄金扬眉吐气"，并希望自己能够与杨振声"携手在无尽的路途上，向无

---

① 《俞平伯全集》，花山文艺出版社1997年版。

限的光明去"。就在这一年的年底，他终于实现了自己的梦想，于12月25日到达上海候船。在办理完各种手续后，已是次年的元月初，终于于1月3日晚正式开始了"向无限的光明去"的行动。然而，当他与傅斯年携手走出那"灰色的城圈"，远涉重洋来到伦敦后，却发现这途程并不像自己想象的那么"光明"。他的梦想幻灭了。

在伦敦小住十多天后，倔强的俞平伯突然做出了惊人的决定：回国！

一旦拿定主意，便立即付诸行动。3月5日，俞平伯到日本邮船公司买了船票，然后又到中国领事馆取了护照。第二天上午11时，他登上了日本邮船佐渡丸。

以后的历史将会证明，对于俞平伯的人生道路来说，这是一次错误的抉择。只可惜俞平伯不是神仙，不具备未卜先知的本领。

对于这次匆忙的来去，俞平伯的外孙韦奈在《我的外祖父俞平伯》一书中曾经作过这样的解释：

> 外祖父自费赴英留学。这对一个普通读书人的家庭来说，不是件易事。奇怪的是，当年夏天，他便从英国返回。来去何以如此匆匆？不免引起了人们的猜测。穿不惯洋服、皮鞋，此为一说；想念、抛舍不开妻子，又是一说。至今确信为后一种说法者居多数。这大概与人们亲眼看到他们恩爱偕老的事实分不开的。哪一种说法更正确呢？我曾问过外祖母，她淡淡地一笑："那是因为没有足够的钱，哪里会是为我呢？"

说没有足够的钱，并不符合实际情况。就在俞平伯去买返程船票那天，亦即3月5日，他还到银行取钱并寄回国内。再从另一个角度想，俞陛云是一个十分细心的人，若无足够的经费，他是不会让俞平伯贸然地跑到国外去的。

实际上，俞老夫人不承认俞平伯是为她而从国外匆匆归来，只是一种自谦的说法。他们于1917年10月31日成婚，婚后夫妻感情甚笃。1918年11月7日，长女俞成出生。次年11月14日，次女俞欣又来到了人世。俞平伯离开北京前往上海之时，俞成刚满周岁，俞欣则刚出满月。因此，远在伦敦的俞平伯，牵挂家中的娇妻幼女及年迈的父母，从而萌发了归国之心，当是情理中事。当然，仅仅如此，还不足以揭示俞平伯匆忙来去的原因。在他做出出国留学的重大决定时，这些因素当该首先考虑到了，因此，俞平伯这次匆匆来去的超常举动，应当还有另外的原因。这就是：俞平伯特定的生活经历，使他养成了与外界环境格格不入的个性。也就是说，在异国他乡，他缺乏一种生活自理的能力。

俞家虽为名门望族，但人丁却不十分兴旺。俞陛云一连生了三个女儿，直到1900年方才有了一个男孩儿。这男孩儿便是俞平伯。这对俞家来说，无疑是一件天大的喜事。而生长在这种家庭环境中的俞平伯，自幼娇生惯养自也是情理中事。1917年，16岁的俞平伯考入北京大学，俞陛云也同时移眷入京，定居在与北京大学毗邻的东华门箭杆胡同。俞陛云的这一举动，无疑是为了便于照顾俞平伯的生活。16岁的人了，已然具备生活自理的能力，但俞陛云却仍不放心，可见俞平伯在俞家的特殊地位。

由此也可推知，俞平伯这次出国留学，阻力肯定是很大的。这种阻力，并非来自妻子，而是来自父亲。俞陛云最后之所以答应了俞平伯的请求，恐怕与傅斯年的同行不无关系。

傅斯年，字孟真。山东聊城人。1896年生。这位比俞平伯大4岁的学生领袖，在北大读书期间，就表现出非凡的组织能力和领导能力。1918年，北大进步学生成立新潮社，他是最主要的发起人和领导人；1919年的"五四"运动，他又是最重要的组织者和领导者之一。俞平伯与傅斯年交谊甚深，俞陛云对他深有了解并且十分信任也自不待言。因此，有他和俞平伯结伴同行，俞陛云也就可以放心了。

深厚的友谊，再加肩负的重大使命，使傅斯年不得不尽最大努力对俞平伯的超常举动进行劝阻。3月14日早晨，俞平伯乘坐的日本邮船佐渡丸抵达法国马赛。傅斯年也从英国伦敦匆匆赶来，苦口婆心地劝说俞平伯回到伦敦，二人甚至均为此声泪俱下。然而，俞平伯去意已决，傅斯年也失去了对他的影响力，结果二人只好怏怏而别。

我们不妨作这样的假定，倘若俞平伯当时跟随傅斯年回到伦敦，学成归国之后，会不会成为像傅斯年那样的文化风云人物？回答当然是否定的。就个人禀赋而言，傅斯年就是傅斯年，而俞平伯则只能是俞平伯。即使生活经历相同，个性不同的人也不会走上相同的人生道路。早在学生时代，傅斯年就已表现出非凡的领导和组织才能，而俞平伯则只能是他的追随者。另外，从遗传学的角度来说，俞平伯也不是一个适合在政坛上混的人物。他的父亲俞陛云，虽然中了进士，但也没有做多么大的官儿。其曾祖父俞樾，虽为一代朴学宗师，但也只能去做编修、学政、教席、山长一类的差使。1949年以后，俞平伯虽然积极地参与了各种政治活动，但也只能是政协委员、人大代表一类，而没有担任过任何行政职务。他的正式工作，还是教学和研究。

不过，当时俞平伯若能留在伦敦，也许就不会走到《红楼梦》研究这条道路上来。可惜，人生没有"也许"。

似乎冥冥中已经注定，他必须赶回自己的祖国，去完成一项重大的历史使命。

对于傅斯年的这份深情厚谊，俞平伯永远铭记在心。归国后，他屡屡梦见傅斯年，并以《屡梦孟真作此寄之》为总题，洋洋洒洒地写了五首诗。诗中描述在马赛与傅斯年分手时的情景，历历如在目前："今年三月十四那一天，濛濛海气蒸着，也是一个早晨，从伦敦来的佐渡丸，正靠马赛底一个码头。有两个人站在船头甲板上，絮絮地说着，带哭声地说着。'平伯！你这样——不但对不起你底朋友，还对不起你自己！'我虽不完全点着头，但这话好像铁砧底声浪，打在耳里丁丁的作响，我永不忘记。"对于自己的归来，虽说"不去悔着"，但从字里行间可以看出，在他的潜意识中，还是有一缕"悔"的情绪。

人生无悔，悔又何益？

多年以后，亦即俞平伯65岁那年，他在整理自己这次欧行日记的时候，曾经感慨万千地写下了这样一段话：

此一九二〇年（民国九年）日记。外出则书，家居则辍，故虽历一载只存片段也。时余方弱冠，初作欧游，往返途程六万许里，阅时则三月有半，而小住英伦只十二三日，在当时留学界中传为笑谈。岂所谓"十九年矣尚有童心"者欤？抑亦所谓"乘兴而来，兴尽而返"者耶？老傅追舟马赛，垂涕而道之，执手临歧如在目前，而瞬将半个世纪，故人亦久为黄土矣。夫小己得失固不足言，况乎陈迹。回眸徒增寂寞，其为得失尚可复道哉！①

这种"雪夜访戴"式的匆匆来去，看似任性而为，实是事出有因。在俞平伯的骨子里，有一股中国传统文人所特有的我行我素的"倔劲儿"。

俞平伯与傅斯年一同出国，但一个留下了，另一个却执着地退了回来。其后，俞平伯走上了"红学"之路，而傅斯年学成归来后，则很快便成了中国文化圈内的知名人物。在20世纪三四十年代，傅斯年虽然没在国民党政府中担任高级官员，②但在一些重大的文化活动中，我们却总能看到他那不甘寂寞的身影。

归国后的俞平伯，本有几次很好的机遇，可以促使他沿着诗文创作的道路继续发展下去，不料他最终还是神使鬼差地走上了《红楼梦》研究的道路。

1920年4月19日，佐渡丸邮船抵达上海。4月20日，归心似箭的俞平伯在杭州与家人团聚。此后一段时间，他的精力主要放在了诗文创作方面。

为了谋生，暑假后，在蒋梦麟的推荐下，俞平伯到杭州第一师范学校任教。在这里，他结识了北大校友朱自清，并结下了深厚的友谊。

1921年1月，郑振铎、沈雁冰、叶圣陶、周作人等在北京发起成立文学研究会。后经郑振铎介绍推荐，俞平伯加入该会并成为骨干成员。

此时的俞平伯，已在文学创作界闯出了名头。倘若他能执着地沿着这条道路走下去，或许中国现当代文化史上会少一个红学家而多出一个大作家、大诗人来。

然而，俞平伯没有选择这条路。

1921年2月，俞平伯回到了阔别一年多的北京。

《红楼梦》中曾有"应运而生"、"应劫而生"、"造劫历世"等语。俞平伯

---

① 《俞平伯全集》，花山文艺出版社1997年版。

② 傅斯年是民国政府文职官员中的活跃分子。

的匆匆回国，似乎便是应劫而来的。他回到北京后不久，便爆发了红学史上那场著名的"蔡、胡红学大论战"。

辛亥革命以前，在红坛上占统治地位的是传统的评点派。1911年以后，随着王梦阮、沈瓶庵的《红楼梦索隐》、蔡元培的《石头记索隐》以及邓狂言的《红楼梦释真》等三部索隐派红学著作的相继问世，红学索隐派一跃而成为红坛的霸主。也许是应了《红楼梦》中那句"月满则亏，水满则溢"的警句，正当索隐派扬起的"滚滚红尘"弥漫于社会之际，大名鼎鼎的胡适于1921年3月写成了《红楼梦考证》一文，对红学索隐派进行迎头痛击，从而拉开了"蔡、胡红学大论战"的序幕。

俞平伯的同乡好友顾颉刚，也积极地参与到这场论战中来。他四处奔波，不辞劳苦地为胡适查找史料，为新红学的诞生，立下了汗马功劳。

在胡适与顾颉刚的感召下，俞平伯终于对《红楼梦》研究产生了兴趣。

俞平伯在前往英国的客轮上，聆听到傅斯年的独到见解后，虽然改变了自己对《红楼梦》的固有看法，但却"还没有系统的研究底兴味"，然而，这一次却不同了，他真的义无反顾地走上了《红楼梦》研究的道路。

"一失足成千古恨"！但俞平伯却"不应有恨"。

自1921年3月底开始，俞平伯就经常到顾颉刚那里，探询他为胡适查找材料的情况。从此以后，对《红楼梦》的讨论，便成了二人谈话的主要内容。

同年4月，顾颉刚因事去了南方，俞平伯兴致方浓，便主动地给他写了一封信，畅谈《红楼梦》的有关问题。顾颉刚毫不怠慢，立刻给俞平伯写了回信。从此以后，二人频繁通信，你来我往地讨论起《红楼梦》来。

这是俞平伯"红学"事业的真正开端。

此时此刻，与他一起出国留学的傅斯年，正在伦敦"大嚼洋文"。倘若俞平伯没有回国，结果又会怎样？

答案有二，却都是假设：也许他迟早都要走上"红学"之路；也许他终生都不会与《红楼梦》研究沾边儿。

在与顾颉刚讨论《红楼梦》的过程中，俞平伯敏锐地发现了各版本间存在的差异及谬误之处，于是萌发了"重印，重标点，重校《红楼梦》"①的念头，并鼓动顾颉刚担当此任。

7月20日，顾颉刚在回信中说："把《红楼梦》重新校勘标点的事，非你莫属。因为你《红楼梦》熟极了。别人熟了没有肯研究的，你又能处处去归纳研究。所以这件事正是你的大任，不用推辞的。我一则不熟，二则近来的讨论不过是从兴罢了，——我只要练习一个研究书籍的方法。"

顾颉刚虽然没有答应担当此事，但却希望俞平伯当此重任。受到知心朋友的鼓励，俞平伯自然愈发增强了信心。

随着讨论的不断深入，俞平伯对《红楼梦》的兴趣也越来越浓。在8月7日他给顾颉刚的信中，不仅已有多集版本对《红楼梦》进行校勘的打算，而且还透露自己已然写成一篇红学文章。虽然他谦称是一"小文"，但却洋洋洒洒，长达万余言。这篇文章，题目叫作《石头记底风格与作者底态度》，后来在《红楼梦辨》中分为两篇文章：一是《作者底态度》，二是《〈红楼梦〉底风格》。1954年的大批判运动爆发以后，其中的许多观点都招致了猛烈的批判。

8月7日刚发一信，俞平伯似乎兴犹未尽，于是在8日晚上又写一信，雄心勃勃地提出意欲创办一个"研究《红楼梦》的月刊"，甚至连刊物的内容都已拟定：

（1）论文（如适之所发表的《红楼梦考证》可归于此栏）。

（2）通信（如我们的通信可酌录入选）。

（3）遗著丛刊（如你所得江君的书可以印入，将来能访求同类的书亦可刊入，使前人之苦心不致淹没）。

（4）版本校勘记（此为重印《石头记》之预备）。

（1）（2）两栏内容又分两类：

①以历史的方法考证之。

②以文学眼光批评之。

---

① 《与顾颉刚讨论红楼梦的通信》，《俞平伯论红楼梦》，上海古籍出版社1988年版。

由于经费、人手短缺，该计划未能付诸实际。不然的话，俞平伯将会创办出中国历史上第一个研究《红楼梦》的专门性刊物。

1954年，俞平伯这一未能付诸实际的构想也遭到了无情的批判。① 大兵团作战的计划虽然落空，但小范围的作战却还要继续下去。命运似乎已经注定，俞平伯将沿着《红楼梦》研究的道路一直走下去，一直走到风暴的中心。

还有一点需要说明，当时俞平伯之所以对《红楼梦》产生了浓厚的兴趣，除了受到胡适和顾颉刚的影响之外，还有一个重要原因，那就是当时北京的气候和政治局势都令他感到烦闷。诚如他在6月18日给顾颉刚的信中所说："弟日来极无聊，亦不堪为兄言。京事一切沉闷，更无可道者。不如剧谈《红楼》为消夏神方，因每一执笔，奕奕然若有神助也。"

古代文人，在失意之时往往逃禅，而年仅22岁的俞平伯，在苦闷之时却以"研红""为消夏神方"。感情丰富细腻的文人，在与现实发生矛盾时，总需要找一个避风港来寄托自己的情感。

当然，书中的天地毕竟是有限的，每一个人都不可能永远地避开现实而躲进一个理想的精神世界中。面对黑暗现实而深感痛苦的俞平伯，又产生了离开北京甚至出国的打算。他在6月9日给顾颉刚的信中写道："北京这两天闹得糟极了，糟得我都不愿意讲了。这些糟糕的事情，真不愿意滥入笔端，打断我们清谈底兴致。我想今年如不能去国，至少也要去北京。"

最终结果，俞平伯还是决定出国留学。倘若他这次走得非常顺利，也许他的《红楼梦》研究事业就会搁浅。然而，一起偶然性的事件，却偏偏阻挡了他通向国外的道路，致使他又不由自主地沿着《红楼梦》研究的道路大踏步地向前走去。

---

① 参见李希凡、蓝翎：《走什么样的路——再评俞平伯先生关于<红楼梦>研究的错误观点》，《人民日报》1954年10月24日。

二、《红楼梦辨》

俞平伯与顾颉刚通信讨论《红楼梦》，是从1921年的4月底开始的。尤其是暑假期间，信件来往更为频繁。俞平伯的许多宏伟计划，也是在这个阶段提出来的。"但一开了学，各有各的职务，不但月刊和校勘的事没有做，连通信也渐渐的疏了下来。"① 去意已决的俞平伯，因办理出国事宜及忙于各种杂务，研究《红楼梦》的兴趣也略有减退。

同年10月，他辞去杭州第一师范学校国文教员之职，准备赴美留学。11月底，由杭州回北京探亲，12月19日又离京赴杭，最后做出国的准备工作。就在这一年的11月份，胡适发表了他的《红楼梦考证》的改定稿，正忙于做出国准备的俞平伯虽然感到振奋却已无暇介入。然而，就在俞平伯即将动身赴美留学的1922年1月，远洋客轮的水手们却举行了总罢工，俞平伯不得不留在杭州耐心地等待着。

出国的道路既然不通，俞平伯又自然而然地被胡适和蔡元培引回到《红楼梦》研究的道路上来。

1922年1月，蔡元培发表了《〈石头记索隐〉第六版自序——对于胡适之先生〈红楼梦考证〉之商榷》一文，与胡适论辩。俞平伯阅读蔡文后，深有感触，于是兴致勃勃地写了《对于〈石头记索隐〉第六版自序的批评》一文，于同年3月7日在《时事新报》上发表，主动地加入了战团。

兴趣既然被重新提起，便一发而不可收。就在反驳蔡元培的文章发表后不久，俞平伯又给顾颉刚发去一信，希望他能与自己"合做《红楼梦》的辨证，就把当时的通信整理成为一部书，使得社会上对于《红楼梦》可以有正当的了解和想象"。

同年4月，俞平伯又从杭州赶到苏州，再次与顾颉刚商谈此事。顾颉刚因为太忙，便鼓动俞平伯独立担当此任。俞平伯当即答应，回去后立即动手。

---

① 《俞平伯论红楼梦》，上海古籍出版社1988年版。

杭州的山水固然美丽，但杭州的夏日却令人不堪。进入5月份之后，潮湿闷热的空气也随即笼罩了这座美丽的城市。俞平伯为了赶在出国前完成这部书的写作，忍受着难耐的溽暑，抵挡着烦人的蚊叮虫咬，开始了他的名山事业。

有了与顾颉刚通信的基础，撰写起论文来自是事半功倍。然而，就在他的创作热情一发而不可收之时，家中却又出了一桩天大的喜事：5月29日，儿子俞润民在杭州出生。

俞家数代单传，此时喜得贵子，自然少不了各种各样的喜庆活动：洗三，庆满月，招待登门贺喜的宾朋……，但这一切，却都没能绊住俞平伯在红学之路上前进的脚步。自4月下旬至7月初，费时近3个月，俞平伯终于完成了《红楼梦辨》的写作。

历史总是按照自己的方式向前发展，其中容不得任何假设。但我们在回顾历史时，却往往喜欢作种种假设！倘若元月份俞平伯顺利地去了美国，并在那里学习几年，他对《红楼梦》的兴趣是否会渐渐减退？他是否还有充足的时间著书立说？远洋轮水手的罢工，只是一个偶发性的事件，但在我们今天看来，却似乎是命运之神特意为他做的安排，让他必须沿着这条坎坷的道路一直走下去。用一句迷信的话来说，就是"在劫难逃"。

7月7日上午，俞平伯自杭赴沪，办理出国手续。然而，他这次赴美，却已不是到那里去留学，而是受浙江省教育厅委派，以视学的身份前往美国考察教育。究竟什么原因使他取消了留学的决定，不得而知。但无论如何，到美国去的愿望却终于实现了。

7月8日下午，俞平伯与顾颉刚、朱自清一起前往一品香，参加文学研究会召开的"南方会员年会"。出席会议的还有郑振铎、沈雁冰、沈泽民、胡愈之、刘延陵等文学界名流。实际上，这次会议，另一项重要议程就是为俞平伯的美国之行召开欢送会。就在这个繁忙的日子里，俞平伯却仍能忙里偷闲，为自己的书稿写了一篇《引论》。

7月9日下午，俞平伯动身前往美国。这次为他送行的人虽然不多，但却都是我们熟知的名字：顾颉刚、叶圣陶先行别去；刘延陵送到新关码头；而朱自清、郑振铎则一直送他到吴淞中国号船上，6时余始告别。就在与顾颉刚分手之前，俞平伯将《红楼梦辨》的书稿交给了他，拜托他校勘一遍并代觅抄手誊清。即将踏上万里征程，他却仍然惦记着自己的《红楼梦》研究事业！这一份执着，委实令人感佩。

到达美国之后，俞平伯相继见到了康白情、汪敬熙、杨振声等思念已久的同窗好友。异国他乡，友朋欢聚，欢愉之情更不待言。然而，俞平伯却仍产生了一缕挥之不去的思乡之情。

也许他天生就没有吃洋饭的命。就在这短暂的访美期间，他又患上了奇痒难耐的癣疾。虽然数度到医院去诊治，但却尽皆没有效果。然而，饶是如此，他居然还在8月15日晚上给顾颉刚写信，讨论《红楼梦》中大观园的地点问题。由此看来，在他的心灵深处，已然系上了一个难以解开的"红楼情结"。

11月19日晚，俞平伯回到杭州。11月24日，又由杭州来到北京。就在这一年的年底，顾颉刚寄来了请人为他誊清的《红楼梦辨》书稿，俞平伯又认真地将这部书稿修改校对了一遍。

1923年4月，《红楼梦辨》终于由上海亚东图书馆出版问世。

连续3年，连续3个4月，俞平伯都不断地在自己的红学道路上迈进：1921年4月，他对《红楼梦》研究产生了兴趣，并开始与顾颉刚频繁通信讨论《红楼梦》；1922年4月，他产生了写作《红楼梦辨》的想法，并很快地付诸行动；1923年4月，《红楼梦辨》正式出版。这虽然只是时间上的巧合，但对俞平伯的人生历程来说，无疑有着决定性的意义。

俞平伯的内弟许宝骙曾经谈到这样一桩轶事：

> 想起一段往事，当年平伯以三个月的努力写完他的《红楼梦辨》，精神上一轻松，兴兴头头地抱着一捆红格纸上誊写清楚的稿子出门去看朋友，大概就是到出版商家去交稿。傍晚回家时，却见他神情发愕，废然若有所失，稿子丢了！原来是雇乘黄包车，把纸卷放在座上，下车时忘记拿，及至想起去追时车已扬长而去，有如断线风筝无法寻找了。这可真够别扭的。他夫妻俩木然相对，我姐懊恼欲涕；当时情景至今历历在目。无巧不成书，过了几天，顾颉刚先生（记不很准了）来信了，报道他一日在马路上看

见一个收买旧货的鼓儿担上，赫然放着一叠文稿，不免走近去瞧，原来却是"大作"。他惊喜之下，当然化了些小钱收买回来，于是失而复得，"完璧归赵"了。

辛辛苦苦写成的书稿丢了，自然令人感到懊恼。然而，倘若当时失去之后而不再得，又会怎样？韦奈在《我的外祖父俞平伯》一书中，给了我们这个问题的答案，"忆及此事，外祖父感慨颇多，他对我说：'若此稿找不到，我是没有勇气重写的，也许会就此将对《红楼梦》的研究搁置'"。

我们应该注意，这是俞平伯在经历了那场轰轰烈烈的大批判运动以后的心声，绝不能与他在20年代的心境等同视之。并且，他在说这句话的时候，使用了"也许"二字，这说明连他自己也不能肯定会不会再重新撰写。试想，当时对《红楼梦》研究正如醉如痴的俞平伯，就常理而言是不会因书稿的丢失而就此罢休的。更何况他与顾颉刚的通信达在，他的草稿也可能还在。只要假以时日，《红楼梦辨》的最终问世当是不成问题的。当然，就俞平伯的倔强脾气而言，也不是没有一怒之下从此洗手不干的可能性。

书稿丢失之后找不到或不再重写，可能会给俞平伯乃至他的亲友们留下终生遗憾，但却不会有1954年以后的那种后悔。尤其是在"文化大革命"期间，俞平伯夫妇肯定是会宁要"遗憾"而不要"后悔"的。

感谢上苍对我们的偏爱，虽然俞平伯为此付出了惨痛的代价，但却给我们留下了这份宝贵的文化财富。

《红楼梦辨》是红学史上新红学派的第一部研究《红楼梦》的专著，[①] 有着不可低估的意义和价值。该书分上、中、下三卷，除顾颉刚《序》及作者《引论》外，共收文章17篇。上卷5篇，依次为：《论续书底不可能》、《辨原本回目只有八十》、《高鹗续书底依据》、《后四十回的批评》、《高本戚本大体的比

---

① 胡适的《红楼梦考证》，是新红学派的开山之作，但这只是一篇论文。若以著作而论，当推《红楼梦辨》为第一部。

较》；中卷6篇，题目是：《作者底态度》、《〈红楼梦〉底风格》、《〈红楼梦〉底年表》、《〈红楼梦〉底地点问题》、《八十回后的〈红楼梦〉》、《论秦可卿之死（附录）》；下卷6篇，依次是：《后三十回的〈红楼梦〉》、《所谓"旧时真本〈红楼梦〉"》、《〈读红楼梦杂记〉选粹（附录）》、《唐六如与林黛玉（附录）》、《记〈红楼复梦〉（附录）》、《札记十则（附录）》。

对于高鹗续补后四十回的成败得失，时至今日，红学界仍然聚讼纷纭，莫衷一是。褒者有褒的道理；贬者有贬的依据。俞平伯评论与创作兼擅，有着丰厚的创作经验，因而对于续书，他能够从创作学的角度，说出一番令人信服的道理："凡好的文章，都有个性流露，越是好的，所表现的个性越是活泼泼地。因为如此，所以文章本难续，好的文章更难续。为什么难续呢？作者有他底个性，续书人也有他底个性，万万不能融洽的。不能融洽的思想、情感，和文学底手段，却要勉强去合做一部书，当然是个'四不像'。故就作者论，不但反对任何人来续他底著作；即是他自己，如环境心境改变了，也不能勉强写完未了的文章。这是从事文艺创作者底应具的诚实。"由此出发，他从后四十回中挑出了许多不合情理之处，并对高鹗颇多微辞。然而，就在对后四十回进行了一番毫不留情的挑剔之后，他却又给予高鹗一个总的评价："高氏在《红楼梦》总不失为功多罪少的人。"

《作者底态度》和《〈红楼梦〉底风格》两篇文章，在1954年以后招致的批判最为猛烈。俞平伯对于《红楼梦》的种种看法，都基于一个最基本的观点："《红楼梦》是作者底自传。"基于此，他总结作者的态度时，列举了以下三点："（1）《红楼梦》是感叹自己身世的；（2）《红楼梦》是情场忏悔而作的；（3）《红楼梦》是为十二钗作本传的。"正因为如此，所以他在经过一番论证后，又对《红楼梦》的风格作了这样的评价："大概说来，是'怨而不怒'。"

为了证明自己的观点，俞平伯又将《红楼梦》与《水浒传》、《儒林外史》、《金瓶梅》等书作了比较："《水浒》一书是愤慨当时政治腐败而作的，所以奖盗贼贬官军。看署名施耐庵那篇《自序》，愤激之情，已溢于词表。'《水浒》是一部怒书'，前人亦已说过。（见张潮底《幽梦影》上卷）《儒林外史》底作者虽愤激之情稍减于耐庵，但牢骚则或过之。看他描写儒林人物，大半皆深刻不为留余地，至于村老儿唱戏的，却一唱三叹之而不止。对于当日科场士大夫，作者定是深恶痛疾无可奈何了，然后才发为文章的。《儒林外史》底苗裔有《二十年目睹之怪现状》、《留东外史》之类。就我所读过的而论：《留东外史》底作者，简直是个东洋流氓，是借这部书为自己大吹法螺的，这类黑幕小说底开山祖师可以不必深论。《广陵潮》一书全是村妇谩骂口吻，反觉《儒林外史》中人物，犹有读书人底气象。作者描写的天才是很好的，但何必如此尘秽笔墨呢？前《红楼梦》而负盛名的有《金瓶梅》，这明是一部谤书，确是有所为而作的，与《红楼梦》更不可相提并论了。"

正因为像《红楼梦》这样的书难得一见，所以俞平伯感叹道："以此看来，怨而不怒的书，以前的小说界上仅有一部《红楼梦》。怎样的名贵啊！"

《红楼梦》在中国的小说界中虽然"名贵"，但当俞平伯将它放在世界文学之林中进行对比时，却说出这样一番话来："平心而论，《红楼梦》在世界文学中底位置是不很高的。这一类小说，和一切中国底文学——诗、词、曲，在一个平面上。这类文学底特色，至多不过是个人身世性格底反映。《红楼梦》底态度虽有上说的三层，但总不过是身世之感，牢愁之语。即后来底忏悔了悟，以我从楔子里推想，亦并不能脱去东方思想底窠臼；不过因为旧欢难拾，身世飘零，悔恨无从，付诸一哭，于是发而为文章，以自怨自解。其用亦不过破闷醒目，避世消愁而已。故《红楼梦》性质亦与中国式的闲书相似，不得入于近代文学之林。"

1954年以后，这番话给俞平伯换来了一顶"民族虚无主义"的大帽子。

《红楼梦辨》与胡适的《红楼梦考证》、《跋〈红楼梦考证〉》两文，共同为新红学的建立奠定了坚实的基础。俞平伯也因此成为与胡适、顾颉刚齐名的新红学派三大创始人之一。

自1923年4月至1925年年初，俞平伯在《红楼梦》研究的道路上停顿了将近两年的时间。在这一段时间内，他虽没有发表有关《红楼梦》研究的长文，但却对红学索隐派、新红学考证派及自己的研究作了深刻的反思。1925年1月16日，他写成了《〈红楼梦辨〉的修正》一文，并于次年2月7日在《现代评论》第1卷第9期上发表。在该文中，我们可以清楚地看到，俞平伯的红学观点，已有了一次质的飞跃。他说，"《红楼梦辨》待修正的地方很多"，但首先要修正的"是《红楼梦》为作者的自叙传这一句话"，"我在那本书里有一点难辩解的糊涂，似乎不曾确定自叙传与自叙传的文学的区别；换句话说，无疑不分析历史与历史的小说的界线。这种显而易见、可喻孩提的差别相，而我在当时，竟以忽略而搅混了。本来说《红楼梦》是自叙传的文学或小说则可，说就是作者的自叙传或小史则不可。我一面虽明知《红楼梦》非信史，而一面偏要当它作信史看。这个理由，在今日的我追想，真觉索解无从。我们说人家猜笨谜；但我们自己做的即非谜，亦类乎谜，不过换个底面罢了。至于谁笨谁不笨，有谁知道呢！"

这深刻的反思，毫不留情的自我检讨，证明俞平伯已然摆脱了"自传说"的桎梏。

尤可注意者，该文中有这样一段话：

> 经验在作品中究竟是怎样一种光景？我以为是复合错综的映现，而非单纯的回现。如我写甲事，实只写甲事之一部，不自觉中且有乙丙丁等事的分子夹杂其间。如写某甲一人，亦然。所写出的只甲乙丙丁等各一部分之合相，说他是甲乙丙丁固可，说非甲乙丙丁亦通。只因就它的大部分看，甲在其间的分子较多于乙丙丁；故分类时，把它归于甲项，而乙丙丁不得与。其实若从另一观点看，则把它分隶于乙丙丁，又何尝不可。

这实在是有关文艺创作的一篇妙文，取决于他的创作经验也来自他对索隐派与自传说的深刻反思，与人们时常引用的鲁迅那段关于创作的"杂取种种人"的说法，实有异曲同工之妙。只可惜人们历来只注意备受推崇的鲁迅，可又有谁去注意受到批判的俞平伯呢？

自1925年以后，俞平伯屡屡强调要"确定自叙传与自叙传的文学的区别"这一观点，并对红学索隐派及自传说提出批评，直到临终之前，他都没有改变这一正确的文学观，最终于1978年秋写出了《索隐与自传说闲评》那篇妙文。

实际上，早在与顾颉刚通信之时，俞平伯就已对"自传说"产生过怀疑。

他在1921年6月9日给顾颉刚写的信中就曾说："《红楼梦》虽说是记实事，但究是部小说，穿插的地方必定也很多，所以他自己也说是'荒唐言'。如元妃省亲当然不必有这回事，里面材料大半是从南巡接驾拆下来运用的。我们固然不可把原书看得太飘渺了，也不可过于拘泥了，当他是一部信史看。"其后，他也多次强调自己的这一观点。只可惜胡适和顾颉刚对他的影响实在太大了，以至于他在撰写《红楼梦辨》时，仍然将"自传说"作了立论的基础。

此后较长一段时间，俞平伯都没有将太多的精力投入到《红楼梦》研究中来。随着对《红楼梦》的基本看法的改变，以及各种新资料的不断出现，俞平伯早就产生了修改《红楼梦辨》的念头。然而，文人著书，除了真正要"藏诸名山，传诸后世"者，其他诸如"为稻粱谋"者也罢，欲立说扬名者也罢，都有一个基本的衡量标准，那就是该书能不能正式出版。《红楼梦辨》自1923年4月由上海亚东图书馆出版之后，直到1950年俞平伯再度修改并定名为《红楼梦研究》为止，27年间从来都没再版过。这自然难使俞平伯产生动手修改它的动力。

（原载《传记文学》2007年第11期）

第二编
考辨

再谈《红楼梦》的著作权问题

　　1994年1月8日，《文艺报》登载了王家惠同志《曹渊即曹颜——曹寅曾过继曹鈖之子》和刘润为同志《曹渊：〈红楼〉的原始作者》两篇文章。前者认为丰润曹鈖之子曹渊曾过继给曹寅为嗣，改名曹颜。后者则在前者的基础上进一步认为，"情僧实即曹渊"，乃《红楼梦》的原始作者，他"假托'石兄'，演绎自己的半生际遇，寄托个人的人世感慨"，写成一部"比较粗糙"的《情僧录》。此书"不但没有章回目录，而且情节也比较简单"。后来，"东鲁孔梅溪突出了警戒风月的主题，改题为《风月宝鉴》"。"曹雪芹正是根据《情僧录》、《风月宝鉴》，在脂砚斋的具体参与下进行再创作的。"并且，曹雪芹系"出于丰润曹"，"当属曹渊兄弟行（曹渊的一个远房小弟?），而绝不是曹寅之孙"。对于王家惠、刘润为两同志的观点，笔者难以苟同，现提出自己的不同看法，与王家惠、刘润为二位商榷。

一

　　刘润为同志认为，"根据《红楼梦》所反映的生活内容及其蕴含的思想感

145

情的特征，这个原始作者起码应当具备三个条件：一是曾亲历富贵荣华，非如此则不具备封建贵族生活的深切体验；二是属于贵族中的'多余的人'，非如此则不足以理解并创造贾宝玉的形象；三是必须具备高度的文化艺术修养，非如此则不足以将这些特定体验升华为艺术创造"。为了证明曹雪芹不具备第一个条件，刘润为同志便首先在曹雪芹的生年问题上做了回避。他说："根据敦诚的诗句'四十年华付杳冥'，曹雪芹大约生于雍正二年 (1724)，卒于乾隆二十八年 (1763)。而曹家被抄则是在雍正五年 (1727)，算来此时的曹雪芹才仅仅三岁，可见他生来便陷入厄境，根本就没有'烟柳繁华'、'温柔富贵'的体验。"我们看到，刘润为同志为了支撑自己的论点，在此竟然采取了材料为我所用的态度。众所周知，有关曹雪芹出生于哪一年的问题，目前学术界还存在着不同的看法。其中最有代表性的尚有两种：一是公元1724年，即雍正二年甲辰，简称"甲辰说"；二是公元1715年，即康熙五十四年乙未，简称"乙未说"。前者是由周汝昌先生提出来的。其主要依据是，敦敏《懋斋诗钞》中的《小诗代简寄曹雪芹》一诗编入"癸未"年，而敦诚的《挽曹雪芹》诗又是"甲申"年开岁的第一首，因而便将曹雪芹卒年定于"癸未除夕"。然后，周先生又依据敦诚的"四十萧然太瘦生"和"四十年华付杳冥"两句诗，由癸未上推40年，得出了曹雪芹生于甲辰雍正二年的结论。然而，这一推论却又存在着几个问题：其一，敦诚诗句中的"四十年华"乃是为了诗句的韵律而泛词举其成数，曹雪芹未必活了整40岁；其二，敦诚的诗句与曹雪芹另一好友张宜泉在《伤芹溪居士》一诗诗题下小注中所云"年未五旬而卒"的话有矛盾；其三，"甲辰说"只是一种泛泛的推论，别无其他佐证材料。

"乙未说"又称"遗腹子说"，是由王利器先生提出来的。他依据康熙五十四年三月初七日曹頫上康熙皇帝的奏折，又以张宜泉诗题下的小注相佐证，证明曹雪芹乃曹颙的遗腹子，出生于康熙五十四年乙未。虽然此说亦未得到学术界的普遍认同，但笔者认为它比"甲辰说"要可靠得多。倘若"乙未说"与事实相符，那么雍正五年 (1727) 曹家被抄时，曹雪芹已是一个十几岁的大孩子了。在这十几年间，他自然会"有'烟柳繁华'、'温柔富贵'的体验"。刘润为同志对"乙未说"避而不谈，想必是怕自己的论点站不住脚吧？

历来对曹雪芹的《红楼梦》著作权持怀疑或否定态度的人，几乎无一例外地一方面在曹雪芹的生年问题上大做文章，另一方面又认定《红楼梦》中贾府的鼎盛时期是以曹家的曹寅时期为生活背景的。刘润为同志对此问题的态度和论证方式，自也与其同道们一般无二。他在采取回避问题的办法将曹雪芹所具备的第一个条件剥夺之后，又一再强调什么"曹渊（颜）的少儿和青年时代恰好是在曹家鼎盛时期度过的"，"曹家的鼎盛时期是在曹寅时代"，"这个原始作者只能在曹寅儿辈中寻找"。然而我们不禁要问：《红楼梦》一书，究竟描写了贾府的极盛时期呢，还是封建大家族的末世光景？回答当然是肯定后者而否定前者！这从《红楼梦》本身和脂砚斋等人的评语中，便可找到许多证据。谓予不信，不妨请看《红楼梦》第二回中冷子兴与贾雨村的一段对话。

> 子兴叹道："老先生休如此说。如今的这宁荣两门，也都萧疏了，不比先时的光景。"雨村道："当日宁荣两宅的人口也极多，如何就萧疏了？"冷子兴道："正是，说来也话长。"雨村道："去岁我到金陵地界，因欲游览六朝遗迹，那日进了石头城，从他老宅门前经过。街东是宁国府，街西是荣国府，二宅相连，竟将大半条街占了。大门前虽冷落无人，隔着围墙一望，里面厅殿楼阁，也还都峥嵘轩峻，就是后一带花园子里面树木山石，也还都有蓊蔚之气，那里象个衰败之家？"冷子兴笑道："亏你是进士出身，原来不通！古人有云：'百足之虫，死而不僵。'如今虽说不及先年那样兴盛，较之平常仕宦之家，到底气象不同。如今生齿日繁，主仆上下，安富尊荣者尽多，运筹谋画者无一；其日用排场费用，又不能将就省检，如今外面的架子虽未甚倒，内囊却也尽上来了。这还是小事。更有一件大事：谁知这样钟鸣鼎食之家，翰墨诗书之族，如今的儿孙，竟一代不如一代了！"……

众所周知，曹家的极盛时期，乃是曹寅时期。倘若曹雪芹果为曹颙的遗腹子，他当然赶不上曹家的曹寅甚至曹颙时代。然而，由上面引文中我们不难看出，冷子兴对贾雨村演说荣国府时，贾宝玉方才"七八岁"，那时的贾府，便已然"萧疏了",已经是一个"外面的架子虽未甚倒,内囊却也尽上来了"的"衰败之家"。其他诸如《红楼梦》第五回中,探春的判词是"才自精明志自高,生于末世运偏消";王熙凤的判词中亦有"凡鸟偏从末世来"一语;另外第六回中凤姐对刘姥姥告艰难时所说"不过借赖着祖父虚名","不过是个旧日的空架子";第五十三回乌进孝进租时与贾珍的那一番对话;等等,无一不是封建大家族末世光景的写照。

除正文之外,还有几条脂批,亦可证明《红楼梦》一书并未描写贾府的极盛时期,而是旨在"写末世"这一论断。第二回中,在"如今的这宁荣两门,也都萧疏了,不比先时的光景"句旁,"甲戌本"有侧批云:"记清此句,可知书中之荣府已是末世了。"同回在"当日宁荣两宅的人口也极多,如何就萧疏了"句下,"甲戌本"侧批曰:"作者之意原只写末世,此已是贾府之末世了。"等等。"末世"二字,一再出现,《红楼梦》的作者与脂砚斋等人已然说得很清楚了,但刘润为同志及其同道们却视而不见,硬要大谈曹家甚至贾府的"鼎盛期",不知是未曾认真阅读过《红楼梦》与脂批呢,还是另有其他目的?

对《红楼梦》第一回中的"作者自云"或注明此书"来历"的那一段文字进行牵强附会的索解,从而得出《红楼梦》实有一个"原始本"或"原始作者"的推论,是对曹雪芹的《红楼梦》著作权持怀疑或否定态度者的又一共通之处。对此问题,脂评早已说得十分清楚:"若云雪芹披阅增删,然后(则)开卷至此这一篇楔子又系谁撰?足见作者之笔,狡猾之甚。后文如此处者不少。这正是作者用画家烟云模糊处,观者万不可被作者瞒弊(蔽)了去,方是巨眼。"对于这一段语重心长的话语,某些否定曹雪芹著作权的人却在标点及释义方面大做文章,并以之作为支撑其论点的重要依据。其最终结果却是既"瞒蔽"不了自己,也"瞒蔽"不了广大的《红楼梦》研究者和爱好者。

刘润为同志与其同道们的不同之处,是对上引脂批弃而不顾然后又对注明《红楼梦》一书"来历"的那一段文字从"字面的意思"来理解,从而得出如下结论:"《红楼梦》第一回说得明白,原有《石头记》(又题《情僧录》)这样一个原始本,后'因曹雪芹于悼红轩中披阅十载,增删五次,纂成目录,分出章回,又题《金陵十二钗》'。这字面的意思来说,曹雪芹是再创作者而非原始作者。""《红楼梦》第一回关于该书缘起的叙述，并非'假语村言'，而是事实。……情僧实即曹渊，也就是说，曹渊假托'石兄'，演绎自己的半生际遇，寄托个人的人世感慨。"在此我们即使不顾上引那一段脂批，也暂且不管曹渊为《红楼梦》"原始作者"的说法是否能够成立。即像刘润为同志那样从"字面的意思"来理解"《红楼梦》第一回关于缘起的叙述"，却也只能发现情僧 (空空道人) 不过是个"抄录者"而非"原始作者"，他与石兄 (石头) 也不是同一个人。刘润为同志将二者视为一体且认定情僧乃是"原始作者"，究竟又有何凭何据呢？

对曹雪芹的《红楼梦》著作权持否定态度的人们，往往都将胡适先生的《红楼梦考证》作为批驳的对象。然而只要我们综观一下其有关文章，就不难发现他们的另一共同特点：他们往往都是首先相信了胡适等人的"曹雪芹自传说"或"曹雪芹自叙传说"，并在这个大迷阵中左转右转、团团乱转起来。他们一方面把曹雪芹及曹家的某些人与小说中的贾宝玉及贾府的某些人等同起来，视《红楼梦》为"照实直录"的曹家的家史，另一方面又利用迄今所发现的有关曹雪芹家世生平的某些材料，抓住曹家的某个人或几个人的某一方面或某些特点，以偏概全地去与小说中的某一人物或某些人物的某一方面或某些特点一一对号。结果对来对去，便发现二者有"许多的不合之处"，而其中最受他们重视的最大的"不合之处"，便是曹雪芹赶不上曹家的鼎盛时期，亦即所谓的"赶繁华说"。于是他们便不顾文学创作的基本原则，采用十分奇特的论证方式 (诸如材料为我所用等)，终于在自认为推翻了"曹雪芹自传说"或"曹雪芹自叙传说"的同时，又从曹家找到了一个既赶得上繁华盛世、又饱尝过生活之艰的人，取代了赶不上"曹寅家鼎盛时期"的曹雪芹。殊不知如此一来，不仅难以自圆其说，反而更加漏洞百出了。从"石兄自传说"、"曹頫自传说"到刘润为同志的"曹渊自传说"，无不走上了这一条共同的谬误之途。相比而言，后者似比前二者走得更为遥远。如果说"曹頫自传说"尚有一些有关曹頫身世经历的材料作为依据的话，那么"曹渊自传说"则纯系建立在想象基础上的臆测之词了。因为有关曹渊的材料，迄今除了《浭阳曹氏族谱》中记载他为曹鈖之子，"字方回，行二，序生"，曾出嗣于外，后又回归本宗，"配郑、于氏、嗣子树深"之外，其他几乎一无所知。而刘润为同志竟在这种情况下，在王家惠同志难以成立的猜测基础下，写出了一篇数千言的文章，硬将一项自制的"《红楼梦》的原始作者"的桂冠，戴到了丰润曹渊的头上，倒也真够"敢于创新"的了。

二

刘润为同志无视某些史料的相互抵牾，不加申辩地为曹寅罗列了五个儿子："顺、颜、颛、珍儿、頫"。在用极为简单的方法将顺、颛、珍儿、頫——排除之后，便即笔锋一转，落到了曹颜身上，并认为"王家惠同志的文章《曹渊即曹颜》，以翔实的考证，令人信服地指出：曹颜就是曹渊。此曹渊本系丰润曹鈖之子，于康熙二十八年左右过继给曹寅，当时他大约只有一二岁。从寅后改名曹颜"。那么我们就来看一看，王家惠同志的《曹渊即曹颜》一文，是否能令人信服吧。

王家惠同志因见康熙二十九年《总管内务府为曹顺等人捐纳监生事咨户部文》(以下简称《咨户部文》)中有"三格佐领下苏州织造、郎中曹寅之子曹颜，情愿捐纳监生，三岁"一语，便以此为据展开了推论。然而，就在利用这份档案材料进行推论时，王家惠同志却犯了两个严重的错误，现分述如下：

首先，《咨户部文》中所载曹颛为曹荃之子，实与其他史料中曹颛为曹寅之子的记载相抵牾(诸如《曹寅之子连生奏曹寅故后情形折》、《内务府奏请将曹頫给曹寅之妻为嗣并补江宁织造折》、萧奭《永宪录续编》等)。由于《咨户部文》乃一孤证，而曹颛为曹寅之子的说法却有数条材料相互佐证，是以曹颛乃曹寅之子的说法已得到学术界的公认。既如此，那么在以《咨户部文》为据进行推论时就必须利用现有的材料对之进行认真考索论证，待辨明其可信性并推翻与之相抵牾的其他材料后，再以此为据进行论证，方是严肃认真的治学态度。然而，王家惠同志非但未曾对之作任何辨析，反而采取了回避的态度，说什么"至于为什么咨文所载支系与此件奏折出现矛盾，不在此文考察范围，姑不论"。这就不能不令人感到奇怪了：一条据以论证问题的材料，且与其他有关材料相矛盾，王家惠同志却避而不谈，这又怎能得出令人信服的正确结论呢？

其次，一条与其他史料相抵牾的孤证，又无与之相应的材料相互印证，而论者又要使自己的论点能够站得住脚，那就必须通过缜密而又实事求是的论证，将与之并存的种种可能一一排除，才可对自己的论点展开论证。若只肯定一种可能性而对其他可能避而不谈，不仅会有治学态度不严谨之嫌，而且也难以令人信服。在此我们姑且不论王家惠同志"曹渊即曹颜"的推论是否能够成立，除此之外，尚有曹颜早亡的可能性及《咨户部文》缮写致误、曹颜实为曹荃之子的可能性等。曹颜是否早亡，因无确凿可靠的证据，不妨暂且排除。但对第二种可能性却不能一笔带过或避而不谈。因为曹頫乃曹寅之子，《咨户部文》却误为曹荃之子，那么内务府笔帖式缮写咨文时将曹颜与曹頫搞错位置的可能性也就不会不存在了。我们看到，王家惠同志并未对曹颜是否为曹荃之子的问题进行论证，只以"对此问题张书才、高振田同志作了详尽的分析，排除了这种可能，是令人信服的，兹不赘述"数语，便轻轻地避了开去。殊不知曹颜究竟是曹寅之子还是曹荃之子，目前学术界尚无定论。认为曹颜乃曹寅之子者，其唯一的依据便是《咨户部文》，别无其他佐证材料。而认为曹颜乃曹荃之子者，则又牵扯到另一个问题，亦即桑额究竟是曹颜的乳名还是曹頫的乳名问题。在此有必要引述一下朱淡文先生的观点，她认为："頫为曹寅亲生既有曹頫亲笔所书奏折为证据，又有康熙帝口谕和萧奭、李果等人的记载为佐证，已有充足的理由可以成立。曹頫既是曹寅亲子，则《咨文》必定有缮写错误。内务府笔帖式缮写时很可能将曹頫曹颜搞错了位置，頫与颜年龄仅差一岁，这种笔误是很可能发生的。""曹宣有一个年龄比曹頫稍大的儿子，小名桑额（即满语'三哥儿'之音译）"，"从桑额的名字和年龄测算，他应该就是曹宣第三子曹颜"。"曹頫（1687—1733），曹雪芹之堂伯父，曹宣之子，康熙二十六年左右生于北京。雍正十一年去世，享年四十七岁。"[①]倘若朱淡文先生所论与事实相符，那么王家惠同志所谓"曹渊即曹颜"的说法也就站不住脚了。而在文章中屡屡使用"很可能"、"很有可能"等猜测之词的王家惠同志，不仅对朱淡文先生的观点避而不

---

① 朱淡文：《红楼梦论源》，江苏古籍出版社1992年版。

谈，而且还略过了其他几种可能性，自然难免材料为我所用之嫌。

利用孔门大弟子颜渊的名字，将曹渊与曹颜拉到一起，是王家惠同志的又一重要论据。然而，王家惠同志在此却又忽略了一个问题：颜渊虽是孔子最得意的门徒，但其短命早亡，却也是众所周知的事实。对于人丁不旺的曹寅一支来说，对此恐怕是要犯忌讳的。曹寅为其子取名连生，即寓"连生贵子"之意，由此即可窥见其心态。倘若曹渊真曾嗣与曹寅为子，曹寅是不会拟之颜渊而为他取名的。

王家惠同志认为，曹渊过继给曹寅，是在康熙二十八年左右。那么我们就来看一看，在此期间，曹寅有没有立曹渊为嗣子的可能吧：

康熙二十年之前，曹寅原配病故，这有《别集》中《吊亡》诗为证。康熙二十三年六月，其父曹玺又在江宁病逝，曹寅闻讯后迅即南下奔丧，直到康熙二十四年九月，方才携全家扶父枢抵达北京。按旧制，父死之后，其子必须服丧三年。也就是说，曹寅必须为其父服丧至康熙二十六年下半年方满服，此间绝不会有婚嫁之事。而从《栋亭诗钞》的《五月十一夜集西堂限韵》一诗可知，自从康熙二十年前其原配病故后到其父去世之前，曹寅一直未曾续弦。那么由此便可肯定，自康熙二十年直到康熙二十六年年中，曹寅都没有续娶。又因其子曹颙生于康熙二十八年，而曹颙又系李氏亲生，故而曹寅续娶李氏必在康熙二十六年年底至康熙二十八年年初之间。二人婚后不久，李氏便怀了孕，并于康熙二十八年生下曹颙。那么试想，曹寅续娶李氏之后，无论是夫妻新婚燕尔之时，还是李氏怀孕及生了曹颙之后，怎么会去过继别人的儿子呢？就算曹寅自己愿意，李氏及其亲属也不会同意啊！这于情于理都是讲不通的。

王家惠同志明知曹寅与其母亲、弟弟不和，曹寅"立曹顺为嗣很可能是基于家庭内部关于职位、财产等种种考虑被迫的结果"。但却又异想天开地认为："在这种情况下他又立与他有'骨肉'亲情且情感相通的曹鈫之子为嗣，以为一种心理上的补偿和平衡，是很有可能的。"那么试问，曹寅既然因职位、财产的继承而导致与母亲及弟弟不和，并且曹寅一直都在努力使自己与母、弟的关系融洽起来，甚至不惜将财产让给弟弟曹荃并以其子为嗣。在这种情况下曹寅怎会再过继丰润曹鈫的一个儿子呢？难道他还嫌自己的家庭矛盾不够大吗？

王家惠同志一方面认定曹颜便是曹渊，另一方面却又说曹渊之父"曹鈖卒年上限不超过康熙三十二年，下限不超过康熙二十四年"。这就不能不令人感到惊诧：康熙二十九年曹颜方才三岁，古人说岁数时乃以虚岁言之，故此年曹颜实际才两周岁。倘若此曹颜真是曹渊，而曹鈖又去世于康熙二十四年甚或二十五年，那么曹渊及其两个弟弟又是如何生出来的？王家惠同志顾此失彼，岂非太过自相矛盾！

为了证明自己的谨慎小心，王家惠同志又进一步考证说："康熙三十一年，曹鼎望主持修撰《丰润县志》，曹鈶任订正。同时任评论、订正、采辑的曹氏族人尚有十六人，以鈶之同辈居多，且全部是曹鼎望近支侄辈，即曹登瀛一支'老长门'的人，独不见曹钊、曹鈖，以二人之文采，如若在世，断不会不参预其事，可知在康熙三十一年此二人已不在人世。据此，则曹鈖卒年的上限又可下缩至康熙三十一年。"这一段话，乍一看有根有据，似乎很有道理，将曹鈖"卒年的上限"又从康熙三十二年下缩到了康熙三十一年。然而，王家惠同志紧接下来的一段话，却显示出其思维的混乱和不全面考虑问题而带来的弊端："在尚无确切资料的情况下，我们把曹鈖卒年定于康熙二十八年左右当是稳妥的。很有可能他是在此期间死于北京任所，遗下四子。彼时曹寅念'骨肉'亲情，伸出援手，嗣其一子，代为抚养，也是情理中事。"在此我们姑且不论王家惠同志"把曹鈖卒年定于康熙二十八年左右"是否"稳妥"，即从他的这一段论述之中便可看出：曹寅过继曹渊为嗣，是在曹鈖去世之后。那么试问王家惠同志，你不是认为"曹渊即曹颜"吗？而在康熙二十九年四月初四日的《咨户部文》中，已然记载曹颜为曹寅之子了。也就是说，按照王家惠同志的猜测，曹鈖必定去世于曹寅过继曹渊之前。既如此，则康熙二十九年年初曹鈖便已离开了人世，王家惠同志却还在那里推来论去地将曹鈖"卒年的上限"从康熙三十二年下缩至康熙三十一年，岂非说了一堆废话！

王家惠同志自认为"把曹鈖卒年定于康熙二十八年左右当是稳妥的"。笔者则认为，由于关系到曹湛与曹泳的出生问题，再往"左"一点儿都不可能。即以康熙二十八年而论，则曹颜此年方一周岁，如果他真是曹渊，那么其四弟曹泳甚至三弟曹湛的出生就必须具备以下几个条件：第一，曹鈖两年之内连生二子；第二，曹渊与曹湛或曹湛与曹泳是双胞胎；第三，曹泳是曹钤的遗腹子；第四，曹钤的两位夫人张氏与王氏在相隔不久各生一子。若不具备以上任何一个条件，则曹泳的出生恐怕就成问题。而要证明这一点，王家惠同志还必须拿出确凿可靠的资料。

那么，从康熙二十八年往"右"又能"右"到什么时候呢？按照王家惠同志的推论，我们只好回答说：也只能"右"到康熙二十九年三月初！因为此年的四月初四日之前曹颜已为曹寅之子了，而曹寅又不可能在曹钤刚死之后便将其子过继过来且接着为其捐纳监生。在此期间，曹寅还必须在公务之余尽快地做好自家人（继配李氏及其亲属、其母孙氏及其弟曹荃等）与曹钤亲朋及族人的"思想工作"。就算他办事效率再高，起码也需一个月时间。那么，我们代王家惠同志将曹钤卒年的上限争取到康熙二十九年三月初，还不算太苛刻吧？然而，即使多此3个月，实际上还是牵涉曹泳的出生问题。若不具备前述四个条件中的任何一条，则曹泳还是难以来到人世！在此笔者还必须提醒王家惠同志：我国古代的医疗条件是比较落后的，婴儿的成活率也是很低的。就算曹钤两年多内能生三个孩子，他们也未必都能长大成人。退一步说，就算曹钤两年间连生了渊、湛、泳三子，那么康熙二十九年年初的这3个月，曹寅却也有的忙活了：正月里节日甚多，须得走亲访友，宴请宾朋；二月初即"奉旨以内务府广储司郎中出任苏州织造"，如此又须入朝谢恩，与接任之人交接公事办理手续，辞谢宾朋同僚，变卖家产，……再加上王家惠同志为其安排的两件事：为曹钤安排丧事；调和家庭内部尤其是与孙氏和曹荃的矛盾，说服李氏与其亲属及丰润曹氏家族，过继曹渊为嗣。如此一来，就算曹寅本事再大，恐怕也要忙得焦头烂额了。

为了证明丰润曹与辽东曹系"同姓同宗"，王家惠同志竟将曹操拉了出来，这实在令人哭笑不得。须知曹操与曹寅相差1500多年，就算你有材料证明辽东曹与丰润曹确实都系曹操之后，那也不能再说他们是"同宗"，两个家族之间也不会再有相互过继子嗣之事！今人相调，同姓之人往往戏称"五百年前是一家"，此语有何含义，王家惠同志难道不清楚吗？连500年前都是同姓而非同宗了，更何况1500多年呢！

实际上，王家惠同志的文章从一开始便犯了一个逻辑推理性的错误。他因见《浭阳曹氏族谱》中记载曹鈖之子曹渊曾经出嗣于外，"后不知什么原因又回归本宗"，而其继父母又不载于此部曹谱，便开始牵强附会地论证起曹寅如何如何过继了曹渊来。然而我们不禁要问：既然王家惠同志认定丰润曹家与曹寅一支系同姓同宗，为何曹寅一支未载入《浭阳曹氏族谱》？既然未载入此谱的曹寅可以过继曹渊为子，为何其他未载入此谱的"同姓同宗"之人就不能立曹渊为嗣？曹渊的继父母未载入《浭阳曹氏族谱》，曹渊曾经出嗣后又回归本宗，并不等于他非要过继给曹寅不可，王家惠同志以为然否？

三

王家惠同志"曹寅曾过继曹鈖之子"的推测本属子虚乌有之事，刘润为同志却又在这难以成立的猜论基础上进一步猜测起米。他说："据光绪十七年续修的《丰润县志》载：'曹鈖……美丰仪，能诗文，犹精绘事。'从遗传学的角度看，这个曹渊很可能继承了其父的形貌和禀赋。"然而，刘润为同志既然想到了遗传，不知可曾想到变异否？因为每个孩子都有像父、肖母或完全不像父母等可能性。若是出现返祖现象或患过重病（诸如小儿麻痹、天花等），那就更不会"秀气夺人"了。即以《红楼梦》而论，贾宝玉与贾环皆为贾政之子，但却一个"神采飘逸"，一个"人物猥琐"。就算一母所生的贾环与探春，其性情气质也是判若云泥！倘若我们按照刘润为同志的逻辑推理去论证一番，也可作出如下推论，请看：顾景星在《荔轩草序》中称："……子清，如临风玉树，谈若粲花……与之交，温润优爽，道气迎人，予益叹其才之绝出也。"从遗传学的角度看，其子孙很可能继承了他的形貌和禀赋。而在《红楼梦》第二十九回中，贾母与张道士都说宝玉"像他爷爷"……试想，我们若按刘润为同志的思维方式来推论，那么学术考证还有什么科学性可言！

原来，刘润为同志之所以将遗传学运用于学术考证，是因为他要因之虚构下面这段颇富传奇色彩的故事："在曹寅子嗣艰难的情况下，曹寅原配顾氏得到这么一个可爱的男婴，当是异常宝爱的。由于顾氏原配夫人的地位，在上下左右的女人王国中，当是莫不骄之宠之，其温柔富贵自不待言。《红楼梦》中贾宝玉的形象（'神采飘逸，秀气夺人'）、境遇，与曹渊极为相似。过继曹渊末几，曹寅虽生亲子曹颙，但由于是庶出，其地位毕竟不能与曹渊比肩。这与贾宝玉之于贾环又恰好暗合。"

上引文字，有关曹渊的经历系出刘润为同志想当然的猜测和想象且不说，即其中的史实谬误，明显便有以下几处：

其一，据朱淡文先生考证，顾景星之妹顾氏，乃曹寅之生母。刘润为同志却云顾氏为曹寅之原配夫人。不知是弄错了辈分呢，还是另有凭据？

其二，顾氏在康熙十八年便已去世，而刘润为同志却又同意王家惠同志的观点，认为曹渊过继给曹寅为嗣在康熙二十八年左右。那么试问，一个在10年前便已去世的女人，竟然会在10年以后对一个男婴"异常宝爱"，这究竟是续聊斋故事呢，还是新天方夜谭？

其三，曹寅确曾有过一位原配夫人，但迄今为止还没有人知道她姓什么，并且这位原配夫人于康熙二十年前亦已病故。死去8年之后，竟还能宠爱一个男婴，岂非又是一桩活见鬼的怪事！

其四，如前所述，曹寅自康熙二十年前原配去世后，直到康熙二十六年年中，一直都没有续弦。曹颙之生母李氏于康熙二十六年下半年至康熙二十八年年初之间嫁给曹寅，但她是继配夫人，是嫡妻，而非什么侧室、小妾，更不是通房大丫头，其身份与《红楼梦》中的赵姨娘不一样。其亲生子曹颙，自然也不是"庶出"，而是嫡子，其地位与贾环也不一样。刘润为同志认为曹颙是"庶出"，不知是没弄清李氏的身份、地位呢，还是搞不懂元配、继配、侧室、正出、庶出等概念呢？

既然史料谬误百出，其推论自也难以成立。然而，刘润为同志却在认定曹颙乃是"庶出"的基础上，又从《红楼梦》第七十五回找出贾赦对贾环所说的"以后就这样做去。这世袭的前程就跑不了你袭了"一语，然后猜测分析道：

"宝玉长于贾环，这'世袭的前程'本当由宝玉来'袭'，贾赦作为伯父，怎么说出这样违情悖理的话呢？我们认为，只能有一种解释：在《红楼梦》的原始本中，贾宝玉的身份乃是王夫人的嗣子，而且在争夺世袭位置上贾环与他是有斗争的，甚至可能是比较激烈的。这一情节就是原始本上的。后来，这个原始本经曹雪芹等人增删，贾宝玉变成王夫人的亲子，争夺位置的一应情节也尽行改写，但没有改净，留下了这样一个不太惹人注意的破绽。"其想象力之丰富，论证方式之奇特，实令人叹为观止！只可惜在作学术考证时，无论多强的主观随意性，都代替不了客观事实。但凡读过《红楼梦》的人都知道，贾赦虽为贾政之兄，且袭了前程，但他对贾政一房掌握家政大权及贾母的偏心极为不满，一有机会，便要含沙射影地挖苦一番，甚至在酒席上讲出了父母对儿女偏心的笑话，惹得贾母发了一通牢骚。书中他对贾环所说的那一番话，其用意亦是要挑起赵姨娘母子对王夫人母子的不满，并从而使贾政感到难堪。这一情节，与贾赦这一人物的性格是非常统一的。刘润为同志却在毫无根据的情况下妄加推测一番，谬言什么"留下了这样一个不太惹人注意的破绽"，想必不会是因为未曾好好阅读过《红楼梦》的缘故吧？

刘润为同志还说："在争夺世袭权的斗争中，曹宣明显地是排斥曹渊的，又由于顾氏亡故等其他因素，遂致曹寅死后由曹頫继任，而曹渊则以失败告终。"笔者前面已然述及顾氏早在康熙十八年便已辞世，她与曹渊甚至曹颜压根儿连见面的可能性都不会有。而据现有资料可知，曹寅于康熙五十一年去世，曹宣则病逝于康熙四十四年。而袭职人选则应在曹寅去世前后由皇帝或曹寅最后决定。那么试问，已死七年的曹宣，又如何能够决定由谁来袭职呢？可见刘润为同志所云，只不过是毫无根据的臆测之词罢了。

对于《红楼梦》中贾宝玉所说"女儿是水做的骨肉，男人是泥做的骨肉，我见了女儿便清爽，见了男子便觉浊臭逼人"一段话，刘润为同志表示自己以前"很难理解"。如果这是刘润为同志的由衷之言，那么就说明他对中国的思想史与文学史缺乏了解。众所周知，自明中叶以后，出现了以李贽、徐渭、汤显祖等为代表的一大批思想家、文学家，他们在猛烈抨击程朱理学的同时，又不遗余力地为妇女大唱赞歌。因此，自明中叶以至《红楼梦》问世的时代，从思想领域到文学领域，共同形成了一股反封建礼教、提倡尊重妇女的进步思潮。那数以千计的才子佳人戏曲和小说，则更是赞扬女子，颂其异能。刘润为同志倘若翻阅一下这一时期的作品，便不会提出"贾宝玉何以产生这样新异的观念"这一问题了。

刘润为同志引述杨向奎先生的观点，认为"丰润曹即宁府之原型，辽阳曹即荣府之原型"。那么试问，刘、杨二位可曾仔细阅读过《红楼梦》吗？"漫言不肖皆荣出，造衅开端实在宁。""那里承望到如今生下这些畜生来！每日家偷鸡戏狗，爬灰的爬灰，养小叔子的养小叔子。"倘若曹渊真是《红楼梦》的"原始作者"，曹霑"出于丰润曹"且为《红楼梦》的"再创作者"，他们又岂能如此糟践自己的宗族！莫非丰润曹也真如宁府那样淫乱不堪吗？可你们如此妄言，又有什么真凭实据呢？

刘润为同志以尤三姐为例，认为"宁府女人缠足，显系汉籍包衣"，"荣府女人放足，显系旗籍包衣"。在此我们姑且不论刘润为同志这种论证方式是否正确，仅就《红楼梦》提一与此相关的问题，就可见出其结论是何等的荒谬了：尤二姐嫁给了贾琏，而贾琏又系荣国府人，那么试问，尤二姐应算宁府女人还是算荣府女人？她究竟是缠足还是放足？利用牵强附会的文字游戏，随意地将某些字联系起来，实为刘润为同志文章的一大特色。他说："丰润曹和辽阳曹都是谱系渊远的封建家族，排行辈分是极为严格的。曹鈖子辈诸兄弟皆以'水'旁字命名，曹寅孙辈断不会再用属于远房叔辈的'水'字旁。雪芹名霑，霑即沾，当属曹渊兄弟行（曹渊的一个远房小弟？），而绝不会（是）曹寅之孙。"对于刘润为同志的这一段话，我们起码可以提出以下几个问题：其一，"曹霑"之名，曾在其友人笔下数次出现，试问刘润为同志，他们在何处将"霑"字写成"沾"字；其二，"雨"头字与"水"旁字不能混为一谈！我们若像刘润为同志那样，随意地将"霑"的"雨"字头去掉，又会出现什么样的结果？反之，"雨"字头亦不能替代"水"字旁，诸如"润"字、"泡"字等等；其三，若以"雨"头字代替了"水"旁字，又有什么"排行辈分是极为严格的"可言？"曹鈖子辈诸兄弟皆以'水'旁字命名"固是事实，然而，刘润为同志可从"曹鈖子辈诸兄弟"的名字中找出一个以"雨"头字代替"水"旁字的人来吗；其四，刘润为同志在毫无凭据的情况下，竟敢断言曹雪芹出于"丰润曹"，"当属曹渊兄弟行（曹渊的一个远房小弟？）"，那么试问，你能拿出什么确凿的证据来吗？《浭阳曹氏族谱》上有"曹霑"之名吗？你又将如何解释曹雪芹同时或稍后的那些人的记载呢？难道回避材料就能蒙混过关吗？

刘润为同志还说："宁府之焦大即本自曹云望之健仆陈良（焦为古陈邑，大与良通）。在平定姜壤之乱时，陈良发三矢歼三寇，此即焦大傲视主子、醉骂贾珍之资本。"在此刘润为同志不仅玩了一个十分不通的文字游戏，而且还将《红楼梦》中人物与现实生活中人对起号来。"焦为古陈邑"，倒与历史事实相符。但焦亦为春秋时晋邑，刘润为同志又当如何解释？众所周知，《红楼梦》中一些人物的取名，往往或谐音或寓意，断无以刘润为同志这种"麻花式"思维来取名的现象。至于"大与良通"，笔者倒是第一次听说。刘润为同志学识渊博，能否举几个"大与良通"的例子让我们长长见识？

实际上，将现实生活中人与《红楼梦》中的人物相对号，乃是对曹雪芹的《红楼梦》著作权持怀疑或否定态度者们的一大通病。只不过刘润为同志由于史料的谬误和论证问题的草率而导致在相互对号时出现的漏洞更为明显罢了。诸如在认定李氏为姨娘、曹頫为庶出的基础上将二人分别与赵姨娘、贾环对号；在认定顾氏为曹寅原配的前提下将之视为王夫人，在对曹渊经历几乎一无所知的情况下视之为贾宝玉；等等。这不仅违反了文学创作的基本规律，也是学术考证中极不可取的一种态度。

对大量脂批弃而不顾，仅将其中的某一句话断章取义，是刘润为同志文章的又一不妥之处。他说："曹渊假托'石兄'，演绎自己的半生际遇，……东鲁孔梅溪突出了警戒风月的主题，改题为《风月宝鉴》。这个本子也曾传到曹雪芹那里（脂砚斋云：'雪芹旧有《风月宝鉴》'）。曹雪芹正是根据《情僧录》、《风月宝鉴》，在脂砚斋的具体参与下进行再创作的。"从这段话中我们不难看出，刘润为同志是说，曹渊写成一部《情僧录》，后来孔梅溪又在此基础上改写成一部《风月宝鉴》。曹雪芹则又根据这两部书写成了《红楼梦》。这就为《红楼梦》找到了两个所谓的"原始本"。然而事实是否如此呢？我们的回答当然是否定的！而刘润为同志断章取义地引用的那半句脂批，其原文应该是："雪芹旧有《风月宝鉴》之书，乃其弟棠村序也。今棠村已逝，余睹新怀旧，故仍因之。"此脂批乃针对《红楼梦》正文中的"东鲁孔梅溪则题曰《风月宝鉴》"一语而发。从语气上来看，此批应出自孔梅溪之手，而大多数研究者都认为，此孔梅溪应与在甲戌本、庚辰本第十三回"三春去后诸芳尽，各自须寻各自门"句上写下朱笔眉批"不必看完，见此二句，即欲堕泪。梅溪"的"梅溪"为同一个人，此梅溪为曹雪芹的至亲好友。那么上引脂批既出梅溪之手，我们再仔细品味一下其含义，也就不难明白这句话的意思了。其意思是说：曹雪芹曾经撰有《风月宝鉴》一书，其弟棠村为这本书作了序。今棠村已然去世，我睹新怀旧，因而仍用《风月宝鉴》这个书名。刘润为同志之所以将《风月宝鉴》的著作权加到了孔梅溪身上，乃是因为他将"有"字理解成了"拥有"之意。试想曹雪芹不仅"工诗善画"，多才多艺，而且还创作了一部光耀千古的文学巨著《红楼梦》。如此伟人，又岂能拿着别人（孔梅溪）在《情僧录》基础上改写的《风月宝鉴》，去让自己的弟弟为之撰序呢，这于情于理都是讲不通的。

综观刘润为同志的文章，除上述诸谬误外，尚有以下几大自相矛盾之处：

其一，刘润为同志一方面利用曹雪芹亲友们的话来推测其生卒年，另一方面却又对他们有关曹雪芹乃曹寅之孙及《红楼梦》作者的记载弃而不顾，硬要毫无根据地猜断曹雪芹乃是丰润"曹渊的一个远房小弟"。

其二，既一口咬定曹雪芹必"出于丰润曹"，却又反复强调曹雪芹赶不上曹寅家的鼎盛时期。我们不禁要问，你既然认为曹雪芹不属曹寅一支而系丰润曹，那么曹寅家的盛衰与曹雪芹又有什么关系？莫非所谓的"丰润曹雪芹"也曾过继给曹寅为嗣吗？

其三，刘润为同志一方面再再强调《红楼梦》的"原始作者"必须具备"高度的文化艺术修养，非如此则不足以将这些特定体验升华为艺术创造"，曹渊"取得全面而深厚的文化艺术修养当是不成问题的"，并以此作为否定曹雪芹《红楼梦》著作权的重要依据之一，另一方面却又说曹渊所著"原书比较粗糙，不但没有章回目录，而且情节也比较简单"，曹雪芹"不但'纂成目录，分出章回'，而且删去了一些审美价值不高的芜杂内容，同时丰富、扩展了此书的审美内容，特别是关于女儿们的内容。不过，曹雪芹最为突出的美学贡献，在于改写了贾宝玉这个主人公。他不仅改写贾宝玉的嗣子身份，更为重要的是升华了贾宝玉的思想境界，由原书的'出世'与'入世'的矛盾体升华为弃绝仕途经济、具有朦胧民主思想的'新人'，从而在中国乃至世界文学史上矗立起一个不朽的艺术典型。而这，恰恰正是曹雪芹的伟大之处。"这就不能不令人感到奇怪：曹渊既然"具备高度的文化艺术修养"，又何以只写出一部"比较粗糙"的书来？又怎用得着别人再去改写？曹雪芹既无"高度的文化艺术修养"，又怎能去修改一个"具备高度的文化艺术修养"之人所撰的大作，且还"丰富、扩展了此书的审美内容"并"从而在中国乃至世界文学史上矗立起一个不朽的艺术典型"呢？刘润为同志这不等于是说，曹雪芹比曹渊所具备的"高度的文化艺术修养"还要高吗？既如此，那么曹雪芹岂不就具备了你所说的创作《红楼梦》的第三个必备条件了吗？

其四，刘润为同志一方面说曹雪芹"生来便陷入厄境，根本就没有'烟柳繁华'、'温柔富贵'的体验"，另一方面却又说曹雪芹"必定有过由贵而贱、由富而贫以及其他某些与曹渊相近的经历"。那么试问刘润为同志，你这不等于是说，曹雪芹也具备了创作《红楼梦》的第一和第二个必备条件了吗？

对于王家惠、刘润为二位同志的文章，杨向奎先生备极赞赏，并撰写了题为《关于〈红楼梦〉作者研究的新进展》一文，先后在《齐鲁学刊》1994年第1期和1994年3月9日《中国文化报》上发表，说什么"王家惠同志之找到曹渊即曹颜，说明两个曹家之合为一家的由来，是为寻找《红楼梦》作者，画了一条龙。""刘润为同志画龙点睛，指出曹渊即《石头记》的创始者，曹霑是增删者。曹霑是曹渊的丰润本家幼弟。"堂堂的历史学家，竟会赞赏这样的文章和观点，实令人大感惊诧！王家惠、刘润为二同志的文章，又算什么样的"龙"和"睛"，这又算什么"《红楼梦》作者研究的新进展"？倘若曹雪芹九泉有知，见了王家惠、刘润为、杨向奎三位的文章，定当以指书空，诧作咄咄怪事。

（原载《红楼梦学刊》1994年第4期）

脂批琐谈

崔川荣先生的《曹雪芹卒年被怀疑的原因——辩"前数月伊了疡"》①，利用现存的有关资料，对曹雪芹最后的行踪作了"次较完整的探讨"，以期对解决曹雪芹的"卒年问题有所帮助"。笔者拜读之后，获益良多，但又认为其中亦颇有值得商榷之处。现不揣简陋，仅就《原因》一文中所涉及的几个问题，提出自己的异见，以就教于崔川荣先生及各位方家。

一

曾经一度出现后又"迷失"的靖藏本不计在内，现已发现的脂本系统的《红楼梦》早期抄本共有11种，除郑藏本和舒序本之外，另外9种均附有数量不等的评语。由于其中许多评语对《红楼梦》及曹雪芹研究具有十分重要的资料价值，因而历来为学术界所重视。但我们要利用这些评语进行考证时，却不能不考虑到以下诸多问题：第一，现存9种附有评语的早期脂系抄本，既非曹雪芹的手稿本，亦非脂砚斋等人整理阅评的誊清录副本，而是别人过录或一再转抄的本子，过录者在抄写时难免出错，有些过录者在过录时有可能按照自己的好恶对文字有所取舍，甚至一时心血来潮随手写上几句评语，这也是导致各抄本之间出现文字差异的原因之一；第二，虽然有人将早期脂系抄本上的所有评语

---

① 《红楼梦学刊》1994年第4辑，以下简称《原因》。

统称为"脂评"或"脂批"，^①但实际上它们却并非出自脂砚斋一人之手，仅署名的评批者就有10人之多，据孙逊先生在《红楼梦脂评初探》一书中统计，有署名的评语计有：脂砚斋35条、畸笏叟55条、常村1条、梅溪1条、松斋2条、玉蓝坡1条、立松轩1条、鉴堂1条、绮园1条、左绵痴道人1条（"无署名，但从字迹看是他的"），^②且相对于大量的评语来说，有署名的评语实在是微乎其微，而凭现有的资料，想要解决大量无署名评语的归属问题，当是十分困难的；第三，《红楼梦》的创作过程相当漫长而又复杂，所谓"披阅十载，增删五次"，而脂砚斋、畸笏叟两大评家，又分别对此书阅评了五次，因而过录者所据底本不同，也会导致各抄本之间的文字差异；第四，古人著文一般不加句读，是以断句有误亦会对同一段话做出截然不同的解释^③；等等。因此，我们在以脂批尤其是无署名的批语进行论证时，如果忽略了上述几个问题，就有可能得出与实际完全不符的结论。崔川荣先生的《原因》一文，便在脂评的运用上出现了失误。庚辰本第二十七回有一则眉批云：

> 余读《葬花吟》凡三阅，其凄楚感慨，令人身世两忘，举笔再四，不能加批。先生想身（非）宝玉，何得而下笔？即字字双圈，料难遂颦儿之意。俟看过玉兄后文再批，噫嘻！客亦《石头记》化来之人，故掷笔以待。

甲戌本在此亦有一段侧批，二者文句略有差异，为行文方便，一并抄录

---

① 对于"脂评"的概念及其范围的划分，目前学术界尚有分歧：一、既云"脂评"，就应特指脂砚斋一人的评语；二、应指以脂砚斋、畸笏叟为代表的包括曹雪芹周围圈子里的一些人的评语；三、应该泛指脂本上的所有评语。

② 一般认为，脂砚斋、畸笏叟、棠村（常村）、梅溪、松斋等人，都与曹雪芹同时且为其至亲好友，他们不仅了解作者的家世生平，而且熟知甚至参与了《红楼梦》的创作过程，因而他们的评语具有极为重要的资料价值；立松轩与玉蓝坡虽与曹雪芹同时或稍后一些，但他们却不属于作者周围圈子之内的人；鉴堂、绮园、左绵痴道人，则明显属于较晚的评批者。

③ 如否定曹雪芹著作权的几个人，就曾将《红楼梦》第五回中的庚辰眉批"三十年前作书人在何处耶"释为"三十年前的作书人在何处耶"。

如下：

> 余读《葬花吟》至再至三四，其凄楚感慨，令人身世两忘，举笔再四，不能下批。有客曰："先生身非宝玉，何能下笔？即字字双圈，批词通仙，料难遂颦儿之意。俟看玉兄之后文再批。"噫唏，阻余者，想亦《石头记》来的，故停笔以待。

上引评语，均见于《红楼梦》第二十七回的结尾部分，而在第二十八回开篇伊始，庚辰本又出现了一条与上引评语相呼应的眉批，现抄录如下：

> 不言炼句炼字辞藻工拙，只想景想情（想）事想理，反复推求悲感，乃玉兄一生之天性。真颦儿之知己，玉兄外实无一人。想昨阻批葬花吟之客，嫡是宝玉之化身无移（疑），余几作点金成铁之人。幸甚幸甚。

甲戌本亦有此眉批，文句小有出入：

> 不言炼句炼字词藻工拙，只想景想情想事想理，反复追求悲伤感慨，乃玉兄一生天性，真颦儿不知己，则实无再有者。昨阻余批《葬花吟》之客，嫡是玉兄之化身无疑，余几点金成钱（铁）之人。笨甚笨甚。

上引评语，既无署名亦无系年，二者文句略有出入，想亦转抄过录时讹误所致。但在此必须注意一点，它们并非庚辰本所独有，而是甲戌本、庚辰本二者共有，若忽略了这一问题，就会得出有违事实的推论。崔川荣先生的《原因》一文，恰恰在这一问题上出现了失误。他因见庚辰本第二十八回中有几条署有"壬午九月"、"壬午重阳"系年的评语，便错误地得出了如下结论：

> 畸笏在二十八回一开头所作的眉批可能作于"壬午重阳"（九月九日）或

九月八日。将此日期逆推一天是九月八日和九月七日。这就是说九月九日或九月八日，畸笏所说的"昨阻批《葬花吟》之客"来到他的住所即指九月八日或九月七日。

熟悉曹家史料的人都知道，曹寅生于顺治十五年（一六五八年）九月七日，卒于康熙五十一年（一七一二年）七月二十三日。若从卒年始算至壬午年（一七六二）正好是五十周年，九月七日又恰好是诞辰纪念日。因此，假如上述分析无误，那么此客来到畸笏的住所很可能有过这一类活动，具体日期应该是九月七日。

在祖先去世五十周年的忌日，亲朋相聚为之举办诞辰纪念活动，以理揣度料或有之，但崔川荣先生在此却忽略了一个问题：虽然学术界对甲戌本的抄录时间存在着分歧，有人认为它是"海内最古老的《石头记》抄本"，有人则认为"此本抄录的时间是比较晚的"。但其据以过录的祖本，却是"脂砚斋甲戌抄阅再评"本，而上引评语又为甲戌本、庚辰本所共有，这就难以排除脂砚斋在甲戌前初评或甲戌再评时就已写下这则评语的可能性。果如此，那么崔川荣先生的上述推论也就站不住脚了。试想六七年以后方才发生的事情、写下的评语，怎会在六七年前就已记录下来了呢？这无论如何也是说不通的。也许崔川荣先生会说，现存甲戌本抄录的时间较晚，它将庚辰本中的评语也抄录了过来。然而我们不禁要问，这样说又有何凭何据呢？

为了证明自己所言不谬，崔川荣先生又进一步推论说：

查庚辰本二十八回，在"我先喝一大海"句上有眉批云："大海饮酒，西堂产九台灵芝日也。批书至此，宁不悲乎！壬午重阳。"

再查甲戌本二十八回，在"连罚十大海，逐出席外"旁有批语云："谁曾见过？叹叹，西堂故事。"

　　这两条批语，似可佐证"有客"来到畸笏住所举行过如上活动。否则，不太可能左一个"西堂"，右一个"西堂"地接连下此批语。

　　上引庚辰本第二十八回的这则眉批，仅见于庚辰本而不见于甲戌本，又因后有"壬午重阳日"系年，故而可断定为壬午九月九日所书无疑。但甲戌本的这则侧批，却既无署名又无系年，而且为甲戌本所独有。既如此，就更有可能在脂砚斋甲戌前初评或"抄阅再评"时就已写下了这条评语。崔川荣先生所谓"左一个'西堂'，右一个'西堂'地接连下此批语"云云，不仅在毫无根据的情况下将上引不同抄本上的两条评语算到了同一个人的头上，而且还把间隔了六七年之久分别写下的两条评语算作了同一天。此外，因《红楼梦》中第二十八回写到了"西堂故事"，所以熟悉曹雪芹家世生平的亲友在此写下此等评语，亦属情理中事。但在不能确定它们同时且同出一人之手的情况下，是谈不到什么"左一个'西堂'右一个'西堂'"的。

二

　　崔川荣先生之所以进行上述推论，是为了进一步论证上引脂评中的"这位'有客'，亦即'昨阻批《葬花吟》之客'是不是曹雪芹"的问题。对此他做了肯定的回答："从时间上来看，'有客'即曹雪芹极有可能。""二十七回眉批所说的'客亦《石头记》化来之人'；二十八回眉批所说'想昨阻批《葬花吟》之客，嫡是宝玉之化身无疑'即指曹雪芹不言自明。""二十七回（甲戌本、庚辰本均有此批，略异）上还有一条眉批：'开生而、立新场，是书多多矣。惟此回处更生更新，非颦儿无是佳吟，非玉兄断无是情聆。难为了作者了。故留数字以慰之'。这里，畸笏所说的'作者'即指曹雪芹。所言内容，与笔者先前引录的二十七回眉批和二十八回眉批正好吻合。因此，我们说'有客'即曹雪芹确实是不错的。正因为'有客'即曹雪芹，他曾于九月七日阻批过《葬花吟》，畸笏才会写出'难为了作者了，故留数字以慰之'的批语来。前一句是表示谢意，否则畸笏就会变为'点金成铁之人'；后一句则是一位长者对曹雪芹著书甚苦的一种鼓励或者说是一种安慰。"

笔者前面已然指出，前引《红楼梦》第二十七回"余读《葬花吟》"及第二十八回"不言炼字炼句"两条评语，既无署名又无系年，且为甲戌本与庚辰本所共有。这就排除不了写于甲戌或者甲戌前的可能性。崔川荣先生将之视为壬午九月出于畸笏之手，本就有点失之草率，现在却又在此基础上进一步得出这两则评语中所云之"客"是曹雪芹的结论。为行文方便，我们不妨先结合书中的具体描写，对这两则评语作一番综合考察：

首先，"余读《葬花吟》"一批，乃在第二十七回结束处，评批者所评乃是林黛玉的《葬花吟》，然"举笔再四，不能加批"，"有客曰：'……俟看玉兄之后文再批'"，评批者遂"停笔以待"。从语意来看，此评批者当时手中只有二十七回以前的文字，而二十八回尚未到手，否则不会"俟看"、"以待"。

其次，"不言炼字炼句"一段评语，又恰在第二十八回的开篇处，且与上引第二十七回这则评语相呼应，证明此二评同出一人之手。而从其中的"昨阻批《葬花吟》之客"一语来看，此评批者在"停笔以待"的次日即拿到了第二十八回甚至二十八回以后的部分，这又证明作者曹雪芹与此评批者相距不远。

第三，此评批者既然未曾拿到《红楼梦》的全部书稿或者前八十回书稿，而是一部分一部分地拿来评批，证明评批者写此二条评语时，《红楼梦》尚处于创作过程之中，这创作过程当然是指曹雪芹的"披阅十载，增删五次"。这也从而反证了此二评写于早期，且很有可能写于甲戌前初评时或者甲戌再评时。

第四，此二评既无署名亦无系年，很难解决其归属问题。但有一点却可以肯定，此评批者既在《红楼梦》的创作过程中就开始了评批，便必定是曹雪芹的至亲好友之一。若此二评果真写于甲戌前或甲戌再评时，则其出于脂砚斋之手的可能性更大，因为在丙子年之前，最主要的评批者是脂砚斋。当然，也不排除它们出于畸笏、松斋、梅溪、棠（常）村甚至其他人之手的可能性。但在目前尚无可靠依据的前提下，愚以为还是暂且存疑为是。

第五，由此二批中所云之"客"所说的话来看，此客当为曹雪芹周围圈子里的亲朋之一，且对《红楼梦》的内容亦十分熟悉。但可以肯定地说，无论此二评出自脂砚斋之手或畸笏叟之手甚至梅溪等人之手，其中之"客"也绝对不会是曹雪芹，"先生身非宝玉……俟看玉兄之后文再批"云云，乃是一句双关语，表面看来似是在说："你又不是贾宝玉，如何知道他听了《葬花吟》后作何感想？……还是等看了宝玉究竟如何再批罢！"但言外之意却是在说："你又不是作者，怎知道作者是如何写的？……还是等看了作者的后文再评批罢！"此等话，除作者外任何人都可以说，但唯独作者自己却不能说。由他人口中出之，此言含有对作者及其作品的钦敬之意，但若作者自己说出此等话来，则就难免骄狂自大及故弄玄虚之嫌，且对评批者亦显得大不恭敬。

第六，第二十八回"不言炼句炼字"一段评，乃是针对此回中下面一段文字而发的：

> 不想宝玉在山坡上听见，先不过点头感叹；次后听到"侬今葬花人笑痴，他年葬侬知是谁"，"一朝春尽红颜老，花落人亡两不知"等句，不觉恸倒在山坡之上，怀里兜的落花撒了一地。试想林黛玉的花颜月貌，将来亦到无可寻觅之时，宁不心碎肠断！既黛玉终归无可寻觅之时，推之于他人，如宝钗、香菱、袭人等，亦可到无可寻觅之时矣。宝钗等终归无可寻觅之时，则自己又安在哉？且自身尚不知何在何往，则斯处、斯园、斯花、斯柳，又不知当谁属矣！——因此一而二，二而三，反复推求了去，真不知此时此际欲为何等蠢物，杳无所知，逃大造，出尘网，使可解释这段悲伤。

小说中的这段文字，确为出人意表之至文，不仅符合贾宝玉的人物性格，而且还充满人生、自然的深刻哲理。"不言炼句炼字"一段评，与其说是赞宝玉，倒不如说是在赞曹雪芹及其妙文。而且前"客"之所云"先生身非宝玉"一段话，亦满含着对雪芹定能写出妙文的信任，说明他对曹雪芹相当了解。

现在，我们不妨回过头来，向崔川荣先生提几个问题：(1) 凭何断定此二评出自畸笏而非他人之手？又安知此二评不是写于甲戌或甲戌之前？（2）按照《原因》所言，"畸笏即曹頫化名"，而"曹雪芹当是曹頫之子"，那么试问，父子之间，有这样说话的吗？作为儿子，能对自己的父亲卖关子且骄狂自大吗？莫说父辈，就算平辈的兄弟朋友，恐怕亦不能容忍。（3）再依《原因》所言，"客即曹雪芹，评批者即畸笏亦即曹頫"，头一天雪芹还在卖关子，"俟看过玉兄后文再批"，而畸笏也"掷笔以待"，第二天便拿到了第二十八回，那么请问：当时曹雪芹是将这一部分带在身上呢，还是跑回西山住所去取的？若带着，则断无让畸笏"掷笔以待"之理，若回去取，又无如此神速。难道是放在别处或者当晚赶写出来的吗？然而又有什么证据呢？

实际上，崔川荣先生之所以断定"客"即雪芹，乃是误解了"客亦《石头记》化来之人"、"嫡是宝玉之化身无疑"二语，且将"贾宝玉的化身或原形"与曹雪芹等同起来所致。众所周知，文学中的人物形象是有生活原型的，但这原型可以是一个人、几个人甚至十几个人，即鲁迅先生所谓"杂取种种人"是也。若将生活中人与文学人物等同起来并以之作为论据，则必然得出一个令人啼笑皆非的结论。而所谓"客亦《石头记》化来之人"云云，并不是说此"客"即贾宝玉即曹雪芹，而是称赞此人乃是作者的知音，亦是类似于《石头记》中"或情或痴"的所谓性情中人。

至于第二十七回中的"开生面、立新场"一段评语，因庚辰眉批署有"畸笏"二字，因而其出畸笏之手当毋庸置疑。《原因》所谓此处"畸笏所说的'作者'即指曹雪芹"也十分正确。问题在于这则评语是否像崔川荣先生所言与"二十七回眉批和二十八回眉批正好吻合"呢？笔者认为，它们其实并不吻合，相同之处不过都是在评黛玉的《葬花吟》与宝玉听它时的感受而已。众所周知，此处尤其是《葬花吟》乃是《红楼梦》中最为脍炙人口的妙文之一，而妙词佳句给人的美好感受又是大致相似的（个别人除外），因此，不同的评批者在不同时期或同时写下对同一篇妙文的感受，谅也不会有多大差异。在此还必须提醒崔川荣先生注意：你只注意到了这则评语的相似之处，却忽略了它们之间所存在的矛盾。倘若这几则评语均出自畸笏叟之手，那么他既写了"开生面、立新场"这一大段评语，怎么转眼间却又说出"举笔再四，不能加批"的话来呢？这是否亦可反证这几则评语并非出自一人之手呢？至若"难为了作者了"一语亦不难理解，亦即评者赞叹"难为作者写出这么好的小说来"，因而才写几句评语以勉励他，而决不像《原因》所说"是表示谢意"。

<h2 style="text-align:center">三</h2>

庚辰本第二十一回回前有一大段评语，为行文方便，现摘录如下：

> 有客题《红楼梦》一律，失其姓氏，惟见其诗意骇警，故录于斯："自执金矛又执戈，自相戕戮自张罗。茜纱公子情无限，脂砚先生恨几多。是幻是真空历过，闲风闲月枉吟哦。情机转得情天破，情不情兮奈我何？"凡是书题者不可（少），此为绝调。诗句警拔，且深知拟书底里，惜乎失石（名），恨矣。按此回之文固妙……①

《原因》一文也摘录了这一段评语，并十分肯定地下断语说：

> 以上批语中所说的"有客"，与二十七回眉批中所说的"有客"，二十八回眉批中所说的"昨阻批《葬花吟》之客"当指一人，即曹雪芹本人。正因为是曹雪芹本人，畸笏一方面称赞说："此为绝调"、"诗意骇警"、"诗句警拔"，一方面又几次三番地为曹雪芹打掩护，说什么"失其姓氏"、"惜乎失名"。试想全诗都能录出，怎么连二三个字的姓名都记不起来？这不是有意隐瞒又是什么？不妨再问一句，"深知拟书底里"的人除了畸笏、脂砚斋还会有谁？须知，若是畸笏所作，不可能说"情不情兮奈我何？"根据脂批透露，"情不情"是对贾宝玉的最后评语，畸笏根本套不上去。若是脂砚斋所作，那他怎么会自己说："脂砚先生恨几多？"总之，笔者认为："有客

---

① 即使脂砚斋在甲戌前初评或甲戌再评时，评批者亦非只脂砚斋一人。后同，不再另注。

题《红楼梦》一律"中的"有客"即指曹雪芹本人，"《红楼梦》一律"应
该是曹雪芹的一首佚诗……

　　某一脂本评批者见个"西"字便欲"堕泪"，崔川荣先生则是见个"客"
字便要将之视为同一人。笔者前面已然作过辩驳，认为第二十七回中的"有
客"与二十八回中的"昨阻批《葬花吟》之客"虽是同一个人，但却绝对不
会是曹雪芹。那么，此批中的"有客"是否与前二批中的"客"为同一人且
"即曹雪芹"呢？回答当然是否定的。崔川荣先生的"'《红楼梦》一律'应
该是曹雪芹的一首佚诗"云云，自也是毫无根据的猜测之言，此其一。此回
前批既无署名又无系年，很难判定其归属问题，《原因》却又在毫无根据的
情况下，将之算到了畸笏叟头上。愚以为，从其中的"有客题《红楼梦》一
律"一语可知，此批出自脂砚斋、畸笏叟等早期评批者之手的可能性极小，
因为他们都惯以《石头记》相称，题名《红楼梦》，与他们的评语不太相符，
此其二。从"凡是书题者不可（少）"一语及以《红楼梦》为书名来看，写
此批时起码《红楼梦》的手抄本已在一定的范围内流传开来。也许庚辰本的
过录者或者己卯本的过录者在哪个抄本上见到此诗后转录下来亦未可知，
可惜己卯本此回缺佚，无从对照。但无论如何，此批不会是早期批语，此其
三。评语中谓失题诗者的姓氏，当为实言。若有人题诗后却不署名，录诗者
当然会"全诗都能录出"而"连二三个字的姓名都记不起来！"《原因》所谓
"有意隐瞒"云云，实与痴人说梦无异。试想就连曹雪芹自己都在小说中直
书"后因曹雪芹于悼红轩中披阅十载，增删五次，纂成目录，分出章回"，畸
笏叟又为他隐瞒什么？且在现存的评语之中，又多处出现"雪芹"、"芹溪"
等，即畸笏批语中亦有"因命芹溪删去"等语，别处不隐瞒，此处又何必
"为曹雪芹打掩护"？此其四。退一步说，就算"《红楼梦》一律"写于早
期，"深知拟书底里"之人也并非只有畸笏、脂砚斋，其他诸如梅溪、松斋等
等，难道就不知"拟书底里"吗？在此必须强调一点，这首律诗早于此批，
但究竟早多长时间，在无证据的情况下，笔者却不敢乱下断语，此其五；崔
川荣先生所谓"畸笏根本套不上去"云云，却又是在将现实生活中人与小说

中的人物乱画等号，如此不仅有违文学创作的基本规律，而且对考证工作也有害无利，此其六。要而言之，二十七回中所说的"有客"、二十八回中所说的"昨阻批《葬花吟》之客"与二十一回中的"有客"决非同一个人，而此"客"与彼"客"自然都不会是曹雪芹。

（原载《红楼梦学刊》1995年第4期，笔名鲁东武）

以"索隐"手法弹奏的"自传说"老调
——评刘心武先生的《红楼梦》"揭秘"

著名作家刘心武先生阐释《红楼梦》的系列著作《画梁春尽落香尘》、《红楼望月》，尤其是他在中央电视台十频道《百家讲坛》栏目所作的系列讲座，以及据此而整理的《刘心武揭秘〈红楼梦〉》，在社会上引起了极大的反响。近一个时期以来，笔者屡屡收到各种各样的电话，甚至回老家时，连一些文化水平很低的工人、农民，也都关心这个话题。对于他们的提问，我总是笑而不答，并婉言谢绝了一些记者的电话采访。然而，当我抵挡不住勉强接受了《艺术评论》记者的采访后，居然引起了"轩然大波"。事已至此，已成箭在弦上之势，不得不发。但若对刘心武先生的观点一一进行辩驳，必定会写出厚厚的一部书来。因无此闲暇，在此仅就以下几个问题，略陈管见。不妥之处，还望方家批评指正。

一、谈谈《红楼梦》早期抄本上的评语问题

如果不将曾经一度出现后又"迷失无稿"的靖藏本计算在内，现已发现的脂本系统的《红楼梦》早期抄本，共有11种。其中除舒序本和郑藏本之外，其他9种抄本均附有数量不等的评语。目前，学术界对于"脂评"的概念及其范围的划分，大致有以下三种看法：（1）所谓"脂评"，应该特指脂砚斋一人的评语；（2）应该泛指脂本上的所有评语；（3）应指以脂砚斋为代表，包括作者周围圈子里的一些人的评语。观点虽然存在分歧，但绝大多数人都倾向于第三种看法，笔者也认为此说较为合理。然而，这个问题又比较复杂。关于此点，笔者曾经写过两篇文章：一为《脂本评者研究综述》，发表于《红楼梦学刊》1991

年第3辑，署名逍海；一为《脂批琐谈》，发表于《红楼梦学刊》1995年第4辑，署名鲁东武。在这两篇小文中，笔者在总结学界研究成果的基础上，都曾经明确指出：第一，现存9种附有评语的早期脂系抄本，既非曹雪芹的手稿，亦非脂砚斋等人整理阅评的誊清录副本，而是别人过录或一再转抄的本子，过录者在抄写时难免出错，有些过录者在过录时还有可能按照自己的好恶对文字有所取舍，甚至一时心血来潮随手写上几条评语，这也是导致各抄本之间出现文字差异的原因之一；第二，虽然有人将早期脂系抄本上的所有评语统称为"脂评"或"脂批"，但实际上它们却并非出自脂砚斋一人之手，仅署名的评批者就有十人之多，但相对于大量的评语来说，有署名的评语实在微乎其微，而仅凭现有的资料，要想解决大量无署名评语的归属问题，当是十分困难的；第三，《红楼梦》的创作过程相当漫长而又复杂，所谓"披阅十载，增删五次"，而脂砚斋、畸笏叟两大评家，又分别对此书阅评了五次，因而过录者所据底本不同，也会导致各抄本之间的文字差异；第四，古人著文一般不加句读，是以断句有误亦会对同一段话做出截然不同的解释；等等。因此，我们在以脂批尤其是无署名的批语为据进行论证时，如果忽略了上述几个问题，就有可能得出与实际完全不符的结论。刘心武先生有关《红楼梦》的系列著作及在中央电视台"百家讲坛"的系列讲座，便在脂评的使用上出现了诸多的失误。兹据有关史料，先就这一问题与刘心武先生商榷。

首先，关于脂砚斋是男是女以及他与畸笏叟是同一个人还是两个人的问题。目前，学术界绝大多数人都认为，脂砚斋与畸笏叟不是同一个人。而吴世昌先生和周汝昌先生却力主"一人说"。吴世昌先生认为，脂砚斋和畸笏叟是同一个人，其真实身份是曹雪芹的叔父曹硕。周汝昌先生的观点则更为奇特，他不仅认为脂砚斋是女性，是小说中史湘云的原型，亦即曹雪芹的续弦妻子，而且还认为脂砚斋和畸笏叟是同一个人。对此，俞平伯先生在《脂砚斋红楼梦辑评》一书的《引言》中曾反驳说：脂砚斋与畸笏叟，"他两个究竟是什么人，异说纷纭。脂砚斋有说雪芹的叔叔；有说为同族亲属嫡堂兄弟，后又改说为曹雪芹；更有人说即书中人史湘云。畸笏有人疑为即脂砚的另一个新别号。畸笏亦作畸笏叟，脂砚斋既为史湘云了，如何又是畸笏叟呢？史湘云自称'叟'吗？这非常奇怪的"。在这个问题上，刘心武先生几乎全盘接受了周汝昌先生的观点，不仅把许多应该归属于畸笏叟的评语，全部说成了脂砚斋的批语，动辄便说脂砚斋如何如何，而且还说，脂砚斋自称"老朽"，是"因为这个时间，他们十年辛苦不寻常，年纪也都大了，所以那个时候脂砚斋可能和曹雪芹一起来很辛苦搞这个书，经过十年了，她就说自己'老朽'，也有幽默的意思"。这话说得太过勉强！一个30多岁的妇女，自称"朽物"、"老朽"，居然还"有幽默的意思"，那么自称"叟"，也就是俗语所说的"老头子"，难道也"有幽默的意思"吗？为了证明脂砚斋就是女性，就是曹雪芹的妻子，刘心武先生在解释"脂砚先生恨几多"这句诗中的"先生"一词时还说："在过去，女性称先生是很正常的，一个是自嘲，一个有时候是为了不暴露自己的性别，更有时候是为了互相尊重。比如说，有一个很了不起的女作家在世的时候，我经常去拜访她，就是冰心，我称冰心就是称她冰心先生，我不称女士的，这个是很自然的。对一个女士称先生，这不意味着她就是一个男性。"这话也说得十分勉强！在"五四"新文化运动之后，人们对于一些德高望重的知识女性，确实是以"先生"相称的。但在曹雪芹的那个时代，恐怕女性还没有这种"荣耀"。退一步说，就算一个30多岁的妇女为了"幽默"或"自嘲"，可以称"叟"称"老朽"称"先生"，那么就在刘心武先生屡屡引用的这条批语中，还有"因命芹溪删去"一语。倘若脂砚斋果真是曹雪芹的妻子，作为那个时代的一个有教养的妇女，可能"命令"自己的丈夫干什么事吗？实际上，"秦可卿淫丧天香楼，作者用史笔也。老朽因有魂托凤姐贾家后事二件，嫡是安富尊荣坐享人能想得到处。其事虽未漏，其言其意则令人感服，姑赦之，因命芹溪删去"这条批语，应该出自畸笏叟之手。目前，学术界虽然也未弄清楚畸笏叟的真实身份，但一般认为，在批语中称"畸笏"、"畸笏老人"、"老朽"、"朽物"等化名的，都是畸笏叟。从他的批语的语气来看，他不仅与曹雪芹关系密切，而且还应该是曹雪芹的长辈。

其次，与以上问题相联系，现存《红楼梦》早期抄本上的评语，其作者的成分十分复杂。除脂砚斋、畸笏叟这两大评家外，署名者尚有棠村、梅溪、松斋、立松轩、玉蓝坡、绮园、鉴堂、左绵痴道人等。一般认为，绮园、鉴堂、左绵痴道人这三个人，明显属于较晚的评者；立松轩和玉蓝坡，虽然与曹雪芹同时或稍后一些，但他们与曹雪芹却并无任何关系；脂砚斋、畸笏叟、棠村、梅溪、松斋五人，则都是曹雪芹的至亲好友。甚至一些评语的作者，他们之间竟互不相识。如第十四回针对"凤姐即命彩明钉造簿册"一语，甲戌本、庚辰本均有眉批云："宁府如此大家，阿凤如此身分，岂有使贴身丫头与家里男人答话交事之理？此作者忽略之处。"针对这条批语，庚辰本又有眉批云："彩明系未冠小童，阿凤便于出入使令者。老兄并未前后看明，是男是女，乱加批驳，可笑。"再如第三回写黛玉到王夫人处拜访时，甲戌本有侧批云："此不过略述荣府家常之礼数，特使黛玉一识阶级座次耳，余则繁。"而针对这条批语，却另有侧批云："写黛玉心到眼到，伧夫但云为贾府叙坐位，岂不可笑？"等等。因此，在使用这些批语时，必须谨慎小心。但刘心武先生不仅把脂砚斋与畸笏叟当成了同一个人，而且不管什么人的批语，只要对自己有利，便不加鉴别地随便使用。例如刘心武先生特别看重并一再引用的"茜纱公子情无限，脂砚先生恨几多"一诗，本在庚辰本第二十一回回前的一大段评语中。为行文方便，兹节录如下：

> 有客题《红楼梦》一律，失其姓氏。唯见其诗意骇警，故录于斯："自执金矛又执戈，自相戕戮自张罗。茜纱公子情无限，脂砚先生恨几多。是幻是真空历过，闲风闲月枉吟哦。情机转得情天破，情不情兮奈我何。"凡是书题者不可（少），此为绝调。……

上引评语中的这首七律，刘心武先生在讲座中是把它当成了脂砚斋的东西。果真如此，那么这段评语又是出自何人之手呢？因为评语中说得很明白："有客题《红楼梦》一律，失其姓氏。唯见其诗意骇警，故录于斯。"这就是说，如果这段评语出自脂砚斋之手，那么这首律诗便不是他创作的。如果承认这首律诗是脂砚斋写的，那么这段评语就不会出自脂砚斋之手。自己称自己是"客"，还居然"失其姓氏"！如果这段评语和这首律诗同出一人之手，他故弄这种玄虚干什么？愚以为，无论如何，这首律诗绝非脂砚斋所作。因为就算他是一位女性，并且还是曹雪芹的妻子，他很"幽默"或善于"自嘲"，但总不会无耻到自称"先生"的地步吧？

第三，刘心武先生一方面十分看重《红楼梦》早期抄本中的评语，另一方面却又对这些评语中所说的不利于支撑自己论点的话视而不见，非要依自己的先入之见加以索解。比如庚辰本第二十回有眉批云："……余只见有一次誊清时，与狱神庙慰宝玉等五六稿，被借阅者迷失，叹叹！丁亥夏，畸笏叟。"刘心武先生在引用这段评语时，不仅无视"畸笏叟"的署名，将之归属于脂砚斋，而且还借题发挥说："我现在跟着她叹，多想看啊！这借阅者是什么借阅者啊？这么缺德啊！是不是啊？不但毁了当时曹雪芹的著作，也使咱们失去了这种眼福。当然也有红学家考证，这不是一般的借阅者，实际上当时曹雪芹写作可能已经被盯上了，在清乾隆时期的文字狱是非常厉害的。"这一番话，又是在强作解人！乾隆时期的文字狱就有那么厉害？一部尚未完成的小说，又有谁会去盯？在人类文化史上，丢失书稿的事并非一例两例，其原因也是多种多样的。比如俞平伯先生的《红楼梦辨》就曾失而复得，当代作家高建雄先生的《最后一个匈奴》的书稿也曾经被朋友弄丢。刘心武先生以及那位得出这一考证结果的红学家，肯定是阶级斗争的弦绷得太紧了！再如刘心武先生十分看重的"秦可卿淫丧天香楼，作者用史笔也"这条批语，其中明明说是之所以命曹雪芹删去了这段文字，乃是"因有魂托凤姐贾家后事二件"，但刘心武先生却又不相信评者的话，牵强附会地阐释说："那么，第十三回里被删去的，究竟是些什么内容呢？一般人都猜测，一定写的是贾珍和秦可卿两个人的恋情，两人在天香楼上做爱，一定写这个，我也认为会有这个内容，但仅仅是这个内容吗？我觉得肯定不止这个内容。如果只是这个内容的话，曹雪芹不至于把它删掉，不至于脂砚斋给他一出主意，就把这个删了，不可能。因为在《红楼梦》里面，有时候根据情节的需要，根据塑造人物的需要，他也写一些情色场面，写得也挺露骨的，比如贾琏和多姑娘偷情，那段文字脂砚斋就没提议删去，他来回地整理书稿，都没有删。因此，可以判断删去的'四五页'当中，既有贾珍和秦可卿两个人的恋情，还有必须删掉的政治性内容。"

评语中没有说的东西，刘心武先生却硬生生地给"挖"了出来。那么，你究竟相信不相信你所谓的"脂砚斋"呢？"她"说了什么对你有利的话，你就当成"铁证"、"硬证"使用；"她"说得清清楚楚明明白白的话，只要对你的观点不利，你又大肆发挥加以引申，难道对同样的材料能够如此任意取舍吗？

实际上，《红楼梦》早期抄本以及其中的那些评语，情况都是很复杂的。若不加鉴别地随意使用，当然就不能得出一个令人信服的结论来。

二、警幻仙姑与秦可卿是什么关系？

宁国府中的秦可卿与太虚幻境中"乳名兼美字可卿者"是不是同一个人的问题，多年来一直令笔者感到困惑。读了刘心武先生有关《红楼梦》的系列著作后，旧的问题没有解决，却又产生了新的困惑。兹就这个问题，再与刘心武先生作一番辨析。

笔者初次读《红楼梦》的时候，只看出宁国府中的秦可卿，是贾蓉的媳妇，贾珍的儿媳妇，主人公贾宝玉的侄媳妇，是贾母认可的"重孙媳妇中第一个得意之人"。只知道她曾将贾宝玉安置在自己卧室中午休，贾宝玉因而作了一个怪梦。当时因未曾读过任何红学论著，也不知道"情天情海幻情深"这首判词及"红楼梦十二支"中的《好事终》一曲是指秦可卿。直到读到警幻仙姑将"乳名兼美字可卿"的妹妹"许配"给贾宝玉时，才产生了困惑：那位"鲜艳妩媚，有似乎宝钗，风流袅娜，则又如黛玉"的可卿仙子，与宁国府的秦可卿，究竟是不是同一个人？后来看了一些有关这一问题的红学论著，依然没有解决这个问题。而在刘心武先生的《刘心武揭秘〈红楼梦〉》中，则明显是将这两个可卿当成了同一个人。刘心武先生说："这个警幻仙姑身份很高，她高于宁、荣二公，宁、荣二公见了她，是要苦苦地求她做好事的。这本来倒也无所谓，但是这个梦境写来写去写到最后，我们就发现，闹半天，秦可卿是警幻仙姑的妹妹。警幻仙姑她怎么引导贾宝玉走正路呢？她就是说，我先把声色之娱让你享受够了，让你懂得这些也无非如此而已，希望你享受够了以后就能幡然悔悟，觉得我还是去谋取仕途经济罢了，企图让贾宝玉形成这么一个思维逻辑。在这个过程当中，为了让贾宝玉享受性爱，就把自己的妹妹可卿介绍给贾宝玉，所以秦可卿既是警幻仙姑的妹妹，又是贾宝玉的性启蒙者。你说，秦可卿她这种身份，难道不是高于贾府吗？对不对？如果是一个养生堂抱来的弃婴，是一个宦囊羞涩的小官僚养大的女子，她怎么能够出任这种角色呢？不可能的。但是《红楼梦》文本就是这么来写的。这又是一个证据，证明秦可卿身份非同小可。"在此，刘心武先生虽然没有对宁国府中的秦可卿与太虚幻境中的可卿仙子是不是同一个人的问题展开充分论证，但话却说得非常肯定：警幻仙姑的妹妹"乳名兼美字可卿者"，与宁国府的秦可卿就是同一个人。

那么，警幻仙姑又是什么人呢？小说中也写得非常清楚：她是"司人间之风情月债，掌尘世之女怨男痴"的神仙。不仅能在梦境中招待贾宝玉，而且还能见到宁、荣二公的阴灵。在刘心武先生有关《红楼梦》的系列著作中，不但没有否定警幻仙姑是个神仙，而且还说得十分肯定："有关警幻仙姑的文字我在这儿不细重复，你自己可以回去翻来看，这不但是一个仙界的人物，而且警幻仙姑和宁国府、荣国府还有很深的关系，不是和现在活着的人有关系，人家是和两府的老祖宗有关系。"如此一来，问题就凸显出来了：若认定警幻仙姑是神仙，那么她的妹妹可卿也应该是神仙；若说秦可卿是公主，那么她的姐姐警幻仙姑也必然是公主。若说警幻仙姑是公主，可她怎么能跟宁、荣二公的阴灵相会？这岂不是活见鬼了？若说秦可卿是神仙？那她为什么还会自杀？神仙不都是长生不老的吗？秦可卿既是神仙警幻仙姑的妹妹，她理所当然也就是神仙了。一个神仙，其身份岂止"高于贾府"，而且还远远高于皇帝呢！既如此，刘心武先生要寻找所谓秦可卿的"原型"，就应该首先到太虚幻境中去找，而不"应该到康熙、雍正、乾隆三朝的皇族里面去寻觅"。刘心武先生在认定了警幻仙姑与秦可卿的姐妹关系后，却又在没有论证警幻仙姑究竟是不是公主的前提下，一再强调秦可卿是废太子允礽的女儿、弘皙的妹妹。如此顾此失彼，又怎能自圆其说呢？

刘心武先生一方面对幻境和现实缠夹不清，一方面却又为了论证秦可卿出身于皇族，结果就把她的神仙姐姐警幻仙姑弃而不论，而一味猜索论证了下去。那么，他对秦可卿出身的论证是否合理呢？我们的回答是，依然破绽百出，"无立足境"！下面略举数例，以见余言之不诬。

在《刘心武揭秘〈红楼梦〉》之第五讲《秦可卿生存之谜》中，刘心武先生论证说："贾母就是认为秦可卿'乃重孙媳妇中第一个得意之人'。在一个封建大家庭，以贾母这样的身份，来对她的儿媳妇、孙媳妇、重孙媳妇做出判断，她认为妥当，她认为得意的第一要素是什么，就是血统，就是门当户对，就是家庭背景好。"对此我们不禁要问，难道只有"血统"、"门当户对"或"家庭背景好"这些外在因素，才能让贾母这位贾府的老太君觉得"得意"？书中哪一处是这样写的？相反，贾母恰恰是不重门第而重人品的，这在小说中就能找到内证！《红楼梦》第二十九回，当张道士夸赞贾宝玉并提出要为他提亲时，贾母断然回答道："上回有和尚说了，这孩子命里不该早娶，等再大一大儿再定罢。你可如今打听着，不管他根基富贵，只要模样儿配的上就好，来告诉我。便是那家子穷，不过给他几两银子罢了。只是模样性格儿难得好的。"看她说得有多清楚！本来，她所注重的，就是"模样性格儿"好的，而不是什么"血统"、"门第"或"家庭背景"！其实，在《红楼梦》中，贾母认为秦可卿"乃重孙媳妇中第一个得意之人"的理由也说得非常清楚，因为贾母"素知秦氏是个极妥当的人，生得袅娜纤巧，行事又温柔和平"，所以才对她感到称心。在这里，"得意"一词就是"称心、满意"的意思。贾母所看重的，依然是她的模样与性格！刘心武先生不仅对书中的这些内证视而不见，而且还继续发挥引申说："在故事开始到这个阶段的时候，整个宁、荣两府只有一个重孙娶了媳妇，就是贾蓉娶了个秦可卿，本来是没有可对比的，是不是？可是贾母就等于有一个预言，就是以后贾琏你也生了一个儿子，也娶了一个媳妇，我现在都不用动脑筋，肯定比不了秦可卿；或者你贾宝玉今后也有一个儿子，也娶媳妇，或者贾环也有儿子，也娶媳妇，但都比不了秦可卿。当然，这些人都还没有生儿子。但是，贾母眼前她也有了一个重孙子就是贾兰，'草'字头，跟贾蓉是一辈的嘛。贾兰当时比较小，但也不是很小，贾母只要身体健康，她老去祈福，她有福气长寿的话，她是能眼看着贾兰娶媳妇的，那么，怎么能够事先就断定，贾兰不管娶什么媳妇，秦可卿永远都是第一得意之人呢？怎么秦可卿就那么不可超越呢？这值不值得我们思索呢？我觉得，很值得我们思索。"在这里，刘心武先生似乎有偷换概念之嫌。小说中所谓"乃重孙媳妇中第一个得意之人"一语，本是说的就是"目前"，并未牵扯到"未来"，刘心武先生却绕来拐去地将贾兰乃至贾琏、贾宝玉、贾环等人生子娶媳妇等事都牵扯了进去！退一步说，即使果如刘心武先生所说，贾兰的媳妇乃至贾琏、贾宝玉、贾环等人的儿媳妇都超越不了秦可卿，那也不能证明秦可卿就一定出身高贵！

在第五讲中，对于秦可卿在贾府的生存状态，刘心武先生还阐释说："在那儿从贾母开始，上上下下都尊重她，喜欢她，她没有不适应的地方，她好比鱼游春水，非常自如，她是这么一种生存状态。尤氏跟人还说了这样的话，说，哪个亲戚，哪家的长辈不喜欢她呀！这就奇怪了，就算你宁国府容了她，三亲四戚的不许人说闲话呀，你们家娶媳妇就娶了一个养生堂抱来的野种？她娘家就是一个宦囊羞涩的小官僚，不许有人不喜欢她呀？哎呀，怪了！"我们不知道刘心武先生为什么会感到奇怪。我们知道秦可卿是"一个养生堂抱来的野种"，"她娘家就是一个宦囊羞涩的小官僚"，那是从小说中看来的，是曹雪芹明白告诉我们的。但小说中贾府的那些"三亲四戚"，又如何能知道秦可卿的底细？他们所看到的，恐怕就只是她的"容大奶奶"身份和为人处世之道。前者有势力的成分，后者则说明秦可卿人缘极好。她之所以在贾府人得人心，除了我们前面已经引用过的"生得袅娜纤巧，行事又温柔和平"等理由外，其更重要的理由，《红楼梦》第十三回也说得非常清楚："彼时合家皆知，无不纳罕，都有些疑心。那长一辈的想他素日孝顺，平一辈的想他素日和睦亲密，下一辈的想他素日慈爱，以及家中仆从老小想他素日怜贫惜贱、慈老爱幼之恩，莫不悲嚎痛哭者。"刘心武先生明明引用了这段文字，却不将之当作秦可卿在贾府深得人心的合理解释，反而进一步当作问题提了出来："最奇怪的是还说她素日怜贫惜贱，其实就出身而言，她自己才是既贫又贱，她是需要人家来怜惜她的呀。"这倒让我们感到奇怪！就算秦可卿从前曾经逃荒要饭，在她成为宁国府的大少奶奶后难道还能说她贫贱？难道还"需要人家来怜惜她"？既如此，明太祖朱元璋年轻时曾经逃荒要饭当和尚，在他当了皇帝之后，你能说他还贫贱？如果按照刘心武先生的说法，秦可卿出身很高贵，那么贾氏一族乃至他们的三亲四戚之所以喜欢秦可卿，乃是因为知道了她的真实身份？不仅如此，在第十二讲中，刘心武先生还说，焦大"应该知道秦可卿的真实身份"，并对她的所作所为"痛心疾首"。连焦大这样的醉鬼，还有贾氏一族乃至他们的三亲四戚都知道了"秦可卿的真实身份"，宁、荣二府岂不要大祸临头？

对于小说中秦可卿临终向王熙凤托梦这段情节，刘心武先生经过"仔细研究"后说，秦可卿"这个托梦也是非同小可，托梦的内容很丰富"。"她不但提供理论，提供实践方案，而且，她还能够预言祸福哩！你说，她厉害不厉害？这真是很符合警幻仙姑的妹妹这个身份。她知道贾家在她死以后，会发生什么样的事情。""她预言，贾元春的地位会有所提升。"在此，刘心武先生起码又犯了两个错误：第一，忘记了秦可卿究竟是人还是神的问题。倘若说她是废太子的女儿，那么她就是人，再高贵的人，也还是凡人，她又如何能够未卜先知？第二，既然明言秦可卿是警幻仙姑的妹妹，那么她就应该是一个神。作为神仙，当然可以预言吉凶祸福，但却又必须否定她的公主身份。因为是公主就不可能是神仙，是神仙就不可能是公主，二者选一，绝无回旋的余地！第三，书中秦可卿所说的那一番大道理，无论见识高低，其实都取决于小说作者。如果说此处秦可卿所言不符合其身份，那你是否认为这是曹雪芹的败笔？

在第十一讲中，刘心武先生又强调说："《红楼梦》是一部带有自传性、自叙性的小说。它里面的众多人物都是有生活原型的。注意，我说的是里面众多的人物，不是说所有的人物，其中有的角色，比如一僧一道，就是那个癞头和尚与坡足道人，是不是也有生活原型呢？我觉得那就不一定有，很可能是完全虚构出来的。"既然承认"癞头和尚与坡足道人""很可能是完全虚构出来的"，那么请问刘心武先生，警幻仙姑是不是"完全虚构出来的"？如果是，那么对于她的妹妹秦可卿，你又该作何解释呢？

三、张友士能有什么事？

与对秦可卿这一人物形象的解读相联系，刘心武先生在其系列著作中，又对"太医"张友士这个人物形象，以及他所开的药方，进行了一番牵强附会的索解。此处再就这一问题，与刘心武先生进行商榷。

刘心武先生说："《红楼梦》的人名都是采取谐音、暗喻的命名方式，有时候一个人的名字就谐一个意思，有时候是几个人的名字合起来谐一个意思，'张友士'显然他谐的是'有事'这两个字的音。"在此，刘心武先生起码犯了两个错误。首先，《红楼梦》中有一些人的名字，确实是采取了谐音、暗喻的命名方式，但却不能说"都是"如此。其中塑造了数百个栩栩如生的人物形象，难道每个人的命名方式"都是采取谐音、暗喻的命名方式"？刘心武先生未免说得太绝对了！当然，刘心武先生也可能注意到了这个问题，所以有时又特别强调说："注意，我说的是里面众多的人物，不是说所有的人物。"然而，在这里，却是确确实实地使用了"都是"一词；其次，将"张友士"的"友士"解作"有事"，那么"张"字又该作何解释？利用这种谐音、拆字的方法来肢解《红楼梦》，是红学索隐派的惯技。按照这种方法，刘心武先生既可把"友士"解作"有事"，那么我们是否也可把"友士"解作"尤氏"，然后再按照索隐派的论证方式，认定张友士到宁国府来，是与贾珍的媳妇尤氏有什么事呢？回答当然是否定的。

我们缺乏想象力的人，在读《红楼梦》的时候，只能看出张友士是在"上京给他儿了来捐官"时，因冯紫英的推荐，才到宁国府给秦可卿看病的。但刘心武先生却在《红楼望月》中一口咬定，张友士"他哪里是个什么业余医生，即便是，那也是个障眼的身份，他分明是负有传递信息使命的间谍，为秦氏家族背景所派，因而，他那诊病的过程，我以为其实是黑话连篇，他开出的那个药方，应有有识之士从这个角度加以破译"。在《刘心武揭秘〈红楼梦〉》中，刘心武先生又一再强调，张友士"这个人物表面上说是冯紫英的一个朋友，目的是上京给儿子捐官，却有一个奇怪的身份，说是'太医'……太医，只有皇帝他才能设太医院，那里面的大夫才能够叫太医对不对？冯紫英这位朋友，怎么能够叫太医呢？"刘心武先生之所以下此断语，还是因为对张友士"太医"身份的误解，也就是说，他把"太医"与"御医"混为一谈了。查阅汉语大词典出版社出版的《汉语大词典》，其中对"太医"一词是这样解释的，即"古代宫廷中掌管医药的官员。周官有医师，秦汉有太医令丞，魏、晋、南北朝沿置。隋置太医署令。宋有医官院，金改称太医院，置提点为长官。明清相沿，长官称为院使。亦以泛称皇家医生。……宋元以后用为对一般医生的敬称。元王实甫《西厢记》第三本第二折'请个好太医，看他症候咱。'《警世通言·金明池吴清逢爱爱》：'许多太医下药，病只有增无减。'曹禺《北京人》第一幕：'曾皓（启目，摇头）：不，罗太医好用唐朝的古方，那种金石虎狼之药，我的年纪、体质——（不愿说下去，叹口气，闭眼轻咳）。'"在这三个例子当中，所谓"太医"都是对一般医生的敬称。因为以张生、褚爱爱及曾皓三人的身份，是不可能请宫廷御医来看病的。《红楼梦》第四十二回，因贾母欠安，便从太医院请了一位姓王的太医来。这位王太医，才是真正的御医。这在小说中说得明白，"贾母因见他穿着六品服色，便知御医了，也便含笑问：'供奉好？'……"正因为刘心武先生将普通医生误当成了御医，所以便对张友士的身份产生了怀疑，然后再利用种种牵强附会的手法，便得出了"友士"乃是谐音"有事"的结论。

更令人感到不可思议的，是刘心武先生对张友士所开药方的阐释与附会。在这个名为"益气养荣补脾和肝汤"中的头几味药，诸如人参、白术、云苓、熟地、归身等等，本来都是极为普通的几味中草药，刘心武先生却认为"这个药方起码头几句就很恐怖"，并牵强附会地阐释说："这个药方的头一句如果要用谐音的方式来解释的话，人参，白术，按我的思路，应该代表着她的父母；如果父母不在了，那就代表她的家长，俗话说'长兄如父'，这也可能代表她的兄嫂；或者她父亲没有了，母亲还在，哥哥还在，这就代表她的母亲和兄长。人参，这参，可以理解成天上的星星，人已经化为星辰了，高高在上，我觉得可以理解为是象征着长辈；白术，作为一味中药，术读音应该是zhu（第二声），但是曹雪芹从南方来到北京，他还保留着不少江南人的发音习惯，张爱玲在她的那本《红楼梦魇》里面，就举出过很多例子，吴语zhu（第二声）和'宿'的发音很接近，因此白术作为黑话，也可以理解成'白宿'，'宿'也有星辰的意思，白昼的星辰，当然'星宿'的那个'宿'字，正确的发音又要读成xiu（第四声）。总之，我觉得'参'和'术'都隐含着星辰的意思……如果说理解头两味药的谐音转义比较费劲，那么，下面我把第三味药的两个字拆开，与前后两味药连成句子，那意思就很直白了，它是这样的：人参白术云：苓熟地归身。意思就是她的父母说，告诉她底下这句话，说老实话，她的父母可能心情也很沉重，她自己以后也会更痛苦，这是

'令（苓）熟地归身'，也即命令她，在关键时刻，在生长熟悉的地方，结束她的生命。"看看这一番解析绕了多少弯子！首先要将"人参"的"参"字理解成天上的星星，再因星星高高在上而联想到长辈。既需将"白术"的"术"字读作zhu，又需让曹雪芹保留南方人的发音习惯，然后再zhu啊su啊xiu啊地转几个弯子，再硬生生地将"云苓"这味中草药拆开，然后重新断句，方才变成"人参白术云：苓熟地归身"一语，但"云苓"的"苓"字还需谐音一次，才好不容易露出了刘心武先生要说的意思。倘若秦可卿不具备这种弯弯绕式的思维方式，张友士岂不枉费心机？怪不得脂评曾说"书未成，（曹雪）芹"便为之"泪尽而逝"了呢！如此七折八拐地进行文学创作，不被活活累死那才怪呢！刘心武先生是著名作家，具有丰富的创作经验，请问您哪一部小说是这样写出来的？其他诸如将"枫露茶"解作"逢怒茶"等等，也需拐上几个弯子才可达到目的。也许刘心武先生"n""l"不分，难道曹雪芹也是"n""l"不分吗？既如此，刘心武先生的尊姓岂不要变成"牛"了？况且曹雪芹究竟生于哪一年？他从南方来到北京时有多大？你又如何得知他"还保留着不少江南人的发音习惯"？刘心武先生处处信奉周汝昌先生的观点，若按照周汝昌先生所认定的曹雪芹生年为"雍正二年"的说法，那么，曹雪芹于雍正六年到达北京，一个三四岁的幼童，在北京生活了那么多年，到他创作《红楼梦》的时候，怎么还会"保留着不少江南人的发音习惯"呢？

正因为刘心武先生认定张友士"是负有传递信息使命的间谍"，所以他为秦可卿诊病的过程，刘心武先生却"以为其实是黑话连篇"。对此我们不妨再略作辩驳。在《红楼梦》中，张友士对贾蓉说，秦可卿的病情，"今年一冬是不相干的，总是过了春分就可望痊愈了"。对此刘心武先生疑问说："为什么冬天就不相干？为什么'总是过了春分就可望痊愈了'？"并因此得出结论说："这都是一些黑话啊，是不是啊？为什么是黑话？因为曹雪芹写了这句之后呢，他在叙述当中也说，他说贾蓉也是一个明白人，也就不往下问了。明白吧，这种叙述文本就告诉你，这个话不是正常医生的话，实际上他所传递的，是某种非医疗诊断的信息。"我们真不明白，这些十分正常的话，为什么在刘心武先生的眼中就成了"黑话"？就成了非"正常医生的话"？现在的医务工作者们，在诊断病人得了不治之症时，也都要避开患者并委婉地告诉病人家属，古人则更是如此。实际上，曹雪芹在此表述得非常清楚：张友士为秦可卿"诊毕脉息"，然后招呼贾蓉到外边坐。当贾蓉问起"先生看这脉息，还治得治不得"时，张友士便讲了秦可卿的病状及致病原因。待"旁边一个贴身服侍的婆子"请求张友士"明白指示指示"时，张友士便"笑道：'大奶奶这个症候，可是那众位给耽误了。要在初次行经的日期就用药治起来，不但断无今日之患，而且此时已痊愈了。如今既是把病耽误到这个地位，也是应有此灾。依我看，这病尚有三分治得……'"在此，张友士的话其实已经作了铺垫。待开过药方之后，贾蓉又说"高明的很。还要请教先生，这病与性命终究有妨无妨"时，张友士却又委婉地说："大爷是最高明的人。人病到这个地位，非一朝一夕的症候，吃了这个药也要看医缘了。依小弟看来，今年一冬是不相干的，总是过了春分，就可望痊愈了。"张友士这些话，虽然说得都很委婉，但明白人一听就会心知肚明。所谓"痊愈"云云，不过是一句委婉的措辞，是死是活，要看"医缘"，"过了春分"，才见分晓。所以曹雪芹在叙述中说，"贾蓉也是个聪明人，也不往下细问了"。

《红楼梦》虽是曹雪芹的呕心沥血之作，但他却绝对不会利用刘心武先生所索解出的这种创作方式进行创作。退一步说，即使曹雪芹确实使用这种弯弯绕式的思维方式进行创作，倘若后世出现不了刘心武先生这样聪明的阐释者，曹雪芹的良苦用心岂不要付诸东流？

四、自传说大本营里的特种兵

在刘心武先生的《红楼望月》一书中，收入了周汝昌先生致刘心武先生的一封信，题目是：《铁网山·东安郡王·神武将军》。在该信中，周汝昌先生说了这样一段话："你这篇书简写得好，内容十分重要。我们对这一问题的讨论，通过相互启发切磋共识，已然逐渐显示清晰，可说是红学史上一大'突破'。因为，这实质上是第一次把蔡元培和胡适两位大师的'索隐'和'考证'之分流，真正地汇合统一起来，归于一个真源，解开了历时一个世纪的纷争，而解读破译了红楼奥秘。"对于周汝昌先生所谓"突破"且"解开了历时一个世纪的纷争，而解读破译了红楼奥秘"云云，笔者不敢苟同，但若将周汝昌先生所说"这实质上是第一次把蔡元培和胡适两位大师的'索隐'和'考证'之分流，真正地汇合统一起来"一语中的"考证"一词，换成"自传说"来概括刘心武先生的所谓"秦学"，倒是非常恰切的。平心而论，胡适先生的"自叙传说"是建立在考证曹雪芹家事生平的基础上，而索隐派则是建立在对作品和历史史料的牵强附会上，二者的根本对立，是研究方法的对立。能将相互对立的两种研究方法"真正地汇合统一起来，归于一个真源"，倒也殊非易事。实际上，早在周汝昌先生《红楼梦新证》的一些章节中，"索隐"与"自传说"便已出现合流的趋势，并影响产生了一支"特种部队"。近年来，随着"红学队伍"的不断壮大，随着红学爱好者的不断增多，在"索隐"与"自传说"汇合的"大本营"中，这支"特种部队"也在不断发展壮大。从表现形式来看，他们虽然略有差异，但本质上却是相同的。笔者在《红学：1954》一书中，曾将他们粗略划分为以下三类：

第一类，誓死捍卫"自传说"的忠诚战士。他们的具体表现，就是继续坚定不移地沿着胡适开辟的"自叙传"说的道路奋勇前进，既不回头，也不旁顾。握在手中的笔，铺在桌上的纸，唯一的作用就是在"曹家史实"和《红楼梦》之间画等号，而且还大画特画，画个不亦乐乎。心有思，口有讲，"江南曹家即贾府"；写专著，作论文，"宝玉就是曹雪芹"！

第二类，打着"胡旗"反"胡旗"。他们最突出的表现，便是否定曹雪芹的著作权。这一举动，表面看来是反胡适的，其实恰恰成了胡适派的"俘虏"。正因为他们也是首先坚定不移地信奉"自传说"，所以便拿着考证派爬梳整理出来的一些曹家史料，与《红楼梦》中的人物对号入座。岂料对来对去，却是越对越困惑，困惑之余，又开始反思。结果想来思去，终于发现了"新大陆"：他们依据一些并不确定的推测——主要是曹雪芹的生年，再从"自传说"的基点上出发，认为曹家被抄家时，曹雪芹年龄尚幼，根本赶不上曹家的繁华时代。于是，他们便赶紧抛开曹雪芹这个"没福气的穷小子"，从他的长辈中寻找起那个"曾经历过一番繁华旧梦"的作者来。如此一来，什么"舅舅"、"叔叔"找出来一大帮，结果依然帮不了他们的忙。

实际上，第一类也曾经发现并深入考虑过这个问题，只因他们是"自传说"的"忠诚战士"，所以在发现胡适的这个大"漏洞"后，便赶紧"造出"曹家曾经再度繁华的说法来加以弥补，以便让曹雪芹过上几天像贾宝玉那样的好日子，免得他写不出《红楼梦》来。仔细琢磨，这种说法也不能说是"造"出来的，《红楼梦》中不就有"家道复初"、"兰桂齐芳"吗？再说，曹雪芹辛辛苦苦写了一部《红楼梦》，多年来养活了那么多"红学家"和出版社，总不能不让他过几天好日子吧？

第三类，以考证之名，行索隐之实。这一类的立足点也是"自传说"。他们先是相信了《红楼梦》是曹雪芹的自传这一说法，然后试图在曹家与贾府之间画等号。但严格的考证方法没掌握，纯粹利用考证手法也难以达到目的，所以灵机一动，便毫不费力地从索隐派"老前辈"那里借来了"很容易解决问题的各种武器"——诸如"影射"、"拆字"、"谐音"、"寓意"等等，练上几招，感觉甚好，等不得枪法纯熟，便即迫不及待地挥戈上阵，披上考证派的铠甲，拿着索隐派的兵器，不顾一切地杀将出来。

从刘心武先生的论红著作和《红楼梦》系列讲座来看，他就是典型的第三类"特种兵"。他有关《红楼梦》的系列论著及讲座，实际上都是在用索隐的手法弹奏着"自传说"老调，是索隐与自传说的交响曲。虽然刘心武先生一再声称，他的所谓"秦学"研究属于探佚学范畴，方法基本是原型研究，与索隐派有着根本的区别。我们细读其著作，也看出刘心武先生的"研究"确实与旧索隐派有些不同之处，但共同之处却也十分明显。在此我们不妨以对比的方式，看看刘心武先生的"新索隐"与旧索隐之间的异同。

先说相同之处：

首先是先入之见的问题。旧索隐派往往先是在心目中存有了《红楼梦》是影射某某人的家事或清宫秘史的想法，然后再通过种种牵强附会的手法加以论证，然后便得出了什么"张侯家事说"、"和珅家事说"、"顺治皇帝与董小宛的爱情故事说"等等。刘心武先生也是先认定《红楼梦》中的贾府就是曹家，贾宝玉就是曹雪芹，然后再加以牵强论证。这种观点，实际上是受了"《红楼梦》乃曹雪芹自传说"的影响，我们可将之称作"曹雪芹家事说"。然而，这种说法的荒谬之处是显而易见的。如果按照刘心武先生所说，宝玉的原型是曹雪芹，贾政的原型是曹頫，那么其他贾赦、贾珍、贾琏、贾蓉等人的原型又是曹家的哪一个人？当年蔡元培先生早就指出，若说贾府影射曹家，但看焦大之醉骂，柳湘莲所云"你们东府里，除了两个石头狮子干净罢了"等等，曹雪芹若说自家，断不会如此绝情。

与此相联系，旧索隐派与新索隐派的共同之处，便是对小说原型的索解。《红楼梦索隐》所谓贾宝玉影射顺治皇帝，林黛玉的原型是董小宛云云，其实也是在搞"原型研究"。只不过王梦阮、沈瓶庵找到的贾宝玉的原型是顺治皇帝，刘心武先生找到的却是曹雪芹而已。

第三，也是最重要的一点，是索隐手法的惊人的相似。旧索隐派在找不到证据时，便利用谐音、拆字、分身、合写等手法，将历史人物与小说中的人物形象一一对号。如刘心武将"枫露茶"谐作"逢怒茶"，将"张友士"变成"有事"等，便是所谓的谐音法；将"永容"拆变成"水溶"等等，又是典型的拆字法；认为"小说里面的皇帝，是把康熙、雍正和乾隆综合起来的一个模糊形象"，是"合并在一起来写"的，又明显是用了"合写法"。

与旧索隐派相比，新索隐派的胆子明显更大。具体说来，有以下几点：

首先，旧索隐派在将历史人物和小说中的人物形象一一对号之时，那些历史人物确实是实有其人，如朱彝尊、陈维崧等等。而新索隐派却在凭空捏造历史人物。如《红楼解梦》就造出了一个"林黛玉的原型竺香玉"；刘心武先生也造出了秦可卿的原型废太子允礽之女、弘晳之妹，以及所谓元春的原型——曹雪芹的一个姐姐等等。而这些所谓的"历史人物"，在历史上却不曾存在过。

其次，在索解的过程中，弯子也绕得越来越大。最典型的例子，除了对张友士所开药方的阐释与附会外，其他诸如对"金鸳鸯三宣牙牌令"、林黛玉和史湘云的凹晶馆联诗的附会等等。

第三，旧索隐派中的一些大家，诸如蔡元培、王梦阮、沈瓶庵等人，古文化功底都很深厚。而新索隐派却缺乏这方面的功力。如刘心武先生既不了解"太医"不仅是指宫廷御医，也是对普通医生的尊称，却又不去查阅现成的工具书，便闹出了张友士是间谍身份的误会。

第四，由于旧索隐派已然被学者们所否定，所以新索隐派往往在抛出他们的观点时，先设一道或数道防线，以求自保。刘心武先生就一再强调，"红学研究应该是一个公众共享的学术空间"。这话不错，现在搞红学研究的，也都来自各行各业，并没有人反对或限制，最重要的，是你是否遵守学术规范。刘心武先生还引用"梅耶荷德定律"说："你一个作品出来，如果所有人都说你好，那么你是彻底失败了；如果所有人都说你坏，那么你当然也是失败，不过这说明你总算还有自己的某些特点；如果反响强烈，形成的局面是一部分人喜欢得要命，而另一部分人恨不得把你撕成两半，那么，你就是获得真正的成功了！"这话我不同意。这个定律，也不是衡量一切的唯一标准。当年希特勒发动侵略战争时，反对的人固然不少，支持者却也大有人在，难道你能说他发动侵略战争是"获得真正的成功了"？再比如说，我是一个"科盲"，如果我也打着"搞发明应该是一个公众共享的科技空间"的旗号，对外宣称我要研制飞船和原子弹，肯定也会有人反对，有人支持，难道我也算是"获得真正的成功"了？这还要看反对者是什么人，支持者是什么人。如果反对者是科技领域的专家，即使人数很少，他们的意见也是对的。当然，外行搞社会科学所造成的后果没有自然科学那么明显，但在思想上造成的混乱也是很严重的。它会使一些尚未步入学术之门的年轻人，误以为这种牵强附会的做法就是在做学问。

（原载《红楼梦学刊》2006年第1期）

大观园漫谈

　　人类社会在相对漫长的发展进程中，总在不断地进行着物质财富、精神财富的创造与保存。这种历史的积累或曰文化的遗存，便形成了形形色色的历史文化遗产。光耀千古的文学巨著《红楼梦》，就是我国优秀文化遗产的突出代表。且不说那一首首优美动听的诗词曲赋，一个个栩栩如生的人物形象，仅只那一座"天上人间诸景备"的大观园，就是一个永远挖掘不完的文化宝藏。自《红楼梦》问世以来，人们一直反复地谈论它，研究它，歌咏它，搜寻它，许多艺术家甚至还依据自己的理解绘制图画、制作模型。至20世纪80年代，伴随着36集电视连续剧《红楼梦》的拍摄与制作，在北京宣武区的南菜园，又出现了一座"名著园林"——北京大观园。这在《红楼梦》传播史乃至中国文化史上，都具有不容忽视的现实意义和深远的历史意义。十几年来，笔者多次游览这座"文化名园"，而且每次都有一定的收获，都能加深对《红楼梦》的认识和理解。如此日积月累，居然也形成了一些看法。今将一管之见漫拟成文，以就正于各位方家。

一

　　历史文化遗产的创造与遗存方式不同，其对后世的影响与作用也不尽一致。万里长城的修建，除设计者的脑力劳动外，更多地依赖于广大被统治者的体力劳动。这座令中华民族为之骄傲的伟大工程，至今仍然蜿蜒屹立在祖国的崇山峻岭之上。它不仅吸引了世界各国成千上万的游客前来观光，获得了巨大的经济效益，而且，千百年来，以万里长城为题材的各类艺术品也层出不穷，在获得经济效益的同时也丰富了人们的精神食粮。物质财富转化为精神财富，是这类历史文化遗产的主要特征。而绝大多数文学作品的创造则不同，它们的产生，更多地得益于作家们的脑力劳动。优秀的文学作品自问世之后代代相传，在丰富人们精神生活的同时也会收到一定的经济效益。例如该作品的一版再版，相关字画的出售拍卖，等等。这类文化遗产一旦造成影响，就会形成特定的文化现象，从而起到不可低估的巨大作用。

《红楼梦》显然属于后一种历史文化遗产，其中的大观园也更多地来自曹雪芹的虚构与创造。但由于种种原因，认定《红楼梦》中的人物都有原型，认为大观园实有其地者却代不乏人。红学史上的索隐派如此，考证派中的一些人也是如此。早在清乾隆年间，《绿烟琐窗集》的作者明义就提出了所谓的"随园说"，认为《红楼梦》中的大观园就是南京的随园。明义在其《题红楼梦》二十首诗序中说："曹子雪芹，出所撰红楼梦一部，备记风月繁华之盛。盖其先人为江宁织府，其所谓大观园者，即今随园故址。惜其书未传，世鲜知者，余见其抄本焉。"① 随园的主人袁枚在其《随园诗话》（道光四年刻本）中也说："……雪芹撰《红楼梦》一部，备记风月繁华之盛。中有所谓大观园者，即余之随园也。"② 究竟有何根据，二人均未明言，这种既无论据又不论证的"甲即乙"的论定方式，自然难以令人信服。倒是后来的裕瑞，还替他们的说法找到了一些证据："雪芹二字，想系其字与号耳。曹姓，汉军人，亦不知其隶何旗。闻前辈姻戚有与之交好者。其人身胖头广而色黑，善谈吐，风雅游戏，触境生春。闻其奇谈娓娓然，令人终日不倦，是以其书绝妙尽致。闻袁简斋家随园，前属隋家者，隋家即曹家故址也，约在康熙年间。书中所（称）大观园，盖假托此园耳。其先人曾为江宁织造，颇裕，又与平郡王府姻戚往来。书中所托诸邸甚多，皆不可考。"看来裕瑞还是一个老实人。他在这则简短的笔记中，连用几

---

① 转引自朱一玄编：《红楼梦资料汇编》，南开大学出版社1985年版。此外，明义关于随园即大观园故址的说法，还见于其《和随园自寿诗十首》中。其中有云："随园旧址即红楼，粉腻脂香梦未休。"并在诗注中说："新出《红楼梦》一书，或指随园故址。"参见顾平旦：《大观园诗词笔记辑录》，转引自文化部文学艺术研究院红楼梦研究室编：《大观园研究资料汇编》。

② 转引自冯其庸、李希凡主编：《红楼梦大辞典》，文化艺术出版社1990年版。

个"闻"字，证明所记大都是道听途说之言。究竟是否可靠，他自己也没多大把握。不过，"闻袁简斋家随园，前属隋家者，隋家即曹家故址也"一语，倒是道出了随园的变迁史。据红学家们考证，随园本是曹寅、曹颙、曹𫖯等任江宁织造时的曹家花园，曹𫖯被革职抄家后，家产全部赏赐给了继任织造隋赫德，曹家花园也随之改名为"隋园"。不久隋赫德被革职，花园又被袁枚购得，并改"隋"为"随"，于是曹家花园也变成了随园。

倘若有可靠的材料能够证明曹雪芹真的"曾随其先祖寅织造之任"，确实在南京度过了他的童年和少年时代，那么，他对自家的花园一定会有很深的印象和感情，他在《红楼梦》中用文字"修建"大观园时也会从中取材。只可惜至今我们还无法确知曹雪芹的生卒年，更不知道他是否曾经历过一番"钟鸣鼎食"的富贵生活。退一步说，即使曹雪芹确曾经历过一番"梦幻"，曹家的花园也不等于《红楼梦》中的大观园。作为江宁织造的曹家，怎能拥有一座具有皇家气派的园林？这于情于理都是说不过去的。就连袁枚的孙子袁祖志，都认为此说乃是"吾祖谰言"，主张将这句话从《随园诗话》中删去。

然而，考证派的开山祖师胡适却偏偏听信此说。他在《红楼梦考证》一文中曾说："袁枚在《随园诗话》里说《红楼梦》的大观园即是他的随园。我们考随园的历史，可以相信此说不是假的。"[①]此处胡适所谓"随园的历史"，也就是随园曾经是曹家花园这一史实。而他之所以肯定此说，无疑是为了支撑他所提出的"自叙传说"。他在《红楼梦考证》中所得出的第六条结论是："《红楼梦》是一部隐去真事的自叙：里面的甄、贾两宝玉，即是曹雪芹自己的化身；甄贾两府即是当日曹家的影子。(故贾府在"长安"都中，而甄府始终在江南。)"这一番话，可说是胡适《红楼梦考证》一文的核心和灵魂。基于这样一种观念，不仅胡适，就连他的两个学生——俞平伯与顾颉刚，也一起陷入了"自叙传说"的"迷魂阵"中。于是，"《红楼梦》是作者曹雪芹的自传，书中的贾宝玉就是曹雪芹，曹家就是书中的贾府"这个等式，便在他们的心目中建立起来了。

---

① 《胡适红楼梦研究论述全编》，上海古籍出版社1988年版。

　　在这个大前提下，胡适、顾颉刚、俞平伯三人，便自觉地将关注的目光投射到了"实事"的搜寻上，忘记了小说应有的虚构成分，结果在一些问题上拘泥过甚，不仅使自己陷入了困境，也为索隐派的反击留下了口实。

　　尤其是俞平伯和顾颉刚对"大观园"在南在北的讨论方面，更显示了他们对"史实"拘泥过甚的弊端。顾颉刚曾经在给俞平伯的书信中困惑地说："但说大观园决不在南京，也是不能。我所以相信袁子才的说话有二故：（一）书名《石头记》，当是石头城中事。（二）是书屡说'金陵十二钗'，贾、王、史、薛各家，固是可说金陵籍而住在都中的，逃不了金陵二字；至于黛玉、妙玉，本是苏州人氏，黛玉由扬来，妙玉由苏来，与南京一点没有关系，何以也入'金陵十二钗'之内？若说大观园在北方罢，何以有'竹'？若说大观园在南方罢，何以有'炕'？"①真正陷入了自相矛盾的泥沼中。

　　不过，经过一段时间的困惑后，顾颉刚和俞平伯终于觉醒了。1921年4月12日，顾颉刚在给胡适的信中说："我以为《红楼梦》固是写曹家，不是死写曹家，多少有些别家的成分。"在这里，顾颉刚虽然仍将曹家视为贾府，但"不是死写曹家，多少有些别家的成分"这句话，却已点到了文学作品具有概括性的问题。那么，既然小说不是"死写"，研究者当然也就不能"呆看"。

　　同年6月18日，俞平伯在给顾颉刚的信中也说："因为我们历史眼光太浓重了，不免拘儒之见。要知雪芹此书虽记实事，却也不全是信史。他明明说'真事隐去'、'假语村言'、'荒唐言'，可见添饰点缀处亦是有的。从前人都是凌空猜谜，我们却反其道而行之，或者矫枉竟有些过正也未可知。"他已注意到《红楼梦》所说的"真事隐去"、"假语村言"、"荒唐言"等，明白了《红楼梦》不全是信史的道理，自然也就注意到文学作品的虚构性。1954年，俞平伯在读《红楼梦随笔》一文中说："反正大观园在当时事实上确有过一个影儿，作者把这一点点的踪影，扩大了多少倍，用笔渲染，幻出一个天上人间

---

① 《俞平伯论红楼梦》，上海古籍出版社1988年版。

的蜃楼乐园来。"①

40年后，另一位红学考证派的大将吴世昌，却又重提大观园即随园的说法。他在《红楼梦探源》中说，"证明大观园即随园旧址并不是说小说中所有故事均在南京发生……我们已经指出：作者摆脱时间限制，有时把相隔数十年的事融合为一。同样的作者摆脱空间限制，把影片叠印起来，产生一种和谐而不是互相矛盾的效果"②。

吴世昌的主要观点是由"自传说"而派生出来的"他传说"。他认为《红楼梦》的评点者脂砚斋，便是书中主人公贾宝玉的模特儿。基于这样一种观点，脂砚斋曾经生活过的曹家花园，自然也就成了大观园的原型。

赵冈在"随园说"的基础上，又将大观园的"模型"扩大为江宁织造署。他在《红楼梦考证拾遗》中说："康熙南巡时，数次都以曹寅的织造署为行宫。书中大观园的规模正与此相当。……书中甄家一直都在南京，正暗示故事的真正地点是南京，而非北京。"70年代初，赵冈又在《红楼梦新探》中强调说："南北互调是雪芹秘法之一。大观园真址之建造是为了康熙南巡当行宫之用。……这个南京行宫图，今尚保存。其院亭花园的规模及配置很类似书中的大观园。"为了反驳"恭王府说"，赵冈于1971年5月又在台湾的《东方杂志》上发表了《北平恭王府是大观园吗？》一文，重申"江宁织造署说"。他认为："恭王府绝非曹雪芹在《红楼梦》中所描写的大观园。恭王府的殿宇是雪芹卒后百余年才兴建的。……因此，大观园的模型是曾为康熙行宫的江宁织造署，而不是北平城内的恭王府。"

实际上，无论"随园说"还是"江宁织造署说"，所遇到的难题都是需要在承认艺术虚构的前提下，再证明曹雪芹确曾在南京生活过。倘若大前提无法确定，在此基础上所作的种种推测之词，都是很难令人信服的。

---

① 《俞平伯论红楼梦》，上海古籍出版社1988年版。

② 转引自宋淇：《论大观园》，文化部文学艺术研究院红楼梦研究室编：《大观园研究资料汇编》。

二

在关于"某处即大观园旧址"或"某处即大观园原型"的种种说法中，^①较重要者除"随园说"之外，尚有"恭王府说"。而提出并力主此说者，便是红学考证派的中坚人物周汝昌。早在1953年，周汝昌在由棠棣出版社出版的《红楼梦新证》中便已认定："曹雪芹的园子是有模型在胸的。"那么，这个模型是什么地方呢？周汝昌说："根据目前的线索，我很疑心曹雪芹老宅就是现在的北京师范大学女生院，这所宅院的历史如下：曹家——和珅府——庆王府——恭王府——辅仁大学女生部——师大女部。"

首先肯定《红楼梦》中的大观园有一个原型，接着便"疑心曹雪芹老宅就是"恭王府。对此我们不禁要问：曹家被抄家后回到北京，还能住上像恭王府这么阔的住宅？就算那时的恭王府还不具备这种规模，恐怕也不是一个罪犯之家所能享受得到的。依据目前所发现的史料，我们只知道曹家回京后，是住在位于蒜市口的十七间半老屋中，并且，这一处住宅还是继任江宁织造隋赫德"赏赐"给他们的。

当然，周汝昌也许有他自己的道理。因为他一直认定："以乾隆嗣位为枢纽，曹家一脱前此之罪累，又得数年'中兴'。"曹雪芹之所以能住上这样阔绰的房子，却是因为曹家在乾隆初年曾经一度"中兴"。^②

在此我们必须指出，周先生的所谓"中兴说"，实际上仍然植根于"自叙传说"。众所周知，《红楼梦新证》是周汝昌的第一部也是影响最大的一部红学专著。这部"关于小说《红楼梦》和它的作者曹雪芹的材料考证书"，以其开创意义和资料的丰富详备，在红学界产生了广泛而又持久的影响。然而，周汝昌在新红学领域内辛勤耕耘并获得了令人瞩目的大好收成的同时，也随着胡适陷入了"自传说"的泥潭。他在《红楼梦新证》一书中曾经一再强调：

---

① 其他尚有"十汉海说"、"淳亲王府说"等，参见顾平旦：《大观园诗词笔记辑录》，转引自文化部文学艺术研究院红楼梦研究室编：《大观园研究资料汇编》。

② 周汝昌：《红楼梦新证》，人民文学出版社1976年版。

"现在这一部考证，唯一的目的即在以科学的方法运用历史材料证明写实自传说之不误。"正因如此，所以他在这条路上比俞平伯更加坚定，真正堪称胡适最忠实的"追随者"。

当然，除坚信《红楼梦》是曹雪芹的"自叙传"或"写实自传"外，周汝昌与胡适在某些问题上也存在着分歧。比如在曹雪芹的生年问题上，二人的意见就颇不一致。胡适认为曹雪芹生于康熙五十七年 (1718)；周汝昌则认定曹雪芹生于雍正二年 (1724)。胡适反驳周汝昌的一条重要理由是："雪芹若生的太晚，就赶不上亲见曹家繁华的时代了。"[1] 而周汝昌之所以认为曹家曾经"中兴"，目的也是要让曹雪芹经历一番富贵生活。因此，无论"赶繁华"也罢，"中兴"也罢，都是为了服从"自传说"这个大前提的。

由于受到周汝昌及"红学家们"的启发和影响，吴柳于1962年4月29日在《文汇报》上发表了《京华何处大观园？》一文，重提并肯定恭王府即大观园一说。看一看该文所列的小标题，我们就会明白这是一篇什么样的文章：《误走"尤二姐"小巷》、《仿佛林黛玉走过的路》、《凤姐所经营的后楼》、《"大观园"的水》、《潇湘馆》、《"大观园"的后门》。读来虽觉文笔优美，但却缺乏应有的学术气味。例如作者在"护国寺后身一带，偶然发现一条胡同，叫'花枝胡同'"，便反问："这不是贾琏偷娶尤二姐的地方吗？"；看到了垂花门，就认为是"贾母的院子"；在天香庭院中看到了慎郡王题写的一块匾，就说"《红楼梦》中的'北静郡王'似乎就是指'慎郡王'"；看到九十九间半，就说这是"凤姐所经营的'后楼'"；见到院内"有一丛翠竹"，便立刻认定这就是潇湘馆，率皆牵强附会，难以令人信服。[2]

1976年，周汝昌在增订再版的《红楼梦新证》中加了一则《补说》，旧话重提："我写本节文字时，根据小说所叙，推断大致的地点位置，那时并不知

---

① 《胡适红楼梦研究论述全编》，上海古籍出版社1988年版。

② 笔者在恭王府中工作了十几年，却从未看出它是或像《红楼梦》中所描写的大观园。吴柳因存了先入之见，所以看到任何东西便立刻与《红楼梦》挂钩，诚所谓"人有亡铁者"。

道任何别的线索。随后因看乾隆京城全图，发现所推的那一带正好有一处府第，就是和珅府，后为庆王府、恭王府者是。再后来，才又知道过去居住此府的人以及附近的邻居都世代传说，相沿称此宅为'西府'，其东邻另一府为'东府'。"

"根据小说所叙"来"推断大致的地点位置"，论据就已不太可靠。因为《红楼梦》毕竟是一部"将真事隐去"，"用假语村言""敷衍"出来的小说，何为真，何为假，本就真假莫辨。若把它当成信史并以之为据，自然也就得不出一个比较接近事实的结论。更何况再用"过去居住此府的人以及附近的邻居"们"世代"相传的"传说"来佐证呢！

在此我们需要说明，文艺作品一旦在社会上产生巨大影响，自然就会有好事者编造故事牵强附会。[①] 所谓传说，在没有弄清其来龙去脉的时候，最好不要作为论据使用。而这里所谓"东府"、"西府"云云，也不过是望文生义而已。在漫长的封建社会中，称为"东府"、"西府"的府邸又何止一处！

1978年9月，周汝昌撰写了《"芳园筑向帝城西"——〈红楼梦〉环境素材的探讨》一文，[②] 再提"恭王府说"。该文洋洋三四万言，搜罗了许多间接的史料和传说，反复推测论证，但却均无助于支撑"恭王府即大观园"的说法。因为曹雪芹在世时恭王府究竟是何规模，它与现在的恭王府到底有何相同或不同之处，曹雪芹是否曾经进入过这座府邸，等等，都是无法弄清的问题。而这些问题解决不了，自然也就不能令人信服。平心而论，该文所罗列的一些史料，对于研究恭王府的沿革史，倒是很有价值的。

---

① 例如笔者的故乡是山东诸城，与《梁祝》的故事根本沾不上边。但父老乡亲们却也世代相传，说有一个名叫祝家楼的村庄便是祝英台的故乡，在这个村边的一座坟墓就是梁山伯与祝英台的坟墓云云。其实何止诸城，据说在全国还有许多地方都妄称有梁、祝的坟墓。这种现象也从另一个方面说明这个故事在民间所产生的巨大影响。

② 文载文化部文学艺术研究院红楼梦研究室编：《大观园研究资料汇编》。

三

红学索隐派与考证派中的一些人，在许多方面都有着惊人的相似之处。实际上，索隐派的论著中也经常使用考据的手段，而考证派中的某些人，撰文的目的却也在于"索隐"——索解、搜寻《红楼梦》中所"隐去"的"真事"。只不过红学索隐派提出了"明珠家事说"、"张勇家事说"、"宫闱秘事说"、"顺治皇帝与董小宛的爱情故事说"等等，而红学考证派的某些人却提出并力证了"曹雪芹家事说"罢了。

之所以出现这种现象，首先与中国人文学眼光的浅近而历史的观念拘滞息息相关。由于中国是一个重视史的国家，历史著作浩如烟海；又由于历史著作是小说的源头之一，因而人们习惯上都将小说称作"野史"、"稗史"，所以在阅读小说时，总是存在着史的观念，总要从中索解出历史或现实的一些东西。至于"索隐"时所使用的方法，则又来自汉人解经。源远流长的文化流脉，历数千年而得以传承，似乎也可说是中华文化的一大幸事！更重要的原因，恐怕还与《红楼梦》开篇时的那一番"作者自云"有关。仔细品味，这一段话不太像是小说体语言，确切地说，它应该属于"凡例"或"脂评"范围。对于这一段话，我们虽然不能说评者在这里是"村姥姥信口开河"，但索隐派诸人乃至考证派中持"自传说"的一些人，却偏偏都要做"寻根究底"的"情哥哥"，将这段扑朔迷离的评语当成了作者的"实话实说"，当成了索解《红楼梦》之谜的金钥匙。当然，既然作品开篇便如此郑重声明"因曾经历过一番梦幻之后，故将真事隐去"，再"用假语村言，敷演出一段故事"来，而书中的甄士隐与贾雨村、甄府与贾府，又确实具有"真"与"假"的象征意义，尤其是"今风尘碌碌，一事无成……万不可因我之不肖，自护己短，一并使其泯灭也"这一段带有忏悔意味的话语，更像是作者在虔诚地回忆自己的往事，因此，循着"作者自云"所提供的这条"线索"，利用汉人解经的附会方式，来索解《红楼梦》一书所"隐去"的"真事"究竟是什么，便形成了索隐派红学的鼎盛局面。也正因为当时的人们对《红楼梦》的本事抱有更大的兴趣，所以胡适在作《红楼梦考证》时也必须在这方面下功夫，因而他特别重视这段"作者自云"，也就是顺理成章的了。因为，他只有找出《红楼梦》一书所"隐去"的"真事"，才能彻底摧垮索隐派关于《红楼梦》"本事"的种种谬说，这应该是"自叙传说"产生的一个很重要的原因。

当然，经过考证派红学家们多年的爬梳和搜求，在找到许多与曹家有关史料的同时，也从《红楼梦》中找到了一些历史史实，例如康熙帝六次南巡曹家接驾四次的史实等等。然而，小说毕竟是小说，其中虚构的成分比史实更多。倘若在矿石中发现了金子，就认为整个矿石都是金子，那可就大错特错了。更何况《红楼梦》作者的交代与自白本来就是自相矛盾的。如果我们只拘于"追踪蹑迹，不敢稍加穿凿"，而忽略了它是"用假语村言""敷衍出"来的"一段故事"这个大前提，就难免会陷入牵强附会的泥沼。

遭到红学考证派沉重打击后的红学索隐派，虽然失去了红坛霸主的地位，但该类作品却一直不绝如缕，且近年来还有东山再起之势。究其原因，一方面是因为曹家史料的挖掘和发现相当困难，另一方面恐怕与某些红学考证派人士为了论证"曹雪芹家事说"而经常使用牵强附会的论证方法不无关系。

四

红学考证派中的某些人因索求"隐去"的"真事"而不惜采用牵强附会的论证方法，不仅为索隐派的复活造成了生存空间，也为文学评论派的批评造成了口实。当考证派的苦苦寻求毫无结果时，索隐派便将目光转向了圆明园等皇家园林，而文学评论派则在批评考证派的同时，将注意力引向了作品本身。那么，大观园到底是在哪里呢？文学评论派的回答几乎惊人的一致：在《红楼梦》中，在曹雪芹的方寸间！答案简洁而又富含哲理。实际上，用不着分别哪一个流派，具备文学眼光的人还是有的。清代的二知道人在《红楼梦说梦》中就曾明确指出，"大观园之结构，即雪芹胸中丘壑也：壮年吞之于胸，老去吐之于笔耳。吾闻雪芹，缙绅裔也，使富侔崇、恺，何难开拓其悼红轩，叠石为山，凿池引水，以供朋侪游憩哉？惜乎绘诸纸上，为亡是公之名园也"。"雪芹所记大观园，恍然一五柳先生所记之桃花源也。其中林壑田地，于荣府中别一天地，自宝玉率群钗来此，怡然自乐，直欲与外人间隔矣。"①

言简意赅的，是一篇妙文。

戴志昂在《〈红楼梦〉大观园的园林艺术》一文中也说："大观园是文学语言反映现实的古典园林建筑，是作者曹雪芹在生活实践中感知吸收当时的一般园林建筑的素材，经过分析，综合，加工改造，创造出来的园林建筑艺术形象，运用文学语言反映出来的，但不是反映某一个具体的古典园林建筑。大观园应该比客观现实的具体园林建筑更美、更典型、更理想。因此大观园虽是文学语言反映的古典园林建筑，它却具有高度的艺术魅力，比一般现实的私家园林更加吸引人们欣赏，更加使人们喜爱。""正因为大观园是文学语言反映的古典园林建筑，是曹雪芹创造的，来源于当时客观现实的园林建筑而又有别于当时客观现实的园林建筑，所以我们要在现存的古典园林建筑实物或遗迹中去找出和大观园一模一样的，是找不到的。"②

林宽、周颖在遍翻有关大观园的论著后也说："综合各方学者意见，曹雪芹笔下的那座'天上人间诸景备'的'大观园'是作者笔下神往的理想世界，是园林建筑的艺术形象，它虽不是某一个具体的古典园林，但'梦'中的园却可能比现实中的任何一座园林更典型、更美妙、更理想。"③

这是当代绝大多数红学家的共识，也是符合《红楼梦》中大观园的实际情况的。

"这座综合了北方皇家园林的富丽宏阔与南方私家花园典雅幽深的大观园又与《红楼梦》的结构情节、人物性格相互关系有着千丝万缕的联系。艺术大师曹雪芹正是用他那神来之笔，把《红楼梦》中众多人物所生活的特定环境——大观园变成了一个刻画人物形象，展示其扑朔迷离的故事殿堂……以'怡红快绿'为主题的怡红院，浓朱重彩、富丽堂皇，连居室内都挂西洋美女

---

① 转引自顾平旦、曾保泉：《红学散论》，文化艺术出版社1987年版。

② 文化部文学艺术研究院红楼梦研究室编：《大观园研究资料汇编》。

③ 林宽、周颖：《北京大观园》，北京美术摄影出版社2002年版。

图，摆立地穿衣镜，足见主人翁贾宝玉的脂粉与富贵。潇湘馆内曲折游廊，翠竹掩映，清水小溪，盘旋而去，'凤尾森森，龙吟细细'，这与主人林黛玉修竹读书、幽怨孤独形成了鲜明写照。而薛宝钗的住处蘅芜苑内假山玲珑，回廊四接，正房五间，摆设简朴，洁净清雅，这就更加衬托出居室主人端庄稳重、冷漠无情的性格特色。至于稻香村则'柴门临水稻花香'，黄泥墙头，纸窗木榻，朴实无华，与寡妇李纨身份性格吻合。"

不仅如此，曹雪芹在塑造大观园中的景点时，似乎还有更深一层的含义。例如，在《大观园试才题对额》一回中，贾政带宝玉及众清客来到稻香村，众人与宝玉之间便发生了一场争论：

……贾政心中自是欢喜，却瞅宝玉道："此处如何？"众人见问，都忙悄悄的推宝玉，教他说好。宝玉不听人言，便应声道："不及'有凤来仪'多矣。"贾政听了道："无知的蠢物！你只知朱楼画栋、恶赖富贵为佳，那里知道这清幽气象。终是不读书之过！"宝玉忙道："老爷教训的固是，但古人常云'天然'二字，不知何意？"

众人见宝玉牛心，都怪他呆痴不改。今见问"天然"二字，众人忙道："别的都明白，为何连'天然'不知？'天然'者，天之自然而有，非人力之所成也。"宝玉道："却又来！此处置一田庄，分明见得人力穿凿扭捏而成，远无邻村，近不负郭，背山山无脉，临水水无源，高无隐寺之塔，下无通市之桥，峭然孤出，似非大观。争似先处有自然之理，得自然之气，虽种竹引泉，亦不伤于穿凿。古人云'天然图画'四字，正谓非其地而强为地，非其山而强为山，虽百般精致而终不相宜……"

这一段文字，表面看来是在谈论景致，但矛头所指却远非如此。余英时认为："这都表现宝玉对李纨的微词。"① 这恐怕不符合作者原意。愚以为，曹雪芹给守寡的李纨"建造"这样一个生活环境，并通过宝玉发这一通议论，目的是在影射封建礼教所谓的"存天理，灭人欲"，乃是"人力穿凿扭捏而成"，有违"天然"二字。

既然书中大观园的景点都是为了塑造人物性格服务的，认定书中的大观园有原型的人，也都认为其中的人物都有原型，那么试问，当年建造"大观园的原型"时，是否也是按照这些人物原型的性格设立景点的？

实际上，大观园就是曹雪芹为书中人物而"建造"的一个活动场所，是贾宝玉和金陵诸钗演出那一幕幕人生悲剧的大舞台。要说明这个问题，只要我们简略回顾一下中国戏曲小说的发展历史，就可一目了然。

在漫长的中国封建社会中，由于"男女授受不亲"的礼教大防，大家族中青年男女相处或见面的机会是很少的。因而作者在编织爱情故事时，就需要为男女间的见面、相处乃至爱情的产生提供一种可能。因此，许多爱情故事大都发生在这样一些场所：（1）妓院。如《霍小玉传》、《李娃传》、《杜十娘怒沉百宝箱》及受《红楼梦》影响而出现的那一大批"狭邪小说"等；（2）寺庙。较著名者如《莺莺传》，以及由此流变而来的《西厢记》等；（3）后花园。这类作品最多，是明末清初那一大批才子佳人小说戏曲作家最惯于营造的一个场所；（4）梦中。如《牡丹亭》；（5）神仙或者妖魔鬼怪的非人世界。如《聊斋志异》等；（6）江湖。如武侠小说……《红楼梦》中的大观园，实际上也是这样一种活动场所。它借元妃省亲而建，又借元妃之力而使贾宝玉及金陵诸钗住进园中，从而使这个大舞台的"建造"变得合情合理。

在此我们还需谈一谈与此相关的人物年龄问题。众所周知，《红楼梦》中存在着人物年龄忽大忽小的问题。如宝玉刚刚还向贾珍推荐凤姐协理秦可卿的丧事，不久却又猴在凤姐身上要这要那，等等。"书未成，芹为泪尽而逝"，

① 余英时：《红楼梦的两个世界》，转引自胡文彬、周雷编：《海外红学论集》，上海古籍出版社1982年版。

固然是造成这一缺憾的原因之一，但面对这一难题而无法克服，恐怕也是"书未成"的更重要的根本原因。倘若作者将书中人物的年龄写得太小，他（她）们便不可能作出那一首首优美动人的诗词曲赋来，便不可能说出那一番番富含人生哲理的大道理来，更不可能在一起谈情说爱！……但若将他们的年龄写得太大，像贾府这样的"诗礼簪缨之家"，就不可能让青年男女们在"内帏厮混"。因此，曹雪芹一方面巧妙地回避着人物年龄这一棘手的问题，又给他所塑造的人物形象"构建"了大观园这一活动场所，从而使作品获得了巨大的艺术真实性。

五

文学评论派都特别强调《红楼梦》的文学性与虚构性，他们在将注意力转移到作品本身研究的同时，也一再对考证派提出批评。然而，有趣的是，许多批评考证派的文学评论者，却又不得不在论著中利用考证派的研究成果，其中包括历史考证的成果和文学考证的成果。平心而论，文学研究本不必强求目的与方法的统一，尤其是在"拥挤的红学世界"中，更应该有细致的分工！

不知那些大声疾呼"回归文本"的人可曾想过，由于观念不同、方法不同、思维方式不同等种种原因，不同的读者对同一部作品也会产生不同的认识。鲁迅所谓"一千个读者就有一千个哈姆雷特"，说的也正是这个道理。倘若不顾史实或史料的存在而任性地妄加评论，无疑又会导致另一种形式的索隐。

《红楼梦》的内容博大精深，其主题思想究竟为何也是众说纷纭。愚以为，悲叹人生美中不足，悲叹世间一切美好事物的毁灭，感叹"人有悲欢离合，月有阴晴圆缺"，麝香易散，好景不长，等等，乃是《红楼梦》的主题思想。这在《红楼梦》开卷第一回中说得明白："那红尘中有却有些乐事，但不能永远依恃；况又有'美中不足，好事多魔'八个字紧相连属，瞬息间则又乐极悲生，人非物换，究竟是到头一梦，万境归空，倒不如不去的好。"

基于对《红楼梦》主题思想的不同认识，对大观园也会产生各自不同的看法。夏志清在《〈红楼梦〉里的爱与怜悯》① 一文中说："当然这个园子是为元春所盖，但奉元春之命这大观园成了贾府的孩子们的住宅，她要他们能享受到她在宫闱中被夺去的那种友情和温暖。因此大观园可以象征性地被看作受惊恐的少年少女们的天堂，它被指定为诱使他们了解成年人的不幸。"很明显，这是站在书中人物元春的立场来说的。但曹雪芹是否有这样的想法，我们却无法肯定。所谓元春"要他们能享受到她在宫闱中被夺去的那种友情和温暖"云云，也只是夏志清自己的理解而已。

宋淇在《论大观园》一文中说："读《红楼梦》时，我们必须记住：它是一个大作家的创作。根据这一基本观念，我们可以接下去说：大观园是这部创作中人物活动的背景和地点。""不论大观园在曹雪芹笔下，如何生动，如何精雕细琢，终究是空中楼阁，纸上园林。曹雪芹非但做到古为今用，还做到人为我用，利用他所见到的、回忆的、听来的、书本上看来的，再加上他的想象，糅合在一起，描绘成洋洋大观的园林。"这说得当然很有道理。但他认为大观园"是保护女儿的堡垒，只存在于理想中，并没有现实的依据"云云，不但与他前面所说的话自相矛盾，而且也不符合作者的原意。

由于受到宋淇的启发，余英时撰写了那篇影响了许多年轻人的著名文章——《〈红楼梦〉的两个世界》。余英时认为："曹雪芹在《红楼梦》里创造了两个鲜明而对比的世界。这两个世界，我想分别叫它们作乌托邦的世界和现实的世界。这两个世界，落实到《红楼梦》这部书中，便是大观园的世界和大观园以外的世界……这两个世界是贯穿全书的一条最主要的线索。把握到这条线索，我们就等于抓住了作者在创作企图方面的中心意义。"基于这样一种观点，余英时又依据"大观园系玉兄与十二钗之太虚玄境，岂可草率"这条脂批，生发出"大观园便是太虚幻境的人间投影"这一看法。然而，只要我们将充满欢声笑语的大观园与"朝啼"、"夜怨"、"春感"、"秋悲"的太虚幻境略加对比，就会发现余英时的这一论断是不符合《红楼梦》的实际情况的。脂批如

---

① 转引自胡文彬、周雷编：《海外红学论集》，上海古籍出版社1982年版。

此说，也不过是旨在点明"梦""幻"等字而已。其言外之意是说：幻境是梦，人生是梦，大观园也是梦。而曹雪芹在此特意让贾宝玉想到石牌坊，恐怕也有这层寓意。

实际上，大观园的塑造虽也寄寓着作者的理想，但大观园却也不是一片净土。它在书中的最大作用，就是为人物的活动提供一个合理的场所——亦即我们所谓的"典型环境"。

六

《红楼梦》问世以后，首先是以手抄本的形式在社会上流传。直至程、高活字摆印本出，遂大行于天下。不仅各种评点本不绝如缕，而且还以说唱文学、戏曲改编、诗词吟诵、字画、模型等多种文艺形式普及开来，居然形成了"开谈不说红楼梦，纵读诗书也枉然"的社会风气。至20世纪80年代，电视机走进了千家万户，电视连续剧也成了普及古典名著的最佳形式。36集电视连续剧《红楼梦》的拍摄，在《红楼梦》传播史上，便具有了里程碑式的深远意义。它的制作，不仅为艺术界培养了大批优秀人才，而且还为人类留下了一首首优美动听的乐曲，留下了一座名著园林——大观园！

大观园的建造，应该说是《红楼梦》传播史上的一大奇迹，是《红楼梦》爱好者和研究者的一大幸事。"惜乎绘诸纸上，为亡是公之名园也。"二知道人倘若生在今日，断不会再发出这一番感叹。

曹雪芹倘若地下有灵，也会为北京宣武区的这一举措而心安。将《红楼梦》中的大观园建成一座真实的园林，这可说是历代《红楼梦》爱好者的共同心愿！

如果承认《红楼梦》是中华文化的集大成者，是每一个炎黄子孙的骄傲和自豪，就不能不承认大观园。这座名著园林，与一般的仿古建筑不同，它已与《红楼梦》及"红楼文化"紧密地联系在一起，具有深刻的文化底蕴和内涵，成了研究、了解、普及《红楼梦》乃至中华文化的一个"基地"。

倘若有人认为大观园是一个"假古董"，那可就大错特错了。当代名画家诸如刘旦宅、戴敦邦的红楼人物画，自然人人都会承认它是艺术品，那么按照《红楼梦》中的描写建造的大观园，为何就不是艺术品？更何况它凝聚了当代许多红学、古建、园林、清史、民俗、文博、工美、旅游等各方面专家学者的心血！可以毫不夸张地说，大观园的建造，在中国红学史、建筑史、园林史乃至文化史上，都具有深远的现实意义和历史意义。随着时光的流逝，这座名著园林，必将越来越引起人们的重视。

（原载《红楼梦学刊》2002年第4期）

对《红楼梦》新校本第三版的几点商榷意见

由中国艺术研究院红楼梦研究所校注、人民文学出版社出版的校注本《红楼梦》，学术界简称为"新校本"。该书集全国多位红学专家之力，费时7年，最终于1982年出版问世，并成为深受读者和专家所喜爱的一个版本。在这30年间，校注组的先生们和出版社的有关负责同志，虚心接受专家和读者的建议，及时吸纳红学研究的新成果，分别于1994年和2007年对该书作了两次修订。实际上，即在未曾说明"修订"的时候，他们也一直在不断修改完善着这项工作。例如，在2008年7月北京第1版第98回第1349页第2段第5行中的"无魂无魂"一语，至2011年10月北京第3版第37次印刷本中，即改成了"无魂无魄"，而庚辰本和新校本第一版，均为"无魂无魄"。可见他们精益求精的治学精神和严谨科学的治学态度。然而，恰如冯其庸先生在《〈红楼梦〉校注本第三版序言》中所说的那样："学无止境，学问是与时推移、日新月异的，红学也是一样。"近日，笔者在阅读2011年10月北京第3版时，又从中发现了一些值得商榷之处。今不揣浅陋，草成此文，以就正于各位专家及红学同好。

一、正文方面的可商榷之处

正文方面的可商榷之处，主要表现在以下几个方面：一是庚辰本、程甲本底本本来就有错误，应该改正而未改正者；二是底本和新校本第一版本来没错，但后来改成电脑排版后出现了错误；三是在断句方面值得讨论。下面举例加以论述：

（一）断句方面值得商榷者

1．第3回第40页第1段第1行：

> 裙边系着豆绿宫绦，双衡比目玫瑰珮。

这是完整的一句话，不应断句。也就是说，"绦"后不应该有逗号。只要我们把王熙凤刚刚出场时的这段描写转引如下，就可看得一目了然：

> 头上戴着金丝八宝攒珠髻，绾着朝阳五凤挂珠钗；项上戴着赤金盘螭璎珞圈；裙边系着豆绿宫绦双衡比目玫瑰珮；身上穿着缕金百蝶穿花大红洋缎窄褃袄；外罩五彩刻丝石青银鼠褂，下着翡翠撒花洋绉裙。

不难看出，这是一组排比句，而且每句话都有一个动词作谓语。若"绦"字后面加了逗号，那么"双衡比目玫瑰佩"就没了谓语。实际上，这里的"豆绿宫绦"是"双衡比目玫瑰佩"的拴系物，而非腰间单独系着这根绦。若将这一组排比句压缩一下，我们就会看得更加清楚：

> 头上戴着……髻，绾着……钗；项上戴着……圈；裙边系着……珮；身上穿着……袄，外罩……褂，下着……裙。

2．第7回第105页第3段第4行：

> 说着便叫香菱。

这句话应断为：

> 说着便叫："香菱！"

因为周瑞家的此时还不认识香菱，即使知道她的名字，也与本人对不上号。小说叙述周瑞家的在梨香院门前见到香菱时，作者也是从周瑞家的视角出发，让她看见"王夫人的丫鬟金钏儿和一个才留了头的小女孩儿站在台阶坡上顽"。这个"才留了头的小女孩儿"，便是香菱。按照《红楼梦》在叙事方面的高超艺术，此处这样断句似乎更为合理一些。

3．第7回第110页第2段第3行：

一面便吩咐好生小心跟着，别委屈着他，倒比不得跟了老太太过来就罢了。

这句话应断为：

一面便吩咐："好生小心跟着，别委屈着他，倒比不得跟了老太太过来就罢了。"

4．第8回第118页第3段第4行：

命人倒滚滚的茶来。

应断句为：

命人："倒滚滚的茶来！"

5．第13回第170页第2段第4行：

趁今日富贵，将祖茔附近多置田庄房舍地亩，以备祭祀供给之费皆出自此处，将家塾亦设于此。

如此断句，第三句话总让人觉得不通。若将"以备"二字断在第二句，似乎更合理一些：

趁今日富贵，将祖茔附近多置田庄房舍地亩以备，祭祀供给之费皆出自此处，将家塾亦设于此。

6．第34回第452页第2段第9行：

说着就唤彩云来，"把前儿的那几瓶香露拿了来"。

应断句为：

说着就唤："彩云来，把前儿的那几瓶香露拿了来！"

7．第39回第523页第1段第6行：

平儿道："明儿一早来。听着，我还要使你呢……"

应为：

平儿道："明儿一早来听着，我还要使你呢……"

"来"字后面不应该有句号。这句话的意思是让请假的小厮明天一早就来等着听候吩咐。

8．第41回第557页第3段第4行：

刘姥姥满口答应跟了袭人出至小丫头们房中。

应断为：

刘姥姥满口答应，跟了袭人出至小丫头们房中。

9．第52回第710页第2段第5行：

贾母便命鸳鸯来："把昨儿那一件乌云豹的氅衣给他吧。"

应断为：

贾母便命："鸳鸯来，把昨儿那一件乌云豹的氅衣给他吧。"

10．第53回第721页第1段第3行：

我受用些，就费些；我受些委屈就省些。

应断为：

我受用些，就费些；我受些委屈，就省些。

因为这是一个并列句式，既然前面一句已经断开，那么后面一句也就应该断开。

11．第57回第779页第2段第1行：

又嘱咐雪雁好生听叫："若问我，答应我就来。"

应该断为：

又嘱咐雪雁："好生听叫，若问我，答应我就来。"

12. 第61回第841页第3段第1行：

平儿道："……'得放手时须放手'什么大不了的事……"

应断为：

平儿道："……'得放手时须放手'。什么大不了的事……"

13. 第65回第914页第1段第10行：

可惜不是太太养的'老鸹窝里出凤凰'。

应断为：

可惜不是太太养的，'老鸹窝里出凤凰'。

14. 第67回第934页第4段第1行：

旺儿才来了，因袭人在这里我叫他先到外头等等儿。

应断为：

旺儿才来了，因袭人在这里，我叫他先到外头等等儿。

15．第69回第953页第3段第1行：

都是珍大嫂子干事不明，并没和那家退准，惹人告了，如此官断。

这是王熙凤和贾母说的话，所以应该在句子前后加双引号，应为：

"都是珍大嫂子干事不明，并没和那家退准，惹人告了，如此官断。"

16．第72回第1003页第4段第3行：

今凤姐问贾琏，可说了没有。

应断为：

今凤姐问贾琏："可说了没有？"

当然，《红楼梦》虽是长篇白话小说，其语言艺术也达到了炉火纯青的地步。但是，曹雪芹时代的白话文毕竟还没有现在这样规范，再加小说中本就有许多口语化的东西，若认真用现代汉语语法去衡量，可能也是不太合理的。

（二）错别字

1．第8回第123页第2段第6行：

命了暖来方饮。

"了"字明显是个错别字，乃"人"字之误。庚辰本及"新校本"第1版均为：

命人暖来方饮。

2．第11回第152页第2段第1行：

　　这里尤氏向邢夫人、王夫人道："太太们在这里吃饭阿，还是在园子里吃去好？"

"阿"字明显是个错别字，虽然庚辰本及新校本第1版也是如此，但应该予以改正。应为："好"或"呢"。

3．第31回第422页第1段第6行：

　　晴雯笑道，倚在床上说道……

"笑道"的"道"字明显是错别字。庚辰本和新校本第1版均为"着"。

4．第37回第492页第4行：

　　李纨笑道："倒的是蘅芜君。"

"倒的"明显是错别字。新校本第1版为"到底"，庚辰本原为"的"，点改为"底"。

5．第60回第823页第2段第5行：

　　豆官

应为"荳"字。新校本第1版也是"豆"字，但庚辰本为"荳"。

6．第62回第848页第3段第8行：

　　就冤屈不着平人了。

应为"平儿","人"为"平"之误。或为"别人","平"为"别"之误。庚辰本和新校本第1版也作"平人"。

7．第68回第948页第2段第3行：

我岂不比嫂子更他怕绝后？

应为：

我岂不比嫂子更怕他绝后？

"他"、"怕"二字颠倒了位置。庚辰本和新校本第1版均为：

我岂不更比嫂子更怕绝后？

多一"更"字，少一"他"字。

8．第69回第961页第1段第3行：

恨命含泪便吞入口中

"恨"应为"狠"之误。庚辰本和新校本第1版也是"恨"字。

9．第84回第1186页第2段第5行：

那么同着姨太太看看巧姐儿。

程甲本和新校本第1版都是"打那么"，显然不通。应该改为："打那里"，亦即"从那里"或"顺便从那里"之意。

二、注释方面的可商榷之处

注释方面的可商榷之处，也主要表现在以下三个方面：一是应该注释而未注释者；二是重复注释者；三是值得商榷者。现分别列述如下：

（一）该注未注者

1．非文即理

第1回第5页第1行：

> 且鬈婢开口即之乎者也，非文即理。

"非文即理"一词应该注释为：

> （且连丫鬈开口即之乎者也），不是说话文绉绉的，就是道学腔十足。理:理学，道学。

如果这个词语不加注释，现在有些人可能就会误解成"不是文科，就是理科"。

2．出月

第3回第36页第1段第10行：

> 已择了出月初二日小女入都。

第16回第204页第2段第5行亦有：

> 本该出月到家。

第66回第917页第3段第4行：

出了月就起身。

"出月"一词在《红楼梦》中共出现过三次，但新校本却没有注释，相信许多人都不会明白这个词的含义。汉语大词典出版社出版的《汉语大词典》第2册第477页"出月"条注释为：

出月：出了本月，即下月。《儒林外史》第二五回："邵管家道：'就在出月动身。'"《红楼梦》第十六回："贾琏这番进京，若按站走时，本该出月到家。"洪深《香稻米》第一幕："黄二官：'（自言自语）出月初八、初九！'"

此外，有些词语本来早已出现，但却没有及时注释，待后文再次出现时，方才加注。例如"兽头"一词，本来在第3回第37页第3行就已经出现，但却没有注释。直到第22回第301页注3才注释为：

兽头——古代建筑塑在屋檐角上的两角怪兽。明杨慎《升庵外集》："好望，今屋上兽头是也。"俗传龙生九子，其一为螭吻。

愚以为，这条注释应该移至第3回第37页。

（二）重复注释者

1．班姑、曹大姑

第1回第4页注4：

班姑、蔡女之德能——班姑：即东汉史学家班固之妹，博学，曾参与续《汉书》。和帝时担任过宫廷教师，号称"大家（gū）"，故称"班姑"。编有《女诫》七篇，历来奉为妇德的典范。见《后汉书·曹世叔妻传》……

第92回第1274页注1：

曹大姑——《后汉书·列女传》作"曹大家（gū）"。东汉曹世叔妻班昭的号。

2. 潘安、子建

第1回第5页注4：

潘安、子建、西子、文君——……潘安：即潘安仁，晋代文人，著名美男子。子建：曹植的字，三国时文学家，以才高著称……

第65回第911页注1：

富比石崇，才过子建，貌比潘安——……曹植字子建，三国时诗人，有"才高八斗"之誉，见《南史·谢灵运传》。潘安即潘岳，晋人，古代著名美男子，见《世说新语·容止》。

3. 红娘

第2回第6页注1：

红娘——唐代元稹《会真记》（元代王实甫衍为杂剧《西厢记》中崔莺莺的丫鬟）。

第5回第71页注4：

红娘抱过的鸳枕——红娘：崔莺莺的丫鬟。这里是指莺莺到西厢与张生幽会时，红娘送衾枕事。见《西厢记》第四本第一折。

4. 温飞卿

第2回第30页注1：

许由……朝云——……温飞卿：温庭筠，字飞卿，晚唐诗人……

第75回第1054页注2：

温飞卿、曹唐——温飞卿，温庭筠的字，唐代诗人，才思敏捷，长于词赋、音乐，作品以秾艳华丽为特色……

5．能着

第4回第64页注3：

能着——犹言"耐着"、"忍着"，引申为"将就着"。

第37回第496页注2：

能着——将就。

第57回第789页注释：

能着——将就。

6．夔

第17回至第18回第236页注1：

龙旌凤翣，雉羽夔头——……夔：古代传说中灵异动物。

第66回第921页注1：

龙吞夔护——……夔：传说中像龙而只有一足的神兽，古代器物常雕其形状作文饰。

7．撞客

第35回第462页注1：

撞客——旧时谓"鬼魂附体"，使人神志不清，胡言乱语。

第42回第560页注2：

撞客——民间用语，人遇鬼神为其所附以致生病招灾，叫撞客。也叫"撞克"或"克碰"。

8．行 (háng 杭) 子：

第28回第387页注2：

行 (háng 杭) 子——贬称自己所不喜欢的东西或人。

第57回第778页注1：

行子——行，读作 háng 音杭。骂语，指所厌恶的人或物。

9．螭、螭头

第3回第40页注2：

螭——古代传说中的无角龙。

第17至18回第229页：

螭头——用于建筑或器物上的装饰部件。螭：传说中无角的龙。

（三）注释不太准确者

1．姑苏、阊门

第1回第7页注3：

姑苏、阊（chāng 昌）门——姑苏：苏州的别称，因其西南有姑苏山而得名。这里是指苏州府辖境。阊门：苏州城的西北门，又名破楚门。这里代指苏州城。

虽然这条注释无大错，但似乎有点儿不太准确。汉语大词典出版社出版的《汉语大词典》第4册第318页"姑苏"条注释为：

姑苏：亦作"姑胥"。1．山名。在江苏省吴县西南……2．指姑苏台……3．苏州吴县的别称。因其地有姑苏山而得名。

从历史的沿革来看，《汉语大词典》的这条注释亦不够全面，所以这条注释应该这样简注为：

姑苏：苏州吴县的别称。因其地有姑苏山而得名。又因吴县隶属于苏州府，故后来也以姑苏代指苏州。姑苏山，又名姑胥山。

再看"阊门"一词。《汉语大辞典》第12册第124页"阊门"条注释为：

阊门：城门名。1．在江苏省苏州市城西。古时阊门高楼阁道，雄伟壮丽。唐代阊门一带是十分繁华的地方，地方官吏常在此宴请和欢迎宾客，许多诗人都有诗词吟诵……2．扬州城西门……

参考《汉语大词典》中的这条注释，对《红楼梦》中的"阊门"一词应该注释为：

阊门：苏州古城的西门。古代阊门一带非常繁华，是地方官吏宴请迎送宾客的地方，因而《红楼梦》中也说这里"最是红尘中一二等富贵风流之地"。

2．炸供

第1回第16页注2：

炸供——油炸供神用的食品。

中国民间用食用油炸制"供品"，不仅用于祭供神，也用于祭供祖先等等。所以这条注释只限定"供神用的食品"，是不准确的。愚以为，这条注释应为：

炸供——用食用油炸制祭祀摆供用的供品。

3．朝云

第2回第30页注1：

朝云——宋代钱塘名妓。

众所周知，朝云在历史上之所以有名气，是因为她后来被苏东坡纳为小妾。所以，这条注释应注为：

朝云——宋代钱塘名妓，后被苏轼纳为妾。

4. 王嫱

第5回第73页注3：

> 王嫱——即王昭君，汉元帝时官人，貌美。

王昭君之所以出名，并不仅仅因为她貌美，更主要的是因为她的特殊遭遇：曾经出塞和亲。所以，这条注释应注为：

> 王嫱——即王昭君，汉元帝时官人，貌美。曾出塞和亲，嫁匈奴王。

5. 跳蹋

第6回第92页注2：

> 跳蹋——也作'跳跶'，急得顿足。

应注为：

> 跳蹋——也作'跳跶'，急得捶胸顿足。喻气急败坏状。

6. 杌（wù 物）

第16回第207页注2：

> 杌（wù 物）——小凳子。

第41回第563页注3：

> 杌（wù 误）——小方凳。

不仅重复注释，而且注释错误。杌，亦称"杌子"。在我的家乡，许多人家至今都有这种家具。它与凳子的主要区别是：凳子的板面是长条形者，称"条凳"；板面是长方形者，称"板凳"或"凳子"。凳子的四条腿与板面相接都是呈梯形的。而杌子的板面都是正方形的，且四条腿与板面是垂直的。即使是小杌子，也是这种形状。并且，杌子不"小"，一般都比凳子大。人们在取高处的东西时，往往喜欢踏着杌子，因为它大而稳固。此外，它还可以代替桌子摆放东西。如每年腊月二十三祭灶节时，人们总是把杌子摆放在院子里，然后在上面摆上香炉及水饺等祭品，以祭送"灶王爷"。试看《红楼梦》第16回第207页第2段第3行至第5行的一段描写，便可明白杌子"大"而非"小"：

> 平儿等早于炕沿下设下一杌，又有一小脚踏，赵嬷嬷在脚踏上坐了。贾琏向桌上拣两盘肴馔与他放在杌上自吃。

正因为杌子腿高且板面大，可以摆放更多的东西，所以平儿等人让赵嬷嬷当饭桌用，而将脚踏作了坐具。

7. 听哈

第61回第832页注1：

> 听哈——听人哈斥，挨骂。这里有自嘲意。

这个词注释为"听人吩咐、听人使唤、指使"即可。

8. 玳瑁

第62回第849页注1：

> 玳瑁——无足类海洋动物，甲壳入中药可作酒器或装饰品，甚名贵。

记得看"动物世界"栏目时，曾经看到过玳瑁，作为普通观众，我确实看不出它与龟有什么区别。商务印书馆出版的《现代汉语词典》第203页"玳瑁"

条注释为：

> 玳瑁：爬行动物，形状像龟，甲壳黄褐色，有黑斑，很光润，可以做
> 装饰品。产在热带和亚热带海中。

既如此，新校本所谓的"无足类海洋动物"云云，不知何所据而言。

9. 抓子儿赢瓜子儿

第64回第886页注1：

> 抓子儿赢瓜子儿——抓子儿，一种女孩子的游戏，"手五丸，且掷，且拾，
> 且承，曰抓子儿"。见《帝京景物略·春场》正月条。"丸"可用小石子、
> 桃杏核，或小布口袋内装沙子或碎米之类，常不止五个。玩时有一定规则，
> 以抓接又快又准者为胜。赢瓜子儿是一种罚约，输者要被赢家用指甲盖儿
> 弹脑门、磕下巴或打手心。

我小的时候，就经常和小伙伴们玩这种游戏。这条注释中所谓的"一种女孩子的游戏"云云，是不准确的，男孩子女孩子都可以玩，并无什么限制。《帝京景物略·春场》正月条中所说的"手五丸"，也是对的。而这条注释中所云"常不止五个"的说法，也不知何所据而言。其实我们所玩的这种游戏，确实只有五个子儿。其具体的游戏规则是这样的：将五颗子儿撒在地上（床上、炕上、桌上等），然后随意拣起一颗，抛至空中的同时，从地上抓起一颗，然后接住空中的子儿，如此反复四次，曰"拾个儿"；将五颗子儿撒在地上，随意拣起一颗，抛至空中的同时，从地上抓起两颗，然后接住空中的子儿，如此反复两次，曰"拾两儿"；将五颗子儿撒在地上，随意拣起一颗，抛至空中的同时，先从地上抓起三颗，然后接住空中的子儿，再将手中的子儿抛起一颗的同时，抓起地上的一颗子儿，再接住空中的了儿，口"拾仁儿"；将五颗子儿撒在地上，随意拣起一颗，抛至空中的同时，从地上抓起四颗，然后接住空中的子儿，曰"拾四儿"。再接下来，便将手中的五颗子儿抛起，然后掌心朝下在空中抓取子儿，抓

住几颗算几颗。在这个过程中，接不住空中的子儿或拣不起地上的子儿，便要停止，直到对方失误后方能接着开始。最后计算一下，谁抓取的子儿多便算谁赢，按照所赢子儿数量的多少惩罚对方，一般采取的惩罚方式便是"赢瓜子儿"。

此外，这条注释中对"赢瓜子儿"注释也不十分准确。"赢瓜子儿"，实际上是"赢打瓜子儿"的略称。这条注释中所谓"用指甲盖儿弹脑门、磕下巴"等等，都不能叫"赢瓜子儿"。北方民间所谓的"赢瓜子儿"，其实就是赢者将食、中二指并拢，打输者手腕的背面或手心。

10. 清水下杂面，我吃你看见

第65回第908页注3：

> 清水下杂面，我吃你看见——杂面是绿豆渣子一类豆面做成的粗粮，很涩。没有油水难以下咽，因有"清水下杂面——我看你怎么吃"的歇后语。

对于这条注释的意思，笔者不敢判断是否正确，也没有查到相关的资料。但可以肯定的是，其中对杂面的定义确是不准确的。在北方，除了麦子面之外，其他粮食的面粉基本上都称作"杂面"，而且也不是"绿豆渣子一类豆面"，而是用绿豆、豌豆、红小豆等磨成的面粉。此外，用杂面粉做成的面条，也称作杂面。此处显然是指杂面条。

11. 捞梢

第73回第1014页注1：

> 捞梢——赌博中称翻本为"捞梢"，即把输了的钱赢回来。

其实不只赌博，被人打了或吃了什么亏，再去报仇找回便宜都称作"捞梢"或"捞筲"。因北方许多地方都把水桶叫作"筲"，上井打水时不小心会把水桶掉进井里，用长绳拴上几把铁钩，再把水桶捞上来，称作"捞梢"或"捞箭"。意为找回本钱或把损失找补回来。

12．鹄

第75回第1046页注1：

鹄（gǔ谷）子——即鹄的，箭靶的中心。

虽有"箭靶的中心"这层意思，但不确，应注为：箭靶子。试看原文："因此在天香楼下箭道内立了鹄子"。只有箭靶子可以立，箭靶的中心如何立？

13．打紧

第76回第1059页注1：

打紧——实在、正确。

不确，应注为：

打紧——本来就……

14．饶上

第77回第1083页注1：

饶上——另添上。

不确，应注为：

饶上——白搭上，再赔上。

15．踢天弄井

第81回第1147页注1：

踢天弄井——犹言小孩活蹦乱跳，调皮玩闹。

意思基本正确。北方许多地方管院子叫"天井"，所以小孩调皮玩闹叫"踢天弄井"。

16. 作脚

第91回第1263页：

作脚——传递信息，做内应。

不确，应注为：

作脚——当跑腿的。

17. 坐床撒帐

第96回第1323页：

坐床撒帐——旧日结婚时的一种风俗。宋代孟元老《东京梦华录·娶妇》："凡男女对拜毕，就床，男向右女向左坐，妇女以金钱彩果散掷，谓之撒帐。"

不确。兹节引《醒世姻缘传》第44回中一段关于"撒帐"的情节：

那宾相在旁边赞着礼，狄希陈与素姐拜了天地。牵了红，引进洞房……素姐看那宾相：

年纪五十之上，短短的竖着几茎黄须……

只见那宾相手里拿了个盒底，里面盛了五谷、栗子、枣儿、荔枝、圆眼，口里念道："阴阳肇位，二仪开天地之机；内外乘时，两姓启夫妻之义。凤凰且协于雌雄，麒麟占吉于牝牡。兹者：狄郎凤卜，得淑女于河洲；薛姐莺詹，配才子于璧府。庆天缘之凑合，喜月老之奇逢。"

夫妇登床，宾相撒帐，将手连果子带五谷，抓了满满的一把，往东一撒，说道：

"撒帐东，新人齐捧合欢钟。才子佳人乘酒力，大家今夜好降龙。"

念毕，又抓了果子五谷往南一撒，说道：

"撒帐南，从今翠被不生寒。春罗几点桃花雨，携向灯前仔细看。"

念毕，又将果子五谷居中一撒，说道：

"撒帐中，管叫新妇脚朝空。含苞未惯风和雨，且到巫山第一峰。"

念毕，又把五谷果子往西一撒，念道：

"撒帐西，窈窕淑女出香闺。厮守万年谐白发，狼行狈负不相离。"

念毕，又把五谷果子往北一撒，念道：

"撒帐北，名花自是开金谷。宾人休得枉垂涎，刺猬想吃天鹅肉。"

念毕，又把五谷果子往上一撒，念道：

"撒帐上，新人莫得装模样。晚间上得合欢床，老僧就把钟来撞。"

念毕，又把五谷果子往下一撒，念道：

"撒帐下，新人整顿蛟绡帕。须臾待得雨云收，武陵一树桃花谢。"

新校本这条注释引用宋代孟元老《东京梦华录》中的记载，有一定的史料根据。但从《醒世姻缘传》中的这段文字来看，"撒帐"的"宾相（傧相）"并不是妇女，而是男子。否则女子岂能"短短的竖着几茎黄须"，又岂能在撒帐时说出那些"男性化"的下流话来？也许孟元老所生活的宋代做傧相的是妇女，但到了明清时代又发生了变化？众所周知，虽然学术界对于《醒世姻缘传》的成书年代问题尚有不同意见，但无论成书于明末还是清初，都可以说它比《红楼梦》早出现100年左右，在相近的时代，风俗习惯也应该更为接近。

18．喜娘

第97回第1343页注3：

　　喜娘——旧时结婚时陪伴照料新娘的妇人。

　　这样注释本来不错，但各地风俗不太统一。有的地方让已婚且未生育的妇女做"喜娘"；有的地方则让未婚女子做"喜娘"。实际上，此处只简单地注释为"喜娘，即伴娘"，相信大多数人就可以明白了。

　　以上只是自己的一点儿浅见，是否正确，还请专家学者和各位同好批评指正。同事卜喜逢为本文写作查核了庚辰本和程甲本底本，在此致谢。此外，此文草成后，本来打算分送给负责修订的几位老师和人民文学出版社的有关负责同志。但由于担心自己的观点不正确，反而会对此书的修订起到相反的作用。因此，索性公开发表出来，以期大家展开讨论。欢迎专家学者及广大读者批评指正。

（原载《学术交流》2012年第9期）

曹雪芹生卒年研究述要

在当今世界的文学研究领域中，据说唯有莎士比亚剧作研究的规模方能够与《红楼梦》研究相媲美。曹雪芹与莎士比亚这两颗璀璨的文星，曾分别出现在东西方的文坛上，为人类留下了光耀千古的文学巨著。但时至今日，我们对他们却了解甚少，甚至还有人否定其著作权抑或怀疑他们的存在。自本世纪20年代起，许多红学专家便不断地在茫茫书海中搜寻着有关曹雪芹家世生平的零星材料，使红学研究取得了重大的突破和进展，但亦有许多疑难问题尚未解决。曹雪芹的生卒年问题便是这类问题之一。笔者翻阅了几十年来有关这一问题的文章，写成此文。在此有必要交代两点问题：第一，本文既名曰"述要"，意即择其要者而述之，不可能像综述文章那样面面俱到；第二，因为曹雪芹的生卒年研究是一个比较特别的问题，其生年大都以卒年为基点上推而得，故而本文先述卒年，后述生年，望各位勿以次序颠倒为非。

一、卒年问题

有关曹雪芹的卒年问题，目前学术界主要有三种说法：（1）壬午除夕（乾隆二十七年，公元1763年2月12日）；（2）癸未除夕（乾隆二十八年，公元1764年2月1日）；（3）甲申春（乾隆二十九年，公元1764年春）。

第一种说法简称"壬午说"，是胡适于1928年提出来的。早在1921年，他在写《红楼梦考证》的时候，就已根据一些零星材料，断定曹雪芹卒于乾隆三十年左右。1922年，他得到了敦诚《四松堂集》的写本，发现敦诚《挽曹雪芹》的诗题下注有"甲申"二字，便断言曹雪芹卒于乾隆二十九年。1927年，他重价购买了甲戌本《石头记》，此书第一回中有脂批云："壬午除夕，书未成，芹为泪尽而逝。"据此，他又于1928年发表了《考证〈红楼梦〉的新材料》一文，将曹雪芹卒年定为乾隆二十七年壬午除夕（1763年2月12日）。虽然周汝昌在1948年提出"癸未说"后，胡适曾一度动摇过，但他在1961年写《跋乾隆甲戌〈脂砚斋重评石头记〉影印本》的时候，还是主张曹雪芹卒于"壬午除夕"。除胡适之外，力主此说者还有俞平伯、王佩璋、周绍良、陈毓罴、邓允建等人。

第二种说法简称"癸未说"，是由周汝昌提出来的。1947年，他从《八旗丛书》中发现敦敏《懋斋诗钞》后，便以其中有关材料为依据，发表了《红楼梦作者曹雪芹生卒年之新推定》一文，否定"壬午说"并提出"癸未说"。1953年，他又在《红楼梦新证》中重申此说。此外，赞成此说者还有吴恩裕、吴世昌、曾次亮、冯其庸等人。

第三种说法简称"甲申说"。1980年，梅挺秀在《红楼梦学刊》第3期上发表了《曹雪芹卒年新考》一文，首倡"把曹雪芹卒年定于一七六四年春天"。继梅挺秀之后，徐恭时又在《红楼梦学刊》1981年第2期上发表了《文星陨落是何年？——曹雪芹卒年新探》一文，更具体地将曹雪芹卒期定为"乾隆二十九年，岁次甲申，仲春二月十八日春分节间。——阳历是一七六四年三月二十日"。

自1928年"壬午说"提出后，直到1947年的20多年间，从未有人提出任何异议，几乎已成定论。"癸未说"提出后，两说便一直争论不休，甚至还在1962年爆发了一场大辩论，结果争论双方各执一端，最终谁也没有将谁说服。1980年"甲申说"出现后，三说遂成鼎足之势。为行文方便，笔者在此拟按大致时间先后，将三说分述如下：

（一）"壬午说"

1928年，胡适首倡此说。1947年，"癸未说"提出后，"壬午说"始面临挑战。1954年，俞平伯首次撰文反驳"癸未说"并力主"壬午说"，拉开了两说互辩的序幕。他于1954年3月1日发表了《曹雪芹的卒年》[①]；1958年，又在《红楼梦八十回校本·序言》中重加申述自己的观点。他首先强调了"脂评"的可信性，认为脂砚斋的批语就是"明文"，是"明明白白的话"，凡是信用脂批的人就应该相信其可靠性，并且针对主"癸未说"者对于"壬午除夕"一语只取"除夕"而怀疑"壬午"的做法提出批评。在强调了"壬午说"之后，他又对"癸未说"者所依据的材料进行了分析和辩驳："前三首诗虽题癸未，但《小诗代简寄曹雪芹》这一首并未题癸未，安知不是壬午年的诗错编在这里呢？"《懋斋诗钞》"稿本剪贴，次序可能凌乱，其《小诗代简寄曹雪芹》一诗并未注明年月，证据很薄弱"。对于敦诚《四松堂集》中的那首《挽曹雪芹》诗，俞平伯作了这样的解释："这诗写于乾隆二十九年甲申，是癸未的次年。末句说'絮酒生刍上旧坰'，注意这'旧坰'两字。旧坰者，即礼记所谓'朋友之墓有宿草而不哭焉'，是旧坟不是新坟。若雪芹死于癸未除夕，其葬必在甲申，则同年的挽诗，如何能说'旧坰'，用这样的典故，应该说新坟呵。"

1957年5月，王佩璋发表了《曹雪芹的生卒年及其他》[②]，支持"壬午说"，反驳"癸未说"，她在对《懋斋诗钞》原稿本进行了仔细考察后，发现其中有"粘接"、"留空和缺页"、"贴改"、"文字错装"等几种情况，她又依据《懋斋诗钞》的诗题及内容所示年月季节而排列了一个"时序表"，结果亦发现它完全不是编年的情形，因此便断定《懋斋诗钞》是"一个后人剪接拼凑的本子"，是"被后人剪贴挖改过的"，其中"有许多颠倒紊乱之处"，里面的诗并不是按年月次序编排的。

---

① 《光明日报·文学遗产》第1期。
② 《文学研究集刊》第5册。

1961年，胡适在《跋乾隆甲戌〈脂砚斋重评石头记〉影印本》中重申"壬午说"，并阐明了自己的看法："周汝昌先生曾发现敦敏的《懋斋诗钞》残本有《小诗代简寄曹雪芹》的诗，其前面第三首诗题着'癸未'（乾隆二十八年）二字，故他相信雪芹死在癸未除夕。我曾接受汝昌的修正。但近年那本《懋斋诗钞》影印出来了，我看那残本里的诗，不像是严格依年月编次的；况且那首'代简'止是约雪芹'上巳前三日'（三月初一）来喝酒的诗，很可能那时敦敏兄弟都还不知道雪芹已死了近两个月了。所以我现在回到甲戌本（影印本九页至十页）的记载，主张雪芹死在'壬午除夕'。"

1962年3月14日，周绍良在《文汇报》上发表了《关于曹雪芹的卒年》一文，对"癸未说"加以反驳。他认为，《小诗代简寄曹雪芹》一诗中的"上巳"是指壬午年3月12日清明节，"前三日"，即3月9日，是特为避开清明扫墓之期；"如果指癸未的三月初九，则不但谷雨已过，杏花开落，无可玩赏，而且提前三天也太无意义了"。对于《懋斋诗钞》是否编年的问题，他的回答是否定的，他以其中的三首诗为例，证明其排次是实有错乱的。至于敦诚《挽曹雪芹》诗所注明的"甲申"二字，他觉得也不可靠。

1962年4月8日和6月10日，陈毓罴相继发表了《有关曹雪芹卒年问题的商榷》[1] 和《曹雪芹卒年问题再商榷——答周汝昌、吴恩裕两先生》[2] 两篇文章；1964年，他又在《新建设》第3期上发表了《曹雪芹卒于癸未除夕新证质疑——与吴世昌先生商榷》。与俞平伯一样，陈毓罴亦特别强调"脂批"的可信性。他在对脂砚斋与曹雪芹的密切关系做了分析研究后指出，脂砚斋与曹雪芹"既有着如此深厚的情谊，在这样表示深切悼念的一条批语里，竟会把死者的卒年弄错了一年，在记忆中把'癸未'误记为'壬午'，这实在是令人难以想象的事。要知道，曹雪芹的死对脂砚斋是多么沉重的打击！'余尝哭芹，泪亦待尽'，很难相信这样的人会把他所痛哭的人的卒年忘记或在记忆中将它搞乱。如

---

① 《光明日报·文学遗产》第409期。

② 《光明日报》1962年6月10日。

果没有十分确凿可靠的证据，我们就不能轻易勾销其中的'壬午'二字，硬说脂砚斋是误记的"。对于"癸未说"者引以为据的《小诗代简寄曹雪芹》诗，陈毓罴认为其编年可疑，他以《懋斋诗钞》中的三首诗为例，指出"这个稿本是属于剪贴性质的，剪贴时很难避免不发生错误"，"由于它本身就大有问题，我们不能把它作为证明曹雪芹死于癸未除夕的一个'间接材料'。无论如何，它决不是'癸未说'的一个有力的根据"。至于敦诚的《挽曹雪芹》诗，陈毓罴也承认它是甲申年作的，但"它和脂砚斋的批语并没有丝毫矛盾。曹雪芹死于壬午除夕，停灵一年，到甲申年初才下葬"。

1962年4月17日，邓允建在《文汇报》发表《曹雪芹卒年问题商兑》；同年6月10日，又在《光明日报》发表了《再谈曹雪芹的卒年问题》。他亦从《懋斋诗钞》的编年问题出发，对"癸未说"者进行了反驳。以上所列，便是"壬午说"的几篇有代表性的重要文章。要而言之，其主要论据就是甲戌本《石头记》中的"壬午除夕，书未成，芹为泪尽而逝"这条脂批，他们认为，这条脂批无论是出自脂砚斋还是畸笏叟，总比依敦诚兄弟诗的年代来推断曹雪芹卒年可信，因为他们与曹雪芹的关系远比二敦更为密切，这段"明明白白的话"，是不容否定的"明文"，持"癸未说"的人既然怀疑"壬午"就不应该再采用"除夕"。"癸未说"者所依据的《懋斋诗钞》是一个传抄本，它并"不是严格编年"的，《小诗代简寄曹雪芹》可能是壬午年的诗"错编"在癸未年了，它不能证明曹雪芹在癸未年还活着。即使此诗确是作于癸未年，也有可能"直到此年的'上巳前三日'"，"敦敏兄弟都还不知道雪芹已死了近两个月了"。至于敦诚在甲申年所作的那首《挽曹雪芹》诗，应是雪芹壬午除夕死，癸未年葬，而甲申年敦诚去给他上坟时写的上坟诗而非送葬诗，因为其中有"旧坰"二字，"旧坰"亦即"旧坟"，如果曹雪芹死于癸未除夕，则其葬必在甲申年，同年的挽诗，怎么能说"旧坰"呢？

（二）"癸未说"

1947年12月5日，周汝昌在天津《民国日报·图书》第71期发表《〈红楼梦〉作者曹雪芹生卒年之新推定》一文，首倡此说，后在1953年出版的《红楼梦新证》中重加申述。1962年，他又连续发表了《曹雪芹卒年辩》^① 和《再商曹雪芹卒年》^② 等文章。其中《曹雪芹卒年辩》最为全面系统。在此文中，他首先从"消极方面"列举了"壬午说"的"十个论点"，并逐条进行商榷，然后又从"积极方面论述了自己主张'癸未说'的几点理由"，最终得出结论："曹雪芹卒于乾隆二十八年癸未除夕，合当公元一七六四年，二月一日。"

1954年4月26日，曾次亮在《光明日报》发表《曹雪芹卒年问题的商讨》，赞成"癸未说"并反驳俞平伯的观点。在文章中，他利用天文和气象学方面的知识，论证了《小诗代简寄曹雪芹》一诗应是作于"癸未"而非作于"壬午"。他指出：敦敏诗约曹雪芹于"上巳前三日"去喝酒，上巳即农历三月三日，则此诗必作于农历二月底的前数日，暂假定为二月二十五日。但此诗一开始就说"东风吹杏雨，又早落花辰"，则其时已是"落花时节近清明"。乾隆壬午二月小，二月二十五日春分；三月大，三月十二日清明。癸未年则二月小，二月二十二日清明。故敦敏写此诗时杏花已落，只能是癸未二月二十五日，即清明后三日。若此诗是壬午二月二十五日所作，则在春分这一天，其时北京冰雪未融，杏花未开，又怎么会有"落花"？此诗既作于癸未，那么曹雪芹就不可能去世于壬午除夕！

1962年，吴恩裕连续发表了《曹雪芹的卒年问题》^③、《曹雪芹卒于壬午说质疑——答陈毓罴和邓允建两同志》^④、《考证曹雪芹卒年我见——再答陈毓罴和邓允建两同志》^⑤3篇文章，他认为，"壬午说"者所依据的那条脂批只是一个孤证，它是脂砚斋"在事隔十一年（乾隆三十九年甲午所批）之后"的"追忆记载"，"并且也不是回忆者本人的亲笔；而是抄了不知多少遍的过录"。"记错了或算错了干支"是完全可能的事。"二敦的诗固然也是用干支纪年，但他们的诗都是

---

① 《文汇报》1962年5月4、5、6日连载。
② 《光明日报》1962年7月8日。
③ 《光明日报·东风》1962年3月10日。
④ 《光明日报》1962年5月6日。
⑤ 《光明日报》1962年7月8日。

逐年逐月写了诗随即录入誊清本的集中的，……其错的可能是远比十一年以后再来追忆弄错的可能小得多的。"曹雪芹癸未除夕死后即葬，敦诚的挽曹诗是甲申年初的送葬诗。

1962年1月21日，吴世昌在《光明日报》发表《曹雪芹的生卒年》；1963年，在《新建设》第6期发表《综论曹雪芹的卒年问题》；十几年后的1978年，又在《社会科学战线》第3期发表了《郭沫若院长谈曹雪芹卒年问题》。他认为，《懋斋诗钞》编年不误，《小诗代简寄曹雪芹》一诗确为癸未上巳前所作。敦诚挽诗中的"絮酒生刍"指新葬，其"两首挽诗（加重写一首，共三首）中无一句不证明其为雪芹初丧时送葬之作。"持"壬午说"者所依据的那条脂批，有可能是脂砚斋年老误记，"其中关键性的'壬午'二字根本有问题，则壬午说的唯一'证据'即不能成立，可证雪芹卒于癸未除夕，即一七六四年二月一日"。

"癸未说"产生伊始，即面临着问世已近20年的"壬午说"，如果想使己说确立，就必须首先驳倒异说。因此，他们大都从脂批入手，以证实"壬午"二字的不可信性，然后再从另一个方面抛出自己的证据。综观所有持"癸未说"者的文章，大致有以下几条理由：第一，脂批误记；第二，敦敏《小诗代简寄曹雪芹》一诗作于癸未春，既然此时他还邀请曹雪芹去喝酒，可证曹雪芹壬午除夕未死；第三，敦诚挽曹雪芹诗是他甲申年的第一首诗，诗中内容说的是雪芹初丧，可证曹雪芹卒于癸未除夕；第四，敦诚甲申年初挽曹雪芹诗中有自注云："前数月，伊子殇，因感伤成疾。"癸未年秋冬之际，北京有严重的瘟疫，儿童死者数万，大概雪芹之子亦死于此疫，这亦可证明曹雪芹不可能卒于壬午除夕。

以上所列，便是几十年来"壬午说"与"癸未说"的主要文章和论点。1980年，梅挺秀在《红楼梦学刊》第3期上发表了《曹雪芹卒年新考》一文，对"壬午"、"癸未"二说相互论争的原因及其"问题的症结"作了概括："主'壬午说'的红学家"认为甲戌本的那条眉批是曹雪芹卒年的"明文"，"但问题是这一'明文'同其他一些材料发生矛盾，譬如，据敦敏《懋斋诗钞》之《小诗代简寄曹雪芹》似乎在乾隆癸未清明前，雪芹的好朋友敦敏还请他到家喝酒；敦敏、敦诚兄弟的雪芹挽诗，也都作于甲申。如果雪芹真死于壬午除夕，为甚么到第二年春天还约他'上巳前三日，相劳醉碧茵'呢？为甚么等到第三年春天才写挽诗呢？"如果说"雪芹死于'壬午除夕'，葬于甲申初春，挽诗作于下葬之时。为甚么死了一年多才下葬呢？'既是停灵待葬，又怎么会选择在地冻三尺的正月营葬（新丧又当别论）？这些都是'壬午说'者不大好回答的问题"。"至于敦诚兄弟挽诗之作于甲申春，对'壬午说'更是解不开的死结。"敦氏兄弟在雪芹逝世和停灵时没有写诗，而在"过了三个年头，到'下葬'后才写！这怎么解释呢？"如果说"敦诚兄弟在雪芹逝世时可能有诗哀悼，只是没有留传下来"，那么又怎会如此凑巧，"敦诚兄弟失落的都是逝世时的悼诗，而保留下来的都是下葬时的挽诗"，这也很难令人相信。"'壬午除夕'的'明文'同其他材料的矛盾，不能不引起人们对'壬午说'的合理性产生怀疑。'壬午说'者作了种种解释，试图消除矛盾。但每一解释又产生新的矛盾，使自己始终陷于矛盾之中。"

"'癸未说'避免了'壬午说'上面曾谈到的矛盾，既然雪芹卒于癸未除夕，癸未春天当然还活着，当然越年至甲申才下葬。因此，同敦敏兄弟的挽诗'正合榫卯'。"但"它同其他材料没有矛盾却缺乏任何的根据。构成'癸未说'的基石是《小诗代简》之作于癸未，首先碰到的问题就是《懋斋诗钞》是不是'严格编年'。如果像'壬午说'者所指出的《懋斋诗钞》经后人'剪接'、'留空'、'挖改'、'粘补'五十多处，有些诗的系年明显错误，《小诗代简》系年'必须存疑'，则'癸未说'本身能否站得住也就成了问题。多年来，'壬午说'和'癸未说'的攻防线，主要就是围绕这个问题进行的"，"即使《小诗代简》作于癸未，也只是证实曹雪芹在乾隆二十八年清明节前后还活着，而不能证明他一定死于这一年的除夕。'癸未说'的困难就在于它要证明雪芹不是卒于癸未的随便哪一天，而是卒于除夕这一天。也就是说，主要证明'泪笔'的批者不多不少把雪芹卒年误记了一整年！""恰恰在这个至关重要的问题上，'癸未说'者拿不出任何证据。"

（三）"甲申说"

梅挺秀在《红楼梦学刊》1980年第3期发表《曹雪芹卒年新考》一文，在将"壬午"、"癸未"二说作了概述并加以辩驳后，他随即从那条"泪笔"批语入手，指出它"是一条'复合批'"，"是各自独立而又互相关连的三条批语"，"壬午除夕"四字应属上文，它并非是曹雪芹卒年之"明文"，而是畸笏叟"加批所署之日期"。既如此，"则'壬午说'即失去其存在的依据，'癸未说'的基础亦随之而崩溃"。随后，梅挺秀又依据敦诚的挽曹诗、敦敏的吊雪芹诗、畸笏叟的"泪笔"批语及张宜泉的悼诗，分证曹雪芹卒于甲申年。他认为，曹雪芹的英年早逝，"不可能不在朋友中引起反应。而事实上，也正是如此。雪芹逝世后，有的在他下葬时写诗深切哀悼，有的在春日聚会时追念他而题壁凭吊；有的在重读《红楼梦》时感到由于他的去世而无法完成这部伟大作品写下沉痛的批语……。所有这一切都发生在甲申年。这决不是偶然的巧合。它们从不同的角度反映了一个基本事实：曹雪芹就是死于这一年的春天"。

1981年，徐恭时在《红楼梦学刊》第2期上发表《文星陨落是何年？——曹雪芹卒年新探》一义，更具体地将曹雪芹的卒年定于1764年3月20日。他先"对甲戌本中的评语文字"作了"一番概括考察"后，发现了下列几种情况：（一）把评语系年及评者署名删削尽净（戚序本的情况全同）。（二）评语文字，有改动字句或添字、删字。（四）评语文字，有误写、漏抄之处。（五）原为眉评、夹评等，移作回前或回后评。（六）原评语地位，在过录时被错置地方。"因此种种，他便将那条"泪笔"批语试作"复原"并进行了分析，最后证明了"壬午除夕""是畸笏叟的评语系年，与曹雪芹卒年无关"。在排除了"壬午"与"癸未"两说后，他又从敦诚《挽曹雪芹》诗中，探出了"写挽诗的时间，是在甲申年二月，雪芹即卒于此月"。接着继续分析，又依据敦诚的《挽曹雪芹》诗、《七子醉歌行》诗、敦敏的《河干集题壁兼吊雪芹》诗、张宜泉的《伤芹溪居士》诗等材料，推断出曹雪芹卒于"清乾隆二十九年，岁次甲申，仲春二月十八日春分节间。——阳历是一七六四年三月二十日"。

二、生年问题

曹雪芹的生年大都是以卒年为基点上推而得，但由于卒年问题迄无定论，其存世之岁亦难以统一，故而生年问题也就更为复杂了。虽然专论生年的文章比专论卒年的文章要少得多，但有关生年的说法却有很多。据徐恭时在《秦淮梦幻几经春——曹雪芹生年新析》^①一文中的统计，40余年间共有70多篇论红文章中涉及生年，专论之文仅见6篇。综观各家所提的曹雪芹生年，计有：清康熙四十八年、五十年、五十一年以前、五十四年乙未、五十五年、五十六年、五十七年、五十八年、六十年、六十一年、雍正元年、雍正二年甲辰等12种说法。其中以康熙五十四年乙未和雍正二年甲辰两说最为重要，现分述如下：

（一）"乙未说"

此说又名"遗腹子说"，本世纪30年代由李玄伯首先提出。1931年5月16日和23日，李玄伯在《故宫周刊》第84期和85期上连续发表了《曹雪芹家世新考》一文，他依据康熙五十四年三月初七的《江宁织造曹頫代母陈情折》中"奴才之兄嫂马氏，因现怀孕，已及七月，……将来幸而生男，则奴才之兄嗣有在矣"一段话，认定曹雪芹乃是曹颙的遗腹子，生于康熙五十四年乙未（1715）。1955年7月3日，王利器在《光明日报》发表了《重新考虑曹雪芹的生平》一文，他对兴廉《春柳堂诗稿》中的有关材料作了进一步推究考证后认为：曹雪芹"姓曹名霑，字梦阮，号芹溪居士"，这与甲戌本第十三回回末脂批"因命芹溪删去"之说也是和符的；曹家被抄后，曹雪芹"是住在北京西郊"的；"由于太死板机械地去看敦诚《挽曹雪芹》的'四十年华付杳冥'一语，过去的《红楼梦》研究者，大都肯定了曹雪芹只活40岁"，这是不准确的。他认为："康熙五十四年（1715）三月初七日曹頫的奏折中所提及的'奴才之兄嫂马氏，因现怀孕，已及七月'的遗腹子，可能就是曹雪芹，如此，则曹雪芹当生于1715年，下距1763年逝世，其年龄实为48岁，便与兴廉'年未五旬而卒'之说合，与习惯用法举成数而言的敦诚'四十年华'之说也无不合。"王利器的这篇文章发表后，一时信者颇多，迄今已有40多篇文章同意此说。但自60年代《五庆堂重修辽东曹氏宗谱》问世后，又有许多人提出异议，因为此谱明载：

---

① 《红楼梦学刊》1990年第4辑。

"十三世，颙，寅长子，内务部郎中，督理江南织造，诰封中宪大夫，生子天佑。十四世，天佑，颙子，官州同。"对此，王利器又于1980年在《红楼梦学刊》第4辑上发表了《马氏遗腹子·曹天佑·曹霑》一文，他在经过一番分析推论后指出："马氏遗腹子就是曹天佑，曹天佑就是曹霑，那么，曹雪芹之生于一七一五年，卒于一七六三年，享年四十八岁，也就无烦缕述了。"

总之，"乙未说"的主要依据就是康熙五十四年曹颙上康熙皇帝的奏折和兴廉的《春柳堂诗稿》。反对此说的人往往以下列几个问题进行驳难：（1）曹颙所奏马氏身孕，并不能肯定是"遗腹子"，因为生男生女，其可能性与或然性都是百分之五十，如系遗腹女，则不可能是曹雪芹；（2）《五庆堂谱》中明言曹颙之子是曹天佑，这就必须有可靠的材料证明曹天佑即曹雪芹。由于没有十分充足的证据，所以这两个问题都不是太好回答的。

（二）"甲辰说"

此说是由周汝昌提出来的。1947年12月5日，他发表了《〈红楼梦〉作者曹雪芹生卒年之新推定——〈懋斋诗钞〉中之曹雪芹》[①]，提出此说；1948年5月21日，又发表了《再论〈红楼梦〉作者曹雪芹的生年——答胡适之先生》[②]，重申己说；在1953年出版的《红楼梦新证》中，他又专列一章，先将曹雪芹卒年定于癸未除夕，再依据敦诚两次提到的"四十年华"一语，将曹雪芹的存世之年定为40岁，然后上推40年，恰好是雍正二年甲辰。为了证明自己的推论不误，周汝昌又把《红楼梦》中"凡遇纪年月季节的话，和人物岁数的话，都摘录下来，编为年表，然后按了上推所得的生卒年把其朝代年数和小说配合起来"，结果发现"二者符合的程度是惊人的"。因此，他认为："曹雪芹生于雍正二年（一七二四，甲辰）的初夏，卒于乾隆二十八年（癸未）的除夕，合公历一七六四年二月一日，实际的年岁是三十九岁半。"

"甲辰说"的主要依据是敦诚的《挽曹雪芹》诗，但它亦存在着困难点：

---

① 《民国日报·图书》第71期。
② 《民国日报·图书》第92期。

（1）此说是以卒年为基点上推而得，假如卒年不准确的话，生年亦必然有误；

（2）敦诚诗句"四十年华付杳冥"和"四十萧然太瘦生"中的"四十"是否是定数？如果确如某些人所言，"四十"只是举其"成数"而言，那么曹雪芹的存世之岁亦必不对；（3）敦诚的"四十年华"与兴廉的"年未五旬"相矛盾，而这二说到底谁是谁非，现在还不能断言。

（原载《红楼梦学刊》1991年第1期，笔名逍海）

脂本评者研究综述

现已发现的脂评系统的《红楼梦》早期抄本，包括曾经一度出现后又"迷失无稿"的靖藏本在内，共有12种。其中除舒序本和郑藏本之外，其他9种抄本均附有数量不等的评语。虽然有些人笼统地将这些评语称为"脂评"，但实际上它们却并非出自脂砚斋一人之手（按：关于"脂评"的概念及其范围的划分，目前学术界大致有以下三种看法：第一，所谓"脂评"，应该特指脂砚斋一人的评语；第二，应该泛指脂本上的所有评语；第三，应指以脂砚斋为代表，包括作者周围圈子里的一些人的评语）。从现存的脂本评语来看，仅署名的评者就有10人之多。一般认为，绮园、鉴堂、左绵痴道人3人，明显属于较晚的评者；立松轩和玉蓝坡，虽然与曹雪芹同时或稍后一些，但他们却是作者周围圈子之外的人；脂砚斋、畸笏叟、棠村、梅溪、松斋5人，都是雪芹的至亲好友，他们不仅了解作者的生平和家世，而且熟知《红楼梦》的创作过程，故而其评语具有十分重要的资料价值。弄清他们与曹雪芹的关系尤其是脂砚斋、畸笏叟与雪芹的关系，不仅有助于脂批的使用，而且对于《红楼梦》的研究，亦具有十分重要的意义。本乎此，笔者翻阅了数10年来有关脂本评者研究的文章，略加归纳整理后写成此文，以供广大《红楼梦》研究者和爱好者参考。

一、脂砚斋与畸笏叟是否同一个人的问题

在现存脂本的署名评语中，脂砚斋与畸笏叟所写的评语数量最多。但由于他们都是署的化名，故而不仅未曾弄清其真实姓名，而且连他们是同一个人还是两个人，学术界竟也存在两种相反的看法：

（一）一人说

周汝昌与吴世昌，是力主并坚持此说的主要代表。周汝昌在《红楼梦新

证》中，详细搜索罗列了署有脂砚斋、畸笏叟名号或加批年月的批语，比较了它们的语言特点和内容，证明脂砚斋与畸笏叟乃是同一个人的两个化名。他说，"自己卯、庚辰以前，大批家只有一个脂砚；及至庚辰以后，到壬午，忽然又出来一个奇人畸笏，也作大批家；而更奇的是：自从畸笏出现后，便再也不见脂砚署名了"，他"因此便疑心畸笏之人，恐怕还就是这位脂砚，不过从庚辰以后，他又采用了这个新别号罢了"。为了证明这一点，周氏又"遍翻各批，觉得无论从文法、用字、题材、感慨、口气哪一方面去分析畸、脂二人的批语，都实实找不出些微不相同的地方来。彼自称'批书人'，此亦自称'批书人'；此爱用特有的感叹话结尾如'……叹叹！'，彼亦用'叹叹！'。同是提二三十年前的旧事，同是说'作者经过，余亦经过'之类的话；同是称呼'阿凤''袭卿''颦儿''玉兄'一类的称呼"等等。除此之外，周氏又罗检了一些脂批并加以论证后，便得出了如下结论："从首至尾，屡次批阅的主要人物，原只有一个脂砚，所谓'畸笏'这个怪号，是他从壬午年才起的，自用了这个号，他便不再直署脂砚了。"

吴世昌虽然不同意周汝昌的脂砚斋即史湘云的说法，而认为脂砚斋是曹雪芹的叔父曹硕，但他却非常赞成周汝昌的脂、畸是同一个人的说法。在《论脂砚斋重评〈石头记〉(七十八回本) 的构成、年代和评语》一文中，他认为胡适、俞平伯、陈毓罴等人将脂砚斋与畸笏叟视为两个人的看法是不妥的，因为脂砚与畸笏只是同一个人的两个化名而已。这从"内证 (指评语内容——如思想、观念，和评语体裁——如措辞、语气、称谓等)"和"外证 (指评者的年龄及其与作者的关系一类问题)"两个方面，都可以得到很好的证明。其主要论点大致如下：(1) 综观脂砚斋与畸笏叟的所有评语，就会发现畸笏的批语"不论在文体、措词、语调、情绪各方面，都和脂砚的评语完全一致"；(2) 庚辰本第十六回中有12条小双署名，"脂砚"，而这12条小双署名在甲戌本中却被删去，"可知在'脂评本'中，凡未署名的评语，无疑都是'脂斋之批'，不是'诸公'(如松斋、梅溪) 之批"；(3) 吴世昌认为，周汝昌的"一人说"是很对的，但还有更好的论据他却没有举出来。于是，便又列举了8个例子 (共10条脂批) 作为"内证"。其论证方法是：从甲戌本和庚辰本中找出两本共存且内容相同的10条批语。在庚辰本中，由署年和款识可以确定这10条批语出自畸笏叟之手，但在甲戌本中，这10条内容相同的批语却没有落款。由于甲戌本中的批语"从来没有人否认其为脂砚斋的"，所以庚辰本上署了名的畸笏，就是甲戌本中没有署名的脂砚。

吴玉峰的《脂砚斋是谁①》一文，认为"脂砚斋是曹頫，脂砚斋和畸笏叟是同一个人，都是曹頫的化名，曹頫不是曹雪芹的父亲，而是其叔父"。并说"扬州靖氏藏本第二十二回所补入的'不数年芹溪、脂砚、杏斋诸子皆相继别去'，这句批语是无中生有，是个大误会"，因为脂砚斋"不但没有在丁亥（一七六七）前死去，而且到一七七四年还活着"。徐继文在《脂砚斋乃畸笏叟——红楼作者兼批者初探②》中认为："脂砚斋乃畸笏叟，亦是曹頫的笔名化身甄士隐的雅号与别号，他既是作者，又是批者，同时又是小说中的主角贾宝玉兼保护神癞头和尚和跛足道人。"冯树鉴的《两百年来红楼悬案新探——探"一芹一脂"之谜③》一文，居然与徐继文的观点不谋而合。他"从庚辰本第二十二回中证实脂砚斋与畸笏叟为一人，不过他的雅号和别号不同罢了"。

（二）"二人说"的提出及其对"一人说"的否定和反驳

持"二人说"的文章，大都首先将"一人说"反驳一番，然后方才正面论述自己的观点。1954年，俞平伯在《脂砚斋红楼梦辑评》一书的《引言》中说：脂砚斋与畸笏叟，"他两个究竟是什么人，异说纷纭。脂砚斋有说雪芹的叔叔；有说为同族亲属嫡堂弟兄，后又改说为即曹雪芹；更有人说即书中人史湘云。畸笏叟有人疑为即脂砚的另一个新别号。畸笏亦作畸笏叟，脂砚斋既为史湘云了，如何又是畸笏叟呢？史湘云自称'叟'吗？这非常奇怪的"。在对"一人说"略作反驳之后，俞平伯便从正面说出了自己的观点："既有两个名字，我们并没有什么证据看得出他们是一个人，那么就当他们两个人好了。"

50年代末期至60年代初期，扬州靖氏家藏的《脂砚斋重评石头记》抄本一

---

①　《韶关师专学报》1985年第1期。

②　《广州师院学报》1987年第1期。

③　《大学文科园地》1988年第1期。

度出现。1959年，毛国瑶见到此本后，当即录下了有正本（即戚蓼生序本《石头记》）中所缺的批语150条。其中有一条脂批云："前批知者聊聊（寥寥），不数年，芹溪、脂砚、杏斋诸子皆相继别去，今丁亥夏，只剩朽物一枚，宁不痛杀！"此批见于第二十二回，从语气上来看，它应出自畸笏叟之手。本来，若以此批为据，便可彻底推翻"一人说"。然而，由于靖藏本出现后旋即"迷失"，故而这条批语的可靠性便也引起了人们的怀疑：毛国瑶的过录是否有误？在靖藏本中，此批墨迹如何？"脂砚"二字乃至整条批语，到底是原来就有呢还是后人所加？这几个问题既然无法解决，那么便不能以此为据来反驳"一人说"。因此，有许多持"二人说"的同志，虽然大都引用此批，但却又不得不从其他脂评中另找证据。

吴恩裕在《读靖藏本〈石头记〉批语和〈瓶湖懋斋记盛〉谈脂砚斋、畸笏叟和曹雪芹》[①]一文中，首先"由靖本和他本批语的年代及署名证明脂砚斋和畸笏叟是两个人"之后，便又"从批语中对某些人和事物看法的不同证明脂砚斋、畸笏叟是两人"。庚辰本第二十七回有两条关于红玉的眉批，一条是："奸邪婢岂是怡红应答者！故即逐之。前良儿，后篆（坠）儿，便是却（确）证，作者又不可得也。己卯冬夜。"另外一条是："此系未见抄没、狱神庙诸事，故有是批。丁亥夏，畸笏。"吴恩裕认为："前一条批中'己卯冬夜'显系'己卯冬夜，脂砚'的略文，所以它是脂砚在一七五九年所批，后一条是一七六七年脂砚斋死后畸笏叟所批。因之，这两条批语本身就能说明脂、畸是两人，不是一人。"而"从这两条批语可以看出：脂砚斋和畸笏叟对红玉的态度是完全不同的。畸笏在过了九年之后看到脂砚上引前一条批语时，自己也写了后一条批语"，说："这是因为脂砚未看到'抄没、狱神庙'诸事，不知道红玉有救过宝玉的'大得力处'，才有此批。""这一方面是替红玉辩白，另一方面也是说明脂砚为什么写那样一条批语——他的意思是：假如脂砚看到'抄没'、'狱神庙'那些文字，知道红玉后来有宝玉大得力处，他就不会称红玉为'奸邪婢'的行

---

① 吴恩裕：《曹雪芹丛考》。

为了。"接着，吴恩裕又列举了一些有关红玉的批语，详细论证了"脂、畸对红玉态度和看法的不同"，最后下结论，即"脂砚同畸笏在红玉问题上表示了两种截然不同的看法和态度。这些批语充分说明：脂砚斋和畸笏叟是两人，绝不是一人！"

孙逊在《红楼梦脂评初探》中力主"二人说"，并对周汝昌、吴世昌的观点做了反驳。他认为，"这两种署名评语并不如周先生所说，在己卯、庚辰以前，只有一个脂砚，及至庚辰以后，才又出来一个奇人畸笏；而自畸笏出现后，便又不再见脂砚。实际情况是：两人的评语是相互交叉的"。为了说明这一点，孙逊在书中列了"脂砚、畸笏阅评时间一览表"，通过对照，然后得出结论说："按照现存脂本的批语（包括摘录的靖本批语），脂砚斋和畸笏叟各自都阅评了五次，其中脂砚的第四、五次阅评和畸笏的第一、二次阅评是时间前后交叉的。看来并不像一个人到某个时候重新换一个名号继续写评。特别是畸笏'丁丑仲春'那条批，批中提到'二十年前'的'丁巳春日'送茶一事，其中'丁丑'、'二十年'、'丁巳'这三个时间完全合榫，故批语系年不会不对。如果是一个人，似没有必要在署名上如此变来变去。"对于为什么书名不题作畸笏叟重评《石头记》或脂砚、畸笏合评《石头记》这个问题，孙逊也做了如下解释："《红楼梦》最初的大评家就脂砚一人，其他如畸笏、棠村、梅溪、松斋等人虽也写评，但不过是偶尔兴至写两笔。""从小说初步成书到大致定稿，这期间主要是脂砚斋花费心血阅评了四次，也只有他一人可算得上是个真正的评家，故小说至成书定稿后题名为《脂砚斋重评石头记》就成了非常自然的事。"孙逊认为："从有些评语的看法、内容和语气来看，也可找出脂砚和畸笏为二人的例证。"他虽然也以庚辰本第二十七回关于红玉愿跟凤姐去的两条眉批为例，但却得出了与周汝昌截然不同的结论："既然脂砚于己卯之前就已看到了那么多后三十回的情节内容，并连最后一回都看到了，那说明在己卯之前曹雪芹已基本完成了全书的创作计划，而只要曹雪芹已经写出，那么以脂砚和他的关系，就不可能不首先看到。所以把上述两条眉批解释成是一个人的自注说明，仿佛脂砚至己卯冬之后、丁亥夏之前才看到了抄没、狱神庙诸事，是说不通的。能说得通的解释是：这两条批语为二人所写，前一条'己卯冬'的批语反映了批者脂砚斋对红玉的看法，他认为红玉是'奸邪婢'，小说让她跟凤姐去是把她'逐'出怡红院；而后一条畸笏的批语则不同意这种看法，并认为这是前批者'未见'后面诸事之故。"除此之外，孙逊还列举了一些"从看法和语气上可以看出脂砚、畸笏为两人的批语"，"从而证明他们确系两人"。对于吴世昌的"一人说"，孙逊也做了简略反驳："吴世昌先生在《论脂砚斋重评〈石头记〉的构成、年代和评语》一文中列举了很多所谓'内证'来证明脂、畸是一个人，但他所列数的'内证'，都是在庚辰本中署名'畸笏叟'的批语而到甲戌本中被删去了署名，于是吴先生便制造了这样一个逻辑推论：这些在甲戌本中不署名的批语，从来没有人否认其为脂砚斋的评语；但它们在庚辰本中则都署名'畸笏叟'，由此'可证甲戌初评的脂砚斋即是丁亥改署的畸笏叟'。吴先生的这种推论实在是难以成立的。因为他所列举的这些所谓'内证'，只能证明甲戌本在过录批语时删去署名，只能证明甲戌本中那些冒充的回前总批其实不过是畸笏壬午、丁亥年写的一些眉批，而根本不能证明脂砚即为畸笏。吴先生这样推论，实际上是把甲戌本上所有的评语都看作是'甲戌初评的脂砚斋'写的了。这和吴先生自己反对甲戌本为'海内最古'抄本的主张是相违逆的。"至于那条系年"甲午八日泪笔"的眉批，孙逊认为"甲午"乃是"甲申"之误。他说："从批语的语气看，这大概是脂砚痛悼雪芹而最后写下的一条批语了。其中所云'余二人'即为雪芹和他自己，即所谓'一芹一脂'；而写此批已是这位脂砚先生'泪亦待尽'之时，估计未几他便谢世而和雪芹相会于九泉了。这样看来，此批和脂砚、畸笏两人说也并不违忤。"

杨光汉在《脂砚斋与畸笏叟考》一文中，一上来就表明了自己的态度：他"是主张'二人说'，反对'一人说'的"。在文中，杨光汉首先将"一人说"的主要论据归纳为4条，然后逐条做了反驳："（一）周汝昌先生将甲戌本、庚辰本中署了年月名号的批语作了一个统计。从统计表上看出，己卯年的批语有脂砚的署名；自壬午年起，畸笏的署名大量出现，同时，脂砚的名号即告消失。他由此证明脂砚在壬午年后改用了'畸笏'的名号。"杨光汉认为，这种论证方法是有问题的："首先，周先生用的方法，是形式逻辑所称的不完全归纳法。而我们知道，不完全归纳法的结论是或然的。由于这个统计表没有穷尽所有的脂本（包括早已毁灭了的和尚未发现的），而现有批语，绝大多数又未署名，因而不能证明壬午年之前一定无畸笏的批语，壬午年之后一定无脂砚的手笔。其次，《红楼梦》在曹雪芹生前即定名为《脂砚斋重评石头记》传世，'脂砚斋'这个名号便已与'石头记'、'曹雪芹'这些名称结下了如影随形的关系，分不开了，为什么这样一位大批家当雪芹尚健在时便忽然觉得'脂砚斋'的名号不好了，要断然改换呢？很难找到这种改署名号的情理。最后，退一步说，就算壬午年后真是没有脂砚的批语了，也不能必然得出脂、畸为一人的结论。因为对这个现象也可以作出另一种解释：脂砚于壬午年前谢世，评点《石头记》的未竟之业由畸笏接手完成。总之，以这张统计表作论据，尚不能使'一人说'得到证明。""（二）周、吴二位都提出了一个概括性的论据，即综合脂、畸的批语看，从形式（语言特点）到内容（思想观点、感情、对素材和作者的了解等）如出一辙。他们的论证可以说明一定问题，但无法排除这种可能：脂、畸都是雪芹最亲近的人，都熟悉雪芹的生活、家世，有同样的遭遇、立场和感情，受满族文化影响也相类。这并非什么巧合，历史上风格相类的作家、学者常有。而在曹家那样的大族中，要出现两个在这方面相类的人，更不是很难的事。更何况他们的评注都仅仅是些只言片语，并非完整的文章，将这些只言片语作比较也很难得出真确的结论。""（三）周先生举出四组批语，由每一组中各条批语间的关系，证明脂、畸是一人二名。"杨光汉在对周汝昌通过这四组批语所做出的推论逐一进行批驳后说："周汝昌先生关于脂、畸是一人的全部论证即如上述。而这些论证，看来都还是不能成立的。""（四）吴世昌先生肯定周氏的'一人说'是对的，但认为还有别的更好的论据周氏没有举。于是吴先生便举了八个例子（共十条脂批）作为'内证'。吴氏用的方法是：从庚辰本和甲戌本中找出两本共存、内容相同的十条批语。这十条批语，在庚辰本上，从款识和署年可确定为畸笏之批，但在甲戌本上，这些内容一致的批语却没有落款。而甲戌本上的批语，'从来没有人否认其为脂砚斋的'，由此证明庚辰本上署了名的畸笏，即是甲戌本中没有署名的脂砚。"杨光汉认为，吴世昌"这样论证，犯了逻辑错误：他把甲戌本上没有署名的批语都一概断定为脂砚斋了"。"吴先生目前这种论证的方法，在逻辑上属于轻率概括、大前提虚妄的错误。"对于书名为什么不叫《畸笏、脂砚合评石头记》的问题，杨光汉也做了解释："畸笏既是脂砚和雪芹的叔伯辈，他用不着同侄子脂砚去争个平起平坐，沽此虚名。而且脂、畸二人都对自己的真姓名讳莫如深，把守得严严实实，又有什么虚名可沽？他们对雪芹的天才佩服得五体投地，望尘尚感吃力，哪还奢望和他比肩？他们所以要进行评点工作，决非为了让自己的文字得附骥尾，千古不朽，不过是为了要把曹雪芹这位'人间第一，天上无双'的才人宣传出去，让世人了解其价值罢了。而所以还要用一个'脂砚斋重评'的名目，一是当时流行的评点风气使然，再就是为了标明书中的评语是另外的人作的，不是作家本人在'老王卖瓜'，避免误解和垢谇。"

力主"二人说"而反对"一人说"的，还有戴不凡。他在《畸笏即曹頫辩》①一文中，对周汝昌和吴世昌的"一人说"做了全面反驳："第一，全部脂批总数当在二三千条以上吧？其中畸笏的计92条，脂砚64条，合共156条。这个数字不到总数的5%，甚至更少。"周汝昌与吴世昌"根据不到5%批语署名的此有彼无，去判断其他95%以上的《石头记》批语作者"，那是绝对不行的。"第二，脂砚在批语中明明说过'诸公之批自是诸公眼界，脂斋之批亦有脂斋取乐处'，批语中还不只一次出现'诸公'字样，这就清楚地告诉我们写批语的不会是脂砚一个人，也还有'诸公'，而且审查脂砚此语口吻，'诸公之批'也决不会只梅溪、松斋（以及棠村）的各一条。""在有'诸公之批'的情况下，以占比例极小的批语署名之此有彼无，从而论证全部批语出于一人之手，显然是难以服人的。""第三，就大量不署名的批语口吻来考察，批者决不止（脂砚或畸笏）一个人"。戴不凡在此举了"'后'字何不直用'西'字？！——恐先生堕泪，故不敢用'西'字。"（甲戌本第二回侧批）等几条"明示批者为二人"甚至"至少有三个人"的批语之后又说："诸如此类很多未署名的批语，说明了被删去署名的不会是'畸笏即脂砚'一个人。大量事实证明了脂批不是脂砚一人之笔，而是'诸公'的'集体创作'。"在《看一看畸笏批语的特征吧》一节中，戴不凡

---

① 《红楼梦研究集刊》第1辑。

通过"九十二条畸笏批语",对"畸笏批语的特征"做了概括。此后不久,他在
《红楼梦研究集刊》第2辑上发表了《说脂砚斋》一文,又通过63条脂砚斋批
语而对脂砚斋批语的特征做了归纳。通过两相对比之后,得出了如下结论:"笔
者对脂砚和畸笏两组批语特征的分析归纳是不很全面的;但是,即使就这粗糙
的分析归纳来看,这两位批书人的思想、感情、批书着眼点以及文风、语言等
等,是彼此不同的,难以合二为一的。这就进一步证明,某些红学家把各具特
征的两人批语说成一模一样,并不符合事实。"

杨传镛在《"脂砚斋凡四阅评过"试解》[①]一文中认为,"认定畸笏亦即脂
砚,他们两人只是一个人在不同时期的两个化名而已"的看法是不对的。靖藏
本上的那条批语"是可信的"。"甲午八月泪笔"中的"甲午"若是"甲申"之
误的话,"那么,说这一条'泪笔'的评语出自脂砚斋,还是有可能的"。

此外,诸如陈毓罴的《曹雪芹卒年问题再商榷》、陈庆浩的《新编石头记脂
砚斋评语辑校·导论》及其他许多人的文章,虽然没有专门或正面论述这个问
题,但他们却也是倾向于"二人说"的。

二、脂砚斋是谁的问题

脂砚斋（又称"脂斋"、"脂研"、"脂砚先生"或"脂砚"）是在曹雪芹创作《红楼梦》时
做批语最多的一位大评家,他不仅熟知曹雪芹的家世生平及《红楼梦》的创作
过程,而且还参与过小说的抄阅、对清等工作,甚至对《红楼梦》的创作提出
过许多修改意见。他的化名也曾被曹雪芹直接写入了《红楼梦》的正文和题目
中。可以毫不夸张地说,脂砚斋乃是《红楼梦》版本史乃至批评史上的一位至
关重要的人物,他与曹雪芹及《红楼梦》的创作,确实有着极为密切的关系。
然而,由于曹家史料尤其是曹寅子孙辈史料的奇缺,关于脂砚斋究竟是谁的问
题,至今也没有得出一个统一的结论。综观目前所有有关这个问题的文章,大

---

① 《红楼梦研究集刊》第6辑。

致有以下几种看法：

（一）作者说

亦即曹雪芹本人说。此说由胡适首先提出。1933年，他在《跋乾隆庚辰本〈脂砚斋重评石头记〉钞本》一文中说："我相信脂砚斋即是那位爱吃胭脂的宝玉，即是曹雪芹自己。"胡适提出此说，主要根据有二：一是庚辰本第二十二回中有"凤姐点戏，脂砚执笔事"及"前批知者聊聊（寥寥）"两条眉批。胡适由此而推论说："凤姐不识字，故点戏时须别人执笔；本回虽不曾明说是宝玉执笔，而宝玉的资格最合。所以这两条批语使我们可以推测脂砚斋即是《红楼梦》的主人，也即是他的作者曹雪芹。"二是以庚辰本第七十八回《芙蓉女儿诔》中许多解释文词典故的批语为例，指出此类批注"明明是作者自加的注释"，因为"其时《红楼梦》刚写定，决不会已有'红迷'的读者肯费这么大的气力去作此种详细的注释"。故而"'脂砚'只是那块爱吃胭脂的顽石，其为作者托名，本无可疑"。

除胡适之外，俞平伯也曾持过此说。他在《红楼梦简论》中说："我近来颇疑脂砚斋即曹雪芹的化名假名。"理由是，"作者作书时的心理，旁人怎得知。"但他在《脂砚斋红楼梦辑评》一书的《引言》中，却又采取了比较谨慎的态度："脂砚斋是否曹雪芹的化名我不敢说，有一点确定的，即所谓真的脂评，有作者的手笔在内。但这并不等于说脂砚斋即曹雪芹。"

（二）史湘云说

亦即曹雪芹表妹说或曹雪芹妻子说。周汝昌在《红楼梦新证》中提出并力主此说。他以为，只有脂砚斋"如果是一个女性，一切才能讲得通"。因为脂砚斋"知道'怡红院'里女儿的'细事'"，其有些批语"更像女子口气"。庚辰本第二十六回有一条行侧批，即"玉兄若见此批，必云：'老货！他处处不放松，可恨可恨！'回思将余比作钗、颦等乃一知己，余何幸也！一笑。"对此周汝昌指出，"请注意这条脂批的重要性：一、明言与钗、颦等相比，断乎非女性不合"；"二、且亦可知其人似与钗、颦同等地位，而非次要的人物"。再如同回写贾宝玉因忘情而说出了"多情小姐同鸳帐"，黛玉登时搁下脸来，其旁亦有侧批云："我也要恼。"周汝昌认为，这"又是个女子声口"。

其他如"谩言红袖啼痕重"中的"红袖",则"可以即是该女子","曰'银灯'挑尽,照常例,该是女子声口",诸如此类"像女子口气的"批语,周汝昌还列举了许多,他在通过一些脂批证明了脂砚斋是一位女性后,又对"脂砚斋"这个别名做了解释。"其实,此人既称脂砚斋,当然是'用胭脂研汁写字'的意思,单看此一斋名取义,已不难明白:以胭脂而和之于笔砚,分明是个女子的别号,这个可谓自然之极,合理之极。"甲戌本第二回中有一侧批云:"先为宁荣诸人当头一喝,却是为余一喝。"庚辰本第四十八回又有夹批云:"故红楼梦也,余今批评亦在梦中,特为梦中之人,特作此一大梦也。脂砚斋。"依据这两条批语,周汝昌得出如下结论,即"她已明说了自己不但是梦中人(即书中人,梦字承上文书名,乃双关语),而且也好像是特为了作此梦中人而作此一大梦——经此盛衰者。则此人明明又系书中一主要角色,尚有何疑?翻复思绎:与宝玉最好,是书中众女子之一而又非宁荣本姓的女子有三:即钗黛和史湘云。按雪芹原书,黛早逝;钗虽嫁了宝玉也未白头偕老。且她们二人的家庭背景和宝玉家迥不相似。唯有湘云家世几乎和贾家完全无异,而独她未早死,且按以上三次宴会而言,湘云又恰巧都在,并无一次不合"。因此周汝昌便"疑心这位脂砚,莫非即是书中之湘云的艺术原型吧?"于是,他"按了这个猜想去检寻脂批",结果竟找到了不少证据,诸如脂批中多次提到"普天下幼年丧母者齐来一哭"、"哭煞幼而丧父母者"、"未丧母者来细玩,既丧母者来痛哭"等等,而在《红楼梦》中,"钗丧父而黛丧母,自幼兼丧父母而作孤儿的,只有湘云"。周汝昌在论证了"脂砚果真是湘云"后,便又"岔开话头",引用了《续阅微草堂笔记》中的一条记载:"荣宁籍没后,皆极萧条,宝钗亦早卒,宝玉无以为家,至沦(原作论)为击柝之流;史湘云则为乞丐,后乃与宝玉仍成为夫妇,故书中回目有'因麒麟伏白首双星'之言也。"周汝昌认为:"这条记载十分重要。'白首双星'的回目,历来无人懂,在此则获得了解释。""'转眼乞丐人皆谤'是《好了歌》注解里的话,人人知道。还有,戚本第十九回夹批有宝玉后来'寒冬噎酸齑,雪夜围破毡'的事,这与'沦为击柝'和'乞丐'不就很像了吗?再加上前八十回内'白首双星'的回目,蛛丝马迹,不可谓无踪迹可寻。""总之,湘云历经坎坷后来终与宝玉成婚,流传甚久，非出无因。"又因湘云乃是小说中的一个人物形象，故而周汝昌便又列举了几条脂批，来证明脂砚斋与曹雪芹实即夫妻关系。也就是说，在小说中是宝玉与湘云结为夫妇，而在现实生活中则是雪芹与脂砚结为夫妇。脂砚斋是史湘云的原型，贾宝玉是曹雪芹的化身。"雪芹脂砚夫妇，后来落拓，傲骨棱憎"，"颇有感于世情冷暖"，因而他们二人密切合作，一人奋笔作书，一人挥毫写评，共同进行《红楼梦》的创作。

邓遂夫的《曹雪芹续弦妻考》[①]，虽然不同意周汝昌的"一人说"，但却十分赞成周汝昌的"史湘云说"。邓遂夫认为，脂砚斋的真名叫李兰芳，她是曹雪芹的续弦妻子，也就是《红楼梦》中史湘云的生活原型。邓遂夫的这一结论，乃是依据敦诚的《挽曹雪芹诗》、"新发现的一对曹雪芹的箱箧上的文字"、"脂砚斋所珍藏的那块素卿脂砚"等等，然后又结合《红楼梦》及某些有关的脂批，经过细致的论证之后而得出的。

（三）堂兄弟说

胡适最早提出此说，并且还在他提出"作者说"之前。1928年，胡适在《考证〈红楼梦〉的新材料》一文中，首先列举了甲戌本第十三回中的"'树倒猢狲散'之语，今犹在耳，曲（届）指三十五年矣。伤哉！宁不恸杀"，同回中的"语语见道，字字伤心。读此一段，几不知此身为何物矣。松斋"，同回"旧族后辈受此五病者颇多。余家更甚。三十年前事，见书于三十年后，今余想恸血泪盈"，及第八回中的"作者今尚记金魁星之事乎？抚今思昔，肠断心摧"等几条脂批，然后便得出了如下结论："看此诸条，可见评者脂砚斋是曹雪芹很亲的族人，第十三回所记宁国府的事即是他家的事，他大概是雪芹的嫡堂弟兄或从堂弟兄，——也许是曹颙或曹頫的儿子。松斋似是他的表字，脂砚斋是他的别号。"

孙逊在《红楼梦脂评初探》一书中虽然采取了比较谨慎的态度，提出对"堂兄弟说"不妨暂时存疑，要"候待材料的进一步发现"，但他实际上还是比

---

① 《红岩》1982年第1期。

较倾向于此说的。"我们细审一下脂砚之批的语气，大都会有这样一个感觉：说脂砚与作者为同一辈分的人，这似乎并无大错。或者说，其语气所显示出的两人间的关系，兄弟说比叔侄说更合理一些。"在此他以甲戌本第一回中的"今而后惟愿造化主再出一芹一脂，是书何幸。余二人亦大快遂心于九泉矣"这条眉批及其他诸如此类的几条脂批为例，来说明"其称呼所显示出来的关系更可能是兄弟一辈人而不是叔侄两代人"。庚辰本第七十七回有双行夹批云："况此亦余旧日目睹亲闻、作者身历之现成文字，非搜造而成者。……"孙逊以此为据并分析说："这里讲这段故事是他旧日'目睹亲闻'、'作者身历'的现成文字（请注意，不是脂砚自己'身历'，而是他'目睹亲闻'），这说明这一素材主要是作者的亲身经历，而脂砚仅仅是耳闻目睹而已。若脂砚真是作者之叔，那当然首先应该是他的'身历'，而不会仅仅是'目睹亲闻'而已。这条批语透露的消息，似脂砚应是作者的堂兄弟而不是亲兄弟。"

杨光汉在《脂砚斋与畸笏叟考》一文中，以16条批语为例，从五个方面做了论证。他认为，"脂砚斋是曹雪芹的兄弟行"，其年岁与曹雪芹相当。在此文的第四部分，杨光汉又进一步考察了《八旗满洲氏族通谱》、《五庆堂重修曹氏宗谱》、《关于江宁织造曹家档案史料》等有关曹雪芹家世生平的材料，最后得出结论：脂砚斋"当是曹颙的遗腹子天佑"，"天佑生于一七一五年五月，曹雪芹也生于一七一五年，他俩是同岁的兄弟。按血统说，是仅同曾祖的从堂兄弟；但由于曹颙已过继给曹寅妻李氏做儿子，则从伦理说，他们又是亲堂兄弟；再从曹寅一支的特殊情况（寅、颙皆亡，仅遗两辈孤孀）来看，他们又无异是亲兄弟"。至于曹天佑为什么要取"脂砚"这个名号，杨光汉认为这"主要是从政治意义上来考虑的。即在这个名号中，暗藏进批者本人的'补天'思想。他自认为是可以'补天'的五色石之一；用以'补天'的特殊手段是朱笔脂砚"。

胡邦炜在《脂砚芳踪———一件与曹雪芹有关的历史文物的故事》①一文中，也认为脂砚斋乃是曹雪芹的"堂兄曹天佑"。

---

① 《历史知识》1981年第4期。

（四）叔父说

清人裕瑞在《枣窗闲笔》中说："《风月宝鉴》一书又名《石头记》……曾见抄本卷额，本本有其叔脂砚斋之批语，引其当年事甚确。"又说："闻其所谓宝玉者，尚系指其叔辈某人，非自己写照也。所谓'元、迎、探、惜'者，隐寓'原应叹息'四字，皆诸姑辈也。"据裕瑞自己讲，他的这条消息乃是从"前辈姻戚有与之（雪芹）交好者"那里听来的。一般认为，裕瑞所谓的"前辈姻戚"，乃是他的舅父明义和明琳，而此二人又与雪芹交好，故而裕瑞的这条记载有一定的可靠性。

今人吴世昌力主此说并做了详细论证。1962年4月14日，他在《光明日报》发表了《脂砚斋是谁》一文，提出了"脂砚斋是'宝玉'的模特儿——是曹雪芹的叔父"这一看法，并进一步考定脂砚斋的真姓名是曹硕，字竹磵，即曹寅兄弟曹宣的第四个儿子。他说："在脂京本中四十三条壬午年（1762）的评语里，他有时已署名'畸笏老人'，那时雪芹还只四十多岁。""他曾见康熙末次南巡（1707），假定其时他十岁左右（再小便记不清），则他生于一六九七年左右，到壬午已六十五岁左右。"康熙南巡，"脂砚这十岁上下的小孩子既然见到家人接驾，他也必是曹家的孩子。《红楼梦》小说中的人物，脂砚在评中透露，有许多他是认识的，其中故事，有许多他亲自知道的"。"书中人物谈话，脂评常说，'亲见'、'亲闻'、'有是人'、'有是语'等等，有时他说明某事发生在'二十年前'、'三十五年前'等等。他和雪芹的关系密切，也可以从评中看出：有时他和作者开玩笑，有时自称'老朽'，命他改写故事（如秦可卿之死），雪芹写完了一部分，便送给他看，请他批评。有时他的批评倚老卖老，俨然是长辈的口气。""由上种种证据，脂砚无疑是曹家人，是雪芹的长辈，而且深悉书中故事的背景。"庚辰本第十七回有侧批云："批书人领至此教，故批至此，竟放声大哭。俺先姊先（仙）逝太早，不然，余何得为废人耶？"依据这条脂批，吴世昌得出如下结论："原来'元春'是批书人脂砚斋的'先姊'，这里的'宝玉'是批书人脂砚自己！"除此之外，吴世昌还列举了几条足证"少年时代的'宝玉'用脂砚为模特儿"的脂批，来证明如下两点："一、'宝玉'不是雪芹自叙，作者用少年时代的脂砚为模特儿。二、脂砚呼曹寅长女（书中'元春'）为'先姐'，而雪芹为曹寅之孙，则脂砚是雪芹的叔辈。"在《曹氏家世和脂砚斋》一节中，吴世昌又进而考定了脂砚斋的真实姓名，他说："曹家两代取名字都用《诗》、《书》成语如曹寅字子清。即用《舜典》：'夙夜惟寅，直哉惟清。'……'竹碉'之'碉'字不见于六经，始见于《玉篇》。据《正字通》，是'涧'字或体。"《卫风·考槃》说："考槃在涧，硕人之宽。则竹碉之名当是'硕'字。颐、顾、硕、颏，同辈之名都用同一偏旁'页'。'硕'和脂砚之'砚'，篆文相似。二字都从'石'，所以'宝玉'的故事，即'石头'的故事。雪芹题此书为《红楼梦》，而脂砚却坚持要用《石头记》。如上述推论不误，则脂砚斋是曹宣第四子，名硕，字竹碉，从小即会做诗。大概是宣子中最小而最聪明，深为曹寅所爱。"

戴不凡虽然反对吴世昌的脂砚斋即曹硕的说法，但他还是同意裕瑞的"叔父说"的。在《说脂砚斋》一文中，他首先根据脂砚斋的63条批语，对脂砚斋批语的特征做了大致概括，然后又对周汝昌和吴世昌的说法做了反驳。在此文的第四部分，戴不凡下结论说："脂砚斋究竟是谁？在史料不足的情况下，未敢妄断。我们最多只能根据裕瑞的记载，说他是曹雪芹的叔父。"

石昕生、毛国瑶在《曹雪芹·脂砚斋和富察氏的关系》[①]一文中，认为"脂砚斋是曹頫"。

三、畸笏叟是谁的问题

畸笏叟（又称"畸笏"、"畸笏老人"、"老朽"、"朽物"）是在曹雪芹创作《红楼梦》时及去世后做批语较多的另一位大评家。此人的真实姓名究竟叫什么，他与曹雪芹又是什么关系，目前亦有几种不同的看法：

（一）舅父说

俞平伯最先提出此说。1954年，他在《辑录脂砚斋本〈红楼梦〉评注的经过》一文中说："畸笏是曹雪芹的亲戚，又长了一辈，都不成什么问题。到底是

①　《人文杂志》1982年第1期。

什么亲戚关系？我以为大约他是他的舅舅。"根据是，庚辰本第二十四回写贾芸对他舅舅卜世仁说道："要是别的死皮赖脸，三日两头来缠着舅舅，要三升米三升豆子的，舅舅也就没有法呢。"旁有侧批云："余二人亦不曾有是气。"故俞平伯由此认为：批者与作者"正有舅甥的关系"。

石昕生、毛国瑶的《曹雪芹、脂砚斋和富察氏的关系》一文，也认为"畸笏叟即是曹雪芹的舅舅，是和曹雪芹有相当交往的近亲"。

（二）史湘云说

此说由周妆昌提出，详见"脂砚斋"条。

（三）曹硕说

吴世昌首先提出此说，详见"脂砚斋"条。杨光汉在《脂砚斋与畸笏叟考》中，对脂批做了详细考察。他从5个方面凡17条批语，证明畸笏叟是"曹雪芹的叔伯辈，比雪芹长约二十岁"，其真名是硕，"字竹磵，曹宣的第三子，曹頫之兄，雪芹的伯父"。

（四）曹頫说

戴不凡等人力主此说。在《畸笏即曹頫辩》一文中，戴不凡首先通过他"粗略概括"的"九十二条畸笏批语"，将其批语归纳出七大特征，然后又以这些特征去"区别脂砚与畸笏未署名的批语"。在确定了某些批语（诸如"谁曾经过？叹叹—西堂故事"等等）确系出自畸笏叟之手以后，便又对畸笏其人做了如下概括："（一）畸笏是曹寅家西堂生活的过来人"；"（二）畸笏是曹寅长女讷尔苏王妃的弟弟"；"（三）他对曹家被抄没事，记忆异常清晰"；"（四）畸笏对于曹（頫）家的败没，怀着刻骨铭心之痛"。戴不凡在将这些特征与曹頫的身世做了对比后说："从各方面来看，可以说畸笏实即曹頫化名。"

四、其他评者

除脂砚斋和畸笏叟这两位大评家之外，脂本上署名的评者还有棠村、梅溪、松斋、立松轩、玉蓝坡、绮园、鉴堂、左绵痴道人等8人。由于资料的匮乏，他们的真实姓名也大都失落无考。现按大致先后，将有关他们的研究结果略述如下：

（一）棠村

甲戌本第一回小说楔子云："东鲁孔梅溪则题曰：《风月宝鉴》"，在这句话之上，有朱笔眉批云："雪芹旧有《风月宝鉴》之书，乃其弟棠村序也。今棠村已逝，余睹新怀旧，故仍因之。"

另据传录靖藏本第十三回写秦可卿死时，在"彼时合家皆知，无不纳罕，都有些疑心"句下有双行夹批云："九字写尽天香楼事，是不写之写。常村。"此批在甲戌本中抄作眉批，但却删去了署名。有人认为，"常"与"棠"可通假，"常村"亦即"棠村"，他是曹雪芹的弟弟，曾经为曹雪芹的《风月宝鉴》作序。胡适认为棠村与梅溪为同一个人，"梅溪似是棠村的别号"，胡适这一论断的主要根据是："雪芹号芹溪，脂本里屡称芹溪，与梅溪正同行列。"[①]俞平伯说："梅溪这名跟本书第一回的东鲁孔梅溪相同，可能是雪芹的弟弟棠村。"[②]吴世昌也持此说，认为"梅溪即雪芹之弟棠村"[③]。

（二）梅溪

甲戌本、庚辰本第十三回写秦可卿托梦凤姐，并赠两句话云："三春去后诸芳尽，各自须寻各自门。"其上有朱笔眉批云："不必看完，见此二句，即欲堕泪。梅溪。"另外，甲戌本第一回楔子中有"东鲁孔梅溪则题曰：《风月宝鉴》"一语。一般认为，梅溪与东鲁孔梅溪为同一个人。胡适、俞平伯、吴世昌等人认为，梅溪即雪芹之弟棠村（详见"棠村"条）。吴恩裕在《甲戌本〈石头记〉中的孔梅溪和吴玉峰》[④]一文中，根据周梦庄的来信，认定东鲁孔梅溪即孔子的六十九代孙孔继涵。虽然吴恩裕以孔继涵在诗词中曾用过"东鲁"一词为证，但孔继涵有无"梅溪"这个别号却未找到正式的文字记载。周梦庄在信中

① 《考证〈红楼梦〉的新材料》。
② 《脂砚斋红楼梦辑评·引言》。
③ 《论脂砚斋重评〈石头记〉（七十八回本）的构成、年代和评语》。
④ 《曹雪芹丛考》。

认为梅溪即孔继涵，也不过是在其亡友处见过一副下署"梅溪孔继涵"的对联罢了。因此，梅溪即孔继涵的推测也只能聊备一说而已。

（三）松斋

甲戌本、庚辰本第十三回写秦可卿托梦于凤姐，其上有朱笔眉批云："语语见道，字字伤心，读此一段，几不知此身为何物矣。松斋。"另，同回写秦可卿死后合家上下的反应时，庚辰本中有朱笔眉批云："松斋云：'好笔力，此方是文字佳处。'"胡适认为松斋即脂砚斋，"他大概是雪芹的嫡堂兄弟或从堂兄弟，——也许是曹颙或曹頫的儿子。松斋似是他的表字，脂砚斋是他的别号"①。俞平伯在《脂砚斋红楼梦辑评》一书的《引言》中也持此说："松斋或即脂斋，从松脂联想的。"指出了松斋与脂斋之间的关系。

吴世昌与吴恩裕则认为，松斋本名白筠，汉军镶白旗人，相国白潢之后，与敦诚、敦敏交好，当系曹雪芹之友。其根据是敦诚《四松堂集》中的《潞河游记》，其中有云："游者凯亭（傅雯）、墨翁、松斋（白筠）、子明、贻谋暨余也。先是，凯亭、墨翁、子明在南甸，贻谋在丰牐，松斋在白园，余往寻之。……松斋固邀饮其园亭，遂偕东下，……抵松斋园亭，乃其先相国白公（潢）之别墅也。"吴世昌认为：白筠是白潢之孙②。吴恩裕先是认为，"别号'松斋'的白筠，可能是白潢的儿子"，但他在读了吴世昌的《红楼梦探源》之后，遂又修正己说，同意吴世昌的白筠乃白潢之孙的说法③。

陈庆浩认为：吴世昌根据敦诚《潞河游记》"所记松斋邀游他家园亭事，谓此文写于一七七四年。这自然不可能是评书的松斋。但吴世昌的日期也不可靠。照白筠的年龄和与曹家的关系，评书可能性不大，聊备一说，尚待证明"④，对松斋即白筠说表示存疑。

---

① 《考证〈红楼梦〉的新材料》。
② 吴世昌：《论脂砚斋重评〈石头记〉（七十八回本）的构成、年代和评语》。
③ 吴恩裕：《松斋考》。
④ 《新编石头记脂砚斋评语辑校》。

（四）立松轩

戚序本（即有正本）第四十一回有回前题诗一首："任呼牛马从来乐，随分清高方可安；自古世情难意拟，淡妆浓抹有千般。立松轩。"俞平伯怀疑立松轩可能就是松斋，但他并未提出任何根据，只是一种推测①。

（五）玉蓝坡

庚辰本第十九回回末空白页上有一条大字墨笔批云："此回宜分作三回方妙，系抄录之人遗漏。玉蓝坡。"他是纠正庚辰本抄录之误的一位批者，其真实姓名究竟是谁，尚待考定。胡文彬在《抛砖引玉待高贤——玉蓝坡》②中怀疑"朱琦可能就是玉蓝坡的真姓名"，因为"朱琦，字玉存，号兰坡"，他既然将"自己的名'琦'拆开作字'玉存'"，自然也可将自己的字、号合并作"玉蓝坡"，"而'蓝'借'兰'音"。

（六）绮园

庚辰本中有8条署名绮园的墨笔眉批，另有6条字迹相同而未署名的墨眉，当亦出自此人之手。清人字号为"绮园"者不止一人，此处的绮园难以确定是哪一个。徐恭时认为可供考索者为道光进士文祥，他是满洲正红旗人，字博川，号文山，又号绮园。③

（七）鉴堂

庚辰本中有署名鉴堂的墨笔眉批17条，另有两条字迹相同但未署名的眉批，当亦出自其手。清人中字号"鉴堂"者亦有数人。吴世昌在《红楼梦探源外编》中考定他是山东巡抚李秉衡，字鉴堂，奉天海城人。徐恭时认为另有二人可供探索，一是乾隆间举人孙铨，字鉴堂，曾入成亲王永瑆府中，一是嘉庆间进士戚人镜，一号鉴堂，与戚蓼生可能是同宗④。梁丽据舒批《随园诗话》，

---

① 《脂砚斋红楼梦辑评·引言》。
② 《红边脞语》。
③ 徐恭时：《脂本评者资料辑录》，南京师院编：《红楼梦版本论丛》。
④ 《脂本评者资料辑录》。

怀疑鉴堂是雍、乾间常钧之子，满洲正黄旗人。[①] 李昕在程晋芳的《勉行堂诗集》中，也发现了一个鉴堂，他姓杨名策，李昕怀疑他可能就是写上述批语的鉴堂。[②]

（八）左绵痴道人

甲戌本第三回有一条墨笔眉批，下署"同治丙寅季冬月左绵痴道人记"，并钤有"情主人"朱文印章。同本中，笔迹相同的眉批、侧批及校改正文等几十处，均出自同一人之手。甲戌本收藏者刘铨福在书后跋语中说："此批本丁卯夏借与绵州孙小峰太守刻于湖南。"这位孙小峰太守即是为甲戌本写上述批语的"左绵痴道人"。他真名孙桐生，字小峰，号饮真外史、忏梦居士、痴道人、情主人等，四川绵州人，咸丰二年进士，曾任湖南永州知府。

（原载《红楼梦学刊》1991年第3期，笔名逍海）

---

① 《关于鉴堂》。
② 同上。

新丰润说论争述评

在红学史上，有关曹雪芹祖籍和家世问题的论争，始于本世纪30年代。但随着数十年来许多红学专家的大量考证和红学资料的不断挖掘、发现，绝大多数人都认为曹雪芹祖籍应为辽宁辽阳，因为这是曹家大量的历史档案文献所一致表明的，学术界也同样承认此说。对此虽有极少数人表示异议，但却没有任何确凿的证据。所以，曹雪芹祖籍问题在经过几次大的讨论后，至60年代已基本上告一段落。至于《红楼梦》的著作权问题，虽也发生过几次争论，但因史料丰富证据确凿，学术界依然认定《红楼梦》的作者就是曹雪芹，其著作权不容剥夺。这次以杨向奎先生为代表的"新丰润说"在没有任何证据材料的情况下重提曹雪芹祖籍"丰润说"，并进而否定曹雪芹的《红楼梦》著作权，自然要遭到绝大多数红学专家的强烈反驳，从而也在这一问题上引发了新的论争。

以杨向奎先生为代表的"新丰润说"，是以丰润发现曹鼎望墓志铭、曹鈖墓碑为契机并利用新闻媒介进行"轰动性"的报道而起始的。1993年6月6日，《光明日报》刊载了一则题为《丰润发现曹氏重要墓志铭和墓碑》的报道，其中有云："据著名清史专家杨向奎教授研究认定，曹鼎望为曹雪芹祖父，曹鈖为曹雪芹的父亲，但研究他们的资料一直极少，其中曹鼎望生卒年，死后葬地，曹寅称曹鈖四兄，与家谱载鼎望三子不合等疑难问题，一直难以说清。这些志碑的发现不仅可以解决上述问题，对浭阳曹氏历史的研究也将有重大作用"。

1993年7月3日，《光明日报》再次发表消息，题为《丰润县就曹氏墓志铭、墓碑举办研讨会，曹雪芹祖籍研究有新发现》。该报道说："著名历史学家杨向奎说，在清初，丰润曹与辽阳曹均参与平定大同姜瓖之乱，从此两家来往密切。《红楼梦》中的宁国府当指丰润曹、荣国府当指辽阳曹。曹寅之父过继丰润曹鼎望之子曹鈖，后来又生曹寅，所以曹寅称曹鈖为兄。曹鈖后人皆以水旁字命名，所以曹雪芹（霑）当为曹钤之子。"

1993年8月15日，《中国文物报》以头版头条的显要位置报道说：史学家杨向奎先生认为，"曹雪芹即丰润曹鼎望之嫡孙，曹铭（钤）之子，自幼寄养在辽东曹寅家，曹雪芹便在曹寅家长大"。该报道题为《丰润发现清曹雪芹先祖碑刻——为考证、研究曹雪芹家世提供珍贵实物资料》。

1993年11月1日，《文汇报》则更直截了当地刊登了题为《曹雪芹的祖籍已成定论》的报道，声称"在这次丰润召开的曹雪芹祖籍研究会上，著名红学家杨向奎先生说：据史料记载，曹鼎望、曹钤是曹氏家族中历史上活动最多、影响最大的两个人物。……曹钤字冲谷、松茨，官至国子监主簿、理藩院知事，善诗书，与曹寅交往甚密，屡称骨肉同胞。曹鼎望多子，而其弟曹熹早年死一子，便将三子曹钤过继给曹熹为子。后曹熹生了曹寅。故曹寅称曹钤为'骨肉同胞'。曹钤生子名霑，即曹雪芹。既然曹鼎望、曹钤生死在丰润县，其子孙曹雪芹必定是丰润人。"

杨向奎先生等在利用新闻媒介将其观点哄炒半年之久后，他们所撰写的几篇文章也于1994年年初相继面世：1994年1月8日，《文艺报》在同一版面发表了王家惠《曹渊即曹颜——曹寅曾过继曹钤之子》、周汝昌《王文读后》和刘润为《曹渊：〈红楼〉的原始作者》三篇文章。王家惠因康熙二十九年《总管内务府为曹顺等人捐纳监生事咨户部文》中有"三格佐领下苏州织造、郎中曹寅之子曹颜，情愿捐纳监生，三岁"一语，又因《浭阳曹氏族谱》中曹渊名下注有"出嗣"二字，而其继父母又不载入此曹谱，且曹寅在诗文中屡称曹钤为"骨肉"、同胞，曹渊与曹颜之名合起来又与孔门大弟子"颜渊"之名相关合，从而便牵强附会地断言曹寅曾于康熙二十八年左右过继曹钤之子曹渊为嗣，并改名曹颜。周汝昌先生的《王文读后》则对王家惠的文章大加赞赏，"立论创见，考证剖析，周详细密。又能谨严而审慎，学力文风，俱为近年来治曹氏家世论著中难得之见"，"今读全文，果见义理斑斑，不同逞臆之妄谈，深为欣佩"。刘润为的《曹渊：〈红楼〉的原始作者》一文，则在王家惠文章的基础上进一步凭空虚构：曹渊乃是《红楼梦》的"原始作者"，而曹雪芹不过是此书的披阅增删者。曹渊假托"石兄"，写成一部"比较粗糙"的《情僧录》，后来，东鲁孔梅溪又"改题为《风月宝鉴》","曹雪芹正是根据《情僧录》、《风月宝鉴》，在脂砚斋的具体参与下进行再创作的"。并且，曹雪芹系"出于丰润曹"，"当属曹渊兄弟行（曹渊的一个远房小弟？），而绝不是曹寅之孙"。

声称对"两个曹家曾经有过'过继'的事实"一直"坚信不疑"的杨向奎先生，在上述三篇文章同时发表后不久，便即毫无保留地放弃了自己的"曹钤为曹雪芹父亲"说、"曹寅之父过继丰润曹鼎望之子曹钤"说、"曹雪芹自幼寄养在辽东曹寅家"说及"曹沾（雪芹）是丰润曹鼎望三子曹钤之子而过继给曹寅"说，并全盘接受了王家惠的"曹寅过继曹鈖之子曹渊"说及刘润为的"曹渊为《红楼梦》的原始作者"说。总之，只要将《红楼梦》的作者与"丰润曹"拉上关系，那么不管谁过继了谁或者《红楼梦》的作者是谁便都无关紧要。他的《关于〈红楼梦〉作者研究的新进展》一文，同时发表在《齐鲁学刊》1994年第1期和1994年3月9日《中国文化报》上。1994年5月号的《新华文摘》，又全文转载了这篇文章。杨向奎先生在文章中对王家惠、刘润为大加赞许，说什么"王家惠画龙，而刘润为点睛。有此一点，全龙活了，而《红楼梦》一书原始作者的找出，使七十年来的悬案至此解决"。并主张今后出版《红楼梦》，可以署"创始者：曹渊（方回），增删者：曹沾（雪芹）"。

1994年4月16日，周汝昌先生又在《文艺报》上发表了《〈红楼梦〉作者新说之我见》一文，与1月8日的《王文读后》一文表现出截然不同的态度，其中有云"曹渊可能曾为曹寅继子，也还只是一个假设，尚待佐证。……我自己曾为王家惠周志写过一小段'读后'，目的只是为了继续探求两曹的骨肉同根的关系，其余与我在观点上就没有什么关涉。恐读者不明原委，引起误解，略作说明于此，企盼亮察为幸"云云，看来周先生似乎又表示对王文要拉开一点距离了！

1994年4月20日，《文艺报》理论部和中国社会科学院文学研究所古代文学研究室联合召开了"《红楼梦》研究方法论问题"讨论会。会议由《文艺报》副主编严昭柱、文学所古代室主任石昌渝主持。在京的部分专家学者及有关方面人士王利器、周绍良、陈毓罴、蒋和森、邓绍基、刘世德、郑伯农、林冠夫、杜景华、沈天佑、张俊、蔡义江、扎拉嘎、张庆善、胡小伟、孙玉明、潘凯凯、竺青、熊元义、刘润为、王家惠等应邀出席。会议内容针对1月8日《文艺报》和3月9日《中国文化报》所发表的上述几篇文章。与会专家们（两位文章的作者除外）一致认为，这几篇文章言之无据，论点根本不能成立，研究方法也很成问题。这样的文章，不仅不是什么"《红楼梦》作者研究的新进展"，而且还会在学术界引起混乱，造成不良的社会影响。刘世德先生在发言中指出，杨向奎先生在文章中对"辽阳说"与"丰润说"的介绍是主观片面的，也是不符合实际情况的。实际上，"丰润说"最早是由李玄伯于1931年5月在一篇文章中提出来的。本世纪50年代，《文学遗产》曾就曹雪芹的祖籍问题展开过讨论，当时出版的几种《红楼梦》本子，以及被大学用作教科书的几本文学史和权威性的辞书辞典，都没有接受"丰润说"。杨向奎先生所谓"丰润说""得到学术界承认，于是辞书、辞典一类书，提到曹寅、曹霑都云祖籍丰润"云云，实是有违事实的无根之谈。至60年代，在纪念曹雪芹逝世二百周年筹备大型展览会期间，展出了《辽东曹氏宗谱》，在确凿的史料面前，大部分红学家都相信了"辽阳说"。后来，随着史料的不断挖掘、发现，相信"丰润说"者已寥寥无几，而"辽阳说"却已得到学术界绝大多数人的承认。刘世德先生还说，从50年代到80年代，关于曹雪芹祖籍的研究一直是平稳的，在这一问题上波澜再起，并不是由冯其庸先生引起的，而是去年以来以杨向奎先生为代表的一些人利用新闻媒介进行不负责任的所谓"轰动性"报道而引发的。

陈毓罴先生认为，王家惠、刘润为、杨向奎的这3篇文章是"空中楼阁，太虚幻境"。尤其是刘润为、杨向奎的文章，竟取红学界大多数人都持否定态度的"雍正二年说"，而对更有说服力的"康熙五十四年说"却避而不谈。陈毓罴先生指出，"康熙五十四年说"不仅有张宜泉的诗题小注及曹頫的奏折相佐证，而且《红楼梦》及脂批中的"十三载"等也可能在暗示曹家遭抄家之难时曹雪芹的实际年龄。既如此，那么再说曹雪芹未经历荣华富贵，不具备作书的资格云云，显然是没有道理的。

王利器先生同意陈毓罴先生的看法，认为青埂峰一别十三载之说，正是暗指曹家被抄时曹雪芹的实际年龄。王利器先生在发言中，还对近年来学术界出现的弄虚作假的不正之风表示愤慨。

蒋和森先生在发言中指出，这三篇文章名为考证，实则全是毫无根据的猜测之词。他们一方面批判胡适，自己却又绕着"自传说"的圈子团团乱转。蒋和森先生认为，这几篇文章的共同特点是，除了无根据的猜测之外，便是有利于自己观点的材料就用，不利于自己的材料就避而不谈，似乎那些重要材料和观点根本就不存在一样。

张俊先生指出，王家惠、刘润为的文章全靠猜测臆度，而在关键的地方则往往使用"可能"、"很可能"等猜测之词。王家惠文章中用了七次"可能"，刘润为的文章也用了五次。这样的治学态度是很不严谨的。张俊先生还说，目前学术研究中"创新说"不断出现，这些人只追求"新意"而不讲实事求是，乃是极不正常的一种现象。而这种现象之所以屡屡出现，自与新闻媒介不求真实而只顾轰动效应的宣传有关。

邓绍基、刘世德先生等还指出，杨向奎、刘润为等故意把"曹霑"的"霑"字说成"水"旁字，则更是一个不顾常识的问题。没有哪一部辞书将"霑"列为"水"字部，也没有一则红学史料将"曹霑"写成"曹沾"。

蔡义江、胡小伟先生等在发言中指出，这样的文章，根本算不上什么学术研究，这样的文章之所以能够发表，正说明了目前的某些新闻媒介所存在的一些严重问题——只追求轰动效应，而失去了新闻媒介的真实性。

在讨论中，与会专家还进一步探讨了《红楼梦》的研究方法问题。他们一致认为，考证必须详尽地占有材料，必须实事求是，让事实说话，而不能离开事实，脱离材料，任意猜测，凭空虚构。像王家惠、刘润为、杨向奎这三篇文章，名为考证，实是无根据的胡猜，这对学术研究是极为不利的，这样的文章，不仅不是什么"新进展"，而是一种倒退。

1994年4月30日，《文艺报》对这次讨论会作了报道，题为《〈红楼梦〉研究方法论问题讨论会日前举行》，副题是《各抒己见，坦诚交锋》。该报道说，"与会专家就曹氏家系和《红楼梦》成书过程有关问题各抒己见，开展了民主坦诚的学术争鸣。一些专家认为辽阳曹家与丰润曹家确实有些关系，但那个时代对过继之事非常慎重，要断定曹寅曾过继曹钦之子尚乏充分证据；认为曹雪芹享年有四旬说、也有五旬说，依后说则抄家时雪芹已十三四岁，应对曹家繁华之景有生活体验、具备直接创作《红楼梦》的生活积累；认为《红楼梦》首回称该书系曹雪芹据《石头记》增删而成，应视为文学笔法。有些专家则认为应正视《红楼梦》和曹雪芹研究中许多问题诸说并存、尚无定论的情况，对该书成书过程和曹氏家系有关问题进行探索是必要的，可继续通过研究和讨论去追寻历史真相；认为这次讨论把曹氏家系考证与《红楼梦》成书过程联系起来，涉及艺术创作规律问题，这具有一定的启发意义"，"与会专家认为，《红楼梦》研究也应遵循解放思想、实事求是的思想路线"。

1994年5月1日，《中国文化报》也就这次会议发表了一则题为《北京学者探讨〈红楼梦〉研究方法》的短讯，全文如下："《文艺报》理论部与中国社科院文学研究所古代文学研究室，四月二十日联合召开了《〈红楼梦〉研究方法论问题》讨论会。与会者围绕王家惠《曹渊即曹颜》、刘润为《曹渊：〈红楼梦〉的原始作者》和杨向奎《关于〈红楼梦〉作者研究的新进展》，展开了热烈的讨论。大家一致认为，古典文学研究既要解放思想，敢于创新，更要实事求是。"

在此应该指出，《文艺报》与《中国文化报》的这两则报道，不仅带有一定的倾向性，而且有失新闻报道的客观性、公允性和真实性。前者虽然涉及这次讨论会的主要内容，但却淡化了专家们对王家惠、刘润为、杨向奎等3篇文章的强烈反驳和尖锐批评。后者则索性对此只字不提，自然就更谈不上什么客观真实的报道。学术考据，必须有凭有据，而不能在毫无凭据的前提下随意"解放思想，敢于创新"。

《红楼梦学刊》1994年第4辑，亦曾对这次讨论会作过如实的报道，题为《〈红楼梦〉研究方法论问题讨论会在京举行》，可以参看。三者孰真孰假，询之当日与会专家即可辨明。

1994年6月在台湾召开的台湾甲戌红学研讨会及1994年8月在山东莱阳召开的第七届全国红楼梦学术研讨会，有关曹雪芹的祖籍、家世及《红楼梦》的著作权问题，均为会议最热烈的话题。特别是莱阳会议的与会代表针对杨向奎、王家惠、刘润为等人的所谓"新说"及其治学态度，提出了十分尖锐的批评。他们一致认为，这种猜测臆度、发挥嫁接的做法是非学术的，其致命弱点是言之无据，以想象代替考证，把严谨的学术研究混同儿戏。红学界对此决不能坐视不管，以免造成不良的社会影响。台湾甲戌红学研讨会和莱阳第七届全国红学研讨会的有关文章及会议报道，已发表在《红楼梦学刊》1995年第1辑，可以参看。

自1994年5月起，反驳"新丰润说"的文章也陆续发表：1994年5月4日，《中国文化报》发表了张庆善的《也谈〈红楼梦〉的作者问题》；1994年7月2日，《文艺报》在同一版面刊载了杜景华的《红学之思考》、张庆善的《"曹渊即曹颜"质疑》及孙玉明的《"曹渊即曹颜"驳议》3篇文章；1994年8月20日，《文艺报》又登载了宋谋玚的《〈红楼〉作者：曹頫"遗腹"曹雪芹》；《红楼梦学刊》1994年第4辑发表了刘世德的《曹渊非曹颜考》、张庆善的《曹渊、曹颜与〈红楼梦〉作者问题》、孙玉明的《再谈〈红楼梦〉的著作权问题》及沈治钧的《关于〈红楼梦〉著作权问题的商榷》等4篇文章；1995年1月，《亚太经济导报》总第3期刊载了孙玉明的《〈红楼梦〉的作者到底是谁》；《红楼梦学刊》1995年第1辑，又集中发表了如下5篇文章：冯其庸的《再论曹雪芹的家世、祖籍和〈红楼梦〉著作权》、胡文彬的《〈红楼梦〉"原作者"考论》、张书才的《曹渊即曹颜平议》、宋谋玚的《关于〈红楼梦〉作者及其他》、贾穗的《曹颜不可能即曹渊》。以上十数篇商榷性文章，分别从各个角度对杨向奎、王家惠、刘润为等人的所谓"新说"做了辩驳，要而言之，大致可概括为以下数条：(1)曹雪芹上世档案史料六世并存，研究曹家祖籍，自当以曹家直接的第一手资料为依据。须知真正提出曹雪芹祖籍是辽阳的，正是曹锡远、曹振彦、曹玺、曹寅他们自己。"新丰润说"对曹家历史档案上直接记载的"世居沈阳地方"、"奉天辽阳人"、"著籍襄平"、"千山曹寅"等铁证只字不提，却在毫不相干的丰润曹谱上大做文章，且称新发现曹家碑铭，能确定曹雪芹祖籍是丰润云云。在曹鼎望监修的《浭阳曹氏族谱》上，并未提及曹寅一系的任何人，这就明白告诉我们，曹寅不是丰润籍。(2)有关曹雪芹的《红楼梦》著作权问题，与曹雪芹同时代的明义、永忠、袁枚等在诗文中都有明确记载，而脂砚斋的评语，则更是曹雪芹著《红楼梦》的铁证。"新丰润说"对此视而不见，也不敢告诉读者，却大谈《红楼梦》的原始作者是曹渊，实际上，曹渊其人，除丰润曹谱上有其名字外，其他就一无所知。他们却偏偏要这样的人来当《红楼梦》的所谓原始作者，为的是要把《红楼梦》掠夺到丰润的名下。在曹雪芹的生年问题上，他们又大做文章，仅取绝大多数红学家都持否定态度的"雍正二年说"，而对基本上已为红学家们广泛认可的康熙五十四年说则避而不谈，为的是好让曹雪芹赶不上曹家的繁华，以便剥夺他对《红楼梦》的著作权。(3)"新丰润说"凭想象虚构了曹渊的生活经历，将他与小说中的贾宝玉等同起来，并将其他现实生活中的人与小说人物一一对号。这不仅把小说当成了历史，而且也陷入了"自传说"的泥潭。(4)"新丰润说"对大量曹家史料根本未下功夫研究，以致在行文之时错误百出：诸如误将曹寅的生母顾氏当成曹寅的元配夫人。再如顾氏于康熙十八年便已去世，曹寅的元配夫人亦死于康熙二十年以前，刘润为却说"曹寅元配顾氏"在康熙二十八年对曹渊"异常宝爱"。又如李氏本是曹寅继配，是正妻，李氏所生之子曹颙是嫡子，刘润为却说李氏是侧室、曹颙是"庶出"，并将他们与《红楼梦》中的赵姨娘、贾环对号，如此等等，令人啼笑皆非。(5) 康熙二十九年《总管内务府为曹顺等人捐纳监生事咨户部文》，与现存有关曹家的其他史料相抵牾，目前红学界对于曹颜是曹寅之子的问题绝大多数人认为是误书，且曹颜在史料中仅此一见，还有可能是早亡。王家惠却以此为据，虚构出种种情节，自然无法令人信服。(6) 查核《浭阳曹氏族谱》，曹渊根本不存在"出嗣"问题。在光绪三十四年武惠堂刊本《浭阳曹氏族谱》卷四的世系图上，在曹渊名下并没有"出嗣"二字，王家惠对此却避而未谈。(7) 曹颜生于康熙二十七年，而曹渊至迟也当生于康熙二十五年之前，二人年龄不合，证明他们并非同一个人。且曹寅家为正白旗包衣，丰润曹则是汉人，当时清廷明确规定，旗人不得过继民人之子为嗣。更何况曹寅之弟曹荃多子，曹寅断不会舍亲弟之子而去过继曹鈖之子为嗣。总之，"新丰润说"在论点上自相矛盾；在论据上任意取舍，在史料依据上一片空白，全凭想象和虚构，在论证过程中又逻辑混乱，缠夹不清，破绽百出，实已超出了学术研究的范围，而流为一种非学术、非道德的儿戏。

还需指出的是，1994年7月7日，《人民日报》刊载了一篇综述性的报道文章，题为《〈红楼梦〉作者研究的新进展》，作者署名"许建平"。该文在复述王家惠、刘润为等人的观点后，又罗列了1994年7月2日《文艺报》所载杜景华、张庆善、孙玉明等三篇文章的标题，然后倾向性鲜明地歪曲说，杜、张、孙三位"认为王、刘的观点整个看来史料不充分，有极大的假说性质"。该文还无中生有地编造说王家惠、刘润为等人的"新说"，"在红学界引起了不小的震动，从而使专家学者对原论不得不重新审视"。这完全是颠倒是非，谎言欺世。要了解红学界有何反响，自有1994年4月20日学术研讨会的纪录。许建平同志能否指出，红学界究竟有哪些专家学者说过"对原论不得不重新审视"的话？

1994年8月20日，王家惠在《文艺报》发表《河北省曹雪芹研究会第一届理论研讨会综述》；1994年1月23日，他又在《中国文化报》上发表了《河北省曹雪芹研究会学术研讨综述》，这两篇文章内容基本相同，王家惠借机又将自己的观点宣扬了一番。

1995年3月11日，《文艺报》又发表了王家惠的《曹雪芹祖籍"辽阳说"的一个疑点》一文。该文对"著籍襄平"、"千山曹寅"等曹家本身的确凿史料避而不谈，却以曹仪简的谈话为据，大谈什么"疑点"，请问你对曹家本身的档案史料有疑点还是没有疑点呢？老实说，所有新老丰润说的一个共同的致命点，就是不敢提曹家自身的档案记录，这就是他们最最可悲的地方！所以只好避实就虚，空谈无稽。实际上，王家惠在此却又犯了一个逻辑性的错误，他误以为只要推翻了"辽阳说"，他们的"新丰润说"便会有了立足之地了。殊不知一个难以成立的观点，即使推翻了其他观点，这难以成立的观点也仍然是无立足境的。它们之间，并不存在非此即彼的必然关系。更何况假的终究是假的，假的怎么有可能把真的否定掉呢？

总之，自反驳"新丰润说"的文章面世之日起，王家惠、刘润为、杨向奎等人就一直未能就学者们对其观点所提出的质疑和驳难作任何辩解。他们却又另换渠道，通过电视再来宣扬他们那些已被驳倒了的论点，以便造成更大的社会影响。在《红楼梦与丰润曹》一片中，杨向奎、刘润为等人都亮了相，王家惠虽未直接露面，但他却是此片的撰稿人之一，其观点也再次得到扩大宣传。因此，该片播出后，自然要引起红学界乃至社会上的强烈反响，因而在3月29日的研讨会上，与会者的发言也就格外热烈，而对"新丰润说"的批评自也更加尖锐。

从根本来说，弄虚作假的、错误的东西愈是传播得广，则其对社会所造成的负面影响也愈大、其遭到的反对也就愈强烈。可惜这样简单的真理，对于迷信谎言的"神功"的人是无济于事的，因此这场新丰润说的谎言运动，还可能继续编下去，人们不妨拭目以待！

1994年4月21日

（原载《红楼梦学刊》1995年第3期，笔名逍海）

香山"曹雪芹故居"真假之争

正如《红楼梦》中所体现的"真"与"假"的哲学观念一样，有关曹雪芹与《红楼梦》的许多文物，诸如王冈绘"曹雪芹小像"、陆厚信绘"曹雪芹小像"、"曹雪芹佚诗"、"书箱"、"墓石"等等，都存在着真、假之争。位于北京植物园内的正白旗39号 (老门牌号为38号)，也存在着是否为"曹雪芹故居"的论争。兹据现存史料，并根据文章撰写或发表的大致时间顺序，将有关这一问题的不同意见分别缕述如下，以备关注这一问题的专家及《红楼梦》爱好者参考。

一、缘起

据吴世昌、胡德平、舒成勋、胡文彬、周雷、黄震泰、严宽等人的文章记载：1971年4月4日，香山正白旗营外39号居民舒成勋家，因欲修缮房舍，舒成勋的老伴儿陈燕秀在从西耳房往外搬床时，碰掉了西山墙上的一块墙皮，并发现了一些诗文墨迹。舒成勋回家以后，便挑灯辨读，因"系发现文物，不敢怠慢，便于次日向香山街道办事处反映情况"。4月6日，街道主任和派出所的人到舒家看望。4月9日，北京市文物管理处派出于杰等人前往调查，但不久便做出了否定的回答。5月13日，红学家吴世昌应有关单位之邀前往舒家考察，于5月27日写出了一份《调查报告》，并对"曹雪芹故居"之说提出了否定意见。在吴世昌的《报告》后，附有俞平伯的《附书》，完全同意吴世昌的看法。6月9日，北京市文物管理处把带有诗文墨迹的墙壁剥出运回，收存在文物仓库中。

消息传出以后，便引发了许多人的兴趣。据房主舒成勋在《曹雪芹在西山·卷首谈传奇》中说，自从他"住的旗下老屋题壁诗发现以后，前来参观的人络绎不绝，将近十年间，粗粗统计一下，已逾五万人次"。与此同时，舒成勋等人也在不断地查找资料，搜集传说，并四处奔走呼吁。然而，由于种种原因，这一发现却一直没有见诸报纸杂志。直到1978年6月，香港的《明报月刊》第150期发表了黄震泰原稿、黄庚编撰的《曹雪芹故居之发现》一文，这一发现才算真正被报道出来，从而也引发了人们对这一问题的争论。此后，香港的《明报月刊》又在1978年7、8、9三个月内，连续发表有关曹雪芹故居的论争文章。在大陆，随着《红楼梦学刊》、《红楼梦研究集刊》等专业刊物的创刊，有关这一问题的文章也陆续发表了出来。据笔者粗略统计，除胡德平的《曹雪芹在西山》这部专著及前述三大刊物之外，曾经为这一问题的论争提供版面的报刊尚有《北京日报》、《羊城晚报》等。

二、对"曹雪芹故居"的肯定

胡文彬、周雷的《应当重视香山正白旗清代题壁诗的发现》[①] 一文，是中国大陆较早发表的一篇肯定性文章。该文共分五部分，依次为：(1)《香山发现了清代题壁诗》；(2)《一幅引人注目的对联》；(3)《几首值得探索的清诗》；(4)《数片耐人寻味的残文》；(5)《关于题壁墨迹的书写年代》。该文的发表虽然晚于香港《明报月刊》的几篇文章，但撰写时间却在1973年6月。该文开篇即云："两年前，在北京香山正白旗的一所住宅里，发现了一批清代题壁诗文的墨迹，人们传说这件文物同《红楼梦》的作者曹雪芹有关。一九七三年五月十三日，我们走访了香山正白旗，对这一清代遗迹进行了实地调查，并同当地居民群众座谈了五六小时，听到了许多关于曹雪芹生平事迹的民间传说。通过这次调查访问，我们感到，在香山正白旗发现的清代题壁诗，很可能同曹雪芹有关，应当引起人们的重视。现将我们看到、听到、想到的东西整理出来，供有关领导和专家们参考、研究。"

---

① 《红学丛谭》，山西人民出版社1983年版。

在该文的第一部分，作者写道："一九七一年四月四日，香山正白旗营外三十八号居民舒成勋家，因维修房舍，在西耳房的西山墙上，发现了一些诗文墨迹，立即向当地公安派出所报告，并转告了文物、考古单位。六月间，北京市文物管理处派出于杰等同志前往该地调查处理，他们把带有诗文墨迹的墙壁剥出运回，收存在文物仓库了。""该消息传出后，引起了广泛的注意和重视。两年来，各界群众纷纷走访香山正白旗，对陈列的墨迹照片和摹本眼观手录，用心揣摩，商讨它的书写年代、思想内容和历史背景。人们认为这些题壁诗可能与曹雪芹有关，希望文化和文物部门能加以重视，进行研究，根据科学的鉴定，作出相应的处置。"

在提出自己的希望之后，作者在第二部分便对题壁诗文中的一副对联作了分析，"在这次发现的墨迹中，有一组写成菱形的文字，恰好是传说中鄂比送给曹雪芹的那副对联"，亦即"远富近贫，以礼相交天下少；疏亲慢友，因财而散世间多！真不错！"作者认为："传说中的对联和题壁的对联，文字上有些出入，但后者比前者更高明。'少'对'多'、'而散'对'相交'，比'有'对'多'、'绝义'对'相交'，更加贴切，更加有味。尤其可贵的是，传说中被传丢了的横批——'真不错'，却在墨迹中保存了下来。'真不错'三字，铿锵有力，当年鄂比为曹雪芹'远富近贫，以礼相交'的思想风格拍案叫好，鼓之舞之的声态，活现墙上，如闻如见。""这副对联墨迹的发现，是十分引人注目的，它很自然地使人们把这件文物同曹雪芹联系起来。这一发现，无论对于'核证'民间传说的真实性，还是对于考定这批墨迹与曹雪芹的关系，都有重要的意义。"

在题壁诗文中，还有几首古诗。作者在第三部分分析其中的一首说："《古诗·无题》：此诗的思想风格，有点近似《红楼梦》里的《葬花词》，不过像是宝玉的身份口气。当然这不会是雪芹的手笔，却可能是雪芹的亲友辈或崇拜者的仿作。从内容看，好像是在借吴王来去和花开花落，影射康熙南巡和雍正上台两个时期中曹家的兴盛和衰落，感慨系之，牢骚满腹。结尾似乎在说：这个地方，还有什么花好看！'锦帆泾'是地名，在江苏吴县（即苏州市）盘门内，是内城沿城壕，相传吴王锦帆以游，故名，这里借作室名用。有人说是一种词牌或曲调名，未知当否。"

对于题壁墨迹的部分碎片，作者分析说，在数片残缺不全的残文中，屡屡提到苏秦。当年苏秦"'并相六国'，衣锦还乡，昆弟妻嫂因其'位高金多'，竟匍伏在地，侧目不敢仰视。苏秦对这种'富贵则亲戚畏惧之，贫贱则轻易之'的势利相，深有感触，喟叹不已。雪芹经历过曹家末世的荣华富贵的生活，后因犯罪抄家而贫穷落魄，也颇有一番苏秦失败被困时的痛苦经历。世态的炎凉，财势的凌轹，刺激和教训了雪芹，使他走上了'远富近贫'的道路，并在《红楼梦》中暴露了封建社会'贫富二字限人'的矛盾。熟悉曹雪芹身世和《红楼梦》内容的亲友，对雪芹的遭遇寄予同情，对他的'傲骨'肃然起敬，每每在诗文中加以赞扬。传说鄂比文才不高，写不出敦氏兄弟那样的诗来歌颂雪芹，只好送他一副对联，表示自己的敬意和支持。题壁诗中（一）（二）（三）三首，思想内容与鄂比送给雪芹的对联差不多，我们猜想这篇写在同一墙上的短文，大概也是类似的东西，可能和雪芹的生平思想有关。在寥寥几个碎片中，就能见到三四处'苏秦'字样，感叹之情溢于'言'表"。在该文的第五部分，作者又从以下几个方面作了论证：(1)"从住宅的建筑时代来看"，"38号住宅可能是乾隆十四五年修建的健锐营营房，曹雪芹迁居正白旗时，它已经耸立在那里了，二百多年来未经翻修，大体上还保留着当年的风貌"。(2)"从房主的家世情况来看"，"现住户舒成勋是满族正白旗人，姓舒穆鲁氏（是否与敦敏的生母舒穆鲁氏有什么关系，待考。）"，"舒家搬到这里来住，应是嘉庆初年的事情"，"西墙上的字画，大概不会出于舒家几代人之手。换句话说，这些题壁墨迹是舒家搬来之前就有的，自然是乾嘉墨迹了"。(3)"从墨迹的保存方式来看——值得注意的是，这些诗文墨迹，似乎是书写者有意保留给后人看的。因为在墨迹外面，先裱糊了一层古老的'银花纸'，然后再抹上一层细质的白灰泥，除上部因漏雨有局部污损外，整个墨迹保持完好，剥出墙面也很顺利。"因此，"除对这些诗文书画墨迹应予鉴别外，对那层'银花纸'也需要进行分析、鉴定，以便判断墨迹的年代和价值"。(4)"从诗文的内容来看——这批墨迹中的某些诗文，具有鲜明的异端思想和叛逆精神，长吁短叹，嬉笑怒骂，揭露了社会中贫富贵贱之间的矛盾，并且明显地藐视权贵，同情贫民。更使人惊奇的是，在文字狱频兴的乾嘉时代，居然敢以'抗风'名轩，而且大胆地书写在旗营中的西墙上，这是很不平常的举动，像舒家那样的人家，是不敢这样轻举妄动的。""在那个时代（乾嘉时），在那个地方（旗营里），在那个墙上（西墙上），看来只有曹雪芹和他的某些志同道合的'故友'，才敢于题'反诗'，发牢骚，抗恶风。"

1978年6月，香港《明报月刊》第150期发表了黄震泰原稿、黄庚编撰的《曹雪芹故居之发现》一文。这是最早见诸报刊的一篇有关"曹雪芹故居"问题的文章。据黄庚在开篇时说，其父"黄震泰医师原任北京大学及国内其他大学放射科教授。退休后经常以爬山作为运动，每周要到北京西郊之香山爬山三次至五次，因此得识香山地区的舒成浚（勋）先生"，"从而得知一未被重视的发现——舒先生目前之住所极可能就是曹雪芹最后的居所，也就是撰写红楼梦的地点"。对此黄震泰"当然深感兴趣，于是与舒先生合作作进一步之追寻，并得到相当肯定的结果"。于是，黄庚便将黄震泰"陆陆续续由家信中写给"他的研究成果"整理出来，提供各位红学专家参考"。由这段话不难看出，该文中肯定也有香山正白旗39号房主舒成勋的许多观点。

在这篇长文中，黄氏父子列举了十几条理由，对香山正白旗39号即"曹雪芹故居"之说加以肯定。他们说：(1)"如果我们用'吴王'、'六桥烟柳'、'鱼沼秋蓉'及'有花无月'两残句与曹公在《红楼梦》中所作各诗词比较，很容易发现其风格与重叠之用字法是相同的。尤其是'吴王'一首及'有花无月'两句，的确与廿七回的葬花词与七十回的桃花行，在意境上有若干相似之处，后者很可能就是根据前者延长发展而成的。"(2)"我们再看'途人骨肉'的扇面诗，就内容看似乎不够含蓄，然而人在穷困无聊以自遣之际，也可能不择字句一吐为快。我们可以用此诗和曹雪芹在红楼梦中写的""朝扣富儿门"这首标题诗及回末揭联所云"得意浓时易接济，受恩深处胜亲朋"比较，就"可以看出其对骨肉亲朋间的贫富势利世态炎凉的慨叹是一致的"。"又从'抗风轩'之命名，我们可以理解此诗作者所要'抗'的'风'显然是指一种'风头不顺'的逆风。这又与曹家因为参加了胤禩、胤禟等集团与胤禛争立，结果遭受政治风暴的冲击有意义上之关联。无权无势的人要抗拒这种巨大的风暴，恐怕只能出之写作与批评一途了。当《石头记》的稿本被'内廷索阅'时，也许这个'抗风轩'就变成'悼红轩'，听起来委婉的多了。"(3)"至于第二排当中的菱形字迹"，传说是曹公的一副对联，"此一发现至少可以说明'多年传说'、'曹雪芹'、'三十八号舒居'三者之间不是毫无关系了"。(4)"在墙上字迹中，我们两次见到'偶录'字样"，《红楼梦》中"抄录之'录'与'偶录'用意正是吻合。在第四回'薛蟠打死冯家得钱'一段"，甲戌眉批有云："略一解颐，略一叹世。""此处用'略'与墙上题诗之用'偶'目的正复相同。"(5)"更可注意的是墙上最左偏中一个孤零零的'笏'字，这个'笏'字不与他字连用，很像一个签名，不由得使我们联想到'畸笏'或'畸笏叟'，也就是在甲戌、庚辰两本'脂砚斋重评'中出现六七十次的那位批书者。"(6)将墙上的字"试与曹公《风筝谱》序文首页曹公亲笔的双钩字作一比较，发现很多相同之处"。(7)"现在38号的居停主人舒家在香山白旗居住已经有两百年了。早年在附近住的人全姓舒，舒先生是满族人属白旗，原姓'舒穆禄'氏，他的六代姑祖母是一位福晋——王妃，也就是宗室爱新觉罗敦敏、敦诚的母亲。既然我们知道敦敏、敦诚与曹公那样接近，在曹公必须回旗时，替他在亲戚家安排一个较好的住所，自然是很可能的事。"(8)有一位"熟悉当地乡土地理的马海亭先生，据告称白旗后面有'印房'，地居山脚，地势较高，原是那一带兵营的行政管理机构。他的前面明代旧名叫'黄叶村'，笔者认为敦诚《四松堂集》中诗所谓：'劝君莫弹食客铗，劝君莫扣富儿门，残杯冷炙有德色，不如著书黄叶村'（《寄怀曹雪芹霑》）之黄叶村乃指此处"。(9)"在白旗38号附近之水坑中生野芹菜，当地人采来入药"，"至今仍有人用其治疗慢性肝炎者，每年入冬以后，留在地上被雪压盖冻蔫，其景甚惨，现在38号门前不远仍可看到此种景象，曹公可能借以自况。也许就是'雪芹'之来源。又38号门前有一干涸河床，沿河有河堤"，而敦敏、张宜泉等人在诗中也均提及"碧水"、"野浦"、"山川"，"可见当时的曹居是面临溪水的。现在我们发现了野芹菜及溪水，如此一来，'芹'与'溪'也都有了出处了"。(10)"百数年来京西一带建筑房屋打夯时"，"工人所唱夯歌，内容全是红楼梦事迹，这也是群众受曹公作品洗礼的痕迹之一"。(11)"离正白旗不远正黄旗地面住着一家姓张的。在晚清和民初一个很长时期以唱曲为业，他们的曲艺形式称作'莲花落'。""据当地的传说，张家的曲艺本领是直接受曹雪芹传授的。"(12)"关于曹公之葬地：在前面提到的'印房'后山地叫做'双驸马坟',为明代之旧称,也是白旗指定为义地,也就是不收费用的公墓。曹公葬在这里的可能性极大。"

1978年7月,《明报月刊》第151期还发表了有关这一问题的两篇短文:一为边锦砚的《曹氏故宅——从纪念展览到故居发现》;二为方俊的《读〈曹氏故居〉文有感》。因都是读后感式的短文,又无甚创建,在此不再转述。

1978年8月,《明报月刊》第152期发表了赵冈所撰《曹雪芹故居的问题》一文,对黄震泰、黄庚的观点表示支持。赵冈说:"据我看,这个坐落在北京香山地区卧佛寺东南一公里左右健锐营正白旗西南角路北门牌三十八号的舒宅,很可能真是曹雪芹当年的故居之一。过去有许多文字记载与口碑资料,不约而同地指出雪芹晚年的居所是在这一带。""支持舒宅是雪芹故居最有力的证据是那一副对联",虽然"字句略异",但"这几个字的出入,正增加了这副对联的可信性。如果两者一字不差,我反而不太敢相信了。哪有口头传说,历数代之久,而竟能一字不差呢?"

1978年9月,香港《明报月刊》第153期又发表了黄庚撰写的《曹雪芹故居之发现及其他》一文,再次就"曹雪芹故居"问题展开讨论。该文共分《吴恩裕的论证》、《曹雪芹遗稿》、《曹居的地理环境》、《曹居地的生物》、《曹雪芹另一'佚著'及曹氏好友敖比》、《缀玉堂的典故》、《恭王府和大观园》等几部分。第一部分主要介绍吴恩裕撰写的《曹雪芹手迹和芳卿悼亡诗的发现及其意义》;第二部分主要介绍《废艺斋集稿》,并附有孔祥泽的《感言》;第三部分运用史料及传说论证"曹公在白旗住过较长的时期,而在白家疃居住的时间或是不太长或是属于临时性的";第四部分则简要介绍所谓"曹雪芹另一'佚著'"《此中人语》,并根据舒成勋的叙述介绍曹雪芹的朋友鄂比。

1981年5月,冯精志、冯华志在《红楼梦学刊》1981年第2辑上发表《一个不容忽视的发现——香山正白旗39号题壁诗文之考析》一文,对吴世昌的《调查香山健锐营正白旗老屋题诗报告》①,赵迅的《"曹雪芹故居"题壁诗的来

---

① 《红楼梦研究集刊》1979年第1辑。

源》^①，胡文彬、周雷的《驳"曹雪芹故居之发现"说——香山清代题壁诗文墨迹考析》^②，均提出了商榷意见。该文除《题叙》外，共分以下四部分：(1)《发现题壁诗文的老宅所处的特殊环境》；(2)《题壁诗文内容与曹雪芹身世密切相关》；(3)《曹雪芹归旗的大致年份和"丙寅偶录"》；(4)《题壁诗文的来源和保存方式发人深思》。作者认为，吴世昌、赵迅以及胡文彬和周雷的文章，其"论证是不能令人信服的"。吴世昌的"结论是极为仓促的，因为全部调查工作不过几小时"。赵迅"查明了大多数题壁诗文的出处，做了必不可少的鉴定工作，但远谈不上依此定论，因为不能把'来源'代替否定的结论，从来源出发也有可能引申出肯定的看法。至于胡文彬、周雷同志的《驳'曹雪芹故居之发现'说》一文，除了'姑妈系世表'之外，不过是吴世昌、赵迅两篇文章的综合"。其理由是：(1)"香山一带流传着不少有关曹雪芹的轶闻逸事。关于曹雪芹的居住地点，当地许多老人指出在原云梯攻坚健锐营正白旗营一带。""通过分析有关曹雪芹生平事迹的诗歌中披露的雪芹居处环境特征，亦不难发现正白旗村所处环境与诗歌中所叙基本相符。""远富近贫"这副"对联固然是传说，但它通过多种渠道反映出来则表明了一定程度的真实性，而当它以文字形式出现在相传曹雪芹故居所在范围内的一幢老宅墙上，则不能不认为老宅与曹雪芹有一定关系"。(2)"通过对题壁诗文的分析，可以看到它们与曹雪芹的政治思想、内在感情、处世哲学及个人境遇大体相符。"因此，作者认为，"曹雪芹有可能在39号生活过。"(3)"曹雪芹一生中只赶上一个'丙寅'，即乾隆十一年 (1746)。题壁诗文中的'丙寅'也应该是这一年。"而作者也"大致可以说"，曹雪芹"是乾隆十一年之前迁到香山的，这一年他已三十岁出头"。(4)"从字迹来看，题壁诗文大多为拙笔所写。拙笔强调自己不过是'学书'，'学题'，这种谦恭的口吻表明他不是在自家的墙上录的，而是在一个为他所敬重的人的家里。""拙笔研墨挥毫，在墙上写满了寄托感情的文字，却绝少自己的东西，并唯

① 《红楼梦研究集刊》1979年第1辑。
② 同上。

恐别人不知是东拉西扯抄来的，以至于要著明是‘录’的。这种做法恐怕跟曹雪芹声明《石头记》是从石头上抄来的同一性质：他们惧于当时的文字狱。”

1981年7月12日，《北京日报》发表署名霁飞的《〈澄清曹雪芹故居一说〉质疑》，对赵迅发表于4月5日的文章提出质疑。霁飞说，(1)传说中鄂比送给曹雪芹的“远富近贫”这副对联，香山正白旗39号“题壁诗中也有这么一联。两联文字基本一致，两相比较，题在壁上的比传说中的更为工整。传说和实物既然已经接近吻合，那么，进一步研究曹雪芹究竟住过这套房子没有，就完全是合理的，而不应该说是什么‘弄虚作假，鱼目混珠’，‘玷污践踏曹雪芹的伟大形象’等等”。(2)“用墙上的诗文不是曹雪芹所作，来否定曹雪芹曾经在这里住过，未免过于武断。题壁诗上曾出现了‘拙笔学书’，‘学题拙笔’的录者自称”，而作为“曹雪芹遗物”的“书箱上款是‘题芹溪处士句’，下款是‘拙笔写兰’，片溪即曹雪芹的号，那么自称‘拙笔’的是谁呢？如果我们能够在年代中判断学书的‘拙笔’和写兰的‘拙笔’都是乾隆前期的人，两个‘拙笔’的笔体又一致，那么‘拙笔’一词在这里就不是一般自谦的泛称，而是题诗人的专称了。这个事实不是更进一步说明曹雪芹在有题壁诗的屋子里住过的可能性吗？”(3)至于“乾隆十一年曹雪芹”有“没有迁到香山”，也“是一个需要进一步探讨的问题”。

1981年10月，冯精志、华志又在《红楼梦研究集刊》第7辑上发表《曹雪芹与香山》一文，依靠自己在香山一带的调查结果，再次对“曹雪芹故居”作了肯定。他们认为：(1)“曹雪芹穷居地点在健锐营正白旗营”，“正白旗村西的环境特征与有关曹雪芹生平事迹诗歌中披露的基本吻合，可证当地所传是确切的”。(2)“《石头记》的特点在于如实描写，作家从目睹亲闻中汲取了大量素材，那么在他居处附近可能也有写作时随手拈来的环境素材。实际亦如此，《石头记》第一回的神话故事是与香山的几块怪石密切相关的。”(3)从敦诚等人的诗句可知，曹雪芹应该死在香山，葬于健锐营正白旗义地。

胡德平的《香山曹雪芹故居所在的研讨》一文，发表于《红楼梦学刊》1982年第2辑。该文共分以下几部分：(1)《本文要说明的问题》；(2)《香山健锐营和香山护军营》；(3)《曹雪芹的旗籍和香山正白旗营房》；(4)《结束语》。

作者认为，"口碑材料那怕不尽翔实，也有参考之处，唯文是征也会导致错误的结论。惟有唯物论的辩证方法才能正确认识""互相依赖的文献材料，才能筛选出令人信服的历史说明"。"遵循此理"，作者"对曹雪芹在北京香山一带的生活环境发表了看法"，"并认为否定香山正白旗村三十九号是曹居址的论据都不带必然性而肯定其处为曹曾经住过的论据则不能说没有可能性"。"否定说的两个论据，于事于理没有必然性，反而却为肯定说敞开了更为广阔的可能性的大门。"通过对史料的分析，作者得出结论："香山一带护军的历史要远远超过健锐营的历史。因此，否定丙寅年不是乾隆十一年的论据便不能说服人了。"

力主香山正白旗39号为曹雪芹故居者，还是胡德平及该房的房主舒成勋等人。20世纪80年代初期，由舒成勋述、胡德平整理的《曹雪芹在西山》一书，据严宽在《背景：二十年前的一桩公案——曹雪芹纪念馆创建前后追忆》一文中说，该书已"先后两次印刷，印数达8万册之多"。2004年4月，该书又与胡德平的另一部书合并，经过增订以后，改名为《说不尽的红楼梦——曹雪芹在西山》，由中华书局出版之后，据说也是销量可观。因该书刚刚出版不久，发行量又大，再加内容太多，小文难容，所以此处不再转述，仅将其目录转引于下，即可略见一斑。即《前言》，《背景：二十年前的一桩公案——曹雪芹纪念馆创建前后追忆》，《曹雪芹在西山》(包括《卷首谈传奇》、《西轩传世的题壁文字》、《曹公笔下的香山景物》、《诗句入实的黄叶山村》、《结束语》、《整理者调查后记》，以及附：孔祥泽《〈废艺斋集稿〉追记前言》、孔祥泽《有感于"巧合"而记》)，《香山曹雪芹故居所在的研讨》(包括《本文要说明的问题》、《香山健锐营和香山护军营》、《曹雪芹的旗籍和香山正白旗营房》、《结束语》)，《卧游终日似家山》(包括《本文要说明的问题》、《仕宦江宁的客愁》、《追忆家山的乡恋》、《面对金山的联想》、《捉刀题壁的寓意》、《结束语》)，《三教合流的香山世界》(包括《三教合一的圆明居士》、《亲撰御碑的十方普觉》、《〈石头记〉的香山典故》、《曹雪芹的反叛思想》)，《附录》(包括《"旗居""隐居"辨》、《〈红楼梦〉与香山风物》、冯牧《〈曹雪芹在西山〉出版序言》、王昆仑《〈三教合流的香山世界〉出版序言》、《刘梦溪致作者信》)。

三、对"曹雪芹故居"的否定

吴世昌的《调查香山健锐营正白旗老屋题诗报告》，应是有关这一问题的第

一篇文章。该文写成于1971年5月27日，但正式发表却是在《红楼梦研究集刊》
1979年第1辑上。吴世昌在《调查报告》中称，他应邀调查的地方是"植物园
以北的健锐营44号"，但该房的老门牌号却是38号，现门牌号是39号，不知吴世
昌的《调查报告》为何会出现这一差异。吴世昌在《报告》中说："题诗者并不
署名，只写'偶录'、'学书'、'学题'，可知是抄录他人的诗。从其抄错的字，
可知他并不懂得作诗的技巧——平仄（例如'底'误写为'低'），他本人文理亦不甚通
顺，他所欣赏选录的'诗'都很低劣。他的书法是当时流行的所谓'台阁体'，
软媚无力，俗气可掬。录者大概是一个不得意的旗人。""这些题诗，一看即知
与曹雪芹无关。但也许仍有人出于怀念曹雪芹之心，认为这些诗中可能有曹雪
芹的作品，为祛除疑虑"，吴世昌又从以下五个方面作了论证：

第一，"关于曹雪芹诗的作风：曹雪芹诗在当时他的好友之中颇负盛名，但
可惜流传下来确实可靠的只有他题敦诚《琵琶行》传奇的两句：'白傅诗灵应喜
甚，定教蛮素鬼排场'。即从这两句，也可以看出，他的诗自有他独特的风格，
和当时流行的王渔洋派的神韵体不相同，敦诚说他'诗追李昌谷'，'爱君诗笔
有奇气，直追昌谷披篱樊'。'昌谷'是唐代诗人李贺，诗以奇峭瑰丽著称。所
以敦诚又说他'诗胆如铁'，'堪与刀颖交寒光'。他又不常作诗，张宜泉说他
'君诗曾未等闲吟'。从这些评价看来，曹雪芹的诗和破墙上题的所谓'诗'，丝
毫没有共同之处"。

第二，"关于曹雪芹的字：现在流传的，只有魏宜之旧藏，现归吴恩裕氏的
尺幅一页，上有'云山翰墨冰雪聪明'篆文八字，署名'空空道人'"。"这页
尺幅的纸经邓之诚""鉴定为乾隆纸，篆文不甚佳，但行书'空空道人'四字却
清挺健拔，写得颇有功力，据张伯驹所见雪芹题《海客琴樽图》之字，和这四
字'都是那个路子'，可信这幅尺页为雪芹之字，这与破墙题诗之字优劣相差也
极远"。

第三，"关于题诗中的对联：题诗中有对联一副"，"却不用大字写作对联
形式，而把它排列成菱形，联语共二十二字，排成菱形缺三字，他就添上自己
的赞语'真不错'。关于这对联，我在一九六三年三月与吴恩裕、周汝昌等同
志往访香山正黄旗张永海老人，曾听他说过，这是曹雪芹的朋友鄂比送给曹

雪芹的，但文字稍有不同"。据吴恩裕的记录是："远富近贫以礼相交天下有，疏亲慢友因财绝义世间多。""二者比较，似乎墙上题的较近原作。上联末字'少'对下联末字'多'，下联'而散'对上联'相交'也更工整。题诗的墙既是'二百年的老屋'，可知这联语确实是二百年前就流传出来的。至于是否鄂比自撰，专为送给曹雪芹的，当然是另一问题。由老屋墙上也题此联这一事实，也可证明一九六三年张永海老人的传说是有根据的。"

第四，"关于曹雪芹在西郊的故居：雪芹晚年住在北京西郊，这是从敦诚、敦敏、张宜泉的诗中，我们早已知道了的。至于确切地址，则历来传说大都说是香山健锐营"。据住在香山的张永海老人说："曹雪芹在正白旗住了四年乾隆二十年 (1755) 春天雨大，住的三间房子塌了，不能再住下去。曹家是被抄家的人，平时人家拿他当'坏人'，房塌了也没人给他收拾。鄂比帮他的忙在镶黄旗营北上坡碉楼下找到两间东房。"

第五，"关于墙上题诗的年代"：破墙上扇形题诗记有"岁在丙寅清和月下旬"字样。"按百年以前的丙寅，最近者为同治五年 (1866)，其时舒家祖上已迁入，墙诗既非舒家之人所题，当再上推一甲子，即嘉庆十一年 (1806) 丙寅。再早为乾隆十一年 (1746) 丙寅，当时传说中鄂比赠雪芹的对联尚未出现，雪芹也还没有移居郊外。墙上题诗的丙寅，可以定为一八零六年，其时雪芹已死了四十多年。"

根据以上情况，吴世昌得出以下结论并提出建议：(1)"老屋墙上题诗，从其内容与字迹判断，与曹雪芹无关。题者抄别人的诗，这些诗很劣，有的是'顺口溜'，不能算诗，抄者文化程度不高，有抄错的字，抄的年份丙寅，是嘉庆十一年 (1806)。"(2)"据传说，曹雪芹晚年住在健锐营，先住正白旗，后住镶黄旗。这一传说大致可靠，当地住户都知道。因此，有人怀疑老屋墙上的诗与曹有关，但曹原住正白旗旧屋已被雨水冲塌，此屋与他无关。"(3)"靠里边的三分之二的墙上，可以把外层的灰剥下来，看看其中有无较有价值的文字 (例如确切的年份记录)。"(4)"已发现的墙上题诗，包括那副对联，虽与曹雪芹无关，但确是舒家搬入以前的住户的字，以及当时在旗人中流行的诗和联语，写于一八零六年。如果当地人要保存，也可以保存，若要拆盖，可以先把墙上题字照相，以供必要时参考。"

在吴世昌的《调查报告》后面，附有写于1971年6月9日的《俞平伯附书》一则，其中俞平伯也支持吴世昌的看法："我没有去西山实地考查，读了吴世昌同志的报告，非常清楚。壁上的诗肯定与曹雪芹无关。虽是'旗下'老屋，亦不能证明曹氏曾经住过。吴的结论，我完全同意。如另有字迹发见，用摄影保存，无碍于拆建。"

1978年7月，香港《明报月刊》第151期发表了谈锡水的《"曹雪芹"故居的疑问》一文，对黄震泰原稿、黄庚编撰的《曹雪芹故居之发现》一文提出商榷。谈锡水说，黄文的"十五点论证之中，其实最主要的一点，是需要证实'笏'即'畸笏'"，然而"畸笏的出现，是乾隆二十七年以后的事"，"但在'黄文'引录的墙上墨迹中，却有一段排成扇面的题壁，其末题记云：'岁在丙寅清和月下旬偶录于抗风轩之南几。'这段墨迹，依据原位置过录的题壁文字图片来看，也紧贴着'笏'字。但丙寅应是乾隆十年，此时连脂砚斋都还没有出现，更难说得上畸笏了"。"除非墙上的墨迹，是由乾隆十年丙寅稍前起即已题上，然后透迤至乾隆二十七年壬午而尚未休，前后经过十八年以上的时间。这才有'丙寅'与'畸笏'同时出现在墙上的可能。还不止这样，还要壬午之前的题壁人，早预先留下位置，到壬午年畸笏这别署出现之后，让他妥妥帖帖地题上一'不全之绝句'。无如这却等于天方夜谭。"

1978年9月，香港《明报月刊》第153期发表高阳的《曹雪芹摆脱包衣身份考证初稿——由"曹雪芹故居之发现"谈起兼纠有关曹雪芹生平的若干错误看法》。高阳说，"并无直接的证据，可以证明香山'卧佛寺东南一公里左右健锐营正白旗西南角，路北门牌三十八号'""为曹雪芹旧居；却有许多反面的证据，可以证明三十八号绝非曹雪芹旧居"。理由是："前锋营之成员，规定'选满洲、蒙古兵之尤锐者为前锋'；是则健锐营系由锐而又锐的满洲、蒙古兵所组成，汉军、包衣，皆不入其选；上三旗的包衣，则更是风马牛不相及。所以曹雪芹决不能分配到香山健锐营的营房的。""至于题壁的文字"，也与曹雪芹无关。而"'丙寅清和月'与'抗风轩'之时与地，皆与三十八号毫不相干。谓余不信，则请问：题壁之丙寅如非乾隆十一年，与曹雪芹何关？如为乾隆十一年，三十八号何在？请别忘记，健锐营创于乾隆十四年。砖面有'嘉靖十七年造'字样，并不足以证明此屋即建于明朝，撤旧材、造新屋，在宫中亦是常事"。"题壁的文字，无论从哪个角度来看，都难免浅俗之讥，曹雪芹本人如此，何能著红楼？如果不是曹雪芹的手笔，而是他来往的朋友，信笔涂鸦；品类如此，又何能使敦敏敦诚兄弟，倾心相交？""照我的看法，三十八号在当时不但并非曹雪芹的旧居，而且也不是某一个人的家；因为没有那个家庭，能够容许客人随意题壁，歪诗以外，甚至还发之猥琐的牢骚。""那末，三十八号题壁的文字，又作何解释？我的看法是，其地为健锐营营房中的一间招待所，专供各处公差的官兵下榻。其中'蒙挑外差实可怕'这一首歪诗，即是不知哪里出差的一个'笔帖式'、'领催'，甚至只是'苏拉'的手笔。"

1979年11月，《红楼梦研究集刊》第1辑上，还发表了赵迅的《"曹雪芹故居"题壁诗的来源》一文。作者认为，"从题壁诗的内容与舛误情况判断，这当是清代末叶住在当地的一位粗通文墨但水平不高的失意人所为，他大概是在穷极无聊的境况下，从他所见到的一些书籍里抄录了几首诗来发泄自己的牢骚"。进一步，赵迅查阅典籍，找到了这些诗的出处，明确指出：《六桥烟柳》一诗，出自《西湖志》卷三，作者为明朝人凌云翰。题壁诗只是将第二句"六桥南北带沙堤"的"堤"字错录为"提"，将第七句"赤栏杆外清阴满"的"清"字改写为"青"。第二首《鱼沼秋蓉》出自《西湖志》卷四，作者为陆秩。不同之处有以下几处：第三句原诗为"丽日烘开鸾绮障"，题壁诗为"旭日烘开鸾绮幛"；第四句原诗为"红云裹作凤罗缠"，题壁诗为"红云裹作凤雏缠"；第六句原诗为"丛萼含霜弄晓烟"，题壁诗则为"丛昙含霜弄晚烟"；第八句原诗为"文鳞花底织清涟"，题壁诗为"文鳞花低织清涟"。第三首《平湖秋月》，出自《西湖志》卷三，作者为明人聂大年。不同之处有：第一句"曾向湖堤夜扣舷"，题壁诗将"堤"字错为"提"；第六句原诗为"骊宫偏热老龙眠"，而题壁诗为"骊宫偏熟老龙眠"；第七句原诗为"朗吟玉塔微澜句"，题壁诗则为"朗吟玉塔微词句"。第四首出自《西湖志》卷三，作者为明人万达甫。第五首出自《六如居士全集》，作者为明人唐寅。第三句原诗为"花美似人临月镜"，题壁诗第一字脱落，其他六字为"似美人临月境"。第六首出自《水浒传》第六十一回。第七首出自《东周列国志》第八十一回。第八首出自《东周列国志》第九十回。不同之处有：第一句原诗为"富贵途人成骨肉"，题壁诗则为"富贵途人骨肉亲"；第二句原诗为"贫穷骨肉亦途人"，题壁诗则为"贫贱骨肉亦途人"；第四句原诗为"举目虽亲尽不亲"，题壁诗则为"举目亲人尽不亲"。第九是"远富近贫"那副对联，据吴恩裕在《有关曹雪芹十种》中记载，"远富近贫以礼相交天下有疏亲慢友因财绝义世间多"这副对联，是当地流传的联语，60年代尚有人能记忆，传说是有个叫鄂比的人过年时送给曹雪芹的对联。只是题壁诗改成了"远富近贫以礼相交天下少疏亲慢友因财而散世间多"，并增加了"真不错"这三字评语。第十首"是子弟书《书班自叹》中的一段，原书尚未查得"。由此，赵迅认为：(1)"原诗作者既然是凌云翰、唐寅、陆秩、聂大年、万达甫等人，因此可以得出明白无误的结论：这些题壁诗确实不是曹雪芹做的。"(2)"题壁者虽粗通文墨，但文学修养甚低。抄录前人诗句随意加以改动，甚至改得诗律不合，平仄失调。难道说才华横溢的曹雪芹能干出这样的事吗？何况题在壁上的还有一些零散的句子，例如'有钱就算能办事'，'不信男儿一世穷'之类。在伟大作家曹雪芹身上，如果出现这样的思想感情，那才是绝顶奇怪的事。所以说，往墙上抄诗的也肯定不是曹雪芹。"(3)"从时间上说，曹雪芹移居西山的年代虽无确考，但从敦氏兄弟、张宜泉等人的诗句等旁证材料中推断，大约不出乾隆十六年至二十一年 (1751—1756) 期间。""题壁诗中有两处丙寅纪年。按有清一代只有四个丙寅年，即康熙二十五年 (1686)、乾隆十一年 (1746)、嘉庆十一年 (1806) 及同治五年 (1866)。康熙二十五年曹雪芹尚未出生，乾隆十一年时尚未迁居西山，嘉庆、同治时曹雪芹早已逝世。因此，从时代上看，这里也不可能是'曹雪芹故居'。"所以，"上述几点理由足可证明：这里根本不是'曹雪芹故居'；题壁诗和曹雪芹没有半点关系；'抗风轩'更不是'悼红轩'。""多年来，正白旗三十八号的西耳房已经变成了'曹雪芹故居'展览室，里面诗画满墙，还有匾额、篆刻，'琳琅满目，美不胜收'。更有甚者，院里影壁上竟公然给参观者贴出了一纸'简略说明'。这份'简略说明'极尽牵强附会、荒诞离奇之能事。且摘录其中一条，请大家共同欣赏：'三、壁诗上有三首诗，(一)六桥烟柳是通过对西湖苏堤春晓景物的描绘，中心意思是对古人的悼念。（二）鱼沼秋蓉一诗写的是金陵秦淮河畔赤栏桥，八句诗每句都含有红字，共十二红，符合金陵十二钗之意。（三）扇面形的绝句，小屋以轩命名而曰抗风。三首诗联系起来看，正是悼红轩之意。'"对此，赵迅指出："这份'简略说明'，具有如此'丰富'的想象力，真是名副其实的'满纸荒唐言'，读后令人啼笑皆非。如今，这一类闹剧该到收场的时候了。"

《红楼梦学刊》1979年第1辑，发表了胡文彬、周雷的《驳"曹雪芹故居之发现"说——香山清代题壁诗文墨迹考析》，该文共分四部分，依次为：（1）《题壁诗文墨迹的发现和最初的考察》；（2）《题壁诗文墨迹的考析》；（3）《关于"抗风轩"》；（4）《舒家"六代姑祖母"是谁家的姑奶奶？》。

在第一部分，胡文彬、周雷说："一九七一年四月四日，三十八号住宅房主因维修房舍，在西耳房的西山墙上发现了一批诗文墨迹。这件事，由于一个偶然的原因，被北京市文物管理处得悉。四月九日，北京市文管处派赵迅同志前往调查，将题有诗文的墙壁拍了照片，并把其中有重要题壁诗文的墙皮剥出带回，妥善保存在文物管理处的库房里。五月十三日，中国科学院哲学社会科学部文学研究所接到民盟中央的电话通知，委托《红楼梦》研究专家吴世昌同志前去调查，写出了《调查香山健锐营正白旗老屋题诗报告》。该报告严肃指出：'老屋墙上题诗，从其内容与字迹判断，与曹雪芹无关。'俞平伯同志读了报告后附书道：'壁上的诗肯定与曹雪芹无关。虽是'旗下'老屋，亦不能证明曹氏曾经住过。'一九七三年五月十三日，我们又亲自到正白旗去调查访问，与当地居民群众座谈了五六小时，回来也写了调查报告。报告的结尾部分写道：我们希望有关方面注意'这一发现，进行调查研究，作出科学的实事求是的结论来'。'一旦证实这一清代文物确与曹雪芹有关，就应当进行修复加固，认真研究整理，更好地保护和利用'；'如果经过研究，证明这些墨迹确实与曹雪芹无关，也需要澄清事实，以正视听，挽回影响，以免谬种流传，贻误大方'。后来经过进一步研究，我们认定这些题壁诗文确实与曹雪芹无关，三十八号住宅决不可能是'曹雪芹故居'。特别是北京市文物管理处的赵迅同志查明了大多数香山题壁诗的出处，这就彻底否定了三十八号住宅是曹雪芹故居的可能性。"

在该文的第二部分，作者写道："香山正白旗三十八号住宅西耳房西山墙上发现的清代题壁诗文，共计有十组，古诗七首，对联两幅，散文一篇。这些诗文联语是谁的作品，又是谁把它们写在墙上的？有人事先大胆假设曹雪芹是这座房子的主人和这些诗文的作者，然后再去粗心大意地寻求证据，东拉西扯，穿凿附会。原以为能自圆其说，掩人耳目，结果只能是掩耳盗铃，自欺而不能欺人。""香山发现的题壁诗，与曹雪芹的诗风迥然不同。这七首诗，原来是从《东周列国志》、《西湖志》、《六如居士全集》等书上抄录下来的。这些诗，经某些人一吹，险些被鱼目混珠——当作曹雪芹的佚诗品评、传诵起来。""有人认为：'吴王'、'六桥烟柳'、'鱼沼秋蓉'及'有花无月'两句与曹公在《红楼梦》中所作各诗词比较，很容易发现其风格与重叠之用字法是相同的。尤其是'吴王'一首及'有花无月'两句，的确与二十七回的葬花词与七十回的桃花行，在意境上有若干相似之处，后者很可能就是根据前者延长发展而成的。言之凿凿，煞有介事。认真一查，对不起，没有一首诗能和曹雪芹沾得上边的。""总而言之，上述十组题壁文字中，绝大多数都有出处可考，'蒙挑外差'一诗抄录者已明言是自己'学题'的。因此可以肯定地说，香山题壁诗文从内容到字迹，绝非出自曹雪芹的手笔。"

对于黄震泰文章中对"抗风轩"的解释，作者在该文第三部分批驳说，"在香山发现的题壁诗文墨迹中，有人看到有'抗风轩'三个字，如获至宝，并由此得出结论：'抗风轩'='悼红轩'='曹雪芹故居'。他们说：从'抗风轩'之命名，我们可以理解此诗作者要'抗'的'风'显然是指一种'风头不顺'的逆风。这又与曹家因为参加了胤禩、胤禟等集团与胤禛争立，结果遭受政治风暴的冲击有意义上之关联。无权无势的人要抗拒这种巨大风暴，恐怕只能出之写作与批评一途了。当《石头记》的稿本被'内廷索阅'时，也许这个'抗风轩'就变成'悼红轩'，听起来委婉的多了。这种想当然的推论，是经不起仔细推敲的"。"'抗风轩'的命名，是否一定要出之于抗拒逆风的动机？是否一定要与遭受政治风暴冲击和要抗拒这种巨大风暴相关联？恐怕不见得。"在中国历史上，"以'抗风轩'入诗文，非止一二人，也并非只有一个曹雪芹敢于藐视权贵，抗拒巨大的政治风暴，才可以命名为'抗风轩'。因此，想以'抗风轩'之命名来证明题壁诗非曹雪芹莫能为，是徒劳无益的"。而"'抗风轩'变成'悼红轩'，更是咄咄怪事！'拙笔'在'抗风轩'中'偶录'之时，'岁在丙寅'（另一残片作'岁次丙寅'）。'丙寅'是哪一年？在清代乾隆以后只有乾隆十一年（1746），嘉庆十一年（1806），同治五年（1866）。健锐营是在乾隆十四年才建立的，乾隆十一年其时，正白旗三十八号住宅还没有建造起来，哪里去放'南几'呢？这个'丙寅'，应是嘉庆十一年，这时舒家已迁入此宅，曹雪芹也已去世四十多年，不可能死而复生，到舒宅去题壁'抗风'。"再来看'悼红轩'，脂砚斋'甲戌抄阅再评'《石头记》时"写道："后因曹雪芹于'悼红轩'中披阅十载，增删五次。""从乾隆十九年甲戌（1754）上推十年，至迟在乾隆十年乙丑（1745），曹雪芹已把自己的居处命名为'悼红轩'，并开始在其中写作《红楼梦》。那么请问：'内廷索阅'《石头记》稿本是在何时？香山的'抗风轩'究竟是什么时候出现的？又是哪一年变成'悼红轩'——即'曹雪芹故居'的呢？这才是弄巧不成反成拙，变成了真正的'拙笔'。"

　　对于题壁诗文中所谓"笏"字的解释，作者写道："有人曾指出：更可注意的是墙上最左偏中一个孤零零的'笏'字，这个'笏'字不与他字连用，很像一个签名，不由得使我们联想到'畸笏'或'畸笏叟'，如果说畸笏与芹溪曾同处一室共同著书删改，不应算作过分的推测。正当我们假设墙上的字迹至少部分出自曹公之手的时候，这一'笏'字之出现，觉得分外醒目，更使我们'大胆'了，云云。假设可谓大胆矣，可惜求证却太不小心，于是难免要露馅儿，闹笑话，出洋相。这些'发现'者们大惊小怪的'笏'字，原来是个'步'字。因为《花月吟》第五句'扶筇月下寻花步'只残存了末尾一个'步'字，草书写作'步'，影影绰绰有点像'笏'，就被硬派作'笏'字，竟变成了'畸笏'的签名。这是多么可笑亦复可悲呵！"

　　在该文的第四部分，作者又特别指出："更其可笑的是，'发现'者们为了哗众取宠，竟不惜故意编造谎言，用死人来欺骗活人。他们所谓的'事实'是：现在38号的居停主人舒家在香山白旗居住已经有两百年了。早年在附近住的人全姓舒，舒先生是满族人属白旗，原姓'舒穆禄'氏，他的六代姑祖母是一位福晋——王妃，也就是宗室爱新觉罗敦敏、敦诚的母亲，既然我们知道敦敏、敦诚与曹公那样接近，在曹公必须回旗时，替他在亲戚家安排一个较好的住所，自然是很可能的事。这是一个别有用心的骗局，必须予以揭穿。"这是因为，作者"在一九七三年五月去香山调查访问时，得到了关于38号舒家家世的第一手材料。当时舒某自己介绍，他只知道高祖叫舒斌，曾祖叫舒昌，祖父叫恩寿，父亲叫金奇先，始祖以上的情况一概不知道。嘉庆初年，他家在曾祖那一辈上才从北京城里搬到正白旗来住，四代未易其居。这就是说，'舒家在香山白旗居住至少已经两百年了'的说法，是为了某种目的而编造出来的。乾隆十几年，舒家还未迁到香山，就算他们和曹雪芹有很深的关系吧，又怎能凭空'在亲戚家安排一个较好的住所'？""至于说舒家的'六代姑祖母是一位福晋——王妃，也就是爱新觉罗敦敏、敦诚的母亲'，更是无稽之谈。按清代的制度，凡亲王、郡王、世子的正室，均封为福晋，侧室则封为侧福晋。敦敏、敦诚的父亲瑚玎，既非亲王、郡王，也非世子，哪里来的福晋——王妃？瑚玎的嫡妻是托活洛氏额苏特之女，继妻是舒穆禄氏轻车都尉额勒浑之女。后者是敦敏、敦诚的生母。'发现'者们以为，敦敏、敦诚既然是'天皇贵胄'，他们的生母就肯定是个'福晋——王妃'喽，于是就晕头转向地攀龙附凤起来。俗话说，攀得高来跌得重。殊不知敦敏兄弟的五世祖阿济格虽曾当过英亲王（清太祖努尔哈赤第十二子），但因获罪被赐自尽，革除宗籍，连累他的子孙也吃挂络儿，并不显贵。瑚玎不过是个小小的理事官，在山海关一带管理税务，到乾隆二十年连这顶乌纱帽也没保住，被革了职。敦敏、敦诚也只当过点冷官闲差，从未飞黄腾达过。他们的生母跟随瑚玎奔波宦海，直到乾隆二十二年死在'榆关榷署'，这哪里是什么'福晋——王妃'。退一步说，就算她是个王妃，和38号的舒家又有什么关系？舒某先把敦敏、敦诚的生母封为'福晋——王妃'，然后又生拖死拽把她硬拉来做他的'六代姑祖母'，真是可笑之极。"作者最后指出："曹雪芹从中年到晚年，贫居西郊，先后在正白旗一带生活、创作，'著书黄叶村'——写作《红楼梦》，以自己的文学艺术天才创造了辉煌的杰作。对于这样一位伟大的文学艺术家，中国人民是懂得怎样来研究、学习和纪念他的。探寻曹雪芹故居，建立曹雪芹纪念馆，这是十分必要的文化建设工作。不过，这是一件科学性很强的工作，必须实事求是，要尊重客观事实，要接受实践检验。它容不得半点虚假，更不允许有人故意弄虚作假，把曹雪芹和《红楼梦》的研究工作引向歧途！"

　　1981年4月5日，《北京日报》发表了赵迅的《澄清曹雪芹故居一说》，再次强调香山正白旗38号"不可能是'曹雪芹故居'"。前引署名霁飞的文章，便是与这篇文章商榷的。除上面引述的有关这一问题的文章之外，较短的文章和报道尚有：广州《羊城晚报》1981年11月6日刊载雷子震的《北京香山健锐营正白旗三十九号是曹雪芹晚年的故居吗？学者意见不一，有关部门正在修复，供参观研究》；广州《羊城晚报》1981年11月22日刊登的署名扬石的《访曹雪芹故居·京华小唱·七绝三首》；广州《羊城晚报》1982年1月3日刊登的雷子震的《大作家曹雪芹晚年在这里创作〈红楼梦〉——正白旗三十九号》；《北京晚报》1982年1月3日刊登的署名李玮的《这里是曹雪芹故居吗？》等。此外，曹雪芹研究会于1986年主编的《曹学论丛》一书中，也收录了几篇相关文章，有兴趣者可以参看。

四、结语

　　由以上缕述不难看出，对于香山正白旗38号究竟是否为"曹雪芹故居"的论争，也是相当激烈的。截至目前，论辩双方似乎谁也很难说服对方。可以预见，有关这一问题的论争，还将继续进行下去。然而，我们必须承认一个不争的事实：正是由于38号题壁诗文的发现，以及双方所发生的激烈论辩，才促成了香山植物园曹雪芹纪念馆的建立。在没有最后得出结论的前提下，称作"故居"，似乎有些不妥。但题壁诗文似乎也应该保留。而在北京的香山脚下建立一个"曹雪芹纪念馆"，却不仅是应该的，而且还是必需的。因为曹雪芹的生卒年虽然尚有争议，但却谁也不能否认，他一生的大部分时间都在北京度过，而且还曾在西山一带生活过，并且，光耀千古的文学巨著《红楼梦》，也是在北京创作的。因此，肯定者与否定者无论双方怎样论辩，但却都会支持曹雪芹纪念馆的建立。

（原载《红楼梦学刊》2006年第3期）